融宇宙人生
于体用

熊十力文选

熊十力／著

张建安／编

中国文史出版社

图书在版编目（CIP）数据

融宇宙人生于体用：熊十力文选 / 熊十力著；张建安编. -- 北京：中国文史出版社，2025.5

（现代新儒家文选 / 张建安主编）

ISBN 978-7-5205-3722-3

Ⅰ. ①融… Ⅱ. ①熊… ②张… Ⅲ. ①散文集–中国 –现代 Ⅳ. ①I266

中国版本图书馆 CIP 数据核字（2022）第 175047 号

责任编辑：薛未未

出版发行：**中国文史出版社**

社　　址：北京市海淀区西八里庄路 69 号院　　邮编：100142

电　　话：010-81136606　81136602　81136603（发行部）

传　　真：010-81136655

印　　装：北京联兴盛业印刷股份有限公司

经　　销：全国新华书店

开　　本：720×1020　1/16

印　　张：21　　　　字数：206 千字

版　　次：2025 年 5 月第 1 版

印　　次：2025 年 5 月第 1 次印刷

定　　价：68.00 元

导言：熊十力与他的哲学体系

　　熊十力、马一浮、梁漱溟被称为"现代新儒家三圣"。三人皆为特立独行之人，人生经历与思想体系均各呈异彩。徐复观曾概括："熊先生规模宏大，马先生义理精纯，梁先生践履笃实。"

　　与马一浮、梁漱溟相比，熊十力可称为"三圣"中的豪杰。他极具革命精神，曾舍生忘死地投身于辛亥革命。走上学术道路后也是敢于破旧立新，尤其体现在北大讲佛学时摈弃以前所学，然后一而再地以"新唯识论"破"唯识论"，引起学界（尤其是佛学界）的巨大争议；他极具创新精神，创立了一整套包括宇宙论、本体论在内的哲学体系；他在教学中也是非常独特的，以擅长棒喝而闻名，其"狮子吼"颇受争议却效用极大。牟宗三、唐君毅这两位新儒家重要人物都是熊十力的高足，直接或间接地见识过熊十力的棒喝。而最有名的是，熊十力曾把国民党陆军少将徐复观骂得目瞪口呆，而徐复观却视此为"起死回生的一骂"，从此走上真正的学问大道，最终成为现代新儒家下一代中的代表人物。熊十力的学问与事迹，皆有深远而广泛的影响。

一　从小养成的个性与精神

　　熊十力（1885—1968），湖北黄冈人，原名继智，号子真，中年更名为十力。与梁漱溟、马一浮不同的是，熊十力出生在一个贫困的家庭，七八岁时便当了放牛娃。他的父亲是晚清秀才，无意于科举考试，只是授徒

1

于乡校。家中六个男孩，四个女孩，其负担可想而知。

熊十力10岁时，其父患肺病，家中衣食不给，但见到熊十力是个读书种子，乃强打精神，继续到乡校授课，并将熊十力带去就学。初授《三字经》，熊十力一日便将其背完；紧接着，读"四书"，每求父亲多授，父亲多不肯，称："多含蓄为佳也。"其父所教学生中颇有茂才，而熊十力自负自己所领悟的在这些学生之上。可惜的是，熊十力在校学习经史仅两年多时间，父亲便病逝而去。

此后，熊十力一边放牛一边自学，虽也跟随父亲的一位学生读了半年私塾，但多数情况处于"散养"。夏天曾裸体居住在野寺，时出户外，遇到人也不避。又喜欢打菩萨雕像，曾有"举头天外望，无我这般人"这样的惊世之语。再往后，他从邻县某孝廉处借读到一些维新派的新书籍，知世变日剧，将范仲淹"先天下之忧而忧"作为自己的座右铭。17岁时，国是日非，家中穷困。稍读王船山、顾亭林等人图书，有反清的革命志向。

18岁时，熊十力与好友何自新、王汉等人共游江汉，"欲物色四方豪俊，而与之图天下事"。紧接着，入武昌凯字营第三十一标当兵，与好友共创武汉最早的革命团体科学补习所。21岁时，熊十力由行伍考入湖北新军特别学堂仁字斋，积极从事革命活动，曾在学堂揭示板上张贴讥讽鄂军统制张彪的署名短文。次年，熊十力又与诸同志成立黄冈军学界讲习社，联络各军营兵士及各学堂学生。张彪侦悉，密令逮捕熊十力。熊十力逃离军营后，张彪悬赏五百金要其人头。最终，熊十力在好友的帮助下，化装成病妇，租小木船秘密回到黄冈老家。不久后，因吃饭问题难以解决，熊十力和他的哥哥弟弟同赴江西德安垦荒，也以授课谋生，又过了几年艰难困顿的生活，革命情怀更加强烈。

1911年，27岁的熊十力参加黄冈光复，旋赴武昌担任都督府参谋。在此期间，曾写下"天上地下 唯我独尊"八字以表心志。1912年，熊十力担任日知会调查记录所编辑，参与编纂日知会志。1913年，二次革命失败，日知会编纂工作不了了之，熊十力以遣散费为兄弟置田，自己则在积庆寺读书一年半之久，并开始在梁启超主编的《庸言》上发表文章。1916

年夏，32 岁的熊十力读《王船山遗书》时，"得悟道器一元，幽明一物。全道全器，原一诚而无幻；即幽即明，本一贯而何断？天在人，不遗人以同天；道在我，赖有我以凝道。斯乃衡阳之宝筏、洙泗之薪传也"。

1917 年秋，护法运动爆发，熊十力参加民军，支持桂军抗击北洋军阀的进攻。不久赴粤，佐孙中山幕。1918 年，熊十力在广州居住半年，"所感万端，深觉吾党人绝无在身心上作功夫者"，又"内省三十余年来皆在悠悠忽忽中过活""无限惭惶""自察非事功之材"，开始决志学术一途。

这便是熊十力 35 岁前的人生历程，由贫寒的家境、社会的不平等、家国的危难而生革命之情，由少时接受的短期教育而自学不懈，最终由革命军旅之途转向决志学术一途，找到适合自己的道路。这个过程充满了社会底层的愤懑与革命之情，与梁漱溟、马一浮的早年经历截然不同。所以，虽然梁漱溟也曾参加过革命活动，虽然马一浮也曾参加过提倡新学的翻译工作，但论革命和创新精神，熊十力应是最为浓郁的。这也体现在他日后的学术研究当中。

二　与梁漱溟的相识与交往

熊十力与梁漱溟的相识颇为有趣，且对熊十力相当重要。1916 年时，梁漱溟有感于报人黄远生之死，作《究元决疑论》，并在《东方杂志》连载，试图以佛家出世思想为世间拔诸疑惑苦恼。文中，梁漱溟毫不客气地点名斥责熊十力"诋毁"佛道的言论。1919 年暑假前，在天津南开中学教国文的熊十力给梁漱溟寄了一张明信片，大意为：你在《东方杂志》上发表的《究元决疑论》一文，我见到了，其中骂我的话确不错；希望有机会晤面仔细谈谈。不久，各学校放假，熊十力来到北京广济寺，与梁漱溟首次见面，二人一见如故，开始了一生的交往。

第二年，在梁漱溟的推荐下，熊十力前往南京支那内学院，拜欧阳竟无为师，学佛学。1922 年，在北京大学讲授佛教唯识学的梁漱溟生怕自己学养不足，出现讲授失误的问题，于是推荐熊十力赴北京大学哲学系任教。这是熊十力走入学术核心地带的开始。只是，令梁漱溟想不到的是，熊十力开始讲学时还忠实于佛教的唯识学，但不到一年时间便对唯识学产生很大怀疑，将前稿尽毁，开始创《新唯识论》，批评佛教唯识学，并在课堂上讲授。对此，梁漱溟很不以为然，甚至向北大校长蔡元培提出自己推荐非人。不过，这并不妨碍二人的亲密交往。此后，二人有过很长时间的共同办学以及共住共读的经历。

熊十力、梁漱溟有不少共同的学生，这些学生将二人皆尊为"圣人"，但"圣人"之间也会产生不少争论。例如，他们共同的学生李渊庭便回忆过一事，在北京大有庄共住共学期间，熊十力与梁漱溟因为"花芯"与"花蕊"这两个称呼究竟应取哪个而争执不休，争得脸红脖子粗也没分出个高下，却把众弟子搞得不知该如何是好。

整体而言，熊十力是磊落豪爽的，丑处错处，不妨公开，什么都可以说出来，如果自己错了，可以反省与认错，对别人的要求也多是如此。梁漱溟则是认真严谨的，人品极好，不轻易指责人，但在是与非的问题上绝不含糊，对就是对，错就是错。二人皆佩服孔子，认为"斯文在兹"，有深度的默契，但平时讲学交游时体现出来的风格以及治学体系则有很大的不同。

《尊闻录》中记载："漱师（梁漱溟）阅同学日记，见有记时人行为不堪者，则批云含蓄为是。先生（熊十力）曰：梁先生宅心固厚，然吾侪于人不堪之行为，虽宜存矜怜之意，但为之太含蓄，似不必也。吾生平不喜小说，六年赴沪，舟中无聊，友人以《儒林外史》进，吾读之汗下，觉彼书之穷神尽态，如将一切人及我身之千丑百怪一一绘出，令我藏身无地矣。准此，何须含蓄？正唯恐不能抉发痛快耳。太史公曰：'不读《春秋》，前有谗而不见，后有贼而不知。'亦以《春秋》于谗贼之事，无所不言，言无不尽，足资借鉴也。吾恶恶如《春秋》，不能为行为不堪者含蓄，故与梁先生同处多年而言动全不一致。汝侪亦各自行其是可也。"

梁漱溟则在《怀念熊十力先生》一文中称："踪迹上四十年虽少有别离，但由于先生与我彼此性格不同，虽同一倾心东方古人之学，而在治学

4

谈学上却难契合无间。先生著作甚富,每出一书我必先睹。我读之,曾深深叹服,摘录为《熊著选粹》一册以示后学。但读后,心有不谓然者复甚多,感受殊不同。于是写出《读熊著各书书后》一文甚长,缕缕陈其所见!"

三 与马一浮的相识与交往

熊十力与马一浮的相识也富有传奇色彩。1930 年,在杭州养病的熊十力听说马一浮国学涵养深厚,于是打算会晤一谈。他先是请北大原同事、时任浙江省立图书馆馆长的单不庵予以介绍,单不庵却因马一浮不轻易见客而感到为难。这并不妨碍熊十力想见马一浮的心意。在了解到马一浮更多的事迹后,熊十力打算以文会友,将《新唯识论》的部分手稿邮寄给马一浮,并附函说明请教之意。没想到,邮寄后几个星期仍没有消息。就在熊十力感到非常失望之时,马一浮亲自来访。熊十力大喜,但也毫不客气地埋怨马一浮这么久才来。马一浮也不见怪,回答道:"如果你只是寄了信,我马上就来,可是你寄了大作,我只能好好拜读完毕,才能前来拜访呀。"二人相视大笑,一见如故。此后,二人成为至交。熊十力在修订《新唯识论》(文言文本)的末章时,汲取了马一浮许多意见。1931 年,马一浮还为《新唯识论》写序言,称"浩浩焉与大化同流,而泊然为万象之主,斯谓尽物知天,如示诸掌矣。此吾友熊子十力之书所为作也"。熊十力则在回信中称:"序文妙在写得不诬,能实指我现在的行位,我还是察识胜也。所以于流行处见得恰好,而流即凝、行即止,尚未实到此阶位也。'乾道变化,各正性命',吾全部只是发明此旨。兄拈此作骨子以序此书,再无第二人能序得。漱溟真能契否,尚是问题也。"由此能够看出,此时的熊十力与马一浮是非常契合的。

不过,熊十力与马一浮均是个性鲜明之人,有相同处,也有不同处。例如,在如何办学上,在对待科学的态度上,在对待佛学与哲学的态度上,二人有着不同的观点。创办复性书院时,二人因见解不同而分开,产生过一些矛盾，好在不久后即解除了芥蒂。

四　哲学体系与核心思想

"我喜用西洋旧学宇宙论、本体论等论调来谈东方古人身心性命切实受用之学，你自声明不赞成。这不止你不赞成，欧阳师、一浮向来也不赞成。"

"我的作书，确是要以哲学的方式建立一套宇宙论。这个建立起来，然后好谈身心性命切实功夫。我这个意思，我想你一定认为不必要，一浮从前也认为不必要，但也不反对我之所为。你有好多主观太重之病，不察一切事情。我一向感觉中国学校的占势力者，都不承认国学是学问。身心性命这些名词他讨厌，再无可引他作此功夫。我确是病心在此，所以专心闭户，想建立一套理论，这衷的苦况无可求旁人了解。"

上面两段话出自熊十力 1958 年写给梁漱溟的一封信。由此能够看出熊十力与梁漱溟、马一浮在治学方面的一些不同。

如果说，梁漱溟是现代新儒家的开山之人，在西方思潮以压倒性优势倾向中国之时，第一个从人类文化的视野探究出人类文化的未来将是中国文化的复兴，以此为中国文化（尤其是儒家文化）说话。那么，熊十力则称得上现代新儒家在中国哲学史中的开山之人，以更本质、更系统、更开阔的方式，探究了宇宙的根本规律，将宇宙与人生融成一体，建立了以"体用不二"为核心的哲学体系。对于熊十力在哲学方面的贡献与影响，郭齐勇如此评价：

> 熊十力是我国现代哲学史上最具有原创力、影响力的哲学家，他奠定了现代新儒学思潮的哲学形而上学之基础。他的"体用不二"之论，成为整个当代新儒学思潮"重立大本、重开大用"的滥觞，亦成为这一思潮的基本思想间架。

6

《新唯识论》是熊十力最有影响力的代表作，其中所阐述的"新论"，是对佛教唯识学产生怀疑、批评后得出的，因其思想契合儒家《周易》，故而称其为出佛入儒的哲学新论。它又自成体系，包含着熊十力自己探究到的本体论、宇宙论、人生论等等，圆融完备，所以也可直接称其为熊十力自己的哲学体系。在这个哲学体系中，熊十力穷究宇宙根源与人生大道，揭示出环环相扣的众多宇宙人生义理。他认为：

宇宙的根本不是静态的（不是佛家中宇宙背后那个不变不动不生不灭的静态本体，也不是老子《道德经》中所称的"道生一，一生二，二生三，三生万物"的那个"道"），而是新新无竭之变。

生理之至秘，不是断续的生灭，而是刹那刹那舍其故而创新不已；舍故与创新不是截然分开的，正如生灭即是不生不灭，变动即是不变不动。

体与用不能截成两片，而是"即体即用，即流行即主宰，即现象即真实，即变即不变，即动即不动，即生灭即不生灭。是故即体而言，用在体；即用而言，体在用"。

恒转功能是宇宙生生不容已之全体流行，功能无差别，方乃遍万有而统为其体。

心是恒转之动而辟，所以心之实性即是恒转，而无实自体；心，就是性，就是生命之本体，要想识得自家的生命，除了此心便无生命。

宇宙人生本为一体，即天人本来合一，天字的义蕴就是宇宙论所要发挥的。人道继天。天不讲明，人道也无从说……

由天道之生生不已、恒转无竭的启示可知，熊十力对人生大道之理解就是："人生唯于精进见生命，一息不精进即成乎死物，故精进终无足也。精进即身心调畅。"

"体用不二"是熊十力哲学体系中的一个核心思想。《新唯识论·赘语》（语体文）中，熊十力分三个层面进行阐述。

第一层，熊十力提出了"体用本不二"，然后注解：体，就是宇宙本体；用，就是本体之流行至健无息、新新而起，其变万殊。"世所见宇宙万象，其实皆在冥冥中变化密移，都无暂住。"

第二层，他认为"体用本不二，而亦有分"。为什么有分别呢？他用大海水与海水中的水泡做比喻，称："譬如大海水是一，而其显为众沤乃条然、宛然成分殊相。条然者，无量沤相现似各别也；宛然者，沤相本非离海水有别自体而乃现似一一沤相，故不可谓一一沤相与浑全的大海水无分也。体用有分，其义难穷，可由此譬喻而深参之。"

第三层，他又说："虽分，而体为用源，究不二。"为什么这样呢？还是用比喻："譬如众沤以大海水为其源，大海水与众沤岂可二之乎？体用可分而实不二，由此譬可悟。"

以"体用不二"为基础，熊十力还阐述了"心物不二""能质不二""吾人生命与宇宙大生命不二""本体现象不二""道器不二""动静不二""知行不二""德慧知识不二"等义理，共同形成体用哲学中的核心内容。

五　选编三本书的主要着眼点

整体而言，熊十力与马一浮、梁漱溟有一些不同，但更有很多深度的契合。在倾心东方学术方面，在"斯文在兹"的高度自信方面，在对中国文化的贡献等方面，三人不仅有很多相通之处，而且共同形成一股巨大而深远的合力。对此，郭齐勇曾有十分精练的概括："简要地说，就是面对西学的冲击，在中国文化价值系统崩坏的时代，重建儒学的本体论，重建人的道德自我，重建中国文化的主体性，并且身体力行。他们打破了传统与现代、东方与西方二元对立的绝对主义，开辟了中国文化复兴的精神方向。"这样的概括，是颇为妥当的。而将视野进一步拓宽，我们或可以看出三人对人类文化的贡献。

在编者看来，熊十力、梁漱溟、马一浮既是中国传统文化（儒释道等文化）的集大成者，又是在中国文化的厚土上融通中西的开路人。他们既能够站在人类文化的新视野，而对中国传统文化进行全面、稳健、深刻的总结与革新；又能够在洞察西方文化的优劣后，在中西文化的比较中，揭示出中国文化复兴对于人类的意义与价值，从而对人类文化做出深刻的归纳、反省与引领；他们对于人的本质与宇宙的根本都有深刻的认识与探究。阅读他们的文章，不仅能帮助我们深入领略国学的奥妙与价值，有助于我们对人类文化的过去与未来产生全新的认识，也能帮助我们更好地认识我们自己。这些都是此次同时选编三人文选的主要着眼点所在。

六　本书的主要特点

本书的主要特点如下：

第一，本书着重于启发人心。熊十力的众多文章确实皆具哲理，很有力量，远非那些心灵鸡汤可比。不过，由于是文言文撰写，且很少分段，虽言简意赅，却对不少读者造成障碍。此次选编时，编者根据文字内容做了一些分段、标点等处理，以便普及。

第二，由于时代的局限性，原文很多文字没有标题，或者只是"写给某人"之类泛泛的标题，不容易给读者以适当的引导与提示，所以编者根据文字内容增加或修改了不少标题，并在下面的注解中加以说明。像"学者最忌悬空妄想""人只是被许多知识锢闭""堂堂巍巍做一个人""无真实心，便无真实力""治学二义与修学办法"等，都是编者所加标题。

第三，收录了熊十力最有影响力的代表作《新唯识论》（原本）。因其内容非普通读者好懂，故而放在第三部分。意在使一般读者从前面得到一些启示与基础后，再进一步深入熊十力的哲学体系当中。

第四，编者一向认为，如要深入理解一个人的文章，最好同时了解一下写文章的这个人。依照此意，本书编入了一些熊十力的自述文章。

第五，此书与《为人类文化开前途——梁漱溟文选》《负起民族复兴之使命——马一浮文选》同时选编，意在使读者对"现代新儒家三圣"有一个全面的了解。故而，本书将熊十力写给梁漱溟、马一浮的文字收录进来。其他二书也有这样的选编原则，读者不妨将三本书互相参看。

张建安

目　　录

第一辑　语录中的棒喝、导引

第二辑 宇宙人生诸大问题

第三辑　自成体系的开山巨著

第四辑　开示读书、治学之门径

第五辑　自述与自序

第六辑　致梁漱溟、马一浮书信

第一辑

语录中的棒喝、导引

天下唯浮慕之人，最无力量①

吾一向少与汝说直话，今日宜披露之。汝只是无真志。有真志者不浮慕，脚踏实地，任而直前。反是，则昏乱人也，庸愚人也。

汝于自家身心，一任其虚浮散乱，而不肯作鞭辟近里功夫。颂天知为己之学，而汝漠然不求也。

尝见汝开口便称罗素哲学。实则，汝于数学、物理等知识，毫无基础，而浮慕罗素，亦复何为？汝真欲治罗素哲学，则须在学校切实用功，基本略具，始冀专精。尔时近于数理哲学，则慕罗素可也。或觅得比罗素更可慕者亦可也。尔时不近于数理哲学，则治他派哲学或某种科学，亦可也。此时浮慕罗素何为耶？汝何所深知于罗素而慕之耶？

君子于其所不知，盖阙如也。至其所笃信，则必其所真知者矣。不知而信之，惊于其声誉，震于其权威，炫于社会上千百无知之徒之辗转传说，遂从而醉心焉。此愚贱污鄙之尤。少年志学，宁当尔哉？

天下唯浮慕之人，最无力量，决不肯求真知。吾不愿汝为此也。

汝好名好胜，贪高骛远，不务按部就班着功夫。一日不再晨，一生不再少，行将以浮慕而毕其浮生。可哀也哉！

---

① 《尊闻录》，由学生高赞非记述、张立民校订的熊十力语录、手札集。现标题为编者所加。

3

穷理所病，只是一个"泥"字

自省思虑不易放下，或发一问题不得解决，即留滞胸中，左右思维，旁求之事事物物，冀得其征。然理之至者，非可离于事物而求之，更非可泥于事物而求之。人但知不可离事物而求理，恶知其不可泥事物而求理哉？

吾尝因一疑问，多端推征，往复不决。心力渐疲，而游思杂虑乘之以起。然有时神悟焕发，不虑而得。亦有推征既倦，不容不休，久之措心于无，忽尔便获。更有初机所遇，本无差谬，后渐推求，转生疑惑，旋因息虑，偶契初机。

总之，穷理所病，唯一"泥"字。泥则神累而解不启。泥者，全由吾人在现实生活方面所有知识，早于无形而深远之途径中组成复杂之活动体系，为最便于现实生活之工具。此工具操之已熟，故于不可应用之处亦阴用之而不觉，此所以成乎泥而为真理之贼也。

学者最忌悬空妄想

学者最忌悬空妄想，故必在周围接触之事物上用其耳目心思之力。

然复须知宇宙无穷，恃一己五官之用，则其所经验者已有限，至妄想所之，又恒离实际经验而不觉。船山先生诗有云"如鸟画虚空，漫尔惊文章"。此足为空想之戒。

故吾侪必多读古今书籍，以补一己经验之不及；而又必将书籍所发明者反之自家经验，而辨其当否。若不尔者，又将为其所欺。

为学最忌贱心与轻心

为学最忌有贱心与轻心。此而不除，不足为学。

举古今知名之士而崇拜之，不知其价值何如也，人崇而己亦崇之耳，此贱心也。

轻心者，己实无所知，而好以一己之意见衡量古今人短长，譬之阅一书，本不足以窥其蕴，而妄曰吾既了之矣。此轻心也。

贱心则盲其目，轻心且盲其心。有此二者，欲其有成于学也，不可得矣。

坏习气把人的生命侵蚀时

人生本来是好的，绝没有夹杂一点坏的。其所以有不好者，因为他梏于形，囿于习，才与宇宙隔绝，把本来的好失掉了。

人生在社会上呼吸于贪染、残酷、愚痴、污秽、卑屑、悠忽、杂乱种种坏习气中，他的生命纯为这些坏习气所缠绕、所盖覆。人若稍软弱一点，不能发展自家的①生命，这些坏习气便把他的生命侵蚀了。浸假而这些坏习气简直成了他的生命，做他的主人翁。其人纵形偶存，而神已久死。

凡人当自家生命被侵蚀之候，总有一个创痕。利根人特别感觉得。一经感觉，自然奋起而与侵蚀我之巨贼相困斗，必奏廓清摧陷之功。若是钝根人，他便麻木，虽有创痕，而感觉不分明，只有宛转就死于敌人之前而已。

---

① 此处"的"字，原本中为"底"字。此类现象在《新唯识论》原本中多达七八十处。崇文书局出版的《新唯识论（批评本）》仍依原本用"底"字。编者认为改用"的"字后，所表达的意思一致，而又利于当下读者阅读，故将此类"底"字全部改为"的"字。特此说明。

对于说话的自警

说话到不自已时，须猛省而立收敛住。

纵是于人有益之话，但说到多时，则人必不能领受而自己耗气已甚。

又恐养成好说话之习惯，将不必说、不应说、不可说之话，一切纵谈无忌，虽曰直率，终非涵养天和之道。而以此取轻、取侮、取忌、取厌、取疑于人，犹其末也。

吾中此弊甚深，悔而不改，何力量薄弱一至是哉。

如不可意，只有当下除遣

事不可意，人不可意，只有当下除遣。

若稍令留滞，便藏怒蓄怨而成为嗔痴习气，即为后念种下恶根，永不可拔。

人只是自己对于自己作造化主，可不惧哉，可不惧哉。

为何要避免功利

功利者，有所为而为也。学问与事业之期成，则人自充实其生活之力量，只尽己而已，岂有所为而为哉？

先儒云："尽己之谓忠。"凡人无一成者，只是不忠。学人，即以学问为其兴趣；做事者，即以事业为其兴趣。努力于学问或事业之场，勤奋增愉快，愉快增勤奋，此谓嘉兴美趣，此谓丰富之生活。

若人求学做事而有竞名趋势逐利等念，则是有所为而为之，即心溺于鄙细，便没兴趣，而沦于枯槁之生活，是可哀已。

不要做粪渣的学问

　　吾人做学问，是变化的、创造的，不是拉杂的、堆积的。此如吾人食物，非是拉杂堆积一些物质而已，食后必消化之，成为精液，而自创新生机焉。若拉杂堆积之物，则是粪渣而已。学问亦然。若不能变化创新，则其所谓学问，亦不过粪渣的学问而已。

丑处错处，不妨公开

对人不可随便看作无意思无主张。被人作如是看者，亦不宜轻受。

凡人随时随事总要有力量。一言一行不可苟且。有苟且便当知改，不如是而能成人者，未之有也。

来此共学，大家丑处错处，不妨公开，互相磨砺，以底于成。人未至圣，孰能无过，在相谅相戒而已。

人只是被许多知识锢闭

无知识的田夫野老，他的生活或者比富于知识的学问家更好得多。然则我们何不推尊田夫野老，去从他游，而还在这里讲甚涵养功夫？须知这个道理，是人人固有的，只是一般人行不著、习不察耳。

譬如醉人也同醒人一般举手动足，却于自家举动不著不察，在他醉时并不自觉得昏迷之苦，及一旦醒来才知自怜了。这道理不可向不见的人开口，须你自家有个见处，才好商量。

人只是被许多知识锢闭，不曾超脱得开。易言之，即被许多见网笼罩住，见网者，见即是网故。无缘见得本来面目。

为何不谈轮回

吾学在见体。人能安住于实体，超越个体的生存，即没有为达个体生存之目的而起之利害计较。

易言之，即不为生存而生存。如此，无恐怖，无挂碍，何待有轮回为之安慰？

轮回观念却是要求个体恒存的观念。宰平先生昨又说，这便是要求自我生存的不断，即所谓计常之见。吾亦曰，佛家言无我，其实大有我在。

过去、现在、未来三世，说有便都有，说无便都无。

说无者，谓过去已灭故无，现在不住故无，未来未生故无。若尔，三世都无，轮回亦是虚立。

说有者，谓过去实有于过去，现在实有于现在，未来实有于未来。如此，则汝个体的生命实有于现在世中，是亘古不磨的。

准此以谈，死后有无，不必与轮回有关。

必有感触，而后可以为人

吾侪生于今日，所有之感触，诚有较古人为甚者。古之所谓国家兴亡，实不过个人争夺之事耳。今则已有人民垂毙之忧，可胜痛乎？

又吾人之生也，必有感触，而后可以为人。感触大者，则为大人；感触小者，则为小人；绝无感触者，则一禽兽而已。

旷观千古，感触最大者，其唯释迦乎？以其悲愿，摄尽未来际无量众生而不舍，感则无涯矣。孔子亦犹是也。"鸟兽不可与同群，吾非斯人之徒与而谁与？"何其言之沉切也。"老者安之，朋友信之，少者怀之。"程子谓其量与天地相似，是知孔子者也。

15

堂堂巍巍做一个人

汝欲堂堂巍巍做一个人，须早自定终身趋向，将为事业家乎？将为学问家乎？如为学问家，则将专治科学乎？抑将专治哲学或文学等乎？如为事业家，则将为政治家乎？或为农工等实业家乎？此类趋向决定，然后萃全力以赴吾所欲达之的，决不中道而废。

又趋向既定，则求学亦自有专精。如趋向实业，则所学者，即某种实业之专门知识也；趋向政治，则所学者，即政治之上专门知识也。大凡事业家者所学必其所用，所用即其所学，此不可不审也。

如趋向哲学，则终身在学问思索中，不顾所学之切于实用与否，荒山敝榻，终岁孜孜，人或见为无用，而不知其精力之绵延于无极，其思想之探赜（zé）索远，致广大，尽精微，灼然洞然于万物之理，吾生之真，而体之践之，充实以不疑者，真大宇之明星也。故宁静致远者，哲学家之事也。

虽然，凡人之趋向，必顺其天才发展。大鹏翔乎九万里，斥鹭抢于榆枋间，各适其性，各当其分，不齐而齐矣。榆枋之间，其近不必羡乎远也；九万里，其远不必骄于近也。天付之羽翼而莫之飞，斯乃不尽其性，不如其分，此之谓弃物。

吾向者欲以此意为诸生言之，又惧失言而遂止也。汝来请益，吾故不惮烦而言之，然吾所可与汝言者止此矣。汝能听与否，吾则以汝此后作何功夫而卜之也。若犹是昏昏懂懂，漫无定向，徘徊复徘徊，蹉跎复蹉跎，岁月不居，汝其虚度此生矣。

抱悲心者，必先养大雄之力

佛以大雄无畏，运其大悲。见种种颠倒痴愚众生，种种苦恼逼迫境界，都无愤激，都无厌恶，始终不舍而与之为缘，尽未来际，曾无息肩。其悲也，其大雄无畏也。

吾侪愤世嫉俗，不能忍一时之乱，幽忧愁苦，将荒其业，此实浅衷狭量之征。故知抱悲心者，必先养大雄之力。

不能大雄无畏而徒悲，则成为阴柔郁结，而等乎妾妇之量已。

为学始于辨志

为学始于辨志。志者心之所存主。

心存主乎诳耀势利，则小人之归也。心存主乎发强刚毅，则大人之基也。是其界划甚明，而人恒忽忽焉习熟于卑近而不之察也。

汝切须内省而辨之于微，勿安于习而贪徇物之易，以率性为难，则辨之必明，而毋入于卑近矣。

凡有志根本学术者，当有孤往精神

吾看船山、亭林诸先生书，总觉其惇大笃实，与天地相似，无可非议。他有时自承其短，而吾并不觉他之短。

看李恕谷书，令我大起不快之感，说他坏，不好说得；说他不坏，亦不好说得。其人驰骛声气，自以为念念在宏学，不得不如此。

然船山正为欲宏学而与世绝缘，百余年后，船山精神毕竟流注人间。而恕谷之所以传，乃附其师习斋以行耳。若其书，则不见得有可传处。然则恕谷以广声气为宏学者，毋亦计之左欤？那般虏廷官僚、胡尘名士，结纳虽多，恶足宏此学。

以恕谷之聪明，若如船山绝迹人间，其所造当未可量，其遗留于后人者，当甚深远。恕谷忍不住寂寞，往来京邑，扬誉公卿名流间，自荒所业。外托于宏学，其中实伏有驰骛声气之邪欲而不自觉。日记虽作许多恳切修省语，只是在枝节处留神，其大本未清，慧眼人不难于其全书中照察之也。恕谷只是太小，所以不能如船山之孤往。吾于其书，觉其一呻一吟、一言一语，无不感觉他小。习斋先生便有惇大笃实气象，差可比肩衡阳、昆山。凡有志根本学术者，当有孤往精神。

苦 与 乐

　　为学，苦事也，亦乐事也。唯真志于学者，乃能忘其苦而知其乐。盖欲有造于学也，则凡世间一切之富贵荣誉皆不能顾，甘贫贱，忍淡泊，是非至苦之事欤？虽然，所谓功名富贵者，世人以之为乐也。世人之乐，志学者不以为乐也。不以为乐，则其不得之也，固不以之为苦矣。

　　且世人之所谓乐，则心有所逐而生者也。既有所逐，则苦必随之。乐利者逐于利，则疲精敝神于营谋之中，而患得患失之心生；虽得利，而无片刻之安矣。乐名者逐于名，则徘徊周旋于人心风会迎合之中，而毁誉之情俱；虽得名，亦无自得之意矣。又且所逐之物必不能久，不能久则失之而苦益甚。故世人所谓乐，恒与苦对。斯岂有志者所愿图之乎？

　　唯夫有志者不贪世人之乐，故亦不有世人之苦，孜孜于所学而不顾其他。迫夫学而有得，则悠然油然，尝有包络天地之概。斯宾塞氏所谓自揣而重，正学人之大乐也。既非有所逐，则此乐乃为真乐，而毫无苦之相随，是岂无志者所可语者乎？

如何对待人欲

欲，可禁乎？欲，能禁而绝乎？人心者，非顽然一物，其间前念方灭，后念即起，迁流不息，亦如河海之流而无穷也。今欲人欲之不起，唯务抑之遏之，不知欲之起也无已，抑之遏之亦无已。是非如治水之壅塞其流，终将使之决于一旦，滔天而不可挽乎？

吾意佛家教人，不应如此。盖不在禁欲，唯务转依。转依者，转移此心之倾向也。知欲之不可禁，唯移此心之倾向而令其依于善，则念念向上，将邪欲不禁而自伏除。譬之治水者，顺流疏决以就正道，则流既畅而泛滥之祸自免也。

儒者亦有把人欲看作是天理之敌人而必欲克去之者，此亦大错。夫欲，曰人欲，则亦是人之欲也。人之欲，其可尽去乎？使人之欲而可尽去，除非人不生也。人既有生，便不能无人欲，如何尽去得？大抵人欲所应去者，只是不顺理之欲。吾人见得天理透，只是良知不汩没耳。使天理常作得吾身之主，则欲皆从理，而饮食男女莫非天理中事矣。

如何看待"好名"

好名心的本质，就是个好美，正是天性的发现，不容说坏得。

"见贤思齐焉，见不贤而内自省也。"这个才是真好美的心，亦即是真好名的心。如此直须扩充，岂容克去？

若夫不务实而求炫于外者，这不是能好名的人，只是庸凡卑屑人，力量不足，亏乏于内，诳耀于外。这个正是一种亏空的表现，迹似好名而实不知好名者也。

好名近于知耻，知耻由于有力，故曰"知耻近乎勇"。

谈情说智

圣贤自有至情,大奸雄亦复多情。

奸雄如不多情,何能收笼群伦为之效命哉?其多情,非尽伪也;尽伪必不能使人。曹操既贵,不忘死友之女。祭桥玄文,感怀知己,一往情深。其他吊旧之词,亦令百世下读者可歌可泣,岂可以伪为哉?特不能率性以治情,其情日以流于杂妄,故不得为圣贤耳。

以是知人未有无情而足为人者也。唯昏惰人乃斫其情。

智大者必富幽情,探赜索远,极深研几,解悟所至,情味俱永。情薄则无以资解之深到。

刹那刹那、别别顿起

天地，空中一大物也。你以为他是渐长的吗？实则他是刹那刹那、别别顿起，就和那电光一闪一闪似的了。

他起得这般速，却不曾着力，故曰"不疾而速"。他才起，就是至了。

常识以为凡言至者，必行而后至。行者，历如干时，通过如干空间之谓。他这个顿起，元不曾有所经行，不可夹杂时空的观念去推想他，故曰"不行而至"。

庄子曰："变化密移，畴觉之欤？"此盖神之不测也。

社会成立的根本条件

　　社会即各个人的总体。个人与个人之间，无形地默默地有一种钩锁，所以聚总得拢而成功一个社会。这钩锁，就是人的天性，或曰本性。元来无形骸之间，无尔我之分，社会赖有此钩锁作他成立的根本条件。虽则许多学者的眼光里不肯承认有此钩锁，然这道理不因人的承认才有，亦不因人的不承认便无。

　　我也不说社会所以成立，除此根本条件外，再不得有其他的条件。人生来有实际生活，利害问题非常重要，也是驱率他去做合群的勾当。所以，利害问题亦是社会成立的条件之一，但不是社会成立的根本条件。如稻禾之成，须具种子、水、土、空气、日光、人工等条件，而种子独为根本条件，故根本条件之意义极严格。然而许多学者的眼光，只看利害，不曾思量有超越利害的天性。这样躔弃人生之所固有，低减人生之无上价值，生心害政，适足陷社会于混乱或分崩的惨运。

　　话到此，似牵远了。我以为，个人只要不汩没他的天性，尽管自由，决不至流于为我之私，害及社会。须知自由便顺着他的天性去发展，所以他的生活力充实，不受任何逆理的阻遏。至如为我之私，正是生活力欠充实才落到小己的利害上做计较，这是因为不自由才显现出来的。

哲学的两个路向

哲学，大别有两个路向：一个是知识的，一个是超知识的。超知识的路向之中也有二派：一极端反知的，如此土道家是；一不极端反知的，如此土晚周儒家及程朱阳明诸儒是。西洋哲学，大概属前者。中国与印度哲学，大概属后者。前者从科学出发，他所发见的真实，只是物理世界的真实，而本体世界的真实，他毕竟无从证会或体认得到。后者寻着哲学本身的出发点而努力，他于科学知识亦自有相当的基础。如此土先哲于物理人事亦有相当甄验。而他所以证会或体认到本体世界的真实，是直接本诸他的明智之灯。易言之，这个是自明理，这个理是自明的，故曰自明理。不倚感官的经验而得，亦不由推论而得，所以是超知识的。又复应知，属于后一路向的哲学家，有用逻辑做他的护符。如佛家大乘空有两宗都如此。更有一意深造自得，而不事辩论，竟用不着逻辑的。中国哲学全是如此。

如何看待王阳明的"心即理"

伊川首言"性即理"也，至阳明乃易其词，而唱"心即理"之论。其时为朱子之学者，则宗朱子《大学格物补传》，而主理在物，非即心，以诋阳明。于是阳明益自持之坚，以与朱派之学者相非难。实则朱子《格物补传》亦宗伊川。伊川尝说"在物为理"，阳明却道这话不通，要于"在"字上添一"心"字，说"心在物为理"才是云。原来伊川言"性即理"，自与认识论无关。伊川谓性即实理，便就本体说。后来阳明说"心即理"，才涉及认识论，而他却严密有组织。他说心之发动名意，意之所着处为物，既无心外之物，矧有心外之理？照他的说法，物是与心俱在的，不是离心独存的。语录时见此意。心寂则物与之俱寂，心起则物与之俱起。心寂时无分别，心即是浑然纯一的理，同时令物成为有此纯一的理的物。心起时有分别，心即成功了这一起的分殊的理，同时令物成为有此分殊的理的物。立民按：这段话引申得煞好，不可粗读过。所以，他不许外心而求物理，因为在物之理即是心，除了心便没有理。

阳明壁垒森严，虽不肯作理论的文字以发表其思想，而我们由他的语录中可考见他的哲学是有精整伟大的系统的。他的学说虽不免有缺憾，而朱派的攻击都是糊涂地乱嚷，全不中他的病。在他的哲学上不许物离心独存是当然的，但物只不离心而仍非无物，他的极端的"心即理"说未免太过。没有心，固无以见物之理，然谓"心即理"，则理绝不因乎物，如何得成种种分殊？即如见白不起红解，见红不作白了，草木不可谓动物，牛马不得名人类，这般无量的分殊，虽属心之裁别，固亦因物的方面有以使之不作如是裁别而不得者也。而阳明绝对地主张"心即理"，何其过耶。

又讲哲学者，应该认定范围。物不离心独存，此在哲学另是一种观点。若依世间的经验说来，不妨承认物是离心独存的，同时不妨承认物自有理的。因为现前事物既不能不假定为实有，那么不能说他是诡怪不可把捉的，不能说他是杂乱无章的，他自有定律法则等等令人可以摹准辨析的，即此定律法则等等名之为理，所以物自有物之理，而非阳明所谓即心的。伊川"在物为理"之说，按之物理世界，极是极是，不须阳明于"在"字上添一"心"字。心不在，而此理自是在物的。阳明不守哲学范围，和朱派兴无谓之争，此又其短也。

吾今日因汝之问而答之，哓哓不已者，则以"心即理"与"理在物"，直是朱子阳明两派方法论上之一大诤战。主"心即理"者直从心上着工夫，而不得不趋于反知矣。主"理在物"者便不废致知之功，却须添居敬一段功夫，方返到心体上来。朱学以明体不能不有事于格物，主张甚是。王学力求易简直捷，在哲学上极有价值，惜不为科学留地位。

如有一息之绝于人，则人类灭矣

忠之为道德也，古者以之忠于君，今可谓其旧而不适用乎？毋自暴弃，所以忠于己；执事敬，所以忠于识务；为国民争得平等自由，所以忠于民众；为人类倡明真理，所以忠于人类。准此以谈，忠之为道德也，其可谓古之所以事君者，今不宜存乎？

先儒云"发己自尽之谓忠"，如此训忠，甚好。发字，大有力，兼生发与发散两义。而所谓己者，言乎己之所存也。发己者，发其所存也。本乎己所固具之良知良能，与凡学之所得，知之所及，思之所通，心之所信，当其不得不发，如草木的生力发不自已一般。沛然发之而无所馁。易言之，直是尽他一己生得与继长的整个的生活力，油然畅发，极充实而无所虚，无所伪，无所馁，所以谓之忠也。

忠之道德，如有一息之绝于人，则人类灭矣。此何所谓新旧之异耶？曾子任重道远，死而后已，诸葛鞠躬尽瘁，死而后已，都是发己自尽，都是个忠。

人类中心观念与达尔文的进化论

人类中心观念，本不可摇夺。只是旧的解释错误，自达氏进化论出，乃予以新解释耳。

今站在进化的观点上说，自然界从无机物而生物，而动物，而人类层层进化。人类进至最高级，他渐减却兽性而把宇宙的真善美发展出来。

易言之，宇宙的真理，在人类上才表现得完足。所以说，人者天地之心，所以人类中心观念得进化论而益有根据。

第二辑

宇宙人生诸大问题

宇宙如何肇开？万物由何而成？[①]

宇宙发展，约分三层。

一曰物质层。太初时期，最先成就。由蒙鸿一气，即气体。而经液体以至固体。无量诸天体大物布列太空，是乃无数物质宇宙。其数太多，诸大海岸沙数之多，当不及其万分之一。是为物质层。

二曰生命层。物质层凝成，经历不可数计之悠长年代，而后有生机体出现，即生命出现。是为生命层。

在生机体出现以前，生命力只是斡运于物质中，潜藏而不得显发出来。斡者，主领之谓。运者，运行。不可妄疑太初唯有物质并无生命力默运于物质层也。"不可"二字，一气贯下为句。默，犹潜隐也。设若太初本无生命，则后时生命出现，岂是偶然而来乎？

倘谓生命亦从坤质产生，则其说之决定不可通者，有二故：一、推原太初，宇宙肇开。肇，犹始也。不得不承认其由于变化。而变无独起，是义不摇，遍征物理、人事，莫有例外。云何宇宙肇开可由一物独变乎？一物独变，造成世界，唯教徒笃信上帝有是事耳。其然，岂其然乎？圣人作《周易》。圣人，指孔子。即用显体。孔子之《周易》，不于功用或现象以外建立实体，而收摄实体以归藏于功用或现象。易言之，即以实体为功用或现象之内在根源，故说即用显体。（此言克就功用或现象，而阐明其有内在的实体也。显者，阐明之谓。如此，则其立论是以功用或现象为主，实体只是功用或现象自身所有之内在根源耳。以此视古今哲学家谈本体而未离宗教窠臼者，迷悟隔绝，何止天渊之判。）此是《周

---

① 此文选自《乾坤衍》，现标题为编者所加。

33

易》哲学大根本处。学者倘于大根本处，见之明，持之定，则于《周易》哲学庶几不生谬解。其立论本以功用或现象为主。注意。现象分殊，分者，分别。殊者，殊异。现象各别为类，互相殊异故。不可淆乱。不可淆杂，不可混乱。一切现象，都不无因而起。如此有，故彼有。故，犹因也。由此为因，而彼得有。彼，即果也。彼之与此，定有相似，故因果律存焉。若许坤质得为非坤质之因，非坤质，指生命和心灵。即因与果截然无相似处，截然者，彼此本不同类，无有相似之貌。是乃破坏因果律。由上二故，余确然不信建立坤质为一元可以说明生命所由生。余确然不信五字，一气贯下为句。须知，坤质和乾道"大生"（即生命）皆由其一元实体之内部含藏复杂性而变成乾坤两方面，是名功用，亦名现象。一元实体变成乾坤，譬如大海水变成众沤。屡说在前。

是故《周易·乾·象》说"乾道变化"云云。化属于坤，此中有伏文。说在前，宜覆玩。本谓乾道主变而导坤，坤阴承乾而起化与乾同功，遂成万物，开宇宙。成万物、开宇宙二语，作复词。宇宙，乃万物之总称耳。余深玩乾变坤化相反相成之义。盖圣人仰观、俯察，远取诸物，近取诸身，洞然发见此理，而后作《易》，以揭造化之秘，圣人，指孔子。造化，谓乾变坤化。遍征万有，非无明证。洞彻理根，极尽精微，理根，见前。大义昭然，无可疑也。宇宙肇开，断断兮不由一物独变。断断兮，肯定之貌。乾变坤化，是义决定，坚立不摇。

34

古今哲人如何解决宇宙人生诸大问题①

古今哲人对于宇宙人生诸大问题而求解决，其行思辨也，则必有实感为之基。

实感者，情也，而德慧智俱焉。情胜智，则归于宗教信仰；智胜情，则趋于哲学思辨。

大哲学家之思辨，由实感发神解。神解必是悟其全，而犹不以傥来之一悟为足也，必于仰观俯察、近取诸身、远取诸物之际，触处体认、触处思维与辨析，然后左右逢源，即证实其初所神悟者。

至此，若表之理论以喻人，固亦是知识，而实则其所自得者是超知的，但不妨说为知识耳。

---

① 此文选自《十力语要初续》，原标题为"答牟宗三"，现标题为编者所加。

中西学术,合之两美,离则两伤^①

文化的根柢在思想,思想原本性情,性情之熏陶不能不受影响于环境。中西学术思想之异,如宗教思想发达与否、哲学路向同否、科学思想发达与否,即此三大端,中西显然不同。此其不同之点,吾以为:就知的方面说,西人勇于向外追求,而中人特重反求自得;就情的方面言,西人大概富于高度的坚执之情,而中人则务以调节情感以归于中和。不独儒者如此,道家更务克治其情,以归恬淡。

西人由知的勇追与情之坚执,其在宗教上追求全知全能的大神之超越感特别强盛,稍易其向,便由自我之发见而放弃神的观念,即可以坚持自己知识即权力,而有征服自然、建立天国于人间之企图。西人宗教与科学,形式虽异,而其根本精神未尝不一也。

中国人非无宗教思想,庶民有五祀与祖先,即多神教。上层人物亦有天帝之观念,即一神教。但因其智力不甚喜向外追逐,而情感又戒其坚执,故天帝之观念渐以无形转化,而成为内在的自本自根之本体或主宰,无复有客观的大神。即在下层社会,祭五祀与祖先亦渐变为行其心之所安的报恩主义,而不必真有多神存在。故"祭如在"之说,实中国上下一致之心理也。中国人唯反求诸己,而透悟自家生命与宇宙元来不二。孔子赞《易》,首明乾元统天。乾元,仁也;仁者,本心也,即吾人与万物同具之生生不息的本体,无量诸天皆此仁体之显现,故曰统天。夫天且为其所

---

① 本文曾以"答某生"为标题,收入《十力语要初续》。郭齐勇先生将之收入《中国近代思想家文库·熊十力卷》时,标题为"略说中西文化"。编者冠以现在的标题,凸显熊十力此文之涵义与目的。这也是熊十力对于中西文化、学术一贯的看法。

统，而况物之细者乎？是乃体物而不遗也。孟子本之以言"万物皆备于我"，参考《新唯识论》语体本《明心》章。庄生本之以言"独与天地精神往来"，灼然物我同体之实，此所以不成宗教，而哲学上"会物归己"，用僧肇语。陆子静言宇宙不外吾心，亦深透。于己自识，即大本立。此中己字，非小己之谓。识得真己，即是大本。岂待外求宇宙之原哉？此已超越知识境界而臻实证，远离一切戏论，是梵方与远西言宗教及哲学者所不容忽视也。《新唯识论》须参考。中国哲学归极证会，证会则知不外驰，外驰，即妄计有客观独存的物事，何能自证？情无僻执，僻执，即起倒见，支离滋甚，无由反己。要须涵养积渐而至。此与西人用力不必同，而所成就亦各异。

科学思想，中国人非贫乏也。天算、音律与药物诸学，皆远在五帝之世；指南针自周公，必物理知识已有相当基础，而后有此重大发明，未可视为偶然也；工程学在六国时已有秦之李冰，其神巧所臻，今人犹莫能阶也，非斯学讲之有素，岂可一蹴而几乎？张衡候风地动仪在东汉初，可知古代算学已精，汉人犹未失坠。余以为周世诸子百家之书必多富于科学思想，秦以后渐失其传。即以儒家六籍论，所存几何？孔门三千七十，《论语》所记亦无多语；况百家之言，经秦人摧毁，与六国衰亡之散佚。又秦以后大一统之局，人民习守固陋，其亡失殆尽，无足怪者。

余不承认中国古代无科学思想，但以之与希腊比较，则中国古代科学知识，或仅为少数天才之事而非一般人所共尚。此虽出于臆测，而由儒道诸籍尚有仅存，百家之言绝无授受，两相对照，则知古代科学知识非普遍流行，故其亡绝，易于儒道诸子，此可谓近乎事实之猜度，不必果为无稽之谈也。中国古代，一般人嗜好科学知识不必如希腊人之烈。

古代儒家反己之学，自孔子集二帝三王之大成以来，素为中国学术思想界之正统派，道家思想复与儒术并行。由此以观，正可见中国人知不外驰，情无僻执，乃是中国文化从晚周发原便与希腊异趣之故。希腊人爱好知识，向外追求，其勇往无前的气概与活泼泼的生趣，固为科学思想所由发展之根本条件，而其情感上之坚执不舍，复是其用力追求之所以欲罢不能者。此知与情之两种特点如何养成？吾以为环境之关系最大。希腊人海洋生活，其智力以习于活动而自易活跃，其情感则饱历波涛汹涌而无所震慨，故养成坚执不移之操。中国乃大陆之国，神州浩博，绿野青天，浑沦无间，生息其间者，上下与天地同流，神妙万物，无知而无不知。妙万物者，谓其智周万物而实不滞于物也。不琐碎以逐物求知，故曰无知；洞彻万物之原，故曰无不知。彼且超越知识境界，而何事匆遽外求、侈小知以自丧其浑全哉？儒者不反知，而毕竟超知；道家直反知，亦有以也。夫与天地同流者，情冥至真而无情，即荡然亡执矣。执者，情存乎封畛也。会真则知亡，有知，则知与真为二。非会真也。而情亦丧，妄情不起，曰丧。故无执也，知亡情丧，超知之境，至人之诣也。儒道上哲，均极乎此。其次，虽未能至，而向往在是也。

就文学言，希腊人多悲剧。悲剧者，出于情之坚执，坚执则不能已于悲也。中国文学以《三百篇》与《骚经》为宗。《三百篇》首"二南"，"二南"皆于人生日用中，见和乐之趣，无所执，无所悲也。《骚经》怀亡国昏主，托于美人芳草，是已移其哀愤之情聊作消遣。昔人美《离骚》不怨君，其实亡国之怨如执而不舍，乃人间之悲剧，即天地之劲气也。后世小说写悲境，必以喜剧结，亦由情无所执耳。使其有坚执之情，则于缺憾处必永为不可弥缝之长恨，将引起人对命运或神道与自然及社会各方面提出问题，而有奋斗与改造之愿望；若于缺憾而虚构团圆，正见其情感易消逝而无所固执，在己无力量，于人无感发。后之小说家承屈子之流而益下，未足尚也。要之中国人鲜坚执之情，此可于多方面征述，兹不暇详。

就哲学上超知之诣言，非知不外驰，情无僻执，无由臻此甚深微妙境界。然在一般人，并不能达哲学上最高之境，而不肯努力向外追求以扩其知，又无坚执之情，则其社会未有不趋于萎靡，而其文化终不无病菌之存在。中国人诚宜融摄西洋以自广，但吾先哲长处，毕竟不可舍失。

或问：西方文化无病菌乎？答曰：西洋人如终不由中哲反己一路，即终不得实证天地万物一体之真，终不识自性，外驰而不反，只向外求知，而不务反求诸己；知识愈多，而于人生本性日益茫然。长沦于有取，以丧其真。有取一词，借用佛典。取者，追求义。

如知识方面之追求，则以理为外在而努力向外穷索，如猎者之疲于奔逐而其神明恒无超脱之一境，卒不得默识本原，是有取之害也。

欲望方面之追求，则凡名利权力种种，皆其所贪得无厌而盲目以追逐之者，甚至为一己之野心与偏见及为一国家一民族之私利而追求不已，构成滔天大祸，卒以毁人者自毁。此又有取之巨害也。是焉得无病菌乎？

中西文化宜互相融合，以反己之学立本，则努力求知，乃依自性而起大用，无逐末之患也。并心外驰，知见纷杂，而不见本原，无有归宿，则其害有不可胜言者矣。中西学术，合之两美，离则两伤。

此自是久远事业①

　　昨承枉过，深觉贤者有笃厚气象，至为欣慰。力蹉跎忽忽将老，稍有窥知于此土先哲遗文，返在当躬体验，益信此理昭然，无可置疑。遭时衰乱，吾先哲之绪殆已垂绝。端居深思，若有隐痛。此种隐痛，初不能明其所以，直为爱护真理而恒怦然恻然，不能自已。宗门大德传授衣钵，必勖其徒曰："好自护持，毋令断绝。"少时不知此意，今每展览语录至此，未尝不怆然悲从中来也。

　　承属撰一短文，略述东方思想与西洋思想根本异处。此事乌能以短文言之？即欲表以长文，又谁肯留意？

　　此土先哲，深穷宇宙人生真际，其入处要在反之身心践履之间，却不屑衍为理论。虽未始遗弃知识，儒家不反知，道家却反知。要其归极在体真理而与之为一。所谓形色即天性者，固非徒事知识可臻斯诣。

　　曾见一译本述罗素语，哲学不能为禽兽讲，亦不能为一般人讲。此可谓如语者、实语者。凡夫无深广智慧，无卓特眼光，无高远胸抱，便于无上无容真理至极绝待，故云无上无容。不生希求想，根本不能与之谈此理。况欲其能相契入耶？今日学子安于卑陋怠散，虽剽窃西学，而于知识方面，实不曾作过有根据有体系的探求。彼对其所标榜所崇信者尚如此，若更欲引之以其所不及，则适为彼所诟詈已耳。此正佛家所谓末法时代。

　　吾侪唯有留心物色善类，相与护持，任重道远，毫无恐怖。此自是久远事业，不必规规于目前影响。报章何足言耶？

---

①　此文选自《十力语要》，原标题为"与张君"，现标题为编者所加。

来示所谓昏昏闷闷之苦，昏闷只是心为物役之故。若此心不为物役，即念念昭昭明明，昏闷从何而有？人心本自昭明，本转物而不为物转。其所以为物役，而至如庄子所呵"直为物逆旅"云者，则缘习心用事，而全障其本心，即已失其昭昭明明之本体故也。

仁者已精察到此，幸其深勘到底，抉发贼窝，用快刀斩乱丝手段，切莫随顺他去。

君子无终食之间违仁，造次颠沛必于是。要在一念振起，不甘堕落而已。

欲言不尽，诸维亮察。

吾学归本证量①

生生化化的真实流，乃是真体显现。真体，喻如大海水。生化的真实流，喻如众沤。生化之流，亦说为真实者，从其本体而言之也。真体无形无象、无作意、无杂染，而实备万理、含万善。先儒所谓"冲漠无朕，万象森然已具"，此义深微，千载几人落实会得？夫冲漠无朕，而万象已森然，则所谓理型，本非意想安立，乃法尔如是，法尔，犹言自然，但其义甚深。世俗习用"自然"一词，无深解。故译音曰法尔。乌容遮拨？《诗》曰："有物有则。"物者，依生生化化的真实流而立斯名。生化之流，诈现种种迹象，即假名为物。有物即有则，无是则，即无是物。可见真体显为生化之流，元是富有无穷之则，故曰备万理也。理亦则义。夫理或则元是真体自身中所备具。先儒直名此真体曰理或实理，最有深义。其显为生生化化的真实流，是所谓重理灿著也。然即此众理灿著，便是一理平铺。所云一理，以真体无待故名。无待，名一，非算数之一。一理为无量理，故一即是多。无量理本为一理，故多即是一。一不碍多，多不碍一。一为多，多为一，均无妨碍。所谓"玄之又玄，众妙之门"。吾子于斯深体之，则知识界之理，即理智思辨所谓之理型。正来函所谓，即是形上之理之展现，岂待强为安顿与维系耶？

但吾学与西哲有天壤悬隔者，吾以一真绝待之体，一即无待义。非算数之一。非一合相。混然同一，无有分殊，谓之一合相。借用佛氏《金刚经》语。无形而有分，分者，分理。真体无形相而有分理，所谓"冲漠无朕，万象森然已具"是也。万象森然，即是重理秩然，亦云分理。故克就真体而名之为理。是所谓，

---

① 此文选自《十力语要》，为"答牟宗三"的部分内容，现标题为编者所加。

理乃由证量而得之。孔云默识。默者，冥然无分别貌。不起分别，而非无知，故复云识。此相当于佛氏所云证量。证者，证会；量者，知义，非常途所云知识之知。证会得一种知，名为证量。此乃修养功深，至于惑染克去尽净而真体呈露，尔时，真体之自明自了，谓之证量。此非理智推度之境不待言。吾尝云超知之诣，正谓此。孔子曰："天何言哉？四时行焉，百物生焉。天何言哉！"天者，本体之名；何言者，叹其寂然无形，冲漠无朕，所谓一理是也。时行、物生，言其显为大用，生生化化，无穷竭也。所谓万象森然，即众理灿著是也。来函所谓体认此整全而具体的化育流行，此正是证量境界。非稍窥孔子默识之旨，何堪及此？默识，即证量。总之，吾所谓理，乃直目无为而无不为，不易而变易，无穷之真体。因其以一理而涵众理，虽复众理纷纶，而仍即一理，故即此真体而以理名之。此理，是一真实体，一者，无对义。非是思维中之一概念，非是离真实而为一空洞的型式。此与西洋人理型的观念，自是判若天渊。

吾学归本证量，乃中土历圣相传心髓也。理型世界则由思维中构画而成。来函谓是从生生化化的真实流中抽出言之云云，实则彼未得证会此真实流，而只依生生化化之流的迹象所谓万物或大自然只是生化的真实流之迹象。强为构画，以图摹之而已。此等图摹的理型世界，谓其于生生化化的真实流之理根，全无似处，未免过当。"理根"一词，借用郭子玄《庄注》。真实流的本身，是具有理则的，故谓之理。对图摹的理型而言，则云理根。然复须知，此等图摹，谓其遂与生化之流之理根得相符应，则稍有识者已知其不可。譬如画师图摹山水，无论如何求逼真，终不可得山水之真也。若知理智思辨之功用止于图摹，则哲学当归于证量，万不容疑。

但图摹究不可废。人生囿于实际生活，渐迷其本来，即从全整的生化大流中坠退而物化，至于与全整体分离，尚赖有理智之光与思辨之路，以攀缘本来全整体的理则，"理则"二字，复词，则亦理义。而趣向于真实。追求理型世界，便有超脱现实的意义，故云趣向真实。此其可贵也。故反理智与废思辨之主张，吾所极不取。

欲言甚多，此不暇及。

中国学人之死症，非常可忧^①

中国学人有一至不良的习惯，对于学术根本没有抉择一己所愿学的东西。因之，于其所学，无有不顾天、不顾地而埋头苦干的精神，亦无有甘受世间冷落寂寞而沛然自足于中的生趣。如此，而欲其于学术有所创辟，此比孟子所谓"缘木求鱼"及"挟泰山超北海"之类，殆尤难之又难。

吾国学人总好追逐风气，一时之所尚，则群起而趋其途，如海上逐臭之夫，莫名所以。曾无一刹那，风气或变，而逐臭者复如故。

此等逐臭之习，有两大病：一、各人无牢固与永久不改之业，遇事无从深入，徒养成浮动性。二、大家共趋于世所矜尚之一途，则其余千途万辙，一切废弃，无人过问。此二大病都是中国学人死症。

吾且略举事例。远者姑置勿论，前清考据之风盛，则聪明才俊之士，群附汉学之帜，而宋明义理之学则鄙弃不遗余力。民国洪宪之变以后，时而文学特盛，则青年非新文学家不足自慰。时而哲学特盛，则又非哲学不足自宠。时而科学化之呼声过高，则青年考大学者，必以投理工、弃文哲为其重实学去浮虚之最高表示。

实则文学、哲学、科学都是天地间不可缺的学问，都是人生所必需的学问，这些学问，价值同等，无贵无贱。我若自信天才与兴趣宜于文学，则虽举世所不尚，吾孤往而深入焉，南面之乐不以易也；乃至自信我之天才与兴趣宜于哲学或科学，则虽举世所不尚，吾孤往而深入焉，南面之乐无以易也。如此，则于其所学，必专精而有神奇出焉。

---

① 此文选自《十力语要》，原标题为"戒诸生"，现标题为编者所加。

试问今之学子，其习业，果非逐臭而出于真正自择者有几乎？

又试就哲学言，西洋诸名家思想经绍介入中国者，如斯宾塞，如穆勒，如赫胥黎，如达尔文，如叔本华，如尼采，如柏格森，如杜威，如罗素，以及其他都有译述，不为不多。然诸家的思想不独在中国无丝毫影响，且发生许多驳杂、混乱、肤浅，种种毛病不可抓疏，此何以故？则因诸家之学，虽经译述其鳞爪，或且移陈其大旨，然当其初入，如由一二有力者倡之，则大家以逐臭之态度而趋附。曾未几时，倡者已冷淡，而逐者更不知有此事。

夫名家显学，既成为一派思潮，则同情其主张而移译之者，必有继续深研之努力，方得根据其思想而发挥光大，成为己物。今倡之者既出于率尔吹嘘，逐之者更由莫名其妙之随声附和。若此，则诸哲学家之精神如何得入中国耶？

夫学者之于理道也，不恬淡，则胸怀不得冲旷，而与理道绝缘矣；不寂寞，则神智不得无扰，而与理道绝缘矣；不专一，则思虑不得深沉，而与理道绝缘矣；不恒久，则考索不得周遍，而与理道绝缘矣。逐臭者，趋时尚，苟图媚世，何堪恬淡？随众势流转，侥幸时名，何堪寂寞？逐臭之心，飘如飞蓬，何能专一？自无抉择之智，唯与俗推移，无所自持，何能恒久？故一国之学子，逐臭习深者，其国无学，其民族衰亡征象已著也。

中国人喜逐臭而不肯竭其才以实事求是；喜逐臭而不肯竭其才以分途并进；喜逐臭而不肯竭其才以人弃我取，此甚可忧！

此习不戒，万劫沉沦①

护法《唯识论》近于机械，此说固是。然出于足下之口，则全不相干。凡反对古代大人物之说者，必始也于其人之苦心孤诣与其学说之大纲众目一一理会清晰，且咀嚼有味、兴高采烈，直与其人思想合而为一。到此境矣，忽然百尺竿头，顿不满于前之所欣，则此反对为有价值，而亦无负于古人。自己方是真得力、真受用处。此何易言哉！今人粗心浮气，才了人家一二皮毛，便已开口批评。试问自己有何见地？胸中有何生涯？寡浅不若堂坳，且欲荡芥为乐，以测大海泛舟之事，此可哀而不足鄙也。此习不戒，将欲入学，吾未前闻。

足下一向少作真实功夫，故于物情事理犹欠分晓，只落在世俗拘碍与惰散路径去，此吾所为深忧者也。

吾昔所期望于子者甚远，不幸今已堕落而无一成。以吾年来函牍提撕而子之狭陋褊浅如故，毫未有感发兴起。然且以良民自许，良民者庶民也，庶民者禽兽也，饥则思食，渴则思饮，血气旺则思排泄，此外无感触，无蕴蓄，故于禽兽无别也。此岂大丈夫所愿为者乎？凡暴弃已甚之人，只有反而自觅其心。

诸葛武侯《诫外甥书》曰："使庶几之志，揭然有所存，恻然有所感。"此非大菩萨不能为此语，非志希大菩萨者不能如实了解此语。此未可以了解文字者了解之也，须灼然发现自己渊深恻隐、包络天地、孕育群物、广大无边、不可思议之心体，乃识得此中理趣。凡夫心灵一向汩没，

---

① 此文选自《十力语要》，原标题为"与或人"，现标题为编者所加。

昂然七尺之躯，息息与物为构，即是一块硬物质，与许多硬物质相攻取。孟子所以谓之物交物也。若此，乌知所谓"揭然有所存，恻然有所感"者乎？此吾子所以万劫沉沦也。

一般人大概没有思维作用①

吾前日面谭，一般人不会自察识他曾否有思维作用，吾子却不肯印可，以谓人都是善用思的，何可如此菲薄人？子之意固厚，然于"思"字未了在。

王船山先生《读四书大全说》云："只思义理便是思，便是心之官；思食思色等，直非心之官，则亦不可谓之思也。孟子曰'先立乎其大者'，元只在心上守定着用功，不许寄在小体上用。以耳目有不思而得之长技，一寄其思于彼，则未有不被其夺者。"此段话精察入微，才分明显出思之所以为思了。

须知：思之发虽不能不藉耳目官能为用，此中"用"言犹云工具。但思确是一心内敛，以主宰乎耳目官能。专一融摄义理，才叫作思。若心外驰而不得为主，即寄其思于耳目官能，便以小体役其心而夺心之用，小体，谓耳目官能。乃为食色安佚等等是殉焉。此殉于食色安佚等等之思，据实则本不是思，只是耳目夺心之用而自逞其技，所以成乎聋、盲、爽、发狂，如老氏所呵也。

心不宰乎耳而任耳夺其用，则耳殉没于声而失聪，故聋也；心不宰乎目而任目夺其用，则目殉没于色而失明，故盲也；心不宰乎口而任口夺其用，则口殉没于味而失其正，故爽也；心不宰乎四体而任四体夺其用，则四体殉没于散乱，故发狂。

吾子谛察一般人的生活，几曾把握得他的心住，使不被夺于耳目官

---

① 此文选自《十力语要》，原标题为"答韩生"，现标题为编者所加。

能，外驰殉物而能保任其心，以宰制耳目官能、显发思的妙用、融摄万理而无滞耶？吾子谛察至此为句。

所以，一般人大概没有思维作用，直不自察识耳。

无真实心，便无真实力[①]

来函于尊姓写得不可认，是徐字否？大名似是"佛观"二字。写字固不妨草，然过草亦不必也。古人对老辈或素未面者通书，字与辞皆甚谨。清末以来，此意渐废，至民国而益不堪。吾少时革命，极慕脱略。三十左右渐悟其非，久之而益自厌矣。默观时会，士人操行能严谨者较好；放纵者每至失其所以为人，此可戒也。贤者吾同县耶？抑同省耶？再函望见告。

为学须具真实心。真实心者何？即切实做人之一念，恒存而不敢放也。诗曰："夙兴夜寐，毋忝尔所生。"心不存时，最好诵此，庶几惭愧中发，而有以自警矣！吾老来，念平生所见老辈及平辈、后辈，甚至后后辈，有聪明可望于学问或事业有所就者，未尝无之。然而卒无成，其故为何？即根本无做人之一念耳。

无真实心，便无真实力。无真实力，而可以成人，可以为学、立事者，古今未尝有也！富贵可苟取也，浮名可苟取也，人生而为人矣，奚可如是了此生耶！

力复　七月五日

---

① 此信写于 1943 年 7 月 5 日，收入《十力语要》时，标题为"与某生"。《熊十力论学书札》中标题为"答徐复观"。现标题为编者所加。

如何立大本？如何识头脑？[①]

来书又云："平时读书，皆用心于剖析事理，自觉此心已伤鲜柔嫩之象，未审如何可以反其天真。"又问："明道读书不至丧志，上蔡便丧志，其故安在？"此缘不识本原，故生疑惑。

阳明云："学问须是识得头脑。"象山平生言学，主张"先立乎其大"。何谓立大？何谓识头脑？即不丧失其本心而已。只要时时、在在，是此本心发用，则读书时剖析事理皆本心自然之用也，何伤之有？动于私意、私欲，斯伤矣。

本心至健，健而无不胜，故和。虽宰百为，通万变，析众理，而无或失其健且和焉。此方是立大本，方是识头脑。若不了此而欲屏弃事理以求心，其结果必至以意见为天理，而害不可胜言矣。宋明理学家末流之病，非殷鉴哉！

来书有"不宜置万物于我心之外"云云。夫言心，则已备物，无物，而心之名奚立？但物本不在心外，使其在外，则心何由知物？又何能用物耶？故夫智周万物者，未尝置物于心外也。唯愚夫一向沉溺现实生活中者，则视万物为心外实有，而追求不已耳。

---

① 此文选自《十力语要》，为"答李生"的部分文字，现标题为编者所加。

良知主宰与诚意功夫①

汝似谓致良知"致"字是良知所得自致的，确似有此意。果如此说，则学问不必讲，人也该不待用力而皆为圣人了，此大错误。致者，推扩义，是功夫之谓。孟云"扩充"，"充"字即《大学》致知之"致"字义。"人能弘道，非道弘人"，此须深究。而言"圣人成能"，与此同旨。吾《新论》全发明此旨。吾注重即功夫即本体，亦此故。

良知确要致，他本是身之主。即主宰之谓。但上等人气质清，可不大费力，一识此本体，即主宰。便不会违他。视明听聪，处处是主宰用事。质不美者，如能闻师友启迪，得识本体，却要自家努力把他本体或主宰，推扩出来。诚意功夫全仗此。

诚意，只是无自欺，此不是理论，须自反之心才见。良知主宰，知善当为，而人有不顺良知去为者何耶？此时习心或私欲、私意起来，计较利害得失，便诡辩一个道理，而不去为善，是谓自欺。良知主宰，知恶不可为，而人有不顺此主宰去止恶者何耶？此时习心或私意起来，计较利害得失，便诡辩一个道理，而姑谓不妨作恶去，此又自欺。有分毫自欺处，真意即被障碍，而不能为善去恶。久之，真意全障，即本体失掉了，主宰不见了。宗门所云主人公不在了。知与行不合一，也就是此故。若毋自欺而纯是真意之发，则知行自是合一。

---

① 此文节选自《熊十力论学书札》"致牟宗三转唐君毅（一九四八年十二月三十一日）"一信，标题为编者所加。

这才是心，否即无心①

　　闻吾说思，已有领悟。但于"心纯属内敛"之说犹乏深解。子能不以所未解者为已解，此甚可喜。为学最怕轻心人，遇事肤泛过去。

　　只有明睿作用专一内敛，这才是心。否即无心。内敛者，谓不随耳目官能迷乱奔流故。唯然，故能主宰耳目官能而神其用。此中"用"者，作用之谓。禽兽有知觉运动而不得谓之有心，以其精神作用不能内敛故也。人禽几希之异在此，其可忽哉！

　　佛家《阿含》说"系心正智正念住，守护根门"，与孔子告颜子"四勿"之旨，皆指示真切。即以心不随五官流散，故成为心也。

　　《易·系传》曰："仰观于天，俯察于地""近取诸身，远取诸物"。曰观曰察等者，何常废耳目等官能而不用？只是神明为主于中，神明，谓心官，即思也。发之于耳目等官能，而交乎天地万物，尽其观察之妙用，而复其性分上物我一体流通无碍之本然。此即"思不出位"之义也。若下等欲望之思，便是思出其位，而为耳目等官能所役，以从乎欲而殉没于物。故云思出其位。言其被役于小体，而不是心之官也。

---

① 此文选自《十力语要》，原标题为"再答韩生"，现标题为编者所加。

心、性、天、命，名异而实一[①]

《中庸》曰："天命之谓性。""之谓"二字可玩。非天命之外，别有性也；亦非性与天命，可判层级也。无声无臭曰"天"，流行曰"命"。《诗》云："维天之命，于穆不已。"不已即流行义。流行者，即无声无臭之真体显成大用也。譬如大海水，举体成众沤，非众沤外别有大海水在。非可如佛氏真如不生灭，种现自为生灭，其生灭流行与不生灭不流行之真如体截成二片也。非可至此为句。大用流行，人禀之为性，故性即命也，即天也。孟子言尽心则知性、知天，此了义语也。

天命在人，则名性；以其主乎吾身，则为心。此本心也，非心理学所谓心。心理学之心，固非离本心而别有源，但不可以此为即是本心。此义非反省功深者不能自知也。故心、性、天、命，名异而其实则一。是以尽心则知性知天也。如张人、李人本非一人，而言知张人即知李人，则三尺之童必笑詈其迷妄矣。曰知孔丘即知孔仲尼，人无非者；曰知张人即知李人，人无许者。明乎此，则尽心即知性、知天，而三名之为一实，审矣。

---

① 此文选自《十力语要》，为"答毛君"的部分文字，现标题为编者所加。

着实去下"敬"的功夫^①

来书谓念庵"天地万物一体"语,先辈以此教人则可,后生以此自任则近于妄。此正病根所在。"当仁不让于师",何等真切!此处退让,则终其身为禽兽之归矣。夫天地万物一体云者,易言之,即不自私云耳。不自私者,本心也。自私者,后起染污习气也。阳明先生《大学问》,直就人心同然处言之,本自平易。而人固舍其平易,而不知自反。故曰"中庸之为德也,民鲜能久矣"。贤者无志作人,无志此学,则亦已耳,否则于此等处岂可不勇于自任耶?

来书又云:"佛氏不放逸,似与儒者主敬相似。先儒言敬,是彻上彻下功夫。又言常惺惺法,疑皆谓此。所以致此,将何由乎?"此段话,总缘贤者平日为学只在名词上翻转,未曾返在自家身心上致力耳。既知敬是彻上彻下功夫,毋不敬,自然常惺惺。佛氏不放逸,亦只是敬之极致。贤者果能用功于敬,便一了百当,又胡为有何由致此之问耶?

玩吾贤语意,似谓如何才得到敬。殊不知欲得到敬,却只是敬。譬如学生读书不肯用功,却问如何才得用功。贤者所以答之者,必仍不外教以用功而已。如肯着实去用功,便改正其一向不用功之坏习,功夫即已得手。初学未能敬,只好着实去下"敬"的功夫,如夫子所谓"居处恭,执事敬"。常能如此,自然下学上达。

即如贤者与吾写信时,若有一字不根于心,便是虚诳,便是不敬。若字字根心而出,便无虚诳,便是敬。又如读书时,绝无贪多斗美之念,亦

---

① 此文选自《十力语要》,为"答李生"的部分文字,现标题为编者所加。

无浅尝辄止与曲意误解及畏艰阻而倦于求通等等之念，只一味虚怀，静观此理，如此便是敬，反是者皆不敬也。

敬的功夫是活泼泼的，不是强制其心，一味死板，可以谓之敬也。"执事敬"三字最妙。心不离事而存，日用间，语默动静，无非事也。语固有事矣，玄默之中亦非无事，《庄子》所谓"渊默而雷声"是也。动固有事矣，寂静之中亦非无事，《庄子》所谓"尸居而龙见"是也。即无非此心之大用流行。厌弃事为，而孤守其心以为敬，是鬼道也，而可谓之敬乎？贤者细玩《论语》，当知所从事矣。

来书又云："先儒言用功之方，不出涵养省察二途。二者宜何主？省察当于动之端，非昏沉之心所堪任；涵养须先见本心，又如何可以执持？"此段话亦缘不曾用过敬的功夫，故歧涵养省察为二。须知功夫只是涵养，涵养中自有察识，亦云省察。不可离涵养而言察识也。离涵养而言察识，不唯天良乍露于欲念偶歇之顷，未堪为主，且恐陷于自欺而不觉矣。此中欲详谈，适行路疲困，未能尽所欲言，愿贤者自反求之。其实，察识自是涵养中所有事，而涵养又只是主静。但所谓主静者，非兀然内守其孤明之谓也。静之实际只是敬，通语默动静而毋不敬，此中动静之静，系以时言，与主静之"静"字意义自别。即恒无私意私欲之萌，而恒是静矣。贤者诚能用力于敬，则涵养、察识皆在其中，又何患不能执持？又何至流于昏沉耶？

56

礼究竟是什么①

礼者，履也。吾人践履中无不由礼者。日常作止语默，何在非礼之表现？动作必不乱，不乱即礼。静止必不昏，不昏即礼。言语必成章无悖，成章无悖即礼。含默时必中心昭昭而不昧，昭昭不昧即礼。若动于游思妄想纷扰，即非礼。无在不实践乎此礼也。故曰：礼者，履也。是吾人所日常践履而无须臾违失者也。

朱子以天理之节文、人事之仪则言礼，意义甚深。推礼之原，则本乎性矣，所谓"天理之节文"是也；礼之用，则显于万事而无不在，所谓"人事之仪则"是也。礼之原即天理，此不变者也；礼之用即仪则，此随时而酌其宜者也。故曰"三王不袭礼也"。

今后生无知，妄曰"吃人的礼教"而必欲打倒之。是既昧其原，又不知其用也；是将同人道于禽兽也，恶乎可？

---

① 此文选自《十力语要》，原标题为"答王生"，现标题为编者所加。

信、思、证的功用①

信、思、证，此三方面之功，不可少其一。始乎思，终于证，彻终始者信也。

人无信不立，自信有力，能得能成。《新论·明心》章谈信心所处，宜细究。

思者，思辨，或思索、思考，皆谓之思。此理智之妙也。极万事万物之繁赜幽奥，而运之以思，无不可析其条贯，观其变化。思之功用大矣哉！心之官则思，系于日常实际生活者，情识也，非心也。情识之役于境，是系缚也，不能思也。离系，而后能见心。心不为情识所障，而后思无不睿也。

证者，本体呈露，自明自喻之谓也。学至于证，乃超越思辨范围，而直为真理实现在前。《论语》所谓"人能弘道"，《阿含》所谓"身作证"，是也。思辨则与理为二。佛家所呵为有所得心，非独体透露也。独体即谓本体，无对名独。

哲学极于证，至于证，而犹不废思。周通万物，亦神用自然不容已之几也。

---

① 此文选自《十力语要》，原标题为"答韩裕文"，现标题为编者所加。

"道"与"器"的关系[①]

来函不主离器而言道，此说甚是。吾向阅译籍，细玩西洋哲学家言，私怀以为现象与本体，名言自不能不析，而实际则决不可分成二界。哲学家于此，总说得欠妥，由其见地模糊故耳。实则现象界即其本体之显现，犹言器即道之灿著。苟于器而识道，则即器即道。

而"道不离器"之言，犹有语病。夫唯即现象即本体，故触目全真。宗门所谓"一叶一如来"，孟子所谓"形色即天性"，皆此义也。

佛家《般若》说"照见五蕴皆空"，五蕴，通心物两方面现象言之，亦现象界之异名。即来书所谓"呵形器为虚妄"是也。然佛氏所以如此说者，正以众生皆迷执形器为实在的物事，而不悟形器无自体，皆道之所凝也。故于形器而不作形器想，即于形器而识道者，此唯大觉能尔，而众生不知也。以是故，佛乃呵破形器，以除此妄执，欲众生悟形器无实，只是道之灿著而已。"一叶一如来"，色色现成，头头真实，何不当下识取？岂可骑驴觅驴？此其归趣，与儒宗亦自不二。

唯儒家直下于形色显天性，故不必呵形器为虚妄，即俗诠真，融真入俗，所谓"极高明而道中庸"是也。释子必欲卑儒崇佛，非唯不知儒，又岂得为知佛者乎？

[①] 此文选自《十力语要》，原标题为"答敖均生"，现标题为编者所加。

立人达人之大道[①]

《论语》："仁者，己欲立而立人，己欲达而达人。""立"与"达"之义，深远矣哉！知识技能之学，不足云"立"与"达"也。

卓然树立，不倚于天，不倚于地，万物无足以扰我者，岳峙渊渟，八风吹不动，如是之谓立。孔子曰"三十而立"，是其真有所立也。濂溪曰："立人极。"不立，未成为人也。《书》曰："唯皇建极。"皇者，大也。大哉立极之道也。

达，非今世科学知识之足言也。吾非反对科学知识，只应还他一个地位而已。明万化之原，究天人之故，观我生而不迷于生，《易》之《观卦》曰"观我生"，有味哉！尽吾性而弗疑所行，率性而行，悉由天则，何疑之有？《易》言大明，佛氏大彻大悟，达之谓也。

不立不达，是如粪土，何可为人？

哀哉！吾之族类颓然弗可立，冥然未有达也。（中略。）数十年来教育，只务贩人知识技能，真有知能可言者，未知几何。而大多数则习于浮浅混乱之见闻而已。学不究其原，理不穷其极，思不造其微，知不足以导其行。凤植恶因，成兹孽果；往已不谏，来尚可追。今之司上庠教育者，犹复茫然，未知所觉，始终只欲贩人知识而忽视其固有立人达人之大道。呜呼！天其梦梦，世其滔滔。吾既年衰，兄亦老至，我辈复何所计？唯族类可忧耳！鸟兽犹爱其类，何况于人乎？

昨奉《读经示要》一书，不卜得一看否？此苦心所寄也。

---

① 此文选自《十力语要》，原标题为"答李四光"，现标题为编者所加。

60

养神养气，蓄积义理①

凡人神凝与否，必现于眼。气充与否，必形于威仪动静之间。

向见吾子眼光欠凝聚，其气亦似不盛。此或保养未至之过也。心窃欲言之，而惧夫谓某也以老大自居而喜教人。继念吾子之贤，或未至此。故函达吾意，而以二事相规。

一事：曾文正独宿之说，此是养神养气之本。要在能坚守力行。

二事：读书之说，最精透者，莫如《孟子》"理义悦我心，犹刍豢悦我口"之言也。真领略此味者，其生活较常人必另是一般。读书多，积理富，只此蓄积义理，足以悦心，便是对于吾人生命直接加以滋养料。视饮食之滋养肉体，其效益大小，岂不天壤悬隔哉！

凡人真能蓄积义理以悦心，使其生活内容日以充实，即神澄而明，气盛而畅，人格日以庄严伟大。穷足以善身，达足以善天下。不然，则日就萎靡消耗以终，同于块土顽石无生命之物，人生何可遽如是乎？

---

① 此文选自《十力语要》，原标题为"与陈生"，现标题为编者所加。

灵机·会通·创见·系统[①]

凡学问家之创见，其初皆由傥然神悟而得。但神悟之境，若由天启。其来既无端，其去亦无踪。瞥尔灵思自动，事物的通则、宇宙的幽奥，恍若冥会。

然此境不可把捉，稍纵即逝。必本此灵感，继续努力，甄验事物，精以析之，而观其会通。又必游心于虚，不为物挂。挂者滞碍。凡夫心思常滞碍于现前物事，而不得悟真理。方令初所傥悟，得以阐发，得以证实，而成创见。且推衍为系统的知识。

如其虽有灵机，恒任乍兴乍灭，而无所努力。久之，心能亦渐弛废，尚有何发见可言耶？

向怀此意，惜可与语者殊少耳。

---

① 此文选自《十力语要》，原标题为"与高碉庄"，现标题为编者所加。

谈 事 功①

　　昨答任君语，请勿忽视。专道学而轻一时之事功，宋学所以未宏，民族所以不可振也。事功固是一时，学问思想其随时变迁者，又不知凡几也，岂独事功是一时乎？

　　夫不变者，则大道耳。宇宙本身具常德故，为万物所由之而成，故名以大道。董子曰"天不变，道不变"，其言道不变是也。道者，本体之名，本体具常德云不变。天不变一语却非。所以者何？孔孟言天，每用为道之异语，如《论语》"天道"合用为复词，孟云"知性知天"，此"天"字，即目道体也。今仲舒别天于道之外，则所谓天者，乃目彼苍之天，易言之，即太空诸星体也，诸天体毕竟非恒存者，何云不变？诸天体运行之轨则亦不得言不变，如其彼此相互间之关系一旦有变，则今之太阳东出西落者，异时安知不西出东落耶？又如诸天体消散时，亦无运行规则可言，遑言天不变乎？唯大道真不变耳！

　　事功虽属一时，而万世固一时之积也。尧舜在上古一时之事业，即中国乃至大地文化之所根据以完成也；汉武、唐太、明祖之事业，永远为中国人所资藉以兴起也；王阳明安集西南夷，其绩之不朽亦然。若轻视一时事功，将使有识者皆高坐而谈道，置四海困穷、大地陆沉而不问，此是道否？宋学之迂拘在此，而当今之世，忍更扬其波耶？

　　通常"事功"一词，本指国家政治上之建树而言，实则师儒以道得民亦是事功，但此非有事功之念而为之，故不以事功名耳。师儒无军政等事功，非轻之而不为也，其才不长于此耳。

---

　　① 此文选自《十力语要初续》，原标题为"答郦君"，现标题为编者所加。

生死与烦恼[①]

来函由邓君交胡生子康转来，知大驾已赴东邦，岛上多和风，想足乐也。

力前云"烦恼是生死因缘"，闻尊意尚有所疑，实则此非力之臆说，乃确据佛家本义而谈。此不必单举某经某文为证，却须融会佛家整个的意思，便深信得及。

如必欲举某经某文以资证明，则力亦不妨略举，如大乘《涅槃经》卷四十第四页云："善男子，一切众生，身及烦恼，俱无先后，一时而有。虽一时有，要因烦恼而得有身，终不因身有烦恼也。如炷与明，虽一时有，炷者，灯炷。古时用一种草，渍油燃之而发光明，其所燃草名炷。此中譬喻，只取炷与光明同时而有之意。明要因炷，易言之，即炷是明之因缘，喻烦恼是身之因缘。终不因明而有炷也。"此谓炷不是因明而有的，喻烦恼不是因身而有的。此经言，因烦恼而得有身，即是因烦恼得有生死，亦即吾前所谓"烦恼是生死因缘"也。经文"身"字义，即吾所谓生死，有身即有生死故。吾意译者用"身"字，似不如用"生"字为好。今不可得梵本，无从对照。以上引经，申明前说。

又经言生死者，本斥指杂染法言之，亦即业识流转义。故此生死，无始而有终。小乘证无余涅槃，大乘断阿赖耶识，其时杂染法或业识伏灭，即此生死终断也。

烦恼无始而有终，不可说烦恼无终。假其无终，则佛法不必修行，以

---

① 此文选自《十力语要》，原标题为"答德国李华德"，现标题为编者所加。

烦恼无终故。唯其有终，所以贵用修行，以折伏此烦恼而令其终断也。

先生意谓烦恼从何而来。佛家于此问题从不解答。此中意义深微，难以言显。烦恼本不实在，经论说为客尘。无所依据，故名为客。如何可追问来由？须知追问来由，便已是执着之心，即是烦恼发现也。此意不知先生能契否？

来书谓吾说烦恼由吾人自离失其清净本然之性，故有。易言之，即由人类之堕落，故有。力前次说过此话否？今亦不能全忆。姑承认是如此说，则此说亦无过失，却亦只与"烦恼"一词辗转相训，终未曾说及烦恼来由。盖所谓离失清净本然，正是烦恼现行故。所谓堕落，亦是烦恼现行故，仍未曾说烦恼从何处来也。

读书谈何容易①

重阳来信，吾精力短，倦作函。"父母在，不远游，游必有方。"玩下一语，仍非不可远游也。男子生而悬弧矢，岂当守一丘之壑耶？孝之道广矣，年少力强，问学四方，真积力久，超然自得，将以"为天地立心，为生民立命，为往圣继绝学，为万世开太平"，非孝之至欤？硁（kēng）硁自守，虽无败行，何补人群？贤者可造才，何自画如是？

吾子勿以为已看古今书，已能明了当世名流。其实吾子恐犹未得真眼目。此意难言。子之闻此也，纵不吾怒，决不得无疑于斯。然若能共处，困学一番，当渐见此意耳。佛学最难得解人。谈有谈空，说玄说妙，其不模糊笼统者无几人。读书谈何容易。

乡下蒙师教"学而时习"章，字字讲得来，经师则以为不通也。经师自负讲得好，程朱陆王诸老先生又必以为未通也。乡塾穷竖，不通训诂，而经师非之。经师无神解，无理趣，不得言外意而理学诸大师又非之。"学而"一章书元是那几字，而各人随其见地，以为领会则千差万别也。

凡人无真见，无底蕴。读天地间大著，反鄙为寻常；读无知之谈，反惊为神奇或富有。海上有逐臭夫，千古学人不陷此惨者有几耶？

产业，直须渐舍。向后，此为祸根。

---

① 此文选自《十力语要》，原标题为"答周生"，现标题为编者所加。

读书当切实求自得[①]

二三子为学，宜多看历代大人物之文集。唯看此等书时，须自身先提起一段精神，即切实做人、不甘暴弃的精神。有此精神，则读古代大人物文集时，方能于其字里行间体察彼之精神。凡其胸怀之超旷、愿力之宏大、立身行事之谨严不苟，并其担荷天下忧乐与万物痛痒相关处，及在当时审几虑变、综事应物之智略，在在可以理会得到。而有以激发吾之志气，增益吾之明慧。《易》曰："君子以多识前言往行，以畜其德。"盖前圣经验语也。

余少时读杨忠愍及吾家襄愍公集，感发极大。终其身有萎靡时，便思二公以自振。

今人读书，只是考版本，搜征古人零碎事迹以自矜博闻。如此读文集，何如不读为幸。

学者勿偏尚考据功夫而忘其所以为学之意，勿只注重学问的工具而忽略学问的本身，勿驰骛肤泛驳杂的知识而不为有根据、有体系之探究。当切实求自得，以悦诸心、研诸虑。

---

① 此文选自《十力语要》，原标题为"示诸生"，现标题为编者所加。

留意此等功夫①

作文与读览，两不能废，两不可废。然真功夫实有在作文读览之外者。《论语》："默而识之。"《易》曰："默而成之，不言而信，存乎德行。"此是何等功夫！贤者大须留意。

子曰："学而不思则罔，思而不学则殆。"此"思"字，不是常途所谓思想；此"学"字，亦非读书之谓。《论语》"博学于文"，"文"不谓书册也。凡自然现象，皆谓之"文"。如云天文与鸟兽之文等。人事亦曰人文。《易·系传》言："仰观于天，俯察于地""近取诸身，远取诸物"，皆博文之谓，皆学之谓也。故学则不外感官经验，而思则不限于感官所得，其默识于不言之地，炯然自明。而万物之理通于一而莫不毕者，故贞信而无所罔也。此思也，吾亦名为证会。如唯限于感官经验，则可以察物则之分殊，而万化根源终非其所可窥也。令兄前有信来，以谓今人只知张目求见，不悟闭眼始有深会。见处甚高，时贤哪得语此？

又东方学术归本躬行，孟子"践形尽性"之言，斯为极则。形谓身，身者道之所凝；修身以体道，此身即道之显也，是谓践形。性亦道也。人禀道以生，既生而能不拘于形气之私，乃有以复其性，即弘大其道，而性分无亏欠，故曰尽性。故"知行合一"之论，虽张于阳明，乃若其义，则千圣相传，皆此旨也。欧风东渐，此意荡然。藐予薄殖，无力扶衰。世既如斯，焉知来者？前函令兄欲贤者得暇且图把晤，想尚未见此函也。

---

① 此文选自《十力语要》，原标题为"答张季同"，现标题为编者所加。

68

治哲学者，当如是①

治哲学者，研穷宇宙人生根本问题，有所解悟，便须力践之于日用之间，实见之于事为之际。此学此理，不是空知见可济事。

若只以安坐著书为务，以博得一世俗所谓学者之名为贵，知与行不合一，学问与生活分离，此乃浅夫俗子所以终身戏论，自误而误人。

吾子何慕于斯，必以业务为厌患哉！

---

① 此文选自《十力语要》，原标题为"答刘公纯"，现标题为编者所加。

中国哲学是如何一回事^①

中国的哲学，不似西哲注重解析，此个问题，甚难置答。据我推测，大概中国人生在世界上最广漠清幽的大陆地方，他的头脑，深印入了那广漠清幽的自然；他的神悟，直下透彻了自然的底蕴而消释了他的小我。易言之，他的生命与自然为一。儒家与天地合其德，与日月合其明；老子的返朴，庄子的逍遥游，这些话，都是表示他大彻悟大自在的真实境界。因此，他不愿意过计算的生活；不肯把本来浑全的宇宙无端加以解析；不肯把他本来浑一的生命，无端分作物我、别了内外。他见到分析，是因实际生活方面而起的一种支离破碎的办法。他并不是故意反知，却是超出知识猜度的范围而握住了真理。因此，应该说他是超知识的。

我总觉得哲学应该别于科学，有他独立的精神和面目。科学之为学，是知识的；哲学之为学，是超知识的。《白虎通》说："学者觉义。"觉者，自明自见自证。这是为哲学的"学"字，下个确切的训释。哲学和科学的出发点与其对象，以及领域和方法等等，根本不同。哲学是超越利害的计较的，故其出发点不同科学。他所穷究的，是宇宙的真理，不是对于部分的研究，故其对象不同科学。他的领域根本从本体论出发而无所不包通，故其领域不同科学。他的工具全仗着他的明智与神悟及所谓涵养等等工夫，故其方法不同科学。

---

① 此文刊登于《文哲月刊》1935年第一卷第一期，标题为"中国哲学是如何一回事——前年答沈生随笔写此，兹检付哲刊"。后以"答沈生"为标题，收入《十力语要》。

一般人都拿科学的眼光来看哲学，所以无法了解哲学。尤其对于东方的哲学，更可以不承认他是哲学。因为他根本不懂得哲学是什么，如何肯承认东方的哲学。我觉得在今人的眼光里，好似东方硬没有学问。本来，哲学上的道理，能见到的人便见得这道理是无在无不在；不能见到的人，也就没有什么。先哲说得好，百姓日用而不知。可惜这句话的意味少人领得。

所谓超知识的也者，本无神秘，亦非怪迂。知识所以度物，而理之极至，不属于部分，乃万化所资始，则不可以物推度。唯反其在己，自识本来。情蔽祛，则物我之障都除；识想亡，则内外之执顿尽。识想，谓虚妄分别。内外之界起于分别故。一真无待，当下炯然，瞒昧不得，起想便乖。此非知识所行境界，何消说得？向秀云："知生于失当。"徇物故有知，可不谓之失当乎？人生役于实际生活，不得不徇物，而知于此起焉。然至徇物，而性命亏矣。

又哲学与美学及宗教不同者，美学是由情感的鉴赏而融入小己于大自然，此兴趣所至，毕竟不自识本来面目。宗教是由情感的虔信而皈依宇宙的真宰。这个真宰完全是他的意想所妄构。哲学则是由明智即最高的理性作用，对于真理的证解。实则，这种理性的证解就是真理自身的呈露，故无能所可分，故离意想猜度。故真理不是妄构的境界。

中国哲学之特别色彩①

吾闻欧人言及中国哲学，辄与宗教并为一谈。各国大学于哲学科目中，并不列入中国哲学，或则于神学中附及之。此则于中国学问隔阂太甚，而为中西文化融通之一大障碍，私怀所常引为遗憾者也。

中国民族之特性，即为无宗教思想。此可于中国远古之《诗经》而征之。

《诗经》以"二南"冠首。首篇曰《周南》，次篇曰《召南》，名为"二南"。其所咏歌，皆人生日用之常与男女室家农桑劳作之事，处处表现其高尚、和乐、恬淡、闲适、肃穆、勤勉、宽大、坦荡之情怀。不绝物以专求之内心，故无枯槁之患；亦不逐物以溺其心，故无追求无厌之累。日常生活皆顺其天则，畅其至性，则自一饮一食以及所接之一花一木，乃至日星大地，无在非真理之显现。故不必呵斥人间世而别求天国。难言哉！《诗经》之旨也。孔子《论语》中谈《诗》者最多。其语伯鱼曰："汝为《周南》《召南》矣乎？人而不为《周南》《召南》，其犹正墙面而立也欤？"朱子《集注》："正墙面而立者，谓一物无所见，一步不能行。"人而不治"二南"之诗，便不能生活，犹如面墙。孔子之尊"二南"如此，非以其表现人生最极合理之生活而不迻于神道故耶？孔子之哲学思想实本于《诗》。故儒家学说，在中国常为中心思想而莫有能摇夺者，以其根据于中华民族性，有至大至深至

---

① 此文选自《十力语要》，为答意大利学者马格里尼长信的一部分，现标题为编者所加。

远之基础。而于吾人真理之要求，确能使自得之而无所诞妄。此孔子所以为大也。

《诗经》所载，多属古代民间之作品。古者太史陈诗，以观民风，是其征也。《诗经》中绝无神道思想。虽"二南"以外，亦间有天帝等名词，然所云天者，即谓自然之理；所云帝者，谓大化流行，若有主宰而已。非谓其超越万有之外而为有意志有人格之神也。故《诗经》中之天与帝，不能与景教经典中之天帝等词同一解释。即此可见中华民族之特性。至其无宗教思想之为长为短，自是别一问题，此不欲论。唯中国人一向无宗教思想。纵云下等社会不能说为绝无，要可谓其宗教观念极薄弱，此为显著之事实。欧美人士传教中土者，凡所交接，多无知之官僚绅士与入教之徒来自下等社会者。中国人入教者，多来自下等社会。故罕能了解中国文化之内蕴，而或以宗教观念解释吾国哲学思想之书，此其附会乱真，至为可惧。力愿欧人留心中国哲学者，当于此注意。

中国哲学有一特别精神，即其为学也，根本注重体认的方法。体认者，能觉人所觉，浑然一体而不可分；所谓内外、物我、一异种种差别相都不可得。唯其如此，故在中国哲学中，无有像西洋形而上学以宇宙实体当作外界存在的物事而推穷之者。"无有像"三字，一气贯下读。

西洋哲学之方法，犹是析物的方法。如所谓一元、二元、多元等论，则是数量的分析。唯心唯物与非心非物等论，则是性质的分析。此外析求其关系则有若机械论等等。要之，都把真理当作外界存在的物事，此中真理，即谓宇宙实体，后皆同此。凭着自己的知识去推穷他，所以把真理看作有数量、性质、关系等等可析。实则真理本不是有方所有形体的物事，如何可以数量等等去猜度？须知，真理非他，即是吾人所以生之理，亦即是宇宙所以形成之理。故就真理言，吾人生命与大自然即宇宙，是互相融入而不能分开，同为此真理之显现故。但真理虽显现为万象，而不可执定万象，以为真理即如其所显现之物事。此中意义难言。真理虽非超越万象之外而别有物，但真理自身并不即是万象。真理毕竟无方所，无形体，所以不能用知识去推度，不能将真理当作外在的物事看待。哲学家如欲实证真理，只有返诸自家固有的明觉。亦名为智。即此明觉之自明自了、浑然内外一如而无能所可分时，方是真理实现在前，方名实证。前所谓体认者即是此意。

由体认而得到真理，所以没有析别数量性质等等戏论。由此，而中国哲人即于万象而一一皆见为真理显现。易言之，即于万象而见为浑全。所以有天地万物一体的境界，而无以物累心之患，无向外追求之苦。但亦有所短者，即此等哲学，其理境极广远幽深，而以不重析物的方法故，即不易发展科学。若老庄派之哲学，即有反科学之倾向。

唯儒家哲学，则自孔子以六艺教学者，皆有关实用的知识。六艺者，一曰礼，凡修己治国与纲维社会之大经大法皆具焉。二曰乐，制乐器、正音律、谱诗歌，于是而乐备，人心得其和乐。礼乐相辅而行。推礼乐之意，则通乎造化之奥妙，究乎万有之本原，而使人畅其天性。其绪论犹略可考于《礼记》之书。三曰射，修弓矢而教人习射，所以讲武事而御外争也。四曰御，车乘之用，平时则利交通，战时则为军备。五曰书，即语言文字之学。六曰数，即算学。孔门七十子后学于社会政治的理想尤多创发。下逮宋明儒，注重格物穷理与实用及实测之学者，若程朱诸子，迄船山、习斋、亭林诸儒，代有其人。设令即无欧化东来，即科学萌芽或将发于中土儒家之徒，亦未可知也。然儒者在其形而上学方面，仍是用体认工夫。孔子所谓"默识"，即体认之谓。默者，冥然不起析别，不作推想也。识者，灼然自明自了之谓。此言真理唯是自明的，不待析别与推求。而反之本心，恒自明自了。孟子所谓"思诚"，所谓"反身而诚"，所谓"深造自得"，亦皆体认也。思诚者，诚谓绝对的真理；思者，体认之谓，非通途所云思想之思。思诚，谓真理唯可体认而得也。反身而诚者，谓真理不远于人，若以知解推求，必不能实见真理。唯反躬体认，即灼然自识，深造自得者。所谓真理，必由实践之功，而后实有诸己。由儒家之见地，则真理唯可以由体认而实证，非可用知识推求。但吾人在日常生活的宇宙中，不能不假定一切事物为实有，从而加以析别，故又不可排斥知识。宇宙间的道理，本是多方面的，本是无穷无尽的。若执一端之见、一偏之论，必贼道而违理。儒家于形而上学，主体认；于经验界，仍注重知识。有体认之功，以主乎知识，则知识不限于琐碎，而有以洞彻事物之本真。有知识，以辅体认之功，则体认不蹈于空虚，而有以遍观真理之散著。万事万物，皆真理之所显。故真理者，从其为事物之本真而言，即说为绝对。从其显现为万事万物而言，即绝对便涵相对，由此而说事物之理即真理之散著。故知识不可排斥，为其遍观事物，而真理之散著可征也。然则儒家其至矣乎。

中国哲学以重体认之故，不事逻辑。其见之著述者，亦无系统。虽各哲学家之思想莫不博大精深、自成体系，然不肯以其胸中之所蕴，发而为文字。即偶有笔札流传，亦皆不务组织。但随机应物，而托之文言，绝非有意为著述事也。

《论语》书中，记孔之词曰："天何言哉？四时行焉，百物生焉，天何言哉！"于此可窥孔子之胸抱。老子亦曰："道可道，非常道。"后详。又曰："俗人昭昭，昭昭，驰辩智也。我独昏昏。自得于冥默也。俗人察察，察察，务别析也。我独闷闷。欲无言也。"庄子曰："大辩不言。"自来中国哲人，皆务心得而轻著述。盖以为哲学者，所以穷万化而究其原，通众理而会其极。然必实体之身心践履之间，密验之幽独隐微之地。此理昭著，近则炯然一念，远则弥纶六合，唯在己有收摄保聚之功故也。不使心力驰散而下坠，名"收摄保聚"。如其役心于述作之事，则恐辩说腾而大道丧，文采多而实德寡。须知，哲学所究者为真理，而真理必须躬行实践而始显。非可以真理为心外之物，而恃吾人之知解以知之也。质言之，吾人必须有内心的修养，直至明觉澄然，即是真理呈显。如此，方见得明觉与真理非二。中国哲学之所昭示者唯此。然此等学术之传授，恒在精神观感之际，而文字记述盖其末也。

夫科学所研究者，为客观的事理。易言之，即为事物互相关系间之法则。故科学是知识的学问。此意容当别论。而哲学所穷究者，则为一切事物之根本原理。易言之，即吾人所以生之理与宇宙所以形成之理。夫吾人所以生之理与宇宙所以形成之理，本非有二。故此理非客观的，非外在的。如欲穷究此理之实际，自非有内心的涵养功夫不可。唯内心的涵养工夫深纯之候，方得此理透露，而达于自明自了自证之境地。前所谓体认者即此。故哲学不是知识的学问，而是自明自觉的一种学问。但此种意义极深广微奥，而难为不知者言。须知，哲学与科学，其所穷究之对象不同、领域不同，即其为学之精神与方法等等，亦不能不异。

但自西洋科学思想输入中国以后，中国人皆倾向科学，一切信赖客观的方法，只知向外求理，而不知吾生与天地万物所本具之理，元来无外。中国哲学究极的意思，今日之中国人已完全忽视而不求了解。如前所说，在吾国今日欧化之学者闻之，殆无不诮为虚玄与糊涂。想先生与欧洲之学者得吾此信，亦将视为糊涂之说也。然真理所在，吾宁受诮责而终不能不一言，是在先生谅之而已。

　　如上所述，中国哲学之特别色彩已稍可窥见。

孔子晚年思想[1]

《汉书·艺文志》称《易》为"五经"之原。此说盖出自三千之后学传授不绝，而刘歆能述之耳。孔门弟子三千余人，而其天才最高者，孔子目为狂简之徒；狂简诸贤又各传后学。上考孔子之学，其大变盖有早、晚二期。而"六经"作于晚年，是其定论。

早年思想，修明古圣王遗教而光大之，所谓小康礼教是也。小康者，以礼义为纲纪，正上下之分，别尊卑之等。贵贱有不可逾之阶，居上层者世守其位。天子以天下为私有、诸侯以国为私有、大夫以邑为私有，是谓三层统治。大多数庶民劳力生产，供奉其上。居上者取之有制，毋更苛虐，庶民聊可自给，得以粗安，是谓小康。古圣王既立小康之规模，已定群制、成群俗，于是一切学术思想，皆依缘此等群制、群俗而发展。

晚年思想，则自五十岁读伏羲氏之《易》，神解焕发，其思想界起根本变化。于是首作《周易》《春秋》二经，伏羲之《易》即八卦是也。但八卦是六十四卦之总称，非谓伏羲只画八卦也。汉人言文王重六爻。（重，读重复之重。）盖小康之儒以拥护君统之邪说，窜乱孔子之《周易》，欲假托文王以抑孔子耳。有问："经名《周易》，其义云何？"答：易者，变动与改易之谓。天地大物也，每一秒忽都在变动与改易之中，况物之细者乎？变易之义，广矣大矣，深矣远矣。孔子总观宇宙万有，洞彻变易之根本原理而作经，名曰《周易》。周有二义，曰遍、曰密。此经说

---

[1]　此文选自熊十力1961年所著《乾坤衍》。标题为编者所加。对于《乾坤衍》一书，熊十力曾说："余患神经衰弱，盖历五十余年，平生常在疾苦中，而未尝一日废学停思。余之思想，变迁颇繁，唯于儒佛二家学术，各详其体系，用力尤深。本书写于危病之中，而心地坦然，神思弗乱，此为余之衰年定论。"

理，综举大全，不流于偏曲，故云周遍；察及纤悉，不失之疏漏，故云周密。（纤，细也。悉，详尽也。言极细极繁处亦察之详也。）《易经》立名，特取周义，其游、夏诸贤所为欤！（子游、子夏皆孔门文学之上哲也。）古圣著书多由弟子或后学定名。汉人妄说文王重卦，乃以周为周代之称，此无义据，不可从。《春秋经》之名可阅先儒注疏。**立内圣外王之弘规。**孔子之道，以成己、成物融成一贯。小己与万物本来一体，不可分割。（此中言万物，即太空诸天大物皆包含在内，而况物之细者乎？蓄然万物，不论有机物、无机物，彼此互相感通、互相联系，而为一体。事实如此。）云何有内外可分？今言内外者，据理而谈，有总相、别相故。（相，读相状之相。）说万物一体者，此据总相说也；凡物各各自成一个小己者，此据别相说。若无别相，哪有总相可说？别相在总相中，彼此平等协和合作，而各自有成，即是总相的大成。譬如五官百骸在全身之发育，亦此理也。内之为言，就别相说；外之为言，就总相说。内外者，强为之名耳。别相、总相，本来一体。（于一体上，观其分，说别相；会其全，说总相。）犹如吾身，就分而言，五官百骸，别相也；就全而言，唯是一身，总相也。何曾实有内外可划界乎？《中庸》为衍《易》之书，其赞孔子之道曰"合内外"，诚哉知言。（言出于真知，曰知言。清儒焦循、胡煦皆谓《中庸》衍《易》。衍《易》者，推演《易》义之谓。内圣外王，同于大通，是为"合内外"。）

内圣者，深穷宇宙人生根本问题，求得正确解决，正确之解，诚难得。游心万有而求其理，毋逞空想、毋就成见、毋守偏见、毋恃浅见，久之当有正确之解生。成见最难言。已成之见，曰成见。凡见之成，必有所据，然所据者或甚狭，彼乃保其已成之见，终不从多方面体验以自广也。偏见与肤见均难去，此不及论。**笃实践履，健以成己，是为内圣学。**

外王者，王犹往也，如人心有所向往，而不容已者，谓之一往直前。**孔子倡明大道，以天下为公，立开物成务之本，**开发万物，曰开物。成立一切应创应兴之新事业，曰成务。见《易大传》。公也者，开与成之本也。**以天下一家，谋人类生活之安。**"天下为公"与"天下一家"二语，并见于《礼运篇》。皆孔子新《礼经》之义也。孔子天下一家之论，必有详密的说明与豫拟的制度。（圣人有远见，时未至而豫计之，曰豫拟。）惜乎《礼运》一经，后人削除之殆尽，今无可考矣。（《礼运》是孔子所作新《礼经》之一。六国时小康礼教最盛行，必首先改窜此经。汉初儒生又更乱之，列入《礼记》为一篇。参看余之《原儒·原外王篇》。）**此皆依于大道而起作为，乃至裁成天地，辅相万物，**辅相者，直道行，强权绌。（绌，犹退也。）

78

万物平等，互相协助。人道之隆，可谓极矣。此非偶然可至。浩浩宇宙，芸芸万类，共同勠力，向往大道，健而直趣，无有不遂。故外王之道不托空言，存乎向往之真，见诸行动实践。实践不力，何能成物？王之义为往，富哉斯义！外王立名，取义在一往直前，深可味也。夫万物一体，是为总相。个人即小己，对总相言，则为别相。总相固不是离别相而得有自体，但每一别相都不可离总相而孤存。总相者，别相之大体；别相者，总相之支体。名虽有二，实一体也。故个人成己之学，不可为独善、自私之计，而成物为至要矣。然己若未成，又何以成物？故内圣、外王，其道一贯，学者宜知。

纵论宋明清儒学①

宋学探本心性，确有得于六经之髓，其功夫不免杂禅家气味，从而正之可也。若因此而根本诋毁心性学则大不可也。

中国之衰，萌于东汉，著于魏、晋，极于五季之世。宋儒心性之学，尚有保固中夏之功，而昧者不察耳。云何东汉已伏衰象？西京士大夫，大概浑朴质实，饰伪盗名者殊少见。自东京而始有所谓名士，名士之称，始见《后汉书》。结党标榜，激扬名誉，互相题拂。郭林宗饰行惊俗，浮誉过情。陈仲弓号为重厚，实乃工揣测，藏拙养望，全身远害，乡愿之雄也。自余党锢诸公，毫无学养，经世之略，全不讲求，唯矜名使气，招致祸败。其时朝野习俗，奢淫贪污。王符《潜夫论》痛言之。《黄琼传》称外戚竖宦之赃污贪冒，势回天地。《西羌传》称将帅贿赂朝贵，剥削士卒，绝无人理。《左雄传》称天下群牧，以敲剥为务，谓杀害不辜为威风，聚敛整办为贤能。髡钳之戮，生于睚眦。覆尸之祸，成于喜怒。视民如寇仇，税之如豺虎。东汉学风士习，既是虚浮标榜，一切无实，社会政治之败坏，自无可挽救。五胡惨祸，实萌于此。昔人颂美东京，以顾亭林之贤，而犹不考。信乎论世之难也。魏、晋之代，惨剧始著。魏、晋名为二朝，而魏本短局，可合而言之。五胡十六国，蹂躏神州。胡骑所至，人民老幼及壮健者，皆被杀戮。妇女及成年男子，如不被戮者，即掠而驱之为奴，供其淫虐。每一胡帅，有畜奴至三万以上者，最少亦千余。《北史》具在可考。胡人凶顽如鸟兽，士大夫乃相率服事之。起朝仪，立制度，居然中国帝王。当

---

① 选自《读经示要》，标题为编者所加。

时士大夫岂复成人类耶？胡祸近三百年，至隋文而始定。唐承其业，仅太宗一朝为极盛。安史乱后，藩镇之祸，延及五季。藩镇几皆胡产，胡性贪残，人民受荼毒不堪。自典午至五季，悠悠千祀，天下困辱于胡尘。周、汉以来之风教，扫荡几尽。当东晋时，虽保有南服，而南人亦深染胡习。诸名士食禄昏庸之朝，淫佚放诞，清谈诳世，居然衣冠禽兽。即诸文学名家，阅其作品，辞则丽矣，中无情实。中原沦陷，民生涂炭，谁复念及此者。人心死，人气尽，胥天下而为夷狄鸟兽之归。延及隋唐，仅太宗一朝之盛。何可遽变？至五季，则衰乱已极。履霜坚冰，由来者渐。宋代实承衰运，何云至宋始衰乎？

谓宋学不能大挽衰运，吾固相当赞成。前已谓其不能倡明民族民治等思想。谓宋学绝无所补于衰运，余又何忍苟同？经胡祸之长久摧残，与佛教之普遍侵入，北宋诸师崛起而上追孔孟，精思力践，特立独行，绍心性之传，察理欲之几，严义利之辨，使人皆有以识人道之尊崇与人生职分之所当尽，而更深切了解吾民族自尧舜以迄孔孟数千年文化之美与道统之重，余少时从事革命，对宋学道统观念颇不谓然，后来觉其甚有意义。盖一国之学术思想虽极复杂，而不可无一中心。道统不过表示一中心思想而已。此中心思想，可以随时演进，而其根源终不枯竭。卓然继天立极，而生其自尊自信之心。自知为神明之胄，而有以别于夷狄鸟兽。故宋儒在当时，虽未倡导民族思想，而其学说之影响所及，则民族思想乃不期而自然发生。郑所南、王洙、王船山、顾亭林、吕晚村诸大师，皆宋学而盛弘民族思想者也。王洙著《宋史质》，以明朝赠皇，直继宋统，与《春秋》不许楚人之王同一用意。楚人本非异种，以其蛮野，故以化外斥之。据考古家言，蒙古与汉族元非异种。但因其侵略中原，不得不斥绝之耳。宋学功绩之伟大，何可湮没？北宋君臣皆无雄才大略，周、程诸儒讲学未久，而大命已倾。二程门人，便躬逢祸难。此未可以急效责之也。南宋则赵构昏庸而私，开基太坏。孟子云虽与之天下，不可一朝居，此其时矣。幸而二程门人后学，或参朝列，与权奸力抗；或在野讲学，日以义理浸渍人心。朱子、张钦夫、吕伯恭尤为圣学与国命所寄托。南宋无明主，而以杭州一隅，系二帝三王正朔之传者百五十年，非理学之效而谁之力欤？学者试平情而察今日人心，如何涣散，如何自私而无公义，如何侥幸倚外人而不自立自爱，如何萎靡而无一毫伸张正义之气。今人何故不成为人？安得不于学风士习注意。南宋百五十年，毕竟是自力撑持。今之民易地而处，当何如？

元之覆中原也，则当时蒙古部族之威势，已横行世界。欧洲所过，如狂风扫落叶，至今留黄祸之纪念。而其侵宋，犹苦战累年，至殒一大汗于蜀土。当日宋人之抵抗，可谓不弱。少帝覆于海上不及百年，而鄂之徐寿辉、陈友谅、明玉珍诸帝，首举义旗。明太祖继起，遂光复中夏。太祖之外祖父，即与宋少帝同舟溺者。身死未几，而其女已为开国之皇太后。光复之速如此。太祖所赖以定天下者，刘、宋、章、陶四公也。王船山《读通鉴论》有云："昭代之兴也，刘、宋、章、陶，资之以开一代之治。"按太祖初征四公曰：朕为天下屈四先生。其成功即在此。四公者，皆产浙闽理学盛行之地，而服膺程朱者也。宋濂读佛书实无得，徒因某僧以术数动之，而佞佛耳。其所服膺者，仍是理学。方正学即承其理学之传，且以辟佛为己任。方正学《逊志斋集》，时称说宋时社会风俗之美。外人游记亦然。明朝以三江为根据而光复神州，则因三江之地，南宋理学诸儒遗教所被最广最深。故光复之功，基于此也。明代疆域，北方视汉、唐稍削，而南方则过之。截长补短，差与汉、唐比隆。武功仅逊汉武、唐太二帝，而较诸唐世之屡辱于西北诸胡者，则过之远矣。文臣善用兵，尤为明代之特色。世人多谓熊襄愍公反理学，不知公在辽东，表章贺君，奏云："臣只恶伪理学，若真理学，臣所敬也。"公实理学家，岂云反耶？清乾隆诏曰："明朝不杀熊廷弼，我家不得入关。"公之系民族兴衰者如此其重。而《明史》为东林余孽所修，致公之盛德大业不彰。故附记于此。理学跨越前代甚远，黄梨洲之言，确尔不诬。

明儒对禅宗之了解，比有宋诸师确深。其离禅而卒归之儒也，大抵由归寂而证会生生，其所得甚深。余欲得暇而详论之，却鲜此暇。盖自阳明倡学南中，承朱子而去其短，宗象山而宏其规，洒脱而无滞碍，雄放而任自然。其后学多有擒生龙搏活虎手段。奇哉伟哉！宋学传至阳明，乃别开生面。当此之时，君昏于上，学盛于下。自是而思想自由，人才众多。以逮晚明诸子，学不囿于一途，行各践其所知。庶几晚周之风，可谓盛矣。清儒以考据眼光，轻薄明儒最甚，何损日月之光？适怜其螳臂而已耳。使明季不亡于满清，则中夏之隆，当以文化沾被大地。余尝言，明季汉族力量甚盛，本不当亡于东胡。然而竟亡者，则忠君思想误之也。宋学短处，在以忠君为天经地义，不可侵犯。始于汉，至宋而孙复益张之。当时张江陵、熊襄愍之雄才大略，如取而代之，或民主，或君宪，襄愍、江陵，皆有贤嗣，可以继世。则中国万不至亡，虽百东胡无能为。然而二公不敢革命者，"忠君"二字阻之也。江陵为一有力之责任内阁，延明祚者数十年，而天下犹恶其无君；襄愍为东胡所畏惮，而东林必致之死。襄愍《狱中与友人书》有曰："环顾宇内，实无第二人。弟之命，可遽断乎？"襄愍自知之明、自负之重如此。夫然后而东胡之必入关也，势不容止矣。王船山《黄书》倡可禅可革之论。盖伤明季之天下，误于忠君，而延颈以待东胡之宰割也。呜呼，此真痛心事也！明季不亡于东胡，吾国家民族决不至此也。

夫自东汉至于炎宋，吾族类之衰已久矣。两宋诸儒，始上复孔孟，以心性之学、义理之教，含茹斯民数百年。革鸟兽之习，去胡俗。又拔之寂灭之乡。朱子尝言人生职分所当尽，此义广大极矣，惜学者多不深思。而宋学之异出世教者亦在此。阳明先生益发挥光大，而后吾民之智德力猛进，以启大明之盛，犹春草方滋未已。吾谓宋学有保固中夏之功者正在此。历史事实彰著，其可诬哉？

清儒受东胡收买，最薄明朝。今人犹受其迷。明代国力之盛，与学术思想之趋于日新，及人才之奇特，皆汉以后所未有也。唐视之犹远不及，只太宗一世故也。若就思想论，汉人守文而已，犹不如明也。孰谓明朝可薄乎？清儒感东胡之收买，而追憾明之廷杖。又以宋、明纯是理学时代，而以考据受豢养者，必反对宋、明。吾民族之复反于衰，实自清始。此不可不察也。

夫明代之盛，由理学诸师在野讲学之效，本非帝王之力也。然明之诸帝，亦有未可厚非者，此姑不论。明季不幸误于忠君思想而致亡。当时学者甚众，皆窜伏田野，力图革命。最著者，如亭林之赴陕，船山之奔走梧溪、郴州、耒阳、涟邵间，皆欲图大事。至势无可为，则著书以诏后人。使清儒能继续其业，无受东胡收买以无用之考据取容，则光复之速，必更倍于元季。何至摧残三百年，以成今日之局哉？呜呼！学绝道废，人心死，人气尽，人理亡，国以不振，族类式微，皆清代汉学家之罪也，而可诬诋宋学哉？

略谈老子、庄子①

昨灯下得来函，不便展阅。顷方开函。

《老子》书作者，古鲜确征。然吾意即《庄子·天下篇》所称之老聃也。详此篇以老子与关尹同为古之博大真人。其师承在此可见。后人以老庄同列道家，自是定案。

来函举嵇中散卜疑，以老聃清净、守玄抱一，庄周齐物变化、洞达放逸，明老、庄不同。其说老尚合，其说庄则甚未妥。

顺变化者存乎守玄，不得其玄，何能知变？物万不齐，任之而皆齐者，唯得一故。不贞于一，物云何齐？《老子》云："天得一以清，地得一以宁，神得一以灵，谷得一以盈，万物得一以生，侯王得一以为天下贞。"夫天也、地也、神也、谷也、万物也、侯王也，物之至不齐也。乃其以清、以宁、以灵、以盈、以贞者，同于得一，则不齐而齐矣。庄周《齐物论》从是出也。故乃举莛与楹，厉与西施，恢诡憰怪，道通为一。若使无见于一，而徒曰彼此之别、是非之竞，纵而任之，不齐斯齐，此成何义？夫老子言天地万物皆得一以清以宁乃至以贞者，即凡物各各皆得此一以成。然任物之各成乎清、宁、灵、盈、生、贞等等者，要莫不皆一焉。故庄子本之，以泯小大之见，息封畛之患，玄同彼我，双遣是非，而休乎天钧。天钧者，一之谓也。一也者，非混同一一物以作一，乃即于一一物而皆见一。于屎见一，于尿见一，而香臭之情舍，故曰"道在屎尿"。否则其能谓屎尿为非屎尿乎？于泰山见一，于秋毫见一，而巨细之见亡。故曰

① 此文选自《十力语要》，原标题为"答王维诚"，现标题为编者所加。

"泰山非大，秋毫非小"。否则其能谓秋毫与泰山等量乎？理穷其至，现前皆一理平铺；事究其真，万有是一真显现。未有不能守一而可言齐物者。庄生其远矣。不达于一，猥言不齐故齐，清谈家无知之肤词，而章太炎犹拾之。其独吾子，能勿妄信耶。总之，老子开宗，直下显体。庄子得老氏之旨而衍之，便从用上形容。《老》《庄》二书，合而观之，始尽其妙。师资相承，源流不二。嵇中散何能窥二氏底蕴？其所说，特文人揣摩形似之词耳。

老氏致虚守静，其言体，但寡欲以返真。所谓"为道日损"，损只是寡欲，寡得尽，真体便显。其旨如此。儒家主张"成能"，详《易系传》。尽人之能，以实现其所固有之天真。欲皆理而人即天也，此老氏所不喻也。

老氏谈体，遗却人能而言；故庄周言用，亦只形容个虚莽旷荡，全没有理会得"天行健"的意义，儒道见地根本异处在此。然此中意义深微，昔儒罕见及此。所以儒家说他不知人。

其实庄子错处都从老子来，皆不免滞虚之病。然老子清净，及其流，则以机用世；庄周逍遥，及其流，则入颓放一路。二氏影响又自不同。学老子之清净，而无其真知实践，其深沉可以趋机智；学庄周之逍遥，而无其真知实践，其不敬，必归于颓放。魏晋玄家皆学庄子而失之者也。庄子言治术，本之《春秋》太平义，而亦深合老氏无为之旨。盖主自由，尚平等，任物各自适，而归于无政府。来问疑其与老氏有异，非是。

85

略谈佛家的长处与短处①

佛家长处，有极不可忽者。

一、就本体论言。佛家谈体，虽未免沦寂之嫌。体，本非寂而不生，静而无动者。故不可专以寂言体。然不妨说，唯于寂静，可以见体。此意极难言，非于儒、佛、老诸学致力甚深者，实无法与言此义。盖本体非离自心而外在之境，唯见自本心，即此便是，无待外求。然此体，不属有无。谓其有耶，洞然无相，何可云有？谓其无耶，炯然明觉，何可云无？非有非无，故唯默然内识而已。才感物而动，便外驰，而无可自识本来面目矣。本来面目，即本体之代词。哲学家谈本体者，只任理智去构画抟量，而无归寂之深功，宜其不自识本来面目也。此意，欲于《量论》详之。

二、就知识论言。佛家本不反知。不反对理智或知识。而毕竟超越理智，归本证量。哲学家有偏尚理智或知识者，有反理智者，二者皆病。游玄而戒蹈空，故反知不可也。本体非理智抟量所及，故非超知而归证量不可也。此意，亦俟《量论》详之。

三、佛家讲求逻辑，颇精解析，其于方法，固极慎重。

略举此三。皆其大处，不堪忽视。

佛家短处，复可略谈。

一、以空寂言体，而不悟生化。本体是空寂无碍，亦是生化无穷。而佛家谈体，只言其为空寂，却不言生化，故其趣求空寂妙体，即所谓涅槃，亦名真如，或无为法。其名甚多。似是一种超越感。复看前文。缘其始终不脱宗

---

① 此文选自《读经示要》，标题为编者所加。

教性质故也。

二、大乘菩萨，勤学五明，五明，谓因明，乃至医术、工巧等明，多属科学知识。不同此土老、庄屏斥知识。上文以此为其所长固已。然诸菩萨，毕竟非为知识而求知识，乃为降伏外道，与化导众生之方便，不得不博习世间知能云尔。佛家于物理人事，许多荒诞思想，如其言色界、无色界及诸天，却是视为事实，非如庄子寓言。其于人间贫富及种种不平，亦均以业报或因果说明之。故政治经济等问题，非佛家所措意。实由其宗教之出世精神，足为求知之障故耳。然佛家毕竟重理智思维，而不偏尚信仰，此所以虽为宗教，而富有哲学精神也。或有谓佛法非宗教，非哲学者，此说非是。佛法毕竟是宗教，但富有哲学思想耳。佛家理智之发展，可谓极高。其穷幽玄而极高深之理境，皆其澄定与精微之思维之所达也。然不能无憾者，即其理智活动，仍不能不受其宗教信仰之相当限制。

追维释迦创教，其根本大义，实在六波罗蜜。六者，谓有戒等六法故。波罗蜜者，译言到彼岸，彼岸谓涅槃。此岸是生死，以戒等六法而得度，即由生死岸，到彼涅槃岸，故云六波罗蜜也。佛家大小乘，始终不改其到彼岸之信仰。即其种种思维，要不外造成出世法之体系，如其析色至极微，此中色者，犹言物质。此与科学家之言原子、电子等者，显相符合。然彼之穷析至此，则欲证明色即是空而已。其与科学家穷理之意向，究不一致。举此一例，可概其余。余尝言，佛家有一种特殊功用，即止观法是也。心恒不乱，曰止。恒思察，名观。即止即观，曰止观。其澄定之观察，入理深微，自有非凡夫情识所可及者。读佛书者，辄感其理境奥折，诚非无故。然观想所至，其冥契至理者，固多有之。如《楞伽》《华严》等经，明一切境，唯心所现，无实外境。此其观想精微，妙符理实。譬如现前桌子，一般人则以为是合乎实用之一种物体，科学家则以为是一堆原子、电子，哲学家或以为是一堆事素。可见桌子并非外在实境，只是观察者主观之所现而已。至若《般若》，蜜意显体，便极力破相，则其义旨，尤为深远。哲学家谈本体者，皆任理智去构画。易言之，即皆以思维，造作如彼如彼义相，说为本体。其实，此等皆是戏论。本体离一切相，意想所构相，决不与实体相应。故非破相，无以显体。《般若》以破相显真，非冥观极深者，不可识此意也。佛家理境高深，难为赞述。但其病亦不浅。彼唯过任冥思，无征验以为基，则亦不免流于空幻。佛典中纷繁之名相，多由空想与幻想之所演出。稍有哲学头脑者，细读佛书，当不以余言为妄。故佛家虽不反理智，而其理智活动，终受制于宗教信仰，不能不带几许病态。佛经言，诸佛菩萨入观，能变大地为金等，此类神话，不可胜举。然在彼并非故作神话，直谓事实如是耳。世之崇佛者，皆谓佛法任理智，而不知其理智作用为宗教情感所左右，不得无病也。佛家解析之功，至极精细。惜乎不尚征验，乃不免杂以空想与幻想，而多为无谓之分析。且好翻弄名词，<small>名词简单，固不佳。而过于翻弄名词，却是病。</small>徒乱人意。吾尝言，读佛书，如入山采宝，必遍历荆棘，而后得宝。佛书中许多空想幻想之谈，皆荆棘也。然其间有至宝焉，要不可弃。但如佛教徒，必视为无在非宝者，则大谬矣。

印度佛家，以宗教而包含哲学。虽不免有流于空想幻想之弊，然能穷大极深，境界甚高。其于真理，确有发见。则凡治哲学者所不可不深究也。

余尝言：中国哲学，于实践中体现真理，故不尚思辨。西洋哲学，唯任理智思维，而能本之征验，避免空幻；但其探求本体，则亦以向外找东西的态度去穷索，乃自远于真理而终不悟也。印度佛家，其功修吃紧，只是止观；其极乎空脱，而造乎幽玄，终以《般若》为至；盖止观双运，至般若观空，而后穷于赞叹矣。今后言哲学，必于上述三方，互融其长，而去其短。余尝欲造《量论》，明此意。而老当衰乱，精力已短，恐不及遂也。来者悠悠，将有成吾愿者乎？

治史学者应注意的三个方面①

历史之学，所以数往知来。其意义幽广。幽者，幽深；广者，广博。其责任极重大。凡一国之历史，其对于民族思想之指示与民族力量之启发，恒于不知不觉之间，隐操大柄。故史学，未易言也。

国家艰危，民族忧患，莫甚于今日。吾望有深心卓识之史学家出焉，能出一部"中国通史"，勿像学校教科书一类性质的编著。须如司马温公修《通鉴》，直是终身事业。如此聚精会神为之，又必得多数精博之友，以为资助，其庶乎有成也。温公《通鉴》，实非一手所成，彼不过总持纲要耳。

凡为史书者，必有一个根本精神，遍注万事万物而无所不在。否则只是比辑事件，可谓抄胥，不成为史，决无感发人的力量。《春秋》最为广大，其根本精神为何，非简单可说，今此且置。自汉四史以下，无论其书为短为长，而通有一个根本精神，即忠君是也。他这种精神，无处不见。随举一例，如范隆臣于刘曜。考刘曜行事，真是不成人类的东西。范隆而臣于曜，则已甘为兽类而不惜矣。然史家以范隆能守直于曜之廷，则称美之为经儒。史家不论曜是何许人，只以曜既为君，范隆已为之臣，则能尽忠节者，即是好人。史家于此，就是依据他忠君根本精神来作裁断的。举此一例，可知其余。试思全部二十四史，忠君精神所给于过去社会的影响，该有多么大。君主高于一切，人人都愿为他而牺牲。

今日民主思想发达。既已废除了君主，修国史者自然是以忠于国家、

① 此文选自熊十力抗战期间为学生所作的《中国历史讲话》，标题为编者所加。

忠于民族为其根本精神。但是这种精神的灌输，却要先使一般国民对于自家民族，免除支分派别的谬误心理，起其天性之爱，而不仅是利害关系的结合。此应注意者一。

又关于国家观念，一般人以我国人向来没有此等观念，其实不然。据实言之，我们所谓国家，与西洋列强所谓国家，根本不是一回事。西洋现代的国家，对内则常为一特殊阶级操持的工具，以镇压其他阶级；对外则常为抢夺他国他族的工具。他们的国家是这样的恶东西，列强之间，彼此都持着这样的恶东西相对待，不知将来如何得了。我们的国家，绝不同他们一样。我欲说明他，却难措辞。

我听说英国罗素先生曾有一句话。他说，中国并不是一个现代国家，而是最高的文化团体。不知此语有忆错否？但意思却是如此。这话说得好，用不着多敷说。我国人向来爱和平、贵礼让，不肯使用凶蛮手段。无阶级于内，无抢夺于外，就因为他常有维持最高文化团体的观念。这便是他的国家观念。由中国人这种观念扩充出去，人类都依着至诚、至信、至公、至善的方向去努力，可使全世界成一个最高的文化团体。岂不大美？岂不大乐？无如今日列强不悟，大家甘心要做强盗、凶狮、抢夺、残杀的事情。我们的东邻，首先以此对待我们的国族。我们今日要维持民族的生命，为宇宙真理计，为全人类谋幸福计，我们都得要保全我固有的高尚文化。我们不得不牺牲，与强盗战，与凶狮战，与抢夺残杀我者坚决力战。我们诚然不能不改造我们国家的机构，以应付非常时局，但并不要变我们固有的国家观念，即始终是保持一个最高文化团体，决不拿来做毁坏人类的工具。历史家对于国家观念的指导，是要正当的。此应注意者二。

又关于哲学思想方面，我国先哲向来以尽性为学。性者，宇宙生生不息的真理。在人则为性。尽者，吾人日用践履之间，悉率循乎固有真实的本性，而不以私欲害之，故说为尽。由此，故学问即是生活，而非以浮泛的知识为学。这点意思，须是用力于此学者，方可与说。今后，固当努力科学知识，但于固有学术，万不容忽视，否则失其所以为人之理。而科学

90

知识又何以善其用耶？人类皆习于向外追逐，而不知反，至以科学知能为自毁之具。罪不在科学，而由于无本原之学以善用此科学知能也。世有大觉，宁不悼此。历史家于文化，必有抉择精识。此应注意者三。

略陈此三，至近而要。今治史学者，能慎之于心术隐微之地，则著书垂训，可以寡过矣。

日人器量过小，不堪成立大业①

　　唯当此抗战时期，吾有一坚确信念：日本人决不能亡我国家，决不能亡我民族。

　　日本者，古之所谓倭国也。其种族，则不知所自出。当吾国东汉光武时，其国主遣使来朝，自称大夫。后其国主，并受中国爵命。其国文化，过去完全模仿中国。此世所共知，不待多谈。然日人实不能了解吾国文化的广大精微处，不堪接受吾先哲高尚的理想与伟大的精神。自元代以后，他常寇害吾国，吾国人向来宽大，全无怀恨复仇的心理，而日本人竟处心积虑想灭吾国、亡吾种。此等野心，吾人今后不能忽视。但愿日人能自反省。

　　日人今虽力效西洋，以强国自命，然素无文化，纯从外袭。其俗淫乱，绝无天伦，有禽兽所不为者。其人习于残忍，无复人性。其对外，概以狡诈与凶暴。虽云施之他国，然此等根性养成，其民族将来欲勿衰亡，何可得也？自古皆有死，民无信不立。圣言毕竟不容摇夺。

　　又，日人器量过小，虽横行一时，决定不堪成立大业。此吾敢断言以俟之者。

　　夫日本在昔，本吾华之臣属，又受吾华文化熏陶。值欧力东渐，神州衰微，日人为自身利害计，亦不应阻碍吾华族之兴复运动，以自陷于孤危。眼光稍远者，自能见及此。乃日人出兹下策，乘吾华方新之机而蹂躏之，实乃竭其民力，戕其民命，以赴于膏火自焚之途。利害至明，而彼不悟。由其器小易盈，癫狂以逞，绝无远识故耳。

---

① 此文选自《中国历史讲话》，为熊十力 1938 年所作，标题为编者所加。

伟大学派与立国精神①

古今万国，任何高深文化及伟大学派，其内容恒有不易、变易之两部分。

不易者，谓其所得真常之理与其立国之优良精神。

真常理者，超物而非遗物以存。虽不遗物以存，而实超物。此非深于化者，无可与语也。凡国有文化发展至高深程度，其哲学界必有大学派能于无穷无尽之真常理有所发见。譬如以管窥天，虽不窥天之全，而确已窥得天之一片，则与生盲终身不识天者，其明暗相去，奚止天壤？若智大者，能悟管窥之天只是一片，而天之大必不止此，亦可默喻于天之无穷，而不以小知曲见自封，斯为有会于天者已。凡大学派之于真常理也，其能有所发见而非无知，犹复不恃小知以迷于大道，亦如善窥天者而已。大学派必含有不易之部分，即其有得于真常理是也。此理超时空无有改异。故大学派不可轻毁。

至于文明悠久之国，必有其立国之优良精神。此等精神，即由其国人自先民以来，从日常实践中有所体会于真常理而成为其对自己、对团体之若干信念。易言之，即此若干信念便为其生活之源泉。一国之人以此互相影响，遂成立国精神。此等精神虽难称举，然在其国之哲学、文学与历史等方面最易理会。此精神界可以随时吸收新资粮，而有舍故生新与扩充不已。

但舍故生新一语须善会。新必依故方生，非前不有故而后忽有新也。

---

① 此文选自熊十力 1950 年所写《与友人论张江陵》，标题为编者所加。

顿变还从渐变积久而后有此一顿。譬如酪相顿起，实从乳相经过无量刹那渐变，始顿现酪相。设以暴力将乳相毁灭尽净，无有少分余乳，后时得有酪相顿起否耶？立国精神有新生与扩充而不容斩绝，理亦犹是。总之，凡国有文化或学术思想，断无可容大毁灭之理。设不幸而至于大毁灭，则其国人虽幸存，而亦失其独立开创之胜能矣。中国秦以后久衰，可鉴也。

上来言不易之部分，次谈变易。凡一大学派之体系中，必含有许多可以变易之部分者。

如在古代所认为人伦中当然之则者，后来随时多有变易。在古代观察事物而依据有限之经验以确定其所循之则律为如是如是者，后来经验日广，始发见错误而改定其则律。

又有凭空想或臆想而虚妄安立之理论，后有智者视之，必以为当斩之葛藤。

大凡人智日进，则古代大学派中可以变易之部分自然随时划除，又不待以强力大事毁灭也。是故文化界与学术思想界之积累至可宝贵。其长处宜随时发挥光大，其短处可以供人随时参考修正。一旦大毁灭，是使人返于鄙暴无知之原人时代也。

关于文化教育机构的建言^①

政府必须规设中国哲学研究所，培养旧学人才。凡在研究机关工作之学者，只须对于新制度认识清楚，不得违反，而不必求其一致唯物，其有能在唯心论中发挥高深理趣，亦可任其流通，但唯物论者可依其本宗之观点而予以批驳，如此，即与辩证之旨无不相符。

凡高深理趣之影响于人类生活，恒在无形中。无形也，故久乃大，不当持实用之观点以苛求之。民国近四十年，新人物对于固有学术思想太疏隔，此为彰明之事实，无待余言。今日诚欲评判旧学，必先养才，养才必须成立一种研究机关，搜求老辈素为义理之学者，请任指导。暂不定额。研究生名额宜定为八十名左右，肄业年限宜较长。但马列主义、毛公思想，研究生必须自习，使有温故知新之效。或谓研究生八十名恐太多，殊不知中国如此广大，学派纷繁，故籍极多，向来只有考据之业，而思想方面毫未理出头绪，八十名研究生岂得云多？纵目前省减，亦非有三四十名不可。

又在过去私立讲学机关宜恢复者约有三：

一、南京内学院。

此为欧阳竟无居士所创办，实继承杨仁山居士金陵刻经处之遗业。杨公道行，犹在众口。欧翁一代大师，不烦称述。谭浏阳在清季为流血之第

---

① 此文选自《论六经》，标题为编者所加。《论六经》是熊十力在1951年写给林伯渠、董必武、郭沫若的一封长信基础上扩充而成，此为书末对新中国文化教育事业的建言。

一人，即与欧翁同受佛法于杨公者也。同盟会中巨子如章太炎等，皆与杨公、欧翁有关系。南京佛学研究机关对革命人物不无相当影响。欧翁虽下世，而其弟子吕秋逸居士克宏前业，当请政务院函商南京省市政府觅一房屋为内学院院址，邀秋逸主持，暂聚生徒数名，由公家维持其生活，以后徐图扩充。

吾于佛学本不完全赞同，世所共知，然佛法在中国究是一大学派，确有不可颠仆者在。内学院为最有历史性及成绩卓著之佛学机关，如其废坠，未免可惜！

其次，杭州马一浮先生主持之智林图书馆。

一浮究玄义之殊趣，综禅理之要会，其学行久为世所共仰。抗日时，曾在川主持复性书院，不许某党干涉教学，而院费卒无着，当世知其事者不少，尚可查询。一浮以私人募资，选刻古书，皆有精意卓裁，于学术界大有贡献，后改立智林图书馆，绝无经费。

清季以来，各书局翻印古籍，甚多错误，保存木刻，不失古代遗法，似亦切要，拟请政务院函杭州省府、市府酌予资助其刻书事业，并得聚讲友及生徒数名，存旧学一线之延。

一浮之友叶左文先生，博文约礼之醇儒也，同居讲学，实为嘉会。

其三，梁漱溟先生主持之勉仁书院。

在民国十年左右，彼与北大哲学系诸高才生有私人讲习之所，曰勉仁斋，青年好学者颇受影响。抗日时，始在四川北碚成立勉仁书院。漱溟方奔走民盟，余时栖止勉院，曾以《大易》《春秋》《周官》三经教学者。

漱溟本非事功才，以讲学为佳。愚意拟请政府准予资助其恢复勉院，规模不必大，使其培养旧学种子可也。

中国文化在大地上自为一种体系，晚周学术复兴运动此时纵不能作，而搜求晚周坠绪、存其种子，则万不可无此一段功夫。中国五千年文化，不可不自爱惜。清季迄民国，凡固有学术废绝已久，毛公主张评判接受，下怀不胜感奋，故敢抒其积怀。

年来深感政府以大公之道行苦干实干之政，余确有中夏兴复之信念，故对文化，欲效献曝之忱，今奉书左右，至希垂察，并恳代陈毛公赐览，未知可否？

　　书中所请设立中国哲学所与恢复内学院、智林图书馆、勉仁书院等办法，恳代达政务院。是否有当，伏候明教！辱在相知，故敢相渎。

　　伯渠、必武、沫若诸先生，统希垂鉴。

马列主义毕竟宜中国化[①]

余以为，马列主义毕竟宜中国化。毛公思想固深得马列主义之精粹，而于中国固有之学术思想似亦不能谓其无关系。以余所知，其遥契于《周官经》者似不少。凡新故替代之际，故者替而新者代兴，曰替代。新者必一面检过去之短而舍弃之，一面又必因过去之长而发挥光大之。新者利用过去之长而凭借自厚，力量益大，过去之长经新生力融化，其质与量皆不同以往，自不待言。

佛氏有云"因赅果海，果彻因源"，斯言可玩。万有虽皆变动不居，然后之变承前而起，应说前为后作因，后望前而名果，因方在前，固非已有后果，然后果之可能性则因中确已赅备，故曰"因赅果海"也。果而曰海者，形容其广大故。果变后起。后之变对前而名果，即以"果变"二字连属而为复词。虽与前不为同物，然此广大之变，要不无因于前，故由后望前，决非中断而不可上通也，是云"果彻因源"。前因为后果之源，故"因源"二字亦复词。

明夫前因后果连续，无有中断，则前法不可一刀斩绝，法犹云物，借用佛典。此词可虚用。前法谓过去所有学术思想。而毛公评判接受之训，无可易矣。

---

① 此文选自 1951 年出版的《论六经》，标题为编者所加。

第三辑

自成体系的开山巨著

日支合弁会社に関する一考察

新唯识论 (原本)

绪　言

本书拟为二部。部甲曰《境论》。所量名境，隐目自性，此中境者，以所量名，隐指自性而名以境故。自性即实体之代语，参看本书《明宗》章注。不斥言体而云境者，对量论说，此是所量故。然只是将自家本来面目推出去说为所量耳。自性离言，本非言说可及。假兴诠辨，故有《境论》。部乙曰《量论》。量者，知之异名。量境证实，证实者，证得其实故。或不证实，应更推详，量为何等，其证实与不证实所由分者，应更致详于量的本身为何。故次《量论》。

书中用自注，以济行文之困。或有辞义过繁、不便分系句读下者，则别出为附识，亦注之例也。每下一注，皆苦心所寄，然时或矜慎太过，失之烦琐。又间用语体文，期于意义明白。注文不能务为高简，恐反失用注之意也。

本书于佛家，元属创作。凡所用名词，有承旧名而变其义者。旧名，谓此土故籍与佛典中名词，本书多参用之，然义或全异于旧，在读者依本书立说之统纪以求之耳。如恒转一名，旧本言赖耶识，今以显体，则视旧义根本不同矣。此一例也，余准知。有采世语而变其义者。世语谓时俗新名词。自来专家论述，其所用一切名词，在其学说之全系统中，自各有确切之涵义而不容泛滥，学者当知。然则何以有承于旧名，有采于世语乎？名者公器，本乎约定俗成，不能悉自我制之也。旧名之已定者与世语之新成者，皆可因而用之，而另予以新解释，此古今言学者之所同于不得已也。

本书才成《境论》，而《量论》尚付阙如。《境论》创始于民十之冬，民国十年，省称民十，后皆仿此。中间易稿无数，迄今始为定本，历时几十有一年。世变日亟，疾病交摧，十年来，患脑病、胃坠，常漏髓，背脊苦虚，近方有转机。《量论》欲赓续成之，亦大不易。谈理一涉玄微境地，非旷怀冥会，不能下笔。述作之业，期于系统精严，又非精力不办也。

《境论》初稿，实宗护法，民十一授于北庠（xiáng），才及半部。翌年，而余忽盛疑旧学，于所宗信极不自安，乃举前稿尽毁之，而《新论》始草创焉。余于斯学，许多重大问题，常由友人闽侯林宰平志钧时相攻诘，使余不得轻忽放过，其益我为不浅矣。

《境论》文字，前半成于北都，后半则养疴杭州西湖时所作。十年病废，执笔时少，息虑时多，断断续续，成兹《境论》，故文字精粗颇有不一致者。自来湖上，时与友人绍兴马一浮商榷疑义，《明心》章多有资助云。《明心（上）》谈意识转化处，《明心（下）》不放逸数，及结尾一段文字，尤多采纳一浮意思云。

此书评议旧义处，首叙彼计，必求文简而义赅，注语尤费苦心。欲使读者虽未研旧学，亦得于此而索其条贯，识其旨归，方了然于新义之所以立。

明　宗①

今造此论，为欲悟诸究玄学者，令知实体非是离自心外在境界，及非知识所行境界，唯是反求实证相应故。实证，② 即是自己认识自己，绝无一毫蒙蔽。③

---

① 在《新唯识论》原本中，"明宗"标题的上面还有"部甲（境论）"之标题。熊十力原打算将全书写为"境论""量论"两部分，而出版时却只有"境论"部分，便保存其目。后来，"量论"始终没有完成。熊十力再出版《新唯识论》时，便将"部甲（境论）"的标题删去。现也做删除处理，但做此说明。

② 此处原无标点符号，今加逗号，以助读者理解。逗号前面的"实证"二字，即专指前面一句中的"实证"二字。文中此类处理很多，不一一说明。

③ 原本中有大字、小字部分。今沿用。小字部分对正文起注解、补充等作用。

是实证相应者，名之为智，不同世间依慧立故。^①

云何分别智、慧？

智义云者，自性觉故，本无倚故。吾人反观，炯然一念明觉，正是自性呈露，故曰自性觉。实则觉即自性，特累而成词耳。又"自性"一词，乃实体之异语。赅宇宙万有而言其本原，曰实体；克就吾人当躬而言其本原，曰自性。从言虽异，所目非二故。无倚者，此觉不倚感官经验，亦复不倚推论故。

慧义云者，分别事物故，经验起故。此言慧者，相当于俗云理智或知识。

此二当辨，详在《量论》。今此唯欲方便略显体故，学者当知。

世间谈体，大抵向外寻求，各任彼慧，构画抟量，虚妄安立，此大惑也。真见体者，反诸内心。自他无间，征物我之同源；内心之内，非对外之词，假说为内耳。此中心者，即上所言自性。盖心之一名，有指本体言者，有依作用言者，切不可混，学者宜随文抉择。语曰："一人向隅，满座为之不乐。"此何以故？盖满座之人之心，即是一人之心，元无自他间隔故耳。足知此心即是物我同源处，乃所谓实体也。动静一如，泯时空之分段。此心却是流行不息，而又湛寂不乱。于其流行不息，假以动名；于其湛寂不乱，假以静名。即动即静，无流转相，时间无可安立；即静即动，复无方所，空间不得安立。至微而显，至近而神。冲漠无朕，而万象森然；故云至微而显。不起于座，而遍周法界。华严偈云："随缘赴感靡不周，而常处此菩提座。"此喻心虽近主乎一身，而实遍全宇宙无有不周也，故假以明至近而神之义。是故体万物而不遗者，即唯此心，见心乃云见体。体万物者，言即此心遍为万物实体，而无有一物得遗之以成其为物者，故云尔。然此中直指心为体，却是权说，参考《明心》章。

然复应知，所言见心，即心自见故。非别以一心见一心也。《中庸》所谓"诚者自成"，《易》所谓"自昭明德"，《论语》所谓"默而识之"，皆即心自见义。心者，不化于物，此中义趣，若浮泛解去，便觉不相干。心之所以可说为体者，正以其不物化耳。今于吾人生活上理会，只在生活力之刚健足以胜物而不为物引处，可

---

① 此处原无分段。事实上，此章原文只是一段。《新唯识论》言简意赅、义理深刻，本来就难懂；而原文既为文言文，出版时也因当时观念以及排版、印刷等局限，在分段、断句等方面存在很多不足，造成熊十力的文字更加难懂。这成为熊十力著作难以普及的重要原因。此次重出此书，编者做了不少分段、断句、标点等方面的工作，以利于读者理解。

说这里才是心，亦即说这里才是体。若其人陷于物欲不能自拔，即是完全物质化，而消失生命，便不曾有心，便失掉了固有的本体，只是一堆死物质。**故是照体独立，而可名为智矣**。心既是不物质化的，所以是个觉照精明之体而独立无倚的，因此把他名之曰智。吾人常能保任此智而勿失之，故乃自己认识自己，而无一毫锢蔽焉。云何自己认识自己？以此认识离能所、外所、同异等分别相，而实昭昭明明，内自识故，故非空洞无物，亦非混沌。故假说言自己认识自己。自己亦是假设之词。**由斯义故，得言见心，亦云见体**。由斯义故者，即上所说自己认识自己义是也。

今世之为玄学者，弃智而任慧。智是人人所固有的，而不知所以保任之，故谓之弃。既弃之，故不了自家元来有此也。然此言弃智之智，与老氏所言弃智，绝非同物。老氏所弃之智，乃谓知识，即吾所云慧。**故其谈体也，直以为思议所行境界**。思者，思构；议者，论议。论议则有封畛，思构则有影像。而所谓体者，固不可以影像求之，不可以封畛测之也。然而任慧者不悟，则且视为思议所行之境。**为离自心外在境界**。既以为思议所行之境，便视为离自心而外在的境界了。**易言之，即一往向外求理，如观物然**，自"故其谈体"至此，明任慧乃如是也。所谓慧者，本是从向外看物而发展的。因为吾人在日常生活的宇宙里，把官能所感摄的都看作自心以外的实在境物，从而辨别他，处理他。慧就是如此发展来的。所以慧只是一种向外求理的工具。这个工具，若仅用在日常生活的宇宙即物理的世界之内，当然不能谓之不当。但若不慎用之，而欲解决形而上的问题时，也用他作工具，而把实体当作外在的境物以推求其理，那就大错而特错了，明儒王阳明、黄梨洲讥世儒为"求理于外"，在他的玄学方面说，确有特见。而自来学者多不了其立言自有不逾之范围，亦大可惜。但此义详谈，当在《量论》。而不悟此理唯在反求，反诸本心，昭然不容瞒昧。直是一毫为己之私不许藏匿，此心恻然知其不可，故知此心至真至实，浑然与天地万物同体。而所谓己私，原属形气上后起之妄，自与本体上了不相干。故反诸本心，即已见体矣。**只堪自识**。自识者，即前云自己认识自己，所谓内证离言是也。**遂乃构画拟量，虚妄安立**，如一元、二元及多元等论。**以是驰逞戏论，至于没齿而不知反**。宇宙既等空无，思议所构的实体世界，同于捏目生华故。**人生杳无根据**，不见体，则人生亦是泡影。**不亦大可哀耶！**

然则明慧用之有限，故似除知；慧只行于物理世界，其效用有限，而不可以见体。故在玄学上，不得不排除知识，而实非一往除知，故言似也。**示玄览之攸归，**

宜崇本智。玄览，老氏语，此借用为玄学的穷究之意，与原义不必符。本智者，以智是根本故名。善反，则当下便是，勿须穷索；反之一义，最宜深玩。止观双运，方名反求。顺性，则现前即真，毋庸欣寂。其诸本论之宗极欤。

夫提示旨归，如上略备；辩彰唯识，兹后宜详。故次《明宗》而谈《唯识》。

唯　识

唐窥基法师序《唯识》曰："唯遮境有，执有者丧其真；识简心空，此言成立识者，所以简别于心空之见也。彼许识不空故，心亦识之异名。滞空者乖其实。"见《成唯识论述记序》。此非了义。夫妄执有实外境，诚为丧真，不可无遮。而取境之识，是执心故，即妄非真，云何而可不空？若以妄识认为真心，计此不空，是认贼作子，过莫大焉。今谓妄境唯依妄识故有，而实非境，观识则了境无，于是遮境无过。此中境者，均谓所执外境。妄识亦依真心故有，而实乖真，识者，依作用得名。以作用幻现而无自体故，又杂习染故，所以说之为妄。夫用依体起，故说妄识依真心故有。然用之起也，既不能无习染之杂，故至乖其实，而有妄执外境之咎。证真则了识幻，故应说识是空。真心依本体得名。见体，则可了知用之刹那幻现，本无实法可得；至习染无根，元为虚诳。然不见体者，则直以作用之与习染夹杂流行者认为实在，此过之大也。由斯义趣，先以唯识遮境执，次乃除彼识执。

初遮境执。此在唯识旧师，盛有发明。古时外道、小师，并执有实外境，离识独存。小师谓小乘师。旧师一一破斥，乃令恶见之徒，见不正，名恶见。闻而失据。其辩证精严，稍见基师两记，《二十论》及《三十论》述记。名理斐然，犹资研讨。综观外、小境执，略检二计，以相质定：曰应用不无计，此在实际生活方面，因应用事物的串习，而计有外在的实境，即依妄计所由，以为之名。曰极微计。此实从前计中别出言之，乃依所计为名，极微是所计故。应用不无计者，谓或别计有瓶盆等法，离识实有，此虽俗计，然外、小实根据于此。或总计有日用宇宙，离识实有。此依俗计，而锻炼较精，以为吾人日用间所接触的万象，唤作宇宙，这是客观存在的，不须靠着自识去识他才有他的。外、小都

105

属此计。极微计者，于物质宇宙推析其本，说有实微，亦离识有。极微，亦省名微。近人立原子、电子，亦其流也。故今依据旧师，遂驳如此。

应用不无计者，或计现前由多粗色境，如瓶等物。离识独存，此即俗计。不悟此境若离自识便无有物。由分别起，境方起故；分别即识。若离分别，此境即无。如世所计瓶，视之而白，触之而坚，即由意综合坚白等相，命之为瓶。在计执粗色者，本谓瓶境离识实有；若乃实事求是，则此瓶境设离其视、触、综合诸识相，果复有何物哉？故知瓶境，理实全无。

或复难言："瓶等粗色，于理不无。视之有白，触之有坚，故乃综合坚白等相而得瓶，奚谓外瓶亡实，从识妄构耶？"

答曰：如汝所难，纵令坚白等相果属外物，不即在识，而此坚及白等，要自条然各别，从何可得整个之瓶？汝意综合坚白等相以为瓶境，即此瓶境纯由汝意虚妄构成，离识何曾有如是境？矧复以理推证，坚白等相属外物否，极难置断。如汝所计，瓶白相是诚在外，不从识现。若尔，此白自有定相，云何汝视或远或近，白便差殊？况复多人并视，得白各异。是知白非外有，随能视识而现其相。故瓶白在外，难得其征。又汝谓瓶坚不由识现，此复无据。坚若在外，亦应有定相。今汝触瓶坚，少壮老衰所得坚度，前后不同，一人之身，自少迄衰，前后屡易，实是无数人，但从其相续而视为一人耳。各人触坚，更不一致，是知坚非外有，亦随触识而现其相。故坚相在外，如白无征。据此，则坚白等相均从识现，综合为瓶，纯由意计。意识虚妄计度。外粗色境，理定不成。计有心外粗色境者，此于理不得成立故。

如上所破，虽遮俗计，复有知解精者，能不定执瓶等个别实物，终计离识实有外界。彼计日用宇宙自离识而实有。

故或难言："瓶等粗色，许非实有，我亦无诤。坚白等相，虽从识现，岂无外因而识得现？若无外因识得现者，应不视时识恒现白，亦不触时识恒现坚。今既不尔，坚白等相，自有外因，理当成立。"

应答彼言：识现坚白等相，有境为因，是义可许。但此为因之境，定不离识独在。云何不离？以境与识为一体故。一体，故得交感。由交感故，假说境于识有力为因，令带己相。带者似义，见《识论述记》。己者，设为

106

境之自谓。此言由境有力为因，方令识现似境之相也。如是言因，义应许有。今汝言外因，便不应理。何以故？汝计外因者，许离内识而独在故。内外离隔，两不相到，两不相亲，既无交感之方，焉有为因之义？故汝计有外界为因，得令内识现坚白相者，悉汝妄计，义不应许。僻执外界与彼计执一一粗色境者，根柢无殊，妄习起故。

前所陈义，虽甚易知，然人情封著，难以涤除，恒滞近习，不达神旨。如往世小师，曾以现量证外境有，以为诸法由量刊定有无，一切量中，现量为胜，故举此为征。如世人言："我今见色，乃至触触，下'触'字，名词，谓一切境界。[①] 若无离识实境，宁有此觉，我今现证如是境耶？"其为说如此。夫言法之有无，宜以现量楷准，此诚谛论。独其所谓现量者，则以眼接色乃至身触触而有色等觉云尔，故亦说名现觉。斯则近似乱真之说也。据实言之，有色等觉时，即能见已无，不名现量。所以者何？眼等识现量证境时，于境不执为外，以无计度分别故。后时意识起，虚妄分别，乃执有外境，故色等觉，唯在意识。觉意识分别。与正见，感识现量。二时不俱，则此觉时，能见感识现量。已入过去，宁许有是现量证外境有？应立量云：起此觉时必非现量，是散心位；意识散动，名以散心。能见已无故；如散心位缘过去百千劫事。缘者思虑。至我所谓现量，既不执外，斯乃证外境无，异汝所云。

又汝言现觉色等之时，其能见现识于前刹那成已灭无，即所见现境，亦复与彼能见俱时谢落。故汝所云色等现觉，实已不及现境，此境已灭故。复立量言：起此觉时必非现量，是散心位；境已无故；如散心位缘过去百千劫事。

又如梦等时，等谓幻觉。虽无外境而亦得有此觉。我今现见如是色等，汝能以此许梦等时，实有色等外境否耶？汝若不许，则于余时现觉，何因缘故，定执此境离识实有？余时，为非梦幻时也。

在昔大乘，如前遮讫，彼乃不伏，设难自救。一举忆持，仍成现量，

---

① 当时以竖排排版，所以后面的字可称为"下"。现在改为横排，"下"应为"后"。余同。

107

证外境有。忆持者，记忆之代语。谓由过去眼等识，于尔时现受外色等境，今时意识方能忆持。先若未受，今何所忆？由忆持故，应许过去世感识是有非无，即此识于过去世现所受外境，亦决定有。由斯许曾现识，现量曾有境，是义极成。曾者，过去义也。

次以梦征，仍信有外境。梦觉二识，若同无外境者，世能自知梦境非有，其觉时境亦无，例应复自知。今故应诘：梦心无有境，觉时便知无，觉识境既无，何不知非有？既不自知觉境非有，宁复能知梦境定无？返复推征，应信觉时识，外境定实有。

今勘彼二难，但逞肤谈，不研理实。姑先释初难。汝以今识忆持，决定由过去识于尔时现受外色等境者，是义不然。应知过去感识，缘非外境，我非不许。非外境者，以与识不离故。如世虚妄分别所执为离识实境者，与此所谓境不相应故。然过去识，缘非外境，刹那俱灭，识是刹那生灭，境亦刹那生灭，无有暂住法故。但由想力有遗习故，想者心所之一，详《明心（下）》章。心缘境时，想与心相应而于境取像。此想力用不唐捐故，必有习气遗留，故所缘境之像赖以保存也。今时意识，由念势力令习现起，习者前念想之遗习。得忆前境，是名忆持；念者记忆，为心所之一，见《明心（下）》章。非由曾时识缘外境故，后方有忆。汝以忆持证先现见实有外境，理实不然。如实说者，汝举忆持但可证有过去现识，曾现受非外境，实无有如汝所计外境为曾所现受故。故汝举证，只自唐劳。

复释次难。梦境非心外实有，必觉时方知。如处梦中，终不自知梦境非有。其觉识境亦非心外实有，必真觉时方知。世间虚妄分别，串习蒙昧，如在梦中。诸有所见，皆非实有，未得真觉，恒不自知。至真觉位，方能如实了知绝无如世所执外在实境。非不许有境，但不许有如世所执外在实境耳。既许眠梦得世觉时，知先梦境非有，应从虚妄得真觉时，知先妄习所执境亦无。义既相齐，何庸疑难？

上来酬对，已足匡迷。极微计者，复当勘定。梵方外道，本已创说极微，逮佛家小师，则其说益盛。今此虽不暇详稽，要其大端相近，可以略言。诸立极微者，大抵执极微是团圆之相，而以七微合成阿耨色：中间一微，四方上下有六微。如是七微，复与余多数的阿耨色。合，辗转成几等或大地，乃至无量世界。毗婆沙师说诸极微无相触义。无触者，不得互相逼近故，距离远故。如彼说者，吾今所凭之几，其所有阿耨色实如无数日系，然吾身实凭焉而不忧其坠陷，其傀诡有如此。

大乘不许有实极微，诘难外、小，恒以有无方分相逼。若言极微有方分者，既有方分，应更可析，可析者便非实极微。若言微相圆故，所拟东非是东，西等亦尔，无有方分者。萨婆多作是计。此亦不然。极微无方分，即非色法。遂立量云：极微应不成色，不可示其东西等故，犹如心法。成极微非色已。又汝粗色即诸极微，粗色外无极微，极微外无粗色。当复立量云：汝粗色应不成色，体即极微故，如汝极微非色。成粗色非色已。遂立量云：手触壁等应无对碍，非色法故，如虚空等。如上三比量，返证极微定有方分。有方分故，必更可析。物之可析者，必无实自体。由此，汝说极微实有，义不得成。

当时小师，如古萨婆多师、经部师、正理师。是三师者，又主极微或极微所成和合色，为感识所亲得之境，证成极微实在。至极微如何而直接成为感识境，则萨婆、正理解说互异。大乘复一一遮之，略如下述：

古萨婆多师执实多微各别为境，彼计众多极微，皆有实体，云实多微。如瓶等为眼识境时，实即一一极微各别为眼识境。所以者何？一一极微体是实有，若多微和合，成瓶等粗显境，但是和合假法。瓶等合多极微而成，即无实自体，故名和合。眼识缘实不缘假，须有实体方能引生眼识故。感识缘实不缘假，见《明心（上）》章。

大乘遮曰：各别极微，纵许得为感识缘，彼计极微有实体，得为引生感识之缘藉故。此姑纵之词。定非感识所缘。非是感识所缘虑故。何以故？识于所缘起缘虑时，识上必现彼所缘境相故。今眼等识上无极微相，故知极微非感识所缘。

经部师执实多微和合为境。一处相近名和，总成一物名合。此说一一实微，非眼等识境，眼等识上无极微相故。若多微和合而成瓶等粗显境，体虽是假，眼等识上有此相故，故为眼等识境。

大乘遮曰：汝和合色于识非是缘。此言缘者，藉义。识不孤生，必有缘藉，如青色为缘，方引生了别青之眼识是也。此中意云：经部所谓和合色如瓶等者，固非

109

眼等识生起之缘。何以故？彼体实无故。彼者谓和合色。此无实体，是假法故。凡为所缘缘者，必有实体方能为缘引生识故，非无体法得为此缘故。参看后文所缘缘中。

　　正理师执实多微和集为境。和义见前，不为一体名集。此说诸极微一处相近，辗转相资，各各成其大相。如多极微集成山等，多微相资，即一一微各有山等量相，故与眼等识作所缘缘。上缘字，缘虑义。下缘字，缘藉义。

　　大乘遮曰：极微和集位与不和集相资位，其体是一，如何相资能为大物发生感识？量云：汝相资极微应不与感识为其所缘，即极微相故，如不和集相资时。又如汝说者，亦有量等相一过。如俱以一亿极微作瓶瓯，瓶瓯相应同一，以极微头数相资等故。今既瓶瓯二相各别，故知非是相资量等方为感识缘。

　　萨婆、正理，并主极微为感识所可亲得，其持论初不本之实测，而出于思构，故大乘一一难破之，彼亦无以自救。

　　或有问言："外、小创发极微，颇近晚世科学思想，而大乘独一往遮拨，何耶？

　　余曰：大乘本玄学之见地，以遮拨实微，固其宜也。外、小若仅在世间极成之范围内假说极微实有，世间极成义者，即在实际生活方面或经验界，假定万象为实有。略见《大论·真实品》。固亦与科学在经验之范围内假定原子、电子为实有者，同其旨趣。顾自玄学言之，则对于世间或科学所假定为实有之事物，不能不加以驳正。何则？玄学所求者为绝对真实。所谓实体。世间或科学所假定为实有之事物，从玄学观察，即泯除其实有性，而齐摄入绝对真实中故也。若于现象而洞见其实体，即现象本非实有，只此实体是唯一实在。

　　或曰："所谓极微或原子、电子者，不可说为实体欤？"

　　曰：恶，是何言！实体者，所谓太易未见气也。本《易乾凿度》。《易》具变易、不易二义。虽变动不居，而恒如其性，故即变易即不易也。佛家以不变不动言如，似偏显不易义，而未若《大易》以即变易即不易言之为更妙也。此体本不可名，姑强以"易"名之耳。太者，赞辞。未见气者，此体至虚，而不属于有。夫气，则有之至希至微者也。气之未见，所谓无声无臭至焉者也。善谈体者莫如《易》。玄奘上太宗表云："百物正名，未涉真如之境。"以此议《易》，奘师实不解《易》也。虚而不

110

可迹，不可以迹象求。故无不充周，若有迹象，即有方所，则不能充周也。圆满之谓周，不息之谓充。故遍为万有实体，充周故为万有实体。其得以极微或原子、电子言之耶？其得以实体为细分之集聚耶？胜论外道说极微亦名细分，彼计心物皆有极微，似即以极微为实体。吾国今日学子，甚倾心唯物之论，颇遇人言实体不必说得玄妙，只是原子、电子而已。

总前说而观之，大乘遮拨外境，甚有义据。夫识对境彰名，才言识便有境，如何可言唯识无境耶？原夫境、识以义用分，义用者，因其作用不一故，即义分境与识。而实全体流行，非可截然析成两片也。唯其非顽然之体，故幻现能所相貌。名识为能，是能知故。名境为所，是所知故。但就相貌言，则能所相待，不可说能生于所，亦不可说所生于能。然能所偕同而无封畛可得，寻不着境识间的界划故。则虽欲离析之而固无从也。所谓全体流行者以此。夫由吾自身以迄日星大地乃至他身，自身以外，有一切众生身。皆境也。自身境与自识不离，夫人而知之。自身境者，以自身望自识，亦是境故，是所知故。日星大地乃至他身等境，皆为自识所涵摄流通而会成一体，初无内外可分，乃人尽昧焉，以为此皆离自识而独在者，果何据耶？日星高明不离于吾视，大地博厚不离于吾履，履即触识。他身繁然并处不离于吾情思，是故一切境相与识同体，感而遂通，其应如神，以其一体本无离隔故也。据此，则唯识为言，但遮外境，不谓境无，以境与识同体不离，故言唯识。唯者殊特义，非唯独义。识能了境，力用殊特，说识名唯，义亦摄境，岂言唯识，便谓境无？

然或有难言："信如境不离识者，则科学上所发见日用宇宙即自然界。所有定律公则等等，纯为客观事实，虽自识不曾了别及之，而此事实之为信有自若也，如缺乏科学知识者，即于科学上所发见的事实多了别不及，而其事实之为信有自若。必言境不离识者，于义何取？"

余曰：理之难言，为其多泥于一曲也。唯识不谓无境，即所云定律公则等等，何尝不许有此事实，只是不必问此事实耳。这些事实的研究，可以让诸科学，故玄学不必问也。至若识于当境了别，固名境不离识，当境者，当前之境故。然了别不及之境，要亦识量所涵。但了别之部分，或因作意力故而特别显现。作意见《明心（下）》。了别不及之部分，只沉隐于识野之阴，识遍照故，假言识野。阴者，形容了别不显现处。**固非与识截然异体，不相通贯；如其作意寻求，此境亦得豁然明著。以是征知，凡所有境，当了别不及时，实未曾离识独在。汝以科学上定律公则等等，纵了别不及，其信有自若，以是证成外境，毋亦未窥理要而泥于一曲乎！**

夫境不离识义者，岂唯梵方大乘凤所创明，即在中土先哲，盖亦默识于斯而不肯衍为论议耳。征其微言，约略可见："合内外之道"，《中庸》之了义也；合内外者，即是心境浑融之诣。盖诚明之心通感天下万有而无碍，所谓境随心转，无有对待纷扰之相。"万物皆备于我"，子舆氏之密意也；会物归己，正是唯识了义。若有物与我为对，则我亦是一物耳。既物莫非我，则我亦无待以立也。而言我者，假为之名耳。物我之相都亡，是立于无对者也。到此方信得自家生命元来无限。若其落于物我对待之中者，则是自丧其无限之生命而成乎一物已耳。"仁者浑然与物同体"，程伯子之实证也；伯子之言，同己于物，然与孟氏意同。"宇宙不外吾心"，陆象山之悬解也。慈湖《己易》盛弘师说。逮于阳明昌言"心外无物"，门下诘难，片言解蔽。语录有云："先生游南镇。一友指岩中花树问曰：'天下无心外之物，如此花树在深山中自开自落，于我心亦何相关？'先生曰：'汝未看此花时，此花与汝心同归于寂。汝来看此花时，则此花颜色一时明白起来，便知此花不在汝心外。'"其持说精到如此。故知理有同然，华梵哲人，所见不异。程陆王诸师，稍涉禅家语录，并不曾窥法相唯识典籍，而所见适与之符。然大乘诸师多流于分析名相，如《二十》等论成立唯识以遮外境，全用形式逻辑，虽复名理可观，而空洞的论调嫌多，颇近诡辩。凡大乘论文几都不免此病。至中土诸师不肯驰逞论议，其宏大渊微之蕴偶流露于笔札语录，虽单辞片语，往往意思深远，玩索不尽，特非解人则莫之悟耳。**原夫唯识了义，要在会物归己，而实际敻（xiòng）焉无待；**物即是己，则己亦绝待也，特假名为己耳。实际者，本体之代语。会物我于一原，即敻绝而无待之本体于是乎显现矣。人生之真实而非虚幻，即在此耳。**摄所归能，而智体炯然独立。**心能分别境，亦能改造境故，故说为能。境但为心之所分别，及随心转故，故说为所。智体者，智即本体，故云智体。智义见《明宗》章。若切近言之，即本心是已。设问何谓本心？应答彼言：人人隐微间有个自鉴之明，不可欺瞒者，即本心也。只此是人生所固有的神明而不曾物质化的，故说为本体。**所以遮彼外执，**执有外境，名以外执。**欲令悟兹本根。**

本根即谓本体。**执则内外纷歧**，执有外境，则外尘与内心相对，外物与内我相对，而一切纷歧，不相连属。**悟则内外融释**。悟无外境，则一切纷歧之相俱以泯除，故云融释，言一切相都消融释散而无有所执也。夫万物皆感而遂通，万有皆思之所及，故一言乎识即已摄境，一言乎境便不离识。境、识为不可分之全体，**显则俱显**，识于境分别显现时，境亦与之俱显。**寂则俱寂**。识于境不起分别时，是之谓寂，境亦与之俱寂。**一体同流，岂可截然离之乎？必谓境离识而外在，是将自家生命与宇宙析成二片也，有是理乎？**

夫境识同体，本无内外，然世皆计执有外境何耶？人生不能舍离实际生活，无弗资万物以遂其生长者。郭子玄曰："人之生也，形虽七尺，乃举天地以奉之。故天地万物凡所有者，不可一日而相无也。一物不具，则生者无由得生。"其言虽近，乃有远旨。然人以资物为养之故，遂乃习于取物，习字吃紧。而妄计物为心外之境，役心以驰求之。迄串习既久，则即以习为心而逐物不反，无有厌足，其外物之执乃益坚。**执之相貌，略分总别。别执有一一实物**，如瓶盆等。**方分空相，由斯而起**。如依瓶而计执有东西等分位，此即空间相也。**总执有实外界，所谓日用宇宙。混同空相，由斯而起**。混同者，十方虚空浑是空洞而无异相故，故云混同。人心总执有实外界，遂计有个空空洞洞的空间，故万有于中间显现。**空相起故，时相即俱。横竖异故，假析时空**。于横的方面计有空间相，于竖的方面计有时间相。**理实时相，即是空相，形式不异。过、现、未三世相，历然沟分，犹复纪之以符号**，如为干支以纪时数。**表之以器具**，如钟表上之分秒等。**故分段时相，实空相之变形也。起外境执时，空时相定俱起**；若不执有外瓶等实物者，则方分空相将于何起？若不执有实外界者，则混同空相亦自不起。空相无故，即时相亦无。以理推征，故知空时相实随外境之执以俱起也。**空时相起故，外境执乃益坚**。由有空时相故，更增外境以实在性。**辗转增迷，人情所以无悟期也**。

已遮境执，次除识执。夫执有外境，故假说唯识以遮之。不离识之境，理应许有。然世所执离识而独存之外境，则本无有，特由妄识计执以为有耳，故说外境唯识所现。假说者，以非实有识可唯故，其义见下。**若复妄执内识为实有者，则亦与执境同过**。盖识对境而得名，则其形著也，不唯只作用幻现，凡言识或心者，本依作用立名，然复有别义，亦不妨假目本体。详《明心》章。实乃与

113

妄习恒俱。取境之识，恒挟妄习以俱起。习云妄者，以无根故耳。此识既杂妄习，所以亦成乎妄而不得为真心之流行也。此处吃紧。故识无自性，亦如外境空而无物。自性犹言自体。盖所谓识者，非有独立存在的自体故。或曰："外境实无，故说为空，而识以作用幻现故名，即非全无，云何亦说为空耶？"曰：外境以本无故，说之为空。识以无自性故，说之为空。空之情虽异，而其为空则同也。故彼执识为实有者，与执外境等是迷谬。维昔大乘虽说唯识以破境执，然又虑夫执识为实者，其过与前等也，故乃假说缘生，以明识相虚幻无实。缘者，藉义。众相互相藉待，故说为缘。生者，起义。识相不实而幻起故，姑说为生。识相，即是众缘互待而诈现者，故说幻起。夫识若果为实有者，即是有实自体。有自体故，便无待而恒现成。今说缘生，既明识相即众缘相。易言之，即此识相唯是众缘互待而诈现，舍此无别识相可得。诈现者，谓虽有相现而不可执为实故，故名之为诈。故识者，有待而非现成，元无自性，自性见上。此非实有，义极决定。云何众缘？曰：因缘、因为诸缘之一，而于诸缘为最重要，故首列之。等无间缘、所缘缘、增上缘。今当以次释诸缘义。

因缘者，旧说谓有为法，亲办自果，方乃名因。见《三十论》七及《述记》四十四第一页以下。有为法者，即斥为因之法而言之。有能生力用，故名有为。办者，《记》云成办。因亲生果如成办事业，故云成办也。详此所云，因亲办果，是因于果，有创生义，亲办云者，即是因能亲创果故。亦有决定义。即因于果，能决定成办故，方云亲办。如是言因，固与科学上旧有之因果观念甚相吻合。其错误既已有正之者，可无赘论。今所当辩者，迹旧师树义，本建种子为因体。所谓因者，非空洞而无所指目之词，故言因则必有为此因的法体。《三十论》七，说此体有二，其一曰种子，详《述记》四十四第一页以下。今此中谈识相缘生，故但举种子为因体云。彼计心识现起，厥有来由，心识合称者，以取复词便举故。故立种子为因，建立种子，以明心识来由。而以心识为种子所亲办之果。《三十论》七，因缘中说种生现义，现者具称现行，乃心识之代语，即言种子为因而亲生心识也。种子法尔分殊，彼计种子是个别的。法尔犹言自然。心识于焉差别，差别者，不一义。彼说一人有八识，谓眼识、耳识，乃至赖耶识，此八为各各独立之体，即由其所从生之种子不同故。此所为以亲办自果言因缘也。据彼所说，种子是个别的，必不许杂乱生果。故眼识种子为因而亲办自家眼识果，耳识种子为因而亲办自

114

家耳识果，乃至赖耶识种子为因而亲办自家赖耶识果。参考《摄大乘》世亲释种子六义引自果条。顾彼不悟心识为流行无碍之全体，而妄析成八聚，此已有拟物之失。彼析心为八个，如析物质为分子等，是不悟心无方相而妄以物质比拟之也。又复计心从种生，能所判分，其谬滋甚。旧说种子六义，其一曰："果俱有者，言种子是能生因，而心识是所生果，此果与因同时并有，故云果俱有。"详此即以心与种判作能所两法，若亲与子为两体者焉。其谬不亦甚乎？

吾于旧师种子论既当辨正，详《功能》章及《明心（上）》章末。故言因缘亦不敢苟同。今改定因缘界训曰：心识现起，现读发现之现，亦即起义。元为自动而不匮故，假说因缘，不匮者，动势相续，不忧匮乏也。非谓由有种故，定能生识，方予因名。"非谓"至此为句。夫识者，念念新新而起，即是念念新新而自动。念念新新云云者，心法迁流不息，念念灭故而生新，故通前后而言之曰念念新新云云。何以言其为自动耶？识无方相，无方所，无形相。唯以了别为特征；虽凭官体故起，此言官体，综五官与神经系统而言。凭者，凭藉。心本至虚而资官体以运行，故说为凭藉。而实主宰乎官体，故非官体副产物；耳目等官接物而不足以乱其心者，则以心为官体之主宰故耳。以故不可说心作用为脑筋的副产物。虽藉境界故起，识起必有所缘境界。而足转化乎境界，色声等境界皆不足以溺心，而心实仗之以显发其聪明之用，是心于境界能转化之而令其无碍。故非境界副产物。或言感官或神经系受色声等境界刺激而起反应，即此反应说为心作用，其实无所谓心也。如此说者，是心作用亦为境界刺激力所生的副产物。然心既能转境而不随境转，征其自在殊胜，则此说之无理可知。是固验知识起，本即自动。验知者，内自体验而知之。忽乎莫测其端，动无端故。茫乎莫见其形，动无形故。廓然无物，动而已矣，无有实物可得，故为幻现。而又炽然非空，动势猛炽，虽幻而不空也。所以遮彼谬执心作用为官境副产物者，而说识起元为自动，自动之言，正以对破谬执。即依自动义故，假说为因。自动方是本因。若如旧立种子为能生因者，则是世俗执物之见，何足明心？世俗计稻等物皆从种生，今计心法亦尔，岂非大谬？然复应知，说识起是为自动者，原不谓心有自体。若心有自体，便等于世间所执神我灵魂，同计有实物故。盖且克取动势而名心识，故是幻现而本无自体也。所谓心识者，元来没有独立的自体。易言之，即无实物。他只是一种动的势用而已。吾人内自体验见得如此，因把这个动的势用为他安立名字，就叫作心或亦名识。克取云云者，言此中但直取动的势用而名心识，元不涉及本体。易言之，即依作用以立心识之名，而与《明心》章以本体言心识者，涵义绝异。此等义理分际不同之处，学者务随文审择焉可也。又盖且者，不遍之词，本章所言识，乃对境之识，故且依作用而名之，非一往如此说。或有难言："即云自动，疑有自体，若无自体，说谁自动？"不悟自动之言，但显此动势不从官体生，亦不从境界生。何以故？官境只是物质，不能以物质而产生非物质之作用故。若物质而能产生非物质的作用者，即物质便成神秘而不成为物质矣。故自动言，义兼遮表，不容立难。遮拨谬执此动的势用为从官境生者，而动的势用非物质之作用，即于此而表示明白，故云义兼遮表。

等无间缘者，谓识前为后缘，行相无间，等而开导，故立此缘。

云何前为后缘？识者动而不居，前念识方灭，后念识即生，故说前识望后为缘。

云何行相无间？识者动而趣境，虽体无封畛，而行相固殊。见色闻声，乃至了法，各别行相，不相间碍，前灭引后，是事恒然。行相者，识行于境之相，即识于境起解之相也。如见色与闻声不同，即识上行相之殊，非如旧说以眼等八识为各各独立之体。间者，隔碍义。无量行相，容俱起故，故名无间，此亦与旧言无间者迥异其旨。

云何等而开导？导之为言，是招引义。开义有二：一避义，二与后处义。前法开避其处，招引后法令生，故成缘义。由具开与导之两义故，方成此缘。若两义中随缺一义者，即不名缘。此本旧说。复有难言："前法开避，即是已灭。彼灭无体，云何招引？"应知前法正起位，即有望后招引之势，非彼灭已，方为招引。又前念灭时，即后念生时，生灭中间，更无时分可容间断。然则变化密移，畴觉之欤？旧说识亦有间断者，因依识之行相而剖析为各各独立之体，故妄计见色等行相不显现时，即是眼等识间断也。复言等者，即等流义，由前引后，平等而流，故置等言。

综前所说，则知等无间缘，开前导后，方灭方生。心识所以迁流不息，唯有新新，都无故故。其德之至健，几之至神者乎！设有不明开导，但计心识为由过去至现在复立趋未来者，则犹坠于常见而未闻胜义也。

所缘缘者，略有四义：一有体法，二为识所托，三为识所带，四为识

116

所虑。

有体法者，为缘之法，必是有体，方有力用，能牵生识，如白色非空而无物，故能牵令眼识同时俱起。故成缘义。法若是无，何得为缘？世俗有计瓶等得为缘者，此倒见也。所谓顽然之瓶，世间本无此物，其以为有者，特妄情所执耳。今试问汝侪，所得于瓶者果何物？则必曰视之有白，乃至触之有坚等也。若尔，汝眼识但得于白，不曾得瓶，乃至汝身识但得于坚等，亦不曾得瓶。诚以汝感识现量灭谢，散意识方起，遂追忆白及坚等境，妄构为瓶等实物。散意识者，谓凡人意识散乱故。是故白及坚等境，诚有非无，方得为缘；妄情所执之瓶等，此非有体，缘义不成。

或复问言："若有体法方为缘者，如意识缘空华时，岂非无所缘缘耶？"应知意识此时现似所缘影像，妄作华解。华虽本无，识上所现似华境之影像，彰彰不无。即此影像以不无故，亦名有体。得随境摄，成所缘缘，非无此缘识得生故。

又复有计感识后念以前念境为所缘缘者，唐贤普光曾作是计。此亦非理。一切法顿起顿灭，无暂时住故。前念境即于前念灭，何容留至后念为后识境耶？如眼识前念青境，实不至后，后念青境乃是新生耳。诚以眼等识现量，刹那已入过去，一刹那顷，感识与所了境同生同灭。后念意识继起迅速，由念势力，念者记忆。能忆前境，即现似前境之影像而缘之。此影像即心上所现，本非前境，而此心乃妄以自所现影作前境解。彼乃不辨，以为犹是后念感识取于前境，此在因明，乃云似现。实则前境已灭即非有体，如何成所缘缘？此说违理，故宜刊定。

为识所托者，即有体法望能缘识为所仗托，令彼得生。彼者谓能缘识。识不孤起，须托境故。如眼识非仗托青等色境，必不孤起。感唯托尘，意则托影，必有所托，方得成缘。感识唯托尘境而起，谓眼识唯托色尘，耳识唯托声尘，乃至身识唯托触尘是也。至于意识筹度一切法时，尝利用想与念，诈现似所缘境之影像以为所托焉。想、念皆心所法，见《明心（下）》章。

为识所带者，谓所缘境为彼能缘之所挟带。能缘即识。能缘冥入所缘，宛若一体，故名挟带。如感识现量证境时，能缘所缘，浑尔而不可分。如眼识现见白色时，不起分别或推想，即此见与白色浑成一事，无能所可分。此由境为

117

缘，令彼能缘亲挟己体故。己者，设为境之自谓。挟带义发于奘师。时正量部有般若毱多者，尝难及大承所缘缘义，戒日王请奘师，为设十八日无遮大会。奘师造《制恶见论》破毱多，论中即申挟带义也。其文今不传。

为识所虑者，前之三义，不足成所缘缘。何以故？若有体法但为识所托所带即得成所缘缘者，则应外质望镜等照用作所缘缘。外质是有体法故；境等照用起时，亦以外质为所托所带故。镜等照用依外质同时显现，故有所托义。又亲挟外质影像而起，故有所带义。此若许然，即境望识作所缘缘与外质望镜等作所缘缘，两义齐等。由此应许识亦犹如境等，以所缘缘义不异故。为遮此失，复言所虑。由境有体，能引令识托彼带彼缘虑于彼，方许望识作所缘缘。上三彼字皆谓境，缘虑即思虑。以所缘缘具所虑义，影显识为能虑，不同境等色法，故说唯识，不言唯境。于俗谛中许有识，亦许有不离识境，但识为能虑，境属所虑，故特尊识而说识名唯。

【附识】

思虑作用乃心识之特征，不可以官品与境界相互之关系说明思虑。思虑若是官境之合所生，应非了知性故。昔者印人有言镜等能缘，犹如识者，今人亦有云照相器能见物，此皆戏论。镜等与照相器只能于所对境而现似其影像，然此影像仍随境摄，固无有思虑作用于其间也，何可等心识于色法乎？理本至明而索之愈晦，凡情迷妄，往往如是。夫思虑属心之行相（行相者，思解貌。）①，此与心上所现影像，本不为一事。世俗未能辨此，故说照相器能见物也。然唐人言唯识者，于此已有不了。备云："但心清净故，一切诸相于心显，故名取境。"（见《解深密经注》六第七页。）太贤云："相于心现，故名所虑。"（见《成唯识论学记》卷六第三十七页。）此皆不悟心之取境，有其行相，但云心上现影而已。若尔，镜等能缘、照相器能见之说，又何可遮耶？如斯肤妄之谈，其当刊定久矣。

综上四义，明定所缘缘界训，庶几无失。然旧于此缘判亲疏者，其说原主八识分立。寻彼义据，不足极成。识所取境，皆不离识而有，但应许境于识

---

① "附识"部分也有仿宋小字作为注解补充。为区别明显，加以括号。后同。

作所缘缘，何须更判亲疏？然旧说主张八识为各各独立之体，则亲疏遂分。如眼识亲所缘缘，即自所变相分是也。其疏所缘缘，即第八识相分，眼识托此以为本质，而变自相分云。护法八识各各有相分、本质为亲疏缘，名相琐繁，此姑不述，述亦短趣。若为治旧学者解纷排难，当为别录云尔。

增上缘者，略有二义。增上犹言加上，旧训为扶助义。谓若此法虽不从彼法生，然必依彼法故有，即说彼法为此法之增上缘。一者有胜用。为缘之法必具胜用，方与果法而作增上。果法者，如彼法为此法之增上缘，即说彼为因法，此为果法也。所谓胜用者，不徒于果法为密迩之助，但不障者即其力也。取征近事，如吾立足于此，五步之内所有积土，固于吾立足亲为增上，直接为助，故言亲也。即此五步之外，推之全地乃至日局，亦皆与吾立足攸关。假令五步以外山崩河决，又或余纬越轨，冲碎员舆，斯皆障害吾之立足。故知吾今者立足于此，即由全地乃至日局，俱有增上胜用。由不障害，即其胜用。准此，则增上缘者宽广无外，势不胜穷。然求一事之增上因，增上缘望所增上法，而得因名。则恒取其切近，遗其疏远，不定遍举也。今即心法为征，如一念色识生时，其所待之增上缘何限，感识了色亦名色识，了声亦名声识，乃至了触亦名触识。然官缘、官者，谓眼官与神经系，乃色识所依以发现，故是增上缘。空缘、空者，空隙，亦色识增上缘，障隔则色识不行故。明缘、明者，光也，阙明缘不能了诸色境故。习气缘，色识生时必有习气与之增上，如乍见仇雠面目，即任运起嗔，便是旧习发现。盖习气即是心所，故望心为增上缘，能助心以取境故。参看《明心》章。则关系切至，在所必举也。余识生时，皆应准知。余识，谓声识乃至意识是也。声识生时，必有耳官及习气等为增上缘，乃至意识独起思构时，亦必有习气等为增上缘。习气种类无量，一切心生时皆有习气为增上缘云。

【附识】

增上缘义最精。世学（谓如科学。）所云因果唯相当于此，以其但甄明事物相互之关系故也。顷有问云："若如公说增上缘者，则将随举一事皆以全宇宙为之因乎？"曰：理实如是，但学者求一事之因，初不必计及全宇宙，恒自其最近者以为推征。设秤物之重量为如干，若地心吸力，若气压，固皆为其致此之因，即至迥色之空或太阳系统以外之他恒星，亦无不与此有关者，故曰一事而全宇宙为之因也。然学者于此，但致详其近缘，若地心吸力，若气压，以明此事之因，则能事已毕。吾人常能由一知二或由甲知乙者，率此道也。

二者，能于余法或顺或违。余法犹言他法。随举一事，以明此义。若霜雪于禾等增上，能牵令转青色为枯丧，转者改转也。禾等枯丧之位，其以前青色皆灭，义说为转，非谓前青色不灭可转为后枯丧也。又枯丧之起，有自动因，霜雪于彼，但为增上缘，故言牵也。世学谈生物适应环境者，多忽略生物自身之动因，便为大过。问："霜雪非青色灭之因耶？"曰：凡法之灭也，法尔自灭，何待于因？灭若待因者，应不名灭，当说为生，以有因便是生故。即此霜雪，望枯丧为顺缘，望前青色作违缘。一顺一违，几之所不容测也。然复当知，此中义分顺违，据实违缘云者，非与灭法为缘。如前所说，霜雪与枯丧为缘时，前青色已灭。今云霜雪与前青色作违缘者，彼既灭无，望谁为缘？由枯丧是前青色之相违法，既与枯丧为缘，即义说为前青色之违缘。一事向背，义说为二也。霜雪与枯丧为增上缘，是为一事。向背者，一事之两面。与枯丧为缘，是向义；既顺枯丧令起，即违前青色令不续起，是背义。由此二义，故说顺违耳。例此而谈，如善习为心增上缘时，顺生净识，即违染识令不生。恶习为心增上缘时，顺生染识，即违净识令不现。顺违之几，其可忽欤？净识者，善心也。染识者，不善心也。心岂有不善耶？恶习发现而蔽其心，以成其恶。此时心无权而唯以恶习为心焉，故说为不善心也。若善习有力现起，以扶助本心之善，则违彼不善心而令不得起。

上述诸缘，由识起是自动义故，立因缘。心识者何，只是一种动的势用而已。这个动的势用虽依藉脑筋与外境的刺激力而发出，要不是物质的副产物，遂乃说为自动。即以此义，假说因缘。由前念能引义故，立等无间缘。前念识能引生后念识故，故立此缘。由有所取境故，立所缘缘。于俗谛中不谓无境，但不许有离识独存的外境，而不离识之境非无。所以说识起必有所取境，而得立此缘。除前三外，依种种关系，立增上缘。如官体与习气等等，皆于心识作用为扶助故，故立此缘。详此诸缘，本以分析心识，假说缘生，令知心识唯是幻现而非实有。若识果实有者，即有自体。或用心识复词，或单言心，或单言识，唯随文便。他处准知。今分析此识而说为众缘互相藉待，幻现识相，则识无自体甚明。故缘生言，非表识由众缘和合故生，乃对彼执识为实有者，善为遮遣。如对彼不了芭蕉无自体者，为取蕉叶，一一披剥，令知非实。此义亦尔。或复有难："说缘生故，明识无自体即识相空。然众缘相为复空否？"今答彼言：假设缘相，明识相空。识相空故，缘相亦空。众缘相待，唯幻现故。如因缘相，便是动的势用。这个势用曾无暂住，非幻现而何？若等无间缘相，即谓前念识，此亦不暂住，非幻现而何？若所缘缘相，即色声等境界，此实刹那生灭，固是幻现。若增上缘相，如官体等，既属色法，即莫非刹那生灭。至习气念念迁流，生灭不住，尤不待言。故知同属幻现。夫诸缘相唯幻现故，即无自体。无自体故，即是皆空。爰假施设，以遮执故。假设众缘，乃对彼执识为实有者而遮拨之也。

夫言说有遮诠、表诠。表诠者，直表其事，如在暗室而对彼不睹若处有几者，呼告之曰若处有几。遮诠者，因有迷人于暗中几妄惑为人为怪，怪者鬼怪。乃从所惑而遣除之，即以种种事义，明其如何非人，以种种事义，明其如何无怪，而不复与直说是几，卒令彼人悟知是几。故缘生言，但对彼不悟识自性空者，自性即自体之代语。方便遣执，因迷者执识实有故，故乃分析诸缘而说众缘互待，幻现识相，是名缘生。以此遣除其执，乃方便说法也。故是遮诠，对执而施破，所以为遮诠。如或以为表诠者，将谓缘生为言，表示识由众缘和合故生，是反坠于执物之见，宁非甚谬？俗计物体由分子集合而成，今若计识从众缘和合故生者，便同一谬见。故知辞有遮表，不可无辩。详夫玄学上之修辞，其资于遮诠之方式者为至要。盖玄学所诠之理，本为总相，所谓妙万物而为言者是也。总相者，言其遍为万物实体。妙万物者，言其不属部分，不属形质也。以其理之玄微，玄者，悬也。其理虚悬无所冒，而不可以物求之也。微者，无方所，无形相，所谓神也。故名言困于表示。云困，则不止于难也。名言缘表物而兴，字之本义都是表示实物的，虽引申而为极抽象之词，总表示一种境象。今以表物之言而求表超物之理，总相的理，是玄微的，是超物的。往往说似一物，兼惧闻者以滞物之情，滋生谬解，故玄学家言，特资方便，常有假于表诠。此中奥隐曲折，诚有非一般人可喻者。古今为玄言者众矣，其极遮诠之妙者，宜莫如释氏，而空宗尤善巧。唯其见理洞彻，故其立辞无碍也。独至有宗，始渐违遮诠之方式而主于即用显体。此其失不在小，吾今兹不能不略辨之。

盖云即用显体者，固谓用亦实法，但不离体，乃即用而体显。不知体上固无可建立，又安可于用上建立乎？设计用为实法而可建立者，则用已与体对，谈用何足显体？有宗自无著肇兴，谈用犹以分析。如《瑜伽论》及《辨中边》《杂集》等论，其谈蕴、处、界等法皆属谈用，然只是分析而谈，原与建立有异。至于世亲始立识为能变，以之统摄诸法，下逮护法、窥基，衍世亲之绪而大之，乃于能变因体加详。能变因体，即谓种子。要之，皆于用上建立，世亲以一切法摄归于识而尊识为能变，其所谓能变法者，即对不变之真如而名用。世亲既立识以统摄诸法，便是于用上建立为实有也。护、基两师于种子义发挥加详，盖以识名现行，是乃有而非无，而种子则为现行识所从生之因，亦即为现行识之体，是固明谓用有自体矣。此亦于用上建立，实根据世亲之思想而衍之者也。而不悟其有将体用截成两片之失，世亲等所谓现行识与其种子是生灭法、是能变法、是用，而真如是不生灭法、是不灭法、是体，固明将体用打作两片看。如何可言即用显体？既于用上建立，便把用说成实在了，从何显得体来？故有宗之学，至护、基而遂大，亦至护、基而益差。差者差失。窃谓体不可以言说显，而又不得不以言说显，则亦毋妨于无可建立处而假有施设，即于非名言安立处而强设名言。盖乃假名以彰体，体不可名而假为之名以彰之。下章恒转、功能诸名，所由施设。称体而用已赅。一称夫体，而用即赅备，岂其顽空可以名体哉！用之为言，即言乎体之流行，状夫体之发现。发现非有物也，流行非有住也，故不可于用上有所建立。以所言用者，本无实法故。此中义趣须细玩《转变》章始可得之。是故权衡空有，监观得失，岂其妄托知言，聊且自明微旨。因论缘生之为遮诠，而纵言及此。

综前所说，首遮境执，明色法之非外；此中色者，犹言物质，与眼识所取颜色之色，其涵义广狭迥异。他处准知。次除识执，明心法之无实。执缘境之心以为实在而不知其为缘生如幻，世俗之大惑也。然色非外而胡以复名为色，如前所言，既不许有客观存在的色界，则其所谓不离识之色者，根本不是色法，而胡为复以色名之耶？心无实而何乃复字以心？心非实有，则所云心者，但假名耳。然由何义而立此假名？俗之所许，真岂无依？色法、心法皆世俗所许有者，然俗所共许，亦或有真理为所依托，否则不应凭空而许有色心万象。故次详于《转变》。

122

转　　变

盖闻诸行阒（qù）其无物，行者，幻相迁流义，此作名词用。色法、心法，总称诸行。滞迹者则见以为有实，以为有实物也。达理者姑且假说转变。"转变"一词，见《成唯识论述记》。言转变者，取复词便称耳，实则但举一"变"字可也。然吾谈变义，本不据前师，学者忽执旧说相会。

夫动而不可御，诡而不可测者，其唯变乎！此言动者，非俗所谓动。俗以物之移转为动，此则以忽然幻现为动，非有实物由此转至彼处。

谁为能变？故设初问。如何是变？故设次问。

变不从恒常起，恒常非是能变故。观夫万变不穷，知非离此而别有恒常之体。古代梵天、神我诸计，要皆为戏论。变不从空无生，空无莫为能变故。无始时来，已刹那刹那变而未有休歇。过去之变无留迹也，故假说空无，岂复离此变而别有空无之一境为变之所从出哉？爰有大物，其名恒转。大物者，非果有物，假名耳。如《中庸》所谓"其为物不贰"之物，亦假名也。恒言非断，转表非常。非断非常，即刹那刹那舍其故而创新不已，此生理之至秘也。渊兮无待，无有因故。湛兮无先，非本无而后有，故云无先。有先则是本无。处卑而不宰，卑者，状其幽隐而无形相，非高卑之卑。不宰者，以遍为万物实体，非超物而存，故不同神我、梵天等邪计。守静而弗衰。静者，湛寂义。弗衰者，非顽空故。此则为能变者哉！能变者，状词，即克指转变不息之实体而强形容之以为能耳，故未有所变与之为对。宇宙元来只此新新无竭之变，何曾有所变物可得哉？答初问讫。

变复云何？牒前次问。一翕一辟之谓变。[①] 两"一"字，显动力之殊势耳，非谓翕辟各有自体，亦不可说先之以翕而后之以辟也。

原夫恒转之动也，相续不已。此言动者，变之别名耳。前一动方灭，后一动即生，如电之一闪一闪无有断绝，是名相续，非以前动延至后时名相续也。动而不已

---

① 翕（xī）、辟二字，常见于熊十力的著作当中，成为其表述主要哲学观点的核心词。初步去理解，我们可以将"翕"换为"合"，将"辟"换为"开"。一翕一辟，就是一开一合。熊十力用翕和辟，主要原因是这二字出现在《周易》中，且更形象而传神。"翕"由"合""羽"二字组成，像鸟将羽毛合拢，故有"合""关""收拢"等意。"辟"的繁体字为"闢"，本意便是指开门，引申为"开""开辟"等意。

者，元非浮游无据，故恒摄聚。恒字吃紧。唯恒摄聚，乃不期而幻成无量动点，势若凝固，名之为翕。俗不了动点，故执有实极微或原子、电子耳。凝固者，言其趋势有如此，而非果成凝固之质也。翕则疑于动而乖其本也。恒转者，虽有而非物。翕则势若凝固而将成乎物矣。故知翕者，恒转动而将失其自性也。

然俱时由翕故，俱时者，谓与翕同时。常有力焉，健以自胜，而不肯化于翕。以恒转毕竟常如其性故。唯然，故知其有似主宰用，本无作意，因置似言。乃以运乎翕之中而显其至健，有战胜之象焉。即此运乎翕之中而显其至健者，名之为辟。

一翕一辟，若将故反之而以成乎变也。答次问讫。

夫翕凝而近质，依此假说色法。夫辟健而至神，依此假说心法。以故，色无实事，心无实事，只有此变。事者体义，色法、心法都无实自体故。

【附识】

翕辟理趣，深远难言。兹更出笔札四则，系之左①方。

所谓恒转，从他翕的势上看却似不守自性了。易言之，即似物质化了。（唯物论者所以错认实体是物质的。）同时，从他辟的势上看，他确是顺着他的自性流行，毕竟不曾物质化。那翕的势，好似他要故意如此，以便显出他唯一的辟的势。不如此，便散漫无从表现了。（说辟为心，说翕为色。色者，即身躯与所接属之万物是也。若无这身和物，从何见得心来？由此便可理会翕辟之故。）

汉儒谈《易》曰："阳动而进，阴动而退。"夫阳为神、为心，阴为质、为色。详彼所云，则动而进者，心也；动而退者，色也。宋明诸师，言升降、上下、屈伸等者，义亦同符。今云翕辟，与进退义复相印证。翕则若将不守自性而至于物化，此退义也。辟则恒不失其健行之自性，化无留迹而恒创，德以常新而可贞，故能转物而不化于物，此进义也。

说翕为色，说辟为心。心主乎身，交乎物感而不至为形役以徇物，所谓辟以运翕而不化于翕也。是则翕唯从辟，色唯从心。翕辟毕竟无异势，

---

① 原文排版时为竖排，由右往左，成列顺排。这里的"左"，即指"后"列。

即色心毕竟非二法。

造化之几不摄聚则不至于翕，不翕亦无以见辟。故摄聚者坤道也。坤道以顺为正，终以顺其健行之本性也。夫本体上不容着纤毫之力，然而学者必有收摄保聚一段工夫，方得觌（dí）体承当，否则无由见体。故学者功夫，亦法坤也。

大哉变乎！顿起顿灭，曾无少法可容暂住。言无些少实法可暂住也。无少云者，显其全无。《阿含经》言："佛语诸比丘，诸行如幻，是坏灭法，是暂时法，此言暂时者，对执常住者而言之耳。实则亦无暂时可说，以不容于此起时分想故。刹那不住。"此云刹那不住，故知上言暂时法者，非果许有暂时法也。今人罗素以暂时的为真实，犹是计执耳。此义确尔不虚，俗情顾莫之省。寻检义据，聊与征明。

一者，诸行相续流名起，若非才生无间即灭者，应无诸行相续流。相续流者，前灭后生而无断绝之谓。相续流故，名之为起。起者，生义。才生即灭，不容稍住，故说无间。前不灭则后不生，故诸行若非才生即灭者，便无相续流。若汝言"物有暂时住，次时则先者灭后者起，故可名相续"者，此亦不然。由暂住时，后起无故。自下数义，依据《庄严经论》而引申之。

二者，若汝言"诸行起已，得有住"者，为诸行自住，为因他住？若诸行自住，何故不能恒住？若许诸行得自住者，则彼应常住不坏也。若因他住，非离诸行别有作者可说为他，谁为住因？二俱不尔，自住、因他，二说俱不然也。故才生即灭义成。既不容住，故知才生即灭。

三者，若汝执"住因虽无，坏因未至，是故得住。坏因若至，后时即灭，有如火变黑铁"者，后时者，对其先之暂住未灭时而言耳。此言变者，变坏义。喻意云：火为铁上黑相坏灭之因。此坏因未至，则黑相暂住，坏因若至，黑相便灭。世俗谓凡法之灭，必待于因，若未逢灭因，即得暂住也。此复不然。坏因毕竟无有体故。坏因无体者，易言之，即无坏因之谓耳。灭不待因，吾于前章谈增上缘中已言之矣。火变铁譬，我无此理。铁与火合，黑相似灭，赤相似起，黑相灭时，即是赤相起时。能牵赤相似起，是火功用，实非以火坏铁黑相。俗以火为黑相之坏因，实乃大误。黑相之灭只是法尔自灭，非待火坏灭之也。唯火之起也，则赤相与之俱起。由此说火有牵起赤相之功用可也，说火为黑相之坏因则不可也。又如

125

煎水至极少位，后水不生，亦非火合，水方无体。水相之灭也，只自灭耳，岂由火相灭之哉？由此才生即灭，义极决定，以灭不待因故。

四者，若汝言"若物才生即灭，即是刹那刹那灭，便已堕边见"者，边者偏执，偏执灭故。不然。应知刹那刹那灭，实即刹那刹那生。一方说为灭灭不停，一方说为生生不息。理实如是，难可穷诘。

五者，若汝言："若物刹那刹那新生者，云何于中作旧物解？"应说由相似随转，如前刹那法，才生即灭。次刹那有似前法生起，亦即此刹那便灭。第三刹那以下，皆应准知。故刹那刹那，生灭不已，名为相似随转。得作是知。由后起似前故，得起旧物之知。譬如灯焰，相似起故，起旧焰知，而实差别，实则前焰后焰有差别也。前体无故。后焰起时，前焰之体已灭无故。若汝言："纵许灯焰念念灭，岂不现见灯炷如是住耶？"应知汝见非见。汝所谓现见灯炷如是住者，实是意识颠倒分别，固非现见也。由炷相续，刹那刹那，有坏有起，汝不如实知故。忽其刹那生灭相续之实，乃见为住而不灭，即不如实而知也。若汝言："诸行刹那如灯焰者，世人何故不知？"应说诸行是颠倒物故。本无实色及实心法，而世人于此横生计执，故说诸行是颠倒物也。相续刹那随转，此不可知，此理本不可以凡情推度而知。而实别别起。世人谓是前物，生颠倒知。

六者，若汝言"物之初起，非即变异"者，不然。内外法体，后边不可得故。内法者，心法之异名。外法者，色法之异名。本无内外，但随俗假说之耳。凡法若得住而不灭者，应有后边可得。今我此心念念生灭，既无初端可寻，亦无后边可得。色法亦然。析物至极微，更析之则无所有。唯是相续不断之变而已，何有后边？由初起即变，渐至明了。譬如乳至酪位，酪相方显，而变相微细，难可了知，相似随转，谓是前物。以故才生即灭义得成。由乳位至酪位，非可一蹴而至也，中间经过无量刹那生灭相似随转。唯是相似之程度，则刹那刹那随其俱起相依之诸法，如热、如空气等，逐渐微异。盖凡后一刹那与其前一刹那，无有全肖者。至于酪位，则由多刹那微异之递积，而其异相乃特著矣。世俗于此不察，以为乳之初起便住不灭，后时成酪，乳相方灭，不知酪位以前之乳，已经无量生灭，原非一物。特由相似程度未骤形其悬殊，故犹谓是前物耳。

七者，若汝言"诸行往余处名去，故知得住"者，此言去者，犹俗所谓动也。凡物由此处转至彼处，是名为去。以有去故，知非才生即灭。若生已不住，依谁说去？世俗皆为此计。不然。汝执诸行为实物，能由此处转至彼处，故名为去。此言转者，搬移义，非转变之转。此则以日常习用械器之见，推论法尔道理，迷离颠倒，抑何足谈？如我所说，诸行唯是刹那刹那，生灭灭生，幻相宛然，无间相续。恒无间断而相续也。假说名去，而实无去。由生灭无间相续故，假说名去，非有实物住而不灭，历先后时从此处转至彼处也。故实无去。故汝言住，取证不成。

【附识】

此言无去者，即无动之谓，然不可以傅于世间哲学家积动成静之说。彼执有实物，亦执有实时方（时者，时间。方者，空间），以为物先时静住于甲方，后时由甲转至乙方，即静住于乙方。积先后之动，而实皆静住，便不得谓之为动，故飞箭虽行，其实不行也。此则辗转坚执（执时、执方、执有静住之物，谬执一团，不可救药），难以语于无方无体之变矣。（方者，方所。体者，形体。无方无体，犹言无实物也。）吾宗方量既空（本无实方，俟详《量论》），时量亦幻（吾宗所言刹那，非世俗世间义，亦详《量论》），念念生灭（此云念者，非常途所谓之念，乃依生灭不断，而假说每一生灭为一念顷。实则生灭灭生，不可划分间隙，即念念之间，无有间隙，不可以世俗时间观念应用于此处也），何物动移？何物静住？（才生即灭，未有物也。依谁说动？依谁说住？凡许有动、有住者，皆由妄执有时方及有实物故耳。）此所以迥异世间一切之见。学者必会吾说之全，超然神解，方莫逆于斯耳。

八者，诸行必渐大圆满。如心力由劣而胜，官品由简而繁，皆渐大圆满之象。若初起即住不灭者，则一受其成形而无变，如何得有渐大圆满？若汝言"不舍故而足创新，故积累以到今，今拓展而趋来，如转雪球，益转益大"者，来者未来。此复不然。汝计有积留，即已执物，岂足窥变。变者运而无所积。此言运者，迁流义、幻现义。有积则是死物，死物便无渐大圆满。是故应如我说，诸行不住，刹那刹那，脱故创新，变化密移，驯至殊胜。殊胜者，即渐大圆满之谓。

九者，若汝计执"诸行为常为断"，世俗之见，恒出入常断二边。如一木也，今昔恒见，则计为常；忽焉睹其烬灭，遂又计为断。皆有大过。应知诸行才

127

生即灭，念念尽故非常，尽者，灭尽。新新生故非断。一刹那顷，大地平沉，即此刹那，山河尽异。此理平常，非同语怪。庄子《大宗师》云："夫藏舟于壑，藏山于泽，人谓之固矣。然而夜半有力者负之而走，昧者不知也。"郭子玄释之曰："夫无力之力，莫大于变化者也。故乃揭天地以趋新，负山岳以舍故。故不暂停，忽已涉新，则天地万物无时而不移也。世皆新矣，而目以为故。舟日易矣，而视之若旧。山日更矣，而视之若前。今交一臂而失之，皆在冥中去矣。故向者之我，非复今我也。我与今俱往，岂常守故哉？而世莫之觉，谓今之所遇，可系而在，岂不昧哉！"子玄斯解，渺达神旨，故不暂停一语，正吾宗所谓才生即灭也。大法东来，玄学先导，信非偶然已。

综前所说，则知诸行倏忽生灭，等若空华，不可把捉。世俗执有实色、实心，兹成戏论。远西唯心论者执有实心，唯物论者执有实色。原夫色心诸行都无自体，谈其实性乃云恒转。色法者，恒转之动而翕也；心法者，恒转之动而辟也。翕辟本动势之殊诡，盖即变之不测，故乃生灭宛然，虽尔如幻而实不空。奇哉奇哉，如是如是变！翕辟，皆动势也。不一之谓殊诡。宛然者，幻现貌。

吾旧著论，尝以三义明变。略曰：

一者，非动义。此俗所谓之动，与吾所云变动之动异训。世俗之言变也以动。动者，物由此方通过余方，良由俗谛，起是妄执。变未始有物，即无方分可以劗（jiào）画。犹如吾手，转趣前方，转者转移，趣者趣往，皆俗动义。实则只有刹那刹那别别顿转无间似续，恒无间断，相似相续。假说手转，而无实手由此趣前。本无有实在之手，由此方以趣往前方也。云何神变，辄作动解？变本至神不测，何可作动想？《中庸》曰"不动而变"，可谓深达奥窔。此当是晚周诸儒语，非汉人所能傅益。又近人柏格森之言动也，以为是乃浑一而不可分。世俗于动所经过方分，可以划割，遂计此动亦可划割，是其谬也云云。柏氏此论，不许杂划割方分之想以言动，几近于吾宗之谈变，而异乎世俗之所谓动矣。然但言动为浑一不可分，而不言刹那刹那生灭相续，则是动体能由前刹那转至后刹那，此犹未免执物与计常之见耳，岂可附于吾说哉！此非只毫厘之差也。

二者，活义。活之为言，但遮顽空，不表有物，说是一物即不中。盖略言之，无作者义是活义。作者犹云造物主。外道有计大梵天为作者，有计神我为作者，吾宗皆不许有。若有作者，当分染净。若是其净，不可作染；若是其染，不可作净。染净不俱，云何世间有二法可说？又有作者，为常无常？若是无常，不名作者；若是其常，常即无作。又若立作者成就诸法，即此作者还待成就，辗转相待，过便无穷。又凡作者，更须作具，倘有常模，便无妙用。反复推征，作者义不得成。由此，变无适主，故活义成。

幻有义是活义。虽无作者，而有功能。功能者，体是虚伪，犹如云气，功能者，无有实物可得，故以虚伪形容之耳。若自其清净绝待，遍为万物实体而言，又当说为真实。从言异路，义匪一端。阒然流动，亦若风轮。此言流动者，幻现义，迁流不息义，然非实物，故云阒然。阒然者，无物之貌。云峰幻似，刹那移形，唯活能尔，顿起顿灭。风力广大，荡海排山，唯活能尔，有大势力。此中幻有，非与实有为对待之词。不固定故，不可把捉故，说之为幻。此幻字不含胜义，亦不含劣义，学者切须如分而解。

真实义是活义。大哉功能，遍为万物实体！极言其灿著，一华一法界，一叶一如来。法界，实体之异名。如来，本佛号之一，此则以目实体。帝网重重，无非清净本然，即觌目而皆真实。非天下之至活，孰能与于此？帝网重重，以喻世界森罗万象。

圆满义是活义。洪变唯能，能者功能。圆神不滞。秋毫待之成体，以莫不各足。无有一物得遗功能以成体者，虽秋毫且然，况其他乎？秋毫举体即功能，则秋毫非不足，他物可知已。盖泯一切物相而克指其体，则同即一大功能而无不足也。宇宙无遍而不全之化理，王船山云："大化周流，如药丸然，随抛一丸，味味具足。"此已有窥于圆满之义。验之生物，有截其一部，其肢体仍得长育完具者，良有以尔。吾人思想所及，又无往不呈全体。吾人于一刹那顷，思想及于某种事理，在表面上若仅有某种意义而不及全宇宙，实则此刹那之思想中已是全宇宙呈显，特于某种意义较明切耳。故乃于一字中持一切义，如一人字，必含一切人及一切非人，否则此字不立。故言人字时，即已摄持全宇宙而表之。不能析为断片，谓此唯是此而无有彼也。若真可析，则非圆满。以不可析故，圆满义成。于一名中表一切义。准上可解。矧复摄亿劫于刹那，劫者时也。涵无量于微点，都无亏欠，焉可沟分？了此活机，善息分别。

交遍义是活义。神变莫测，物万不齐。不齐而齐，以各如其所如，因说万法皆如，彼此俱得，封畛奚施？太山与毫毛，厉与西施，其顺变化之途而各

129

适己事，自得均也。区大小，别好丑，皆情计之妄耳，岂可与测变化之广大哉？**极物之繁，同处各遍，非如多马，一处不容，乃若众灯，交光相网。**张人之宇宙，李人之宇宙，同在一处，各各遍满而不相碍。**故我汝不一而非异，**不一者，我之宇宙汝不得入，汝之宇宙我亦不得入。如我与汝群盗同在北京，实则我也，汝群盗也，乃人人各一北京。我之北京寂旷虚寥，群盗不可入也。群盗之北京喧恼逼热，我亦不可入也。非异者，我之北京，群盗之北京，乃同处各遍而不相障也。**高下遗踪而咸适，唯活则然。**世说大鹏高止乎天池，小鸟下抢榆枋之间，此徒自踪迹以判高下耳。苟遗踪而得理，则无高无下，固均于自适也。

　　无尽义是活义。大用不匮，法尔万殊。众生无量，世界无量。一切不突尔而有，一切不突尔而无。是故诸有生物，终古任运，不知其尽。此就一切物之实体而言。斯非突有，亦不突无，故说无尽。**如上略说活义粗罄。**

　　三者，不可思议义。此云不可，本遮遣之语。既非不能，又异不必。将明不可之由，必先了知思议相。思者，心行相。议者，言说相。心行者，心之所游履曰行。言说者，谓心之取像，如计此是青非非青等，斯即言说相。**此是染慧，即意识取物之见。**染慧谓俗智有杂染故，略当于世所谓理智。取物之取，犹执也。意识发起思议，必有构画，若分析物件然，是谓执物。盖在居常生养之需，意识思议所及，无往而不执物，所以为染慧也。**夫以取物之见，移而推论无方之变，**无方者，变未始有物，即无方所。**则恣为戏论，颠倒滋甚。故不可思议之云，直以理之极至，非思议所可相应。易言之，即须超出染慧范围，唯由明解可以理会云尔。**明解即无痴也。详心所中。**诸有不了变义是不可思议者，或计运转若机械，或规大用有鹄的，此则邀变之轮廓而执为物。**邀者，有意期之也。变本无物，即无轮廓，然以生灭相似随转，故幻似轮廓焉。愚者邀而执之以为有物也。**故回溯曾物，**过去名曾。**宛如机械重叠；逆臆来物，**来者未来。**俨若鹄的预定。**自宇宙化理言之，固无所谓鹄的，法尔任运，无作意故。若就人生或生物以言，则其奋进于不测之长途中，仍隐寓有要求美满之趋向，可说为鹄的。盖鹄的者即其奋进所由耳。**斯乃以物观变而变死，皆逞思议之过也。**于所不可用处而用之，故曰逞。

　　【附识】

　　此章为全篇主脑，前后诸章，皆发明之。而吾与护法立说根本歧异，亦于此毕见。学者于护法学或未疏讨，即不足以知吾说所由异者，故粗陈护公义旨，以资参校。

护公建立八识（识亦名心也。彼以为心者，盖即许多独立体之组合耳。易言之，宇宙者，即许多分子之积聚耳）。又各分心所，（心所者，心上所有之法。八识各各有相应之心所。此诸心所，亦各成独立之体），而于每一心、每一心所，皆析以三分。（护法谈量，虽立四分，然其谈变，仍用陈那三分义，故此但说三分。三分者，一相分，二见分，三自证分。试取耳识为例。声，相分也。了声之了，见分也。相、见必有所依之体，是为自证分。每一心，由相等三分合成。每一心所，亦由相等三分合成。）唯是一切心、心所，通名现行。（现行者，略释之则以相状显现故名。此得为分名，亦得为总名。分名者，随一心、心所得名现行是也。总名者，通一切心、心所各各相等三分，森罗万象，得总说为现行界，略当于俗所谓现象界也。）现行不无因而生，故复建立种子为其因。每一现行心法，有自种子为因。每一现行心所法，亦有自种子为因。现行既有差别（现行八聚心、心所，体相各别故），种子足征万殊。轻意菩萨《意业论》云"无量诸种子，其数如雨滴"，（见《瑜伽论记》卷五十一第七页。）是也。种现既分，（彼计种现各有自体。）故其谈变也，亦析为二种，即以种子为因能变（由种子为因，生起现行故），现体为果能变。（现体者，通目一切心、心所之自证分，此对因法种子而得果名也。果能变者，谓诸自证分各各能变现相、见二分故。）此其大略也。（《成唯识论述记》卷十二第十至十五页说因果二种能变；其卷二第十八至廿二页说识体变二分，同卷十二之果能变。）迹护公立因果变，乃若剖析静物，实于变义无所窥见。（彼于因变中则以种为能变，现为所变；于果变中则以现体为能变，相、见二分为所变。总之，能所各别，犹若取已成之物从而析为断片者然，是何足以明变也哉？）彼唯用分析之术，乃不能不陷于有所谓已成之断片相状，而无以明无方之变，其操术固然。

尝谓护公持论条理繁密，人鬐渔网犹不足方物。审其分析排比（分析者，如八识也、五十一心所也、三分也，皆析为各各独立之体。此一例也。余义亦皆析如牛毛。排比者，如三分说本为量论上之问题，而护法则以主张一切心、心所各各独立之故，势不得不排比整齐，于是谓八识、五十一心所各各为相、见、自证三分。此一例也。自余法数，亦务为穿凿排比），钩心斗角，可谓极思议之能事。治其

131

说者，非茫无头绪，即玩弄于纷繁之名相而莫控维纲；纵深入其阻，又不易破阵而游。斯学东来，未久遂坠，有以也夫！

功　能

前之谈变也，斥体为目，实曰恒转。于转变不息之本体而析言其动势，则说为一翕一辟之变。直指转变不息之本体而为之目，则曰恒转。恒转者，功能也。此乃前所未详，故次明之。

尚考护法业已建立功能，然吾今之言此，则与彼截然殊旨。姑陈其概。

一曰：功能者即实性，非因缘。

护法计有现行界，因更计有功能沉隐而为现界本根，字曰因缘。现行界，亦省称现界，义详前注。此巨谬也。夫其因果隐显，判以二重；功能为现界之因，隐而未显；现界是功能之果，显而非隐。两相对待，故云二重。能所体相，析成两物。功能为能生，其体实有；现界为所生，其相现著。截然两片，故非一物。显而著相者，其犹器乎？隐而有体者，其犹成器之工宰乎？护法固以因缘喻如作者。以上叙彼计讫。妄执纷纶，空华幻结，以此除执，谁谓能除？护法亦依《般若》而言触无所得，但按其立义，实未能除执。余以为现界自性本空，自性犹言自体。唯依妄情执取故有。现界者，即世俗所执色心诸行之总名耳。若将情见或意想所执取之色相、心相，一切剥落，更有何物可名现界哉？若了现界实无，则知因缘亦莫从建立。唯由妄情所执现界空故，而本有不空实性，方乃以如理作意得深悟入。本有者，法尔本然，不由意想安立故。实性者，本体之异名。作意者，观照义。正智观照，契应正理，远离颠倒戏论，故曰如理作意。元来只此实性，别无现界与之为对。不取色相，不取心相，乃至亦不取非色非心之相，远离一切意想境界，冥然所遇即真矣，寂然本体呈露矣。宁复有所对可说为现界哉？是故我说功能，但依实性立称，不以因缘相释。现界已无，说为谁之因缘？斯与护法，异以天渊。

132

【附识】

吾宗千言万语，不外方便显体。（显者，显明之也。本体难设言诠，故须方便。）见到体时便无现界。即如凡情执有山河大地等相，智者了知此等相都无自性，即是皆空。如实义者，森罗万象，无非清净本然（即于万象之上而一一皆见其是清净本然，却非谓万象浑然成一合相，始名清净本然。此处切勿误会。清净本然者，本体之代语），实未曾有如世间情见所执山河大地等相可得故。（岂等空见论者荡然一无所有，但谓如世间情见所执山河大地等相不可得耳。如世如字对下等相为指似之词。）故见体则知现界本空，非故作妙语。悟《般若》者，当印斯旨。

护法唯未见体，故其持论种种迷谬。彼本说真如为体已，又乃许有现界而推求其原，遂立功能作因缘，以为现界之体焉。若尔，两体对待，将成若何关系乎？夫现界者，随俗假说故有。若据胜义，即现界诸相元无自体，故不应作现界相想。而现前莫非真体呈现矣，安有现界可得乎？如其执取现界，又计有隐于现界背后之体以为因者，是则唯凭情识妄构，种种建立，惑相纷纭，从何亲体？宁非作雾而以自迷欤！至于真如一名，大乘旧以为本体之形容词。（古译如如，以其非戏论安足处所故。后译作真如，似稍失本义。）原其广除相缚（情计所执诸相，总名相缚），而后微示本体非空，以其难为之名，状曰真如。此固人天胜义也。然自护法说来，则真如遂成戏论矣。（彼既许有现界，又许有现界因缘之体，明是层层相缚，则其所谓真如体者，不过又增一重相缚耳。）护法之学，昔无弹正，吾所为辩之者，诚有所不得已耳。虽获罪宿德，亦何敢辞！

二曰：功能者，一切人物之统体，非各别。

护法之立功能也，固不以众生为同源，宇宙为一体。其说以谓每一有情之生，皆有自功能为因，而此功能亦名种子，体性差别，数极无量，殆如众粒。有情者，人或众生之异名。体性差别者，不一之谓差别。护法本以功能为现界因缘，而于现界则析成许多独立之体，即将一人之全宇宙总分为八识，每一识又析作相、见、自证三分，已见前注。然亦将自证摄属见分，以与相分对待成二。如眼识二分，相分即色境，见分即了别是已。耳识等准知。据此，则现界千差万别，当由其

133

因缘不一，故说功能众多，其体差别。又彼计诸功能复有染净或善恶等之异其性，故说性差别。**若尔，势等散沙，伊谁抟控？爰建阿赖耶识，是作含藏。**彼计一人有八识，阿赖耶为第八识。阿赖耶者，藏义、处义，以是无量种子所藏处故。**阿赖耶者，因自种起，**赖耶亦析作相、见二分。相分者，略举之则根身乃至日局、员舆等器界皆是也。见分，旧说为深细不可知。赖耶二分，各有自种为因，必有因缘方得起故。**复持自种及余种，**自种者，赖耶自家种子也。余种者，谓眼识、耳识、鼻识、舌识、身识、意识、末那识，各各有自种子也。赖耶含藏万有，凡自种及余眼识等种，皆为所摄持，恒不散失。问："赖耶持余识种，于义可成。赖耶既因自种起，如何能持自种？"答曰：彼计赖耶自种为因，而赖耶为果。无始已来，因果恒俱时而有，非是因先果后，以故果得持因。**故号一切种子识。所以生生不息。此识无始时来，念念生灭，前后变异**其体非是恒常。**而恒相续，定无间断，**未尝随形骸以俱尽。**故喻如暴流。**暴流非断非常：前水引后，故非断；后水续前，故非常。**迹护法功能又名种子，析为个别，摄以赖耶。**摄者总持义。阿赖耶识亦省称赖耶。**不悟种子取义，既有拟物之失，**拟稻等物种故。**又亦与极微论者隐相符顺。**外道、小宗计有实微，其数众多。此亦计有实种，数复无量。**宇宙岂微分之合？人生讵多元之聚？故彼功能，终成戏论。**

若其持种赖耶流转不息，流转者相续义。直谓一人之生自有神识迥脱形躯，从无始来恒相续转而不断绝，则亦与神我论者无所甚异。**神识者，第八识染净之通名。旧说第八识在凡位则名赖耶，以摄藏染种故；及入圣位，此识唯持净种，则不复名赖耶而号为无垢识矣。要之，可以神识一名，为其染净之都称，又，此识虽自后来大乘建立，然小乘已有与此相当之义，见《成唯识论》。大抵佛家各派，无不谓各个人之生命都无始无终者。世人皆言佛家无我，不知佛家固极端之多我论者。其以无我为言，盖谓于我而不起执着，斯所以异于神我论者耳。**夫云有情业力不随形尽，理亦或然。**业者，造作义。佛家以为凡人种种造作，皆有余势不绝，名为习气，亦云业力。《大智度论》五云："业力最大故，积聚诸业，乃至百千万劫中不失、不烧、不坏。是诸业能久住。如须弥山王尚不能转是诸业，何况凡人？"详此所云业力或习气，既许久住，将谓其恒存为种族间或社会间之共业乎？此于义虽复可通，而佛氏本意殊不如此。彼直谓一人所有一切业力或习气，糅杂而成一团势力。其人虽死，而此一团势力恒不失不散，为其人死后不断之生命也。粗略言之如此。盖亦理之所可或有耳。**顾如神识之说，即群生本来法尔一齐各具，则是众生界原有定数，**

而所谓宇宙实体将为分子之集聚，适成机械论而已，岂其然乎？今若承许业力或习气恒不散失，则于《二十论》所谓化生之义为近。然生日幻化，毕竟无实自体，毕竟是后起的，非本来有此各别的物事也。至如神识之说，便是群生本来法尔一齐各具，此于理极不合。

已破他计，须申自义。我所说功能，本与护法异旨。盖以为功能者，即宇宙生生不容已之大流。言大流者，显非个别物故。此体绵绵若存，原无声臭可即；冥冥密运，亦非睹闻所涉；泊尔至虚，故能孕群有而不滞；孕之云者，不得已而设为之辞耳。实则群有即是功能呈露，非谓功能超越于群有之外，而为其孕之之母也。湛然纯一，故能极万变而莫测。天得之以成天，地得之以成地，人得之以成人，物得之以成物。芸芸品类，万有不齐。自光线微分，野马细尘，乃至含识，壹是皆资始乎功能之一元而成形凝命，莫不各足，莫不称事。斯亦谲怪之极哉！故观其殊，即世界无量；会其一，则万法皆如。斯理平铺，乌容议拟？夫品物流行，明非断片各立；如万物一体义不成，便似许多断片各各孤立，岂其然乎？宇宙幻化，征其圆神不滞。幻化者，活义，非毁词。故知功能无差别，方乃遍万有而统为其体，非是各别多能，别与一一物各自为体。多能，具云众多功能。是义决定，奚用狐疑？

三曰：功能、习气非一。

护法立说最谬者，莫如混习气为功能也。彼计一切功能，综度由来，可为二别。一者本有，谓无始法尔而有故。二者始起，谓前七识一向熏生习气故。本无而新生之曰始起。前七识者，谓眼识乃至第七末那识；以此七对第八识而言，故曰前也。一向者，由无始时来念念熏故，通常言之曰一向。习谓惯习。气谓气势。习气者，谓惯习所成势力。熏者熏发，谓前七识起时，各各能发生习气以潜入第八识中，令其受持勿失而复为新功能也。护法谈功能，以本有、始起并建。其说实有所本，今此但归之护法者，以彼持说始严密故。其说弥近理而大乱真。夫功能者，原唯本有，无别始起。所以者何？功能为不可分之全体，具足众妙，无始时来，法尔全体流行，曾无亏欠，岂待新生，递相增益？设本不足，还待随增，何成功能？故知本始并建，徒为戏论。迹护法根本谬误，则在混习为能，故说本外有始。由不辨能、习之殊故，故说习气为始起功能，以别于

135

本有功能。若了习气非可混同功能者，则知功能唯是本有而无所谓始起也。寻彼所谓习气，我亦极成。但习气缘起，护法虽严密分析，说为前七识各别熏生，彼计眼识熏生眼识习气，为后念眼识种子。耳识乃至第七识亦尔。而犹未明其故。所以熏生之故，彼犹未详。

若深论者，实缘有情有储留过去一切作业以利将来之欲，遂使过去一切作业，通有余势，宛成倾向，等流不已，即此说为习气。作业，犹言造作，自意念微动，乃至身语发动之著，通名作业。余势者，如过去某种作业，虽刹那不住，仍自有续起而不断之潜势，说名余势。倾向者，每一作业之余势潜伏，皆有起而左右将来等生活之一种向往故。等流者，等言相似，流谓流行，如香灭已尚有余臭，刹那刹那似前而起流行不绝，是其譬也。此理验之吾生，凡所曾更，曾者，过去；更者，经验。不曾丧失，信而可征。若过去经验不能保留，吾人便不能生活。是故习气自为后起，决不可混同功能。

尝以为能、习二者，表以此土名言，盖有天人之辨。天者，非谓有外界独存之神，乃即人物之所以生之理而言也。人者，以众生自无始有生以来，凡所自成其能而储留之以自造而成其为一己之生命者。于此言之，则谓之人耳。功能者，天事也；习气者，人能也。以人混天，则将蔽于形气而昧厥本来。习气随形气俱始。如人生有了此身及身所接之物理世界，总名形气。吾人具此形气以生，习气便与之俱始。若夫功能者，则所以成乎此形气而为形气之主宰；故状其灵妙，可字以神；言其发而有，则亦云为理。所谓人生本来者即此，而蔽于形气者不之知也。悠悠千祀，迷谬相承，良殷悼叹。故推校能、习差违，差者，差别；违者，违异。举其三义，著于左方。

一者，功能即活力，习气有成型。

功能者，生之宝藏。功能即实体，而说为宝藏者，乃以形容其丰富盛大云尔。其神用之盛也，精刚勇悍，任而直前，精者，纯洁无染。刚者，至健不挠。勇者，锐利而极神。悍者，坚固而无不胜。任者，莫之为而为也。直前者，周流不息。此固尽性者之所可反躬而自喻也，故谓之活力也。功能者，相当于此土先哲所言性。《中庸》以尽性为言。尽者，亲知实践而实现诸己，使此理之在我者无一毫锢蔽亏欠，说之为尽。夫功能即性也，人之所以生之理也，是本来固具也。然人不能尽之，则但为形役，即困于形而不见夫本来固具之理，此理遂若非其人之所有，故人亦不能自证其有也。世之谈人生者，往往持机械观而不能自信有无穷活力之大宝藏。人类之自绝其生理也久矣夫！习气者，自形生神发而始起。暨夫起已，则随逐有情，俨若机括，待触即发，以为生之资具。吾人固有生机之运行，本以习气为资具，而结果则以资具当作生命的本身了。此非反观深切者不能知也。故其力之行也，恒一定而不可御，故谓之成型也。上言机括者，犹云发动机也，不必含劣义。至后所举有漏习气方具劣义。有漏习气之为机括也，恒受役于形躯而动焉。王阳明所谓随躯壳起念，正谓此也。若无漏习气之为机括也，则以顺其生理本然之妙用而不为形役矣。两者均可说为机括性，而所以为机括者，则又迥乎不同也。随逐有情者，谓习气即成为有情之生命，不断舍故，假说随逐。成型犹言方式，亦不必含劣义。

二者，功能唯无漏，习气亦有漏。唯者，此外无有之谓。漏谓染法，取喻漏器，顺物下坠。有漏、无漏，相反得名。亦者，伏无漏二字，习气不唯是无漏而亦通有漏故。

纯净升举是无漏义，杂染沉坠是有漏义。功能者，法尔神用不测之全体，乃谓性海。光明晃曜，原唯无漏，是以物齐圣而非诬，微尘、芥子同佛性故。行虽迷而可复。无恶根故。若护法计功能通有漏、无漏者，护法析功能为个别，已如前说。彼计诸功能，有是有漏性，有是无漏性，故概称功能即通此二。则是鄙夷生类，坚执恶根，其愚悍亦甚矣！彼许本有有漏功能，即是斯人天性固具恶根。唯夫习气者，从吾人有生以来经无量劫，一切作业余势等流，万绪千条辗转和集，如恶叉聚，其性不一，有漏无漏，厘然殊类。劫者，时也。辗转，相互之谓。和集者，一处相近名和，不为一体名集。无量习气互相附著成为一团势力，故言和也。然又非浑合而无分辨，故言集也。恶叉聚者，果实有不可食者，俗名无食子，落在地时多成聚故，梵名恶叉聚。此喻习气头数众多，互相丛聚也。推原习气染净，本即吾人生活遗痕。良以生活内容不外一切作业。若使自计虑至动发诸业，计虑，谓意业，乃深细盘结而未著于外者。动发，即见之身口而形诸事为，此业便粗。壹是皆徇形躯之私而起者，此业不虚作，必皆有遗痕储为潜势，成有漏习。遗痕者，如贪欲初动甚微，即是意业之一。此业虽当念迁灭，然必有余势续起不绝者，故名遗痕。潜势者，即前业遗痕成为潜伏的势力，故名潜势。若使自计虑至动发诸业，壹是皆循理而动而不拘于形躯之私者，此业不虚作，必皆有遗痕储为潜势，成无漏习。凡习染净由来，大较如此。乃若染净亦各有分族，略举其要，染习谈三，净习谈四。

染习三者，一曰贪习，二曰嗔习，三曰痴习。此三为染根本，一切染法皆依此三而起，云染根本。如后"心所"中说。三者皆因拘执形躯故起。

净习四者，曰戒，曰慈，曰定，曰勇。此四，依善心所略举而谈。戒即不放逸；慈，谓无嗔；定，即定心所；勇者，精进。戒者，念念不颠倒故，恒离染故，名之为戒。戒的功夫精纯，便即本体扩充。慈者，柔愍故，以他为自故，名之为慈。柔者，柔和；愍者，怜悯，所谓恻隐之心是也。《瑜伽论》言"菩萨以他为自"，与儒先言"仁者浑然与物同体"，意思一般。定者，离沉掉故，能生明故，名之为定。沉，谓昏沉；掉，谓掉散。定离此二。明者本智，依定方生，故此言能生明。勇者，猛利前进故，能无倒故，名之为勇。前进者，向上义，不随染义。无倒者，懈怠方生颠倒，精进则正觉所依，故此言能无倒。此四习者，皆是随顺本具清净性海，亦名无漏。或复有难："戒等即性，等者，谓慈、定、勇。云何而以习言耶？"应知此心发用处即有为作，以有为作，名之为习。戒等只是依心而起的功用，是有所为作的，故是习。参看《明心（下）》触数中。

习之于性，有顺有违。顺性为净，违性为染。戒等只是顺性而起，故说为净习。净习者，性之所由达也。虽复名习而性行乎其中，然不可即谓之性。净习、染习，势用攸殊，此消彼长，净长则染消，染长则净消。顺吉逆凶。净则于性为顺，全生理之正，故吉。染则于性为逆，既乖其生理，故凶。然生品劣下者，则唯有漏习一向随增，净习殆不可见。吾前不云乎：功能者，天事也；习气者，人能也。人乘权而天且隐，故形气上之积累，不易顺其本来。习与形气俱始，故是形气上之积累。染习则恒与形气相狎，而违拂其固有生理。净习虽与天性相顺，然欲长养之也又极难，故云不易尽顺本来。愚者狃（niǔ）于见迹见读现，见迹谓染习，而不究其原，不穷性命之原。因众生染习流行，遂以测生理之固有污疵。护法立本有有漏功能，与儒生言性恶者同一邪见。果尔，即吾于众生界将长抱天涯之戚。然尝试征之人类，则通古今文史诗歌之所表著，终以哀黑暗、蕲高明为普遍之意向。足知生性本净，运于无形，未尝或息。悠悠群生，虽迷终复；道之云远，云如之何！险阻不穷，所以征其刚健；神化无尽，亦以有夫剥极。使无剥者，则宇宙只平平帖帖地一受其成型而不变，何有神化之妙耶？愚者困夫迷途，先觉垂其教思，义亦相依。若有小心，妄测宇宙之广大，必将恐怖而不可解。《易》道终于《未济》，不为凡愚

138

说也。

此稿初出，怀宁胡渊如教授于友人黄梅汤用彤处得读之，谓汤君曰："熊子能习之分，可谓善已。衡以儒宗故言，能者其犹义理之性，习者其犹气质之性欤？"予曰：此未可比拟也。能者，固是清净本然，于所谓义理之性为符。习者，人心凡所造作之余势潜行不息，亦云串习力，此与气质俱始，而习不即是气质也。气质者，形生而才具，故名气质。（形者，形躯；才者，能也。形生而能即具焉，故形能不异，而亦不一。然能之发现，因形为其型范而有剂限。如生而较灵或较蠢，及其偏柔或偏刚等等，皆从其形生时而具此种种趋势。此谓才能，非功能之能。所谓气质，即形与才之通名。此其成就，出于造化之无心，元非有生自力所造作，故不可谓之习也。凡习之起，必依于气质，而亦得以习矫正气质之偏也。）是气质非即性也，而气质所以凝成之理便谓之性（此中"理"字，隐目本体），故不可离气质而言性矣。伊川言义理之性，只是就气质中指其本然之善而为之名。易言之，乃就气质所以凝成之理而言之耳。故义理之性即是气质之性，非有二也。明儒多有讥伊川之言为二本者，此未得伊川意。气质之性，本自横渠发之，二程皆用其说。明道亦言："论性不论气，不备；论气不论性，不明；二之则不是。"明性即具此气中而无乎不在，不可离而二之也。《论语》"性相近也"章，朱子《集注》曰："此所谓性，兼气质而言也。"其下一兼字者，正以即此气质之中而本然之性存焉。就气质言，则通塞不一其品。就此气质之本然之性言，则其所具之理，本无弗同也。然不言同而言近者，正以此性既非离气质而别为一物，性即是凝成此气质者，但气质之凝成，变化万殊，难以齐一。且既已凝成，亦自有权能，虽为本性表现之资具而不能无偏，固不得悉如其性矣。故性乃随其气质之殊而有显发与否之异。盖有气质甚美而所性之全得以显发者，亦有气质不美而所性之全不克显发者，故不能谓之同。然其所争只在能充分显发与否，而非本有差别，故云相近。《集注》释性，谓兼气质而言，可谓深得孔子之旨。夫人性既相近而圣狂若是其远者何也？（此中狂者，昏惑义，非与狷对称之狂。）此则习为之也。习顺其性而克变化气质，

139

则日进于高明矣。习违其性而锢于气质之偏，则日究乎污下矣。故谓习相远也。因论习气与气质之分，而纵言及此。（《论语》"性相近也"章，拟别为解说，此不及详。）

三者，功能不断，习气可断。可者，仅可而未尽之词也。

功能者，体万物而靡不贯，本无定在，故乃无所不在。穷其始则无始，究其终则无终。执常见以拟议，便成巨谬；执断见以猜卜，尤为大过。或复计言："如人死已，形销而性即尽，尽者，灭尽。岂是人所具功能得不断耶？"性尽即是功能断故。应答彼言：形者，凝为独而有碍；独者，成个体故。性者，贞于一而无方。此言一者，非算数之一，乃绝对的也。无方者，无有方所故。人物之生也，资始于性而凝成独立之形。性谓功能。形者，质碍物，固非复性之本然已。但此性毕竟不物化，其凝成万有之形，即与众形而为其体。自众形言，形固各别也。自性言，性则体众形而无乎不运，乃至一而不可剖，不可坏。不可剖与坏者，贞也，性之德也。若乃人自有生以后，其形之资始于性者，固息息而资之。形非一成不变，故其资始于性也，乃息息而资之耳。非仅禀于初生之顷，后乃日用其故，更无所创新也。易言之，是性之凝为形而即以宰乎形、运乎形者，实新新而生，无有歇息之一期。然形之既成，乃独而有碍之物，故不能有成而无坏，但不可以形之成乎独且碍而疑性之唯拘乎形，遂谓形坏而性与俱尽耳。性者，备众形而为浑一之全体，流行不息。形虽各独，而性上元无区别；一己与人人乃至物物，据形则各独，语性唯是一体。形虽有碍，而性上元无方相。方相者，形也。性则所以成乎此形者，而不可以方相求之。以形之必坏而疑性亦与形俱尽者，是不知性者大化流行，原非有我之所得私。执形以测性，随妄情计度而迷于天理之公，死生之故，所以难明耳。故功能无断，理之诚也；如其有断，乾坤便熄，岂其然哉！

习气者，本非法尔固具，唯是有生以后种种造作之余势，无间染净，造染则有染势，造净则有净势。无分新旧，旧所造作者，成为旧有之势。新所造作者，成为新有之势。辗转丛聚，成为一团势力。浮虚幻化，流转宛如，宛如者，流动貌。虽非实物而诸势互相依住，恒不散失。储能无尽，储能，犹言储

140

备种种能力。**实伴造化之功；**王船山云："习气所成，即为造化。"**应机迅速，是通身物之感。**物感乎身，而身应之，即由习气应感迅速。**故知习气虽属后起，而恒辗转随增，力用盛大。吾人生活内容，莫非习气。**吾人存中形外者，几无往而非习。此可反躬自明者。**吾人日常宇宙，亦莫非习气。**各人的宇宙不同，即由各人宇宙由自己习气形成之故。如吾人认定当前有固定之物，名以书案，即由乎习。若舍习而谈，此处有如是案乎？无如是案乎？便有许多疑问在。**则谓习气即生命可也。**

　　然则习气将如功能亦不断乎？曰功能决定不断，如前说讫。习气者，非定不断，亦非定断。所以者何？习气分染净，上来已说。染净相为消长，不容并茂，如两傀登场，此起彼仆。染习深重者，则障净习令不起，净习似断。又若净习创生，渐次强胜，虽复有生以来染恒与俱，而今以净力胜故，能令染习渐伏乃至灭断。始伏之，终必断。**断于此者，以有增于彼，**染增则净断，净增则染断。**故概称习，则仅曰可断，而不谓定断也。为己之学，**哲学要在反求诸己，实落落地见得自家生命与宇宙元来不二处。孔子曰"古之学者为己"，正就哲学言。**无事于性，**性上不容着纤毫力。**有事于习，**修为是习。**增养净习，始显性能，极有为乃见无为，**性是无为，习是有为。习之净者顺性起故，故极习之净而征性之显。**尽人事乃合天德。**人事以习言，天德以性言。准上可解。**习之为功大矣哉！然人知慎其所习而趣净舍染者，此上智事，凡夫则鲜能久矣。大抵一向染习随增，而净者则于积染之中偶一发现耳。**如乍见孺子入井而恻隐之心，此即依性生者，便是净习偶现。**若乃生品劣下者，则一任染习缚之长驱，更无由断。其犹豕乎？系以铁索，有幸断之日乎？故知染习流行，傥非积净之极足以对治此染，则染习亦终不断。要之，净习若遇染为之障，便近于断；**"近"字注意。净习无全断之理，然间或乍现而不得乘权，则其势甚微，故已近于断。**染习若遇净力强胜，以为对治，亦无弗断。故习气毕竟与功能不似也。**功能则决不可计为断故。**

　　综前所说，性习差违，性谓功能。**较然甚明。护法必欲混而同之，未知其可。今此不宠习以混性，亦不贵性而贱习。虽人生限于形气，故所习不能有净而亡染，此为险陷可惧。然吾人果能反身而诚，则舍暗趣明，当下即是，本分原无亏损，染污终是客尘。坠退固不由人，战胜还凭自己，人**

141

生价值如是如是。使其生而无险陷，则所谓大雄无畏者，又何以称焉？

是故我说功能，与护法异趣。如上略辨，已可概见。复以难曰："公谓功能，实性之目。夫实性者，所谓一真法界，无对待故，故云一真。以其遍为万法实体，故名法界。界者体义。本非虚妄，故说为真。恒无变易，故说为如。于一切处，恒如其性。此即不生不灭、不变不动，故名实性。斯是了义，允为宗极。今公所持，似以生灭变动恒转功能名为实性。是义云何？傥即生灭变动为实性者，宇宙浮虚，元无实际，人生泡影，莫有根据，将何为安身立命之地？若此，显乖宗极，过犯无边。凭何理据，是义得成？"余曰：善哉，子之难也！夫最上了义，诸佛冥证，吾亦印持。吾不能自乖于宗极也。子疑吾以生灭变动者为实性，吾且问汝：汝意将于生灭法外别求不生不灭法，于变动法外别求不变不动法乎？若尔，是生灭变动法便离异不生灭不变动法而有自性，何须安立不生灭不变动法为彼实性？不容有二体性。又实性若唯是顽然不生灭不变动者，即是空洞无物，将谁得名诸法实性？反复推征，汝皆堕过，是于了义，竟未真知，何足难我？

应知我说生灭即是不生不灭，我说变动即是不变不动。何以故？所谓生灭者，刹那刹那幻现其相，都无暂住故。详《转变》章。实无有生灭法可得，俗言生灭者，却不了刹那无住义。他承认有现前的物事，以为凡物本无今有，说之为生。凡物生已而住，终归于坏，名之为灭。如此把生灭看作是有实物生起及灭去，此妄执耳。若知现前诸法实是刹那幻现，无暂时住，即此现前诸法在实际上确未曾有此个物事出生。他既不生，即亦无所灭，故欲求得生灭界的物事，毕竟不可得。便是不曾生灭。本性上恒自如如，既没有生出另一个物事来，亦不曾灭却个甚物事，所以说不生不灭。所谓变动者，刹那刹那幻现其相，都无暂住故。实无有变动法可得，俗言变动者，盖以为物逢异缘而起或种变化者，即名变动。因不了刹那无住义，却把变动看作有实物在那里起甚变化。今此不尔，乃就俗所计为实物者，而审观其元来无物，只有幻相，刹那刹那新新而起都不暂住，是名变动。故俗计有变动界的物事，在实际上乃不可得。便是不曾变动。本性上恒自如如，既没有变作另一个物事来，故说不变不动。然则生即无生，以生而不有故；不有，即无物为碍也。灭即非灭，以灭而不息故；不息，故非空无。变即不变，以变而恒贞故；贞者，贞固；恒如其性，故谓恒贞。盖其在物在人，在凡在圣，性恒不改，如水成冰，不失

142

水性。**动即不动，以动而不迁故**。肇公《物不迁论》备发此旨。《易·井》卦："井居其所而迁。"迁者迁流。言其流不竭而恒居其所，即仍是不迁义也。**会得时，于万象皆见为真如**，不可离现象而别寻实体。**于流行便识得主宰**，主宰者，非神或帝之谓，只此流行中有则而不可乱者，说为主宰。如吾人当万感纷纭而中恒湛寂，泛应曲当，能有裁制而不徇乎物，此即主宰义。**于发用自不失静止**。庄子云："尸居而龙见。"尸居是静止义，龙见是发用义。即发即止，动静一致。**夫言生而未了生即无生，乃至言动而未了动即无动，此执物者也。言无生而未了无生之生，乃至言不动而未了不动之动，此沉空者也。故知实际理地，微妙难言，过莫大于沉空，而执物犹次。故乃从其炽然不空，强为拟似**，拟似者，形容之谓，此理无可直揭故。**假注恒转，令悟远离常断；伪说功能，亦显不属有无。理不思议**，理之极至，非思议所行境界，唯内自证知。**名本筌蹄**；傥反观而冥会，毋由解以自封，庶几疑情顿释乎！

夫析理诚妄，咨于二谛：曰真，曰俗。详在《量论》。顺俗谛故，世间极成。地唯是地，水唯是水，乃至群有悉如其自相共相而甄明之，不违世间。入真谛故，决定遮拨世间知见。故于地不作地想，地性空故，现前即是真体澄然；地无自性，故云地自性空。于水不作水想，水性空故，现前即是真体澄然；乃至于一切相，不作一切相想，一切相无自性故，现前即是真体澄然。此则一理齐平，虑亡词丧，唯是自性智所证得故。学者若不辨于真俗，则于上来所说必将疑怖，以为生灭界或变动界诸物事既不可得，岂非宇宙皆空。不知此约真谛，即泯俗归真，总言无物。斯乃荡除物相，举俗所假名一切物都无自性，实一切皆真，遂言无物，谁谓本体洞然顽空？故知理之极至，迥超情识，无容疑怖耳。

上来假设功能，以方便显示实性，今当复取前章《转变》。谈色心而未及尽其义者，郑重申之。曰《成色》，曰《明心》，以次述焉。

成色（上）

世言色法，以有对碍为义。对碍，犹言质碍。有对碍故，故有数量，如云一颗石子或两株树或八大行星，皆以数纪物也。《传》所谓"物生而后有象，象而后有滋，滋而后有数"是也。故可剖析。如析物质为分子乃至原子、电子等。此世俗所公认也。然随俗兴诠，色有对碍；如理而解，对碍不成。如理云者，恰如其理之真而解，不谬误故。

盖色法者，恒转之动而翕也，故色之实性即是恒转，而实无对碍。所谓对碍者，唯是动势之幻似耳。动而不能无翕，故幻似对碍，岂其实尔哉？夫恒转之力，本无处不周遍，本无处不充塞，处者，不得已而设为之辞耳，而实无有处。然其为用，则存乎摄聚。

不摄聚，则浮游无据，又何以见其力之行乎？故摄聚者，生生之机，造化之萌也。才摄聚便是翕，翕即幻成无量动点。动点者，幻似有质而实非质也。世俗言原子、电子者，若执为固有实质便大误。动点之形成不一其性，而阴阳以殊；动点之相待不一其情，而爱拒斯异。阴阳相值适当而爱，则幻成动点系焉。系之组合，当由多点，其点与点之间，距离甚大，但相引相属而成一系耳。然无量诸点，自有不当其值而相拒者，此所以不唯混成一系，而各得以其相爱者、互别而成众多系也。凡爱拒之情，只生于相待之当否。有拒以行乎爱之中而成分殊，有爱以彻乎拒之中，使有分殊而无散漫。此玄化之秘也。故凡系与系之间，亦有爱拒。二个系以上之爱合，合者，相引义，非谓无距离。形成粗色。如当前书案，即由许多动点系幻成此粗色境，乃至日星大地靡不如是，及吾形躯亦复如是。

世俗计物尘世界对碍凝然，今此说为无量动点幻现众相，此非天下殊诡至怪者耶？夫滞于物相者，则见为对碍，若乃即物相而深观动势，则知物相只是动而方翕之势，貌似对碍，而实无对碍也。故曰：色之实性即是恒转。此穷原极本以言之也，设令顺俗为谈，则色有对碍，世共极成，吾亦何间然之有耶？

【附识】

昔者印人言世界缘起，约有二说：一转变说，如数论计万物皆从自性转变而生是也。（但数论立自性神我，却外于转变而别求恒常之法，此乃巨谬。若吾《易》言"乾道变化""品物流行"，其所谓乾即此变化不息而为品物实性者是，初非离变化或品物外而别有恒常法，所谓变易即是不易耳。斯固数论所未逮闻。）二集

144

聚说，如胜论计地等法，皆由极微集聚而成是也。（外道、小乘立极微者，皆属此派。今科学家言原子、电子者，亦其类也。后者偏于机械观，而不悟宇宙本非质点之聚合。前者较精于知化，而不立动点，则于世俗所计物质世界，终欠说明。学者参稽二说，而观物以会其理焉可也。）

成色（下）

夫综一切色法而为之称，则曰器界。犹俗云自然界。器界者，貌似物各独立，疏离隔碍，而实则凡物互相系属，互相通贯，浑成全体。一片荷华岂容孤特繁荣，实与百产精英相为资藉耳；一颗沙子何堪单独存住，实与无量星球相为摄持耳。故知器界乃完然全体，虽其表象宛尔许多部分为各各独立之物事，而究极言之，各部分相属相贯，要不容截然离异也。

器界一切现象，世俗习见谓从过去生已便住，持续至今，当趋未来，故说器界可容久住。虽不必恒住，而容有长久时住故。世间作此解。此说似是而非其实也。器界果是实物，堪云久住，今既无实，住者其谁？如前已说，器界唯是无量动点，幻现众相。动点者，才生即灭，即字吃紧，无有暂住时故。刹那刹那，别别顿起，前后刹那动点，各各新起，都不住故。别别者，不一义。前不至后，此不至彼。实无前后彼此等相，特顺俗而设言之耳。本来无物，说谁久住？世俗计动点或为有质微粒，小莫能破，实则动点幻似凝质而本非质，俗顾未之审耳。复有难言："动点非质，理亦宜然。唯吾人于动点随转，前灭后生，说名随转。既不能不设想有前后刹那，其前刹那动点起已即灭，后刹那动点新生亦复不住，造化无有留碍，斯理固尔，但前后刹那中间，宜有少隙可得。意谓中间有至小之时分，名为少隙。有少隙可得故，则造化岂不有中断时耶？"曰：恶，是何言！汝计有少隙可得者，是以世俗时间观念推度法尔道理。此云刹那，原依妄相迁流假为之名，而实非世俗时间义故。《量论》详之。故虽假说前后刹那，而于其间无容画割，奚有少隙而可得哉？是以动点生灭随转，新新不住，前刹那动点方灭，后刹那动点即生，虽复前灭后生，宛尔迁流，而不容设想生灭中间有时分故。然则化恒新而蜕故不留，时非实而无隙何断。理实如是，其复奚疑？夫动点随转，幻似有物推移，恍若此物从一状态而至别一状态，如跳跃以进者，不知此乃先后动点方灭方生，如是随转，先方灭，后方生，刹那刹那生灭密运，随转不熄。幻似有物飞跃而无实物由此趣彼。斯理之玄，难为索证。理之至极，本不可以知测，以知识推测，徒疑而不信。不可以物征耳。

或复难言："刹那既非世俗时间义，而仍于刹那说前后何耶？"曰：言前刹那灭，显其非常；言后刹那生，遮执为断。为明非断非常义故，假说前后，而不可如世俗执实前后相，以是假说故。至理本超时空，以言思表之，不得不曲成封畛与次第。此须善会，不可执故。

或复难言："若动点刹那刹那顿现者，宇宙之化岂非有顿而无渐耶？"曰：化无留迹，新新而起，如何非顿？彼计为渐者，若依前后刹那假说，前灭后生，相似相续，亦得名渐。然此前后相，毕竟假说故，要非可执实，如何定执有渐义耶？

或复难言："若如顿变说者，造化岂非绝对自由耶？"曰：自由者，待限制而后见。宇宙变化，其力无待，极神极妙，本无限制。斯无所谓自由，亦无所谓不自由。以自由与不自由而猜卜化理，同是情识迷妄故。设计为不自由者，如前已说，无限制故，云何不自由？设计为绝对自由者，无限制故，又从何而见其为自由乎？且如绝对自由说者，将可谓宇宙之化刹那刹那，诡出杂乱，而为毫无天则与恒性者耶？天则，犹云自然之则。故知自由与不自由，此于大化，两无可拟。

或更问言："动点随转，决无中断，是义成就，已如前说。随转义注见前。然多数动点系，形成粗色，则不能无散灭，何耶？"曰：粗色境者，其成幻成，其灭幻灭，自性空故，粗色无有实自体故，故云成灭皆幻。何须置论？然俗计粗色为实有者，随情施设，但随妄情而施设故。亦可无遮。此言在世俗谛中亦不遮拨粗色境也。如俗计书案或瓶盆等为实有者，吾又何曾不随顺之而说为实有耶？

于俗所谓广博器界之中而有一特殊部分焉，即吾等有情之身体是已。有情者，众生之别名，以其有情识故，因名有情。身体本器界中之一部分，非离器界而独立。然人情之惑也，执身体为内，而不知器界非外，实则身体即器界摄。何可猥执一隅，昧厥全体乎？善夫杨慈湖之说曰："自生民以来，

146

未有能识吾之全者。惟睹夫苍苍而清明而在上，始能言者名之曰天。又睹夫陨然而博厚而在下，又名之曰地。清明者吾之清明，博厚者吾之博厚，而人不自知也。人不自知而相与指名曰，彼天也，彼地也，如不自知其为我之手足，而曰彼手也，彼足也；如不自知其为己之耳目鼻口，而曰彼耳目也，彼鼻口也。是无惑乎？自生民以来，面墙者比比耶。"又曰："不以天地万物万化万理为己，而唯执耳目鼻口四肢为己，是剖吾之全体而裂取分寸之肤也，是梏于血气而自私也，自小也，非吾之躯止于六尺七尺而已也。坐井而观天，不知天之大也；坐血气而观己，不知己之广也。"详此所云，甚有理致。世俗或以己身为自然界之一断片而不知己身实赅摄自然，本为一体同流。虽复说有全分之殊，自然界是全，而身体则此全中之一分也。其实分即全也，分即全之分故。全即分也。全即分之全故。气脉自尔流通，万物皆相容摄、相维系，无有孤立者。攻取何妨异用。万物有和同而相取者，有逆异而相攻者，作用诡异，要以会成全体之妙。本非一合相，此借用《金刚经》语。经约本体言，此约形器言。盖谓己身与万物对待，宛然有众多部分故。而又完然整然，不为截异之体段。己身与万物相容相系而成全体故。其妙如此。故夫于分而冥会其全，则一己之身，介群有而非小；于全而不碍其分，则一己之身，备众物而非大。直至小大之见双亡，全分之相俱泯。斯以玄同彼我而寓诸无竟者夫！然人情偏执，顾乃迷于分以昧其全。本来圆满，何为自亏？本来广大，胡以自狭？不亦悲乎！

身体虽说为器界之一部分，然从身器相互之感应为言，则身体又属器界之中心。凡吾一身周围环绕之事物，近自耳目所接声光等尘，远至日局以外或有他日局，此于吾身或疏或亲，环而交感，亲者直接，疏者间接。身受物感，至为繁复。一感之来，关系无量，如手触一颗沙子，此为直接之感，而沙子之存在则与全宇宙相关，是沙子直接地以其力来感时，实间接地挟全宇宙之力以俱来也。而吾身又即一一有以应之而毋或滞焉。其应之也，且将使器世间随吾身运动而变更状态。如体力强者举重若轻，是物之轻重视吾身之动。又如身近物则视之大，身远物则视之小，是物之大小视吾身之动。举此二例，略见其概耳。此如大一统之国然。其万方争自效以达于中枢，其中枢复发号施令以布之万方。若乃万方视听随中枢而更化，一如身动而令四周境物从之易态。故身之部分，乃于大器而为其中心。大器者，旧于器界亦名为大，相状大故。此犹俗云大自然界也。东土建言有之，"天地设而人位其中"，亦此意也。天地者，器界之异名耳。设者，器成而象著，故以陈设言之。人位其中，以人之身为器界中心故。夫身于器为中心而不穷于应者谓之往，器向中心而不已于感者谓之来。故来不自外，器非身外物故。外则隔截，云何来必有往？往来同时，只是一种事情，以此证知无隔截处。又往非驰外，其以为外物而驰求之者，特妄识分别耳。外则隔截，云何往必有来？准上可知。知往来之几者，则知身器本无实。动而往者身也，其来者则器也。故身器无实物，只此往来动势而已。往来无端，效而不息，效者，谓往来之变，无端而呈也。此宇宙之情乎！此中以感应属身器，至于感之而有了别与应之而不爽其则者，方乃是心，便非此所及。

　　夫身器相连属而为全体，此前所已明者，然使见于全而忽于其分，则近取诸身之谓何？顾可于此不察乎？盖一身虽通于大全，大全，谓器界也。而身固分化也，分化则独也。成个体故，故谓之独。其所以分化而成独者何哉？原夫恒转本生生之大力，乃浑然至一而无封畛，其犹浩浩洪流，何可以涯际测耶？然以翕而幻成乎器，则于浑一之中不得不起分化之用。设无分化，则辟彼洪流将泛滥而无所集中，终亦无所藉以自显。故身者，分化而成器，即由恒转大力所为显其生生真机而不得不出于是耳。

　　若乃身之组织最精巧者，厥唯神经系，而脑筋实号中枢。故善发挥其独之能事者，尤在于脑。身辟则利刃，而脑则利刃之锋也。利刃之精锐全著于锋，而身之精锐全在乎脑。是故生生之大力既以形成乎脑，而还凭于脑以发现，一若百工善事必先利其器者。而此力之全集于脑，则又若电之走尖端，势用猛疾，夫孰知其所以然耶？

　　上来辨章身器，色法略明，今当以次详之心法。

明心（上）

　　吾前不云乎，心者恒转之动而辟也。见《转变》章。故心之实性即是恒转，而无实自体焉。心者，非遗恒转有自体故。今夫有情假者，本依心物幻现得名，有情，见前注。假者，亦谓有情。以其名从他得，故称假者。物亦色之代语。

盖有情只依心物幻现而名之耳，若除去心物两方面，即有情之名无从立也。幻现者，谓心物本非实在法故。设心与物即实在者，便不得更说心物有实体故。**而心物实性强名恒转。**本不可名而为之名，故强。**恒转者，至静而动，**静者，言其有恒性而不可易也，自然有则而不可乱也。动者，言其变化不测生生不息也。**本未始有物也。**无形质，无方所。**然动而不能不摄聚，故乃翕而幻成乎物。此所以现似物质宇宙而疑于不守自性也。实则恒转者，纯一而亡染，**无染著，即无有滞碍。**刚健而不挠，**不可折挠。**岂果化于物而不守自性者乎？其翕而成物也，因以为资具，**以物为工具也。**而显其自性力。**此处吃紧。**故行之至健，**真体发现，故行健。俗言冲动者，非实有见于真体，只认取浮动者为生机，不亦谬乎？学者于《功能》章末段，虚心体之始得。**常物物而不物于物也。**"物物"一词，上（前）物字主宰义及转化义，谓主宰乎物而转化之也。"物于物"一词，上（前）物字蔽锢义。不物于物，即不蔽于物。夫是行健以物物而不物于物之自性力，对翕而言则谓之辟，对物而言则谓之心。**物以翕成，故翕与物异名而同实也。心依辟立，故心与辟异名而同实也。实同名异，词有分剂。**恒转幻现翕辟，而形成心物相待，其妙如此。故夫一名为心，即已与物对，已属后天。而非恒转本体矣。**恒转即是本体，而首置恒转言者，用为主词故。**故但曰心之实性即是恒转，而未可斥指心以为实性也。然以此心不落于物而为恒转自性力之显发也，**心即恒转自性力，故吾人须自察识，确有个浑然充实炯然虚明的体段在。阳明末流，至谓离感无心，真迷妄见也，幸有双江、念庵起而矫之。**则又不妨曰心即实性。易言之，心即恒转本体也。自本自根，无可依他而穷索；**向外觅体，即是依他。**自明自了，便已亲体于现前。真理只在当躬，世固有求之愈离愈远者，何耶？

综前所说，恒转翕而成物，乃即利用物之一部分即所谓身体者以为凭藉，而显发其自性力，即此恒转自性力名之以心。是知心者实为身体之主宰，以身于心但为资具故。唯此心虽主宰乎一身，而其体则不可为之限量，**限者，分限；量者，定量。**是乃横遍虚空，竖尽永劫，无有不运，无所不包。**无不包者，至大无外故；**此言大者，是绝对义，非与小对之词。无不运者，至诚无息故。焉有分限可求，焉有定量可测？

昔者罗念庵盖尝体认及此矣，其言曰："当极静时，恍然觉吾此心，中虚无物，旁通无穷，有如长空云气流行，无有止极，有如大海鱼龙变

149

化，无有间隔，无内外可指，无动静可分。上下四方，往古来今，浑成一片，所谓无在而无不在。吾之一身，乃其发窍，固非形质所能限也。是故纵吾之目，而天地不满于吾视；倾吾之耳，而天地不出于吾听；冥吾之心，而天地不逃于吾思。此上言天地万物皆非吾心外物也。古人往矣，其精神所极即吾之精神，未尝往也，否则闻其行事而能憬然愤然矣乎！此言心体无有古今分段。四海远矣，其疾痛相关即吾之疾痛，未尝远也，否则闻其患难而能恻然蠚然乎！此言心体无有方所间隔。是故，感于亲而为亲焉，吾无分于亲也；有分于吾与亲，斯不亲矣！感于民而为仁焉，吾无分于民也；有分于吾与民，斯不仁矣！感于物而为爱焉，吾无分于物也；有分于吾与物，斯不爱矣！此言心体无有彼我分别。是乃得之于天者固然如是。谓为先天所固具也。故曰，仁者浑然与物同体。同体也者，谓在我者亦即在物，合吾与物而同为一体，则前所谓虚寂而能贯通，浑上下四方、往古来今、内外动静而一之者也。"念庵所言，质验之伦理实践上纯粹精诚、超脱小己利害计较之心作用，如向往古哲与夫四海疾痛相连，以及亲亲仁民爱物之切至，凡此皆足以证明此心不有彼我，不限时空，浑然无二无别，无穷无尽。斯所谓内自证知、不虚不妄者乎！一人一物之心即是天地万物之心，非形质所能隔别，故恒互相贯通。此理也，自甲言之固如是，自乙言之亦如是。《华严》"一多相即，重重无尽"，理趣深玄，学者所宜切究。

中土学者，大抵皆从伦理实践上纯粹精诚、超脱小己利害计较之心作用，以认识心体。如孟子举乍见孺子入井而恻隐之心，亦最著之例。盖此种作用，绝不杂以小己之私，不受形气之蔽，是所谓无所为而为的，乃依于真实的心体发现，所以于此可认识心体。自孔孟迄宋明诸师，都只于此着功夫。穷神知化而不为诬诞，体玄极妙而不蹈空虚。盖生物进化，至人类而为最高。其能直接通合宇宙大生命而为一，以实显本体世界无上价值者，厥为人类。故人类有伦理实践上纯粹精诚、超脱小己利害计较之心作用，破形物之锢缚，顺性真而创新。其以心转物，以辟运翕者在是，而动物则无此能事。诚以人类中心观念得进化论而一新其壁垒，势不能以求之人者而概之于物也。心理学家言心，举人与动物而一视。彼所研究之范围原不涉及本体，其操术以分析测验，亦不待反观自识、操存涵养之功。故其所谓心与吾玄学上所言心，截然不为同物。此中反观自识，其涵义至为精深，至为严格，与心理学上所谓内观法者绝不相侔，切戒误会。操存涵养，亦中土哲学上特殊名词，涵义精深严格，又不待言。凡此，欲俟《量论》详之。吾每遇人持心理学之见地，致疑于吾所言心为无根据者，此不知类之过也。玄学、科学，各有范围，义类别矣，何可不知！世固有主张科学万能者，如斯偏执，谅愧鸿通。**伦理实践敦笃勿懈，反躬而炯然有物**，此物字，非事物之物，乃形容此心之词。心恒为身之主，所谓主人翁是也，故以有物言之。**灼然自识**。《庄子·骈拇》："吾所谓明者，非谓其见彼也，自见而已矣。"此即认识自己之谓。自己者何，此心是已。**其感捷而应之也不爽，既动起万端，却恒自寂静；既恒自寂静，却动起万端。绵绵若存之际，而天地根焉；冥冥独知之地，而万有基焉**。阳明咏良知诗："无声无臭独知时，此是乾坤万有基。"**现前具足，历历不昧。而何为其无根据耶？而岂可以物推观、向外穷索耶？**

人情之蔽也，固恒昧其神明宝藏而自视为一物矣。宝藏者，形容此心备具众妙故。耳目口鼻内脏百骸，固皆物也。耳所取声，目所取色，口鼻所取臭味，乃至百骸所触，又无往而非物交物也。使宇宙人生而果如浑成一大块物质，则有何生命可言耶？然而事实正不如此。耳则能听，以听于声也而显其聪焉；目则能视，以视于色也而显其明焉；乃至百骸则能触，以于一切所触而显其觉了焉。凡言乃至者，皆隐含中间事例而不具列之词。今故应问，此聪明觉了为发自耳目等物乎？彼既是物，如何能发生聪明觉了？抑为发自声色等物乎？彼亦是物，又如何能发生聪明觉了？且物若能发生聪明觉了者，则物即神矣，何可名物？故知聪明觉了者，心也。**此心乃体物而不遗**，心非即本体也。然以此心毕竟不化于物故，故亦可说心即本体耳。体物云者，言此心即是一切物的实体，而无有一物得遗之以成其为物者也。**是以主乎耳目等物而运乎声色等物。语其著则充周而不穷**，感而遂通，无间远近幽深而莫不运。**语其隐则藏密而无阈**，本无形也，疑若无焉。然万有于是乎资始，谁得而无之？是其藏之绵密，乃以不形而形，终无闭阈也。**浑然全体，即流行即主宰，是乃所谓生命也**。或问"生命"一词定义云何？余曰：此等名词，其所表诠是全体的，势不能为之下定义。然吾人若能认识自家固有的心，即是识得自家的生命，除了此心便无生命可说也。至世俗言生命者，是否认识自心，则吾不之知也。**宇宙只此生命**

发现，人生只此生命活动。其发现，其活动，一本诸盛大真实而行乎其不得不然，初非有所为而然。德盛化神，其至矣乎！彼执物者，视宇宙如机械，等人生若尘埃，如之何其不自反耶？

生命力之显发也，不期而现为物以神其用。无物，则生命力疑于泛泛而无所摄持以自表现也。既现为物，故分化而成个体，生命的本体是不可剖分的，而其变现为形物也，则分化而成个体。此生物界所以繁衍。凭此个体互相资藉，乃见其力用之大。互相资藉有二义：一者，生命力藉个体以显发，个体亦藉生命力以成故。二者，个体与全体相待，亦即互相资藉以增进夫生命力之显发故。虽然，生命力以凭物而显故，亦常沦于物质之中，胶固而不得解脱。此征之植物与动物而可见者。植物徒具形干，其生命力几完全物质化。动物则官能渐备，然其生命力受物质缠锢，竟未有以远过植物也。生物界经累级演进，迄至人类，神经系统始益发达，则由生命力潜滋默运，有以改造物质而收利用之效。故心灵焕发，特有主宰之权能，乃足以用物而不为物用，转物而不为物转。虽人之中，除极少数出类拔萃者外，自余总总芸芸，其心亦常放而易坠于物，然使勇决提撕，当下即是，《大易》所谓"不远复"也。人道之尊在此耳。

夫斯人性具生命力，性具者，谓先天之禀。圆成而实，圆者圆满，无所亏欠。成谓现成，不由造作。实者真实，明非虚妄。本无衰灭。虽云形气渺焉小哉，而其生命力固包宇宙，挟万有，而息息周流，不以形气隔也。此言个人生命力即是宇宙之大生命力，岂形气可以隔之乎？世俗以为吾人生命力当初生之顷从宇宙大生命力分化而来，既生以后，因拘于形气便与宇宙隔绝。殊不知所谓宇宙大生命力乃浑然全体而不可剖分，凡有形气皆其所凝成者，而何隔之有乎？故吾人初生之顷资生于宇宙之大生命力，既生以后，迄于未尽之期，犹息息资生于宇宙之大生命力，吾生与宇宙始终非二体。故吾之生也，息息与宇宙同其新新，而无故故之可守。命之不穷，化之不息也如是。斯理也，船山王子，盖先我发之矣。

然而人之有生，不能无惑。盖当其成形禀气之始，而忽然执形气而昧其本来，是之谓惑。本来面目是不落形气的，是无私的，是无所染执的。此惑既与形气俱始，则辗转滋盛，益以私其形气而小之，终乃执形气愈坚，日与物化而莫之御。举耳目心思沦溺于物欲而无节，成聋盲爽发狂之患。脑际无清旷之隙，则颓然一物，既自隔于宇宙统体之大生命力，而莫相容摄通贯矣。虽形气本不足为隔，而今以执之弥坚，私而不公，小而自封，则举其本不隔者而成乎隔绝，是以生理剥极，而卒为颓然之一物也。纵其残余之形气不即委散，而既为无生命力之物，何如速朽之愈乎。漆园叹"哀莫大于心死"，此之谓也。故夫人生虽本具无尽之宝藏，宝藏喻心，亦即喻生命力。而亦有不虞之险阻。险阻者何？即其惑与形气俱始，而渐以加深，遂至完全物化，剥其生理而终不自觉也。夫惑，阴象也。柔而莫振，闭而不通，重浊下坠，此谓阴象。其来无根，忽然而起，成乎习气，遂至不拔。吾人本具光明宝藏，奈何不克自持，而为无根者所夺乎？吾《易》于《剥》卦著其戒曰："柔变刚也。"阴盛而剥消阳，谓之变刚。吾人生命力本至刚健，今殉物而为惑所乘，则失其刚也。而于《乾》则诏之以自强而昭其大明，乃以战阴暗而胜之。"其血玄黄"，重阴破也。吾人生命力正于此开发创新，而显其灿烂之光辉，"时乘六龙以御天"也。六龙，谓纯阳纯健，所以形容生命力之至健也。御天则显其向上而无坠失，至神而不可方物。斯乃翕随辟运，物从心转，于是还复其本体而无所亏欠，终由剥而复矣。故《复》卦曰："复其见天地之心乎？"心者本体，心非即本体，而可以本体言之，其义见前。在《易》则谓之乾。剥者剥此，本体非有剥也。然人自障蔽其本体而化于物，即于人而名为剥也。复者，复此而已。不复，即无由见心体。

　　要而言之，人生限于形气，便有无因而至之惑魔，使之自迷其本来。迷故不自在；不自在故不得不与惑魔斗。由奋斗故，乃得于形气锢蔽重阴积暗之中，乘孤阳以扩充，孤阳，喻生理之不绝也。虽剥极之会，其生生不息真机何尝遽绝？人乃不克绍之而逐乎物，以速其亡，可伤也！苟能一旦反求其本心焉，则生机油然充之矣。遂有所开发创新，开发非无依据，创新亦匪凭空，即秉孤阳以为开创不竭、新新不已之基焉耳。故开发创新乃是由微肇著，舍故趋新，却非从无生有之谓也。而不为物化。生理畅而日新，德盛之至矣，则用物而不必绝物，自然物皆顺其天则，而莫非生理流行，所谓"形色即天性"也。由此还复本来面目，则大明继盛而反于自在已。陶令之诗曰："久在樊笼里，喻人役于物之苦也。复得返自然。"喻人既洞见本来而得自在也。其斯之谓与？

153

【附识】

或问："审如公说，吾人生命力之创新，只是复初而已（"复初"一词，见朱子《四书集注》。初者，犹云本来面目也），二者如之何其反而相成也?"（创新则不名为复初，复初则无所谓创新，故言反也。）曰初者，法尔本有。（法尔本有，隐目本体。）人常不能全其本有者，而以后起害之。（后起谓一切徇物之惑，是与形气俱始者，非本有故。）以后起害所本有，是自戕贼其生命也。（唯本有者乃是生命。害所本有，即戕贼生命矣。）生命既受戕贼，或仅萌蘖之存焉。倘非依此萌蘖而精进以创之，涵养以新之，则亦唯有戕贼以尽而颓然物化已耳，岂复克绍其初乎？故创新者，乃于戕贼之余，反求其本有生命力萌蘖仅存者，即本心微露处，如孟氏所谓"夜气之存"。（夜气之存，只是昏扰乍平，本心虚明体段忽然微露，此正生命力不容遽泯耳。）斯善端之著，在《易》为《复》卦初爻一阳尚微之象。体认乎此而扩充之，保任之，由此精进而不息，则浸长而充实矣。涵养而常新，则日盛而光辉矣。就其充实谓之创，就其光辉谓之新。（从初念尚微迄于充实光辉，却是刹那刹那，生灭灭生，不是初念凝住不灭，延展至后。若初念延展至后，则心法便是一受其成型而不可变，何得有后念之浸长日盛而为创为新耶？文中且一往横说去，学者宜知。）斯所以引本有之绪而伸之，使戕贼者无自而起焉。故有生之日，皆创新之日，不容一息休歇而无创，守故而无新。使有一息而无创无新，即此一息已不生矣。然虽极其创新之能事，亦只发挥其所本有，完成其所本有，要非可于本有者有所增也。夫本有不待增，此乃自明理，无可疑者，（此理不待感官经验亦不待推论而知故，故云自明。）故谓之复初耳。人之生也，宜成人能，以显其所本有。（显者，显发。）人而无所成能者，则其本有者不能以自显，将梏于形气之私，而昂然七尺只是一团死物质耳，何以复其初乎？故此言创新者，乃就人能言也；而人能原依本有以显发，不能更有所增于本有，斯不得不言复初也。

　　如前所说，总略结旨。首以本体言心，简异知觉运动非即心故。禅宗与儒家同斥以知觉运动为心之非，其所云知觉运动含义甚宽，略当于心理学上全部心作用。盖知觉运动虽亦依心故有，然四体之动，物感之交，此等形气上之作用为最有权，而顺其本心之发者鲜矣。故知觉运动非即是心，须简异之也。但吾人如不放失本心，而保任本心恒为主于中，则知觉运动又莫非心之发也。达摩故言"作用见性"。义匪一端，切须善会。又以生命言心，显示殉物缠惑难征心故。殉物者，没于物也。缠惑者，惑结不解也。人皆殉物缠惑以丧其心矣，故难令自征此心也。**夫心即本体，云何剖析？**若可剖析，便非本体。**心即生命，便非积聚。**生命本依心而得名。设以心为多数分子积聚者，则是生命如散沙聚也。唯物质乃是积聚性，而生命则浑然全体流行无息，未可以积聚言之也。**若之何唯识旧师乃说一人有八识哉？今将略征而论之于后。**

昔在小乘，唯说六识。及大乘兴，乃承前六，而益以末那、赖耶，是为八识。**六识者，随根立名。曰眼识，依眼根故；曰耳识，依耳根故；曰鼻识，依鼻根故；曰舌识，依舌根故；曰身识，依身根故；曰意识，依意根故。**眼等五识所依根，称清净色根，固不谓肉眼等为根也。所谓清净色者，在大乘似说得神秘，闽侯林志钧宰平尝以为无征而不足信也，桂林梁漱溟则谓即今云神经系者是。吾谓净色是否即神经，今难质定，姑存而不论可耳。至于意根，则小乘如上座部等亦立色根，所谓胸中色物即俗云心脏者是，固犹不知心意作用之依藉于脑也。而余部更不许立色根，乃以六识前念已灭识为意根。及至大乘建立八识，始说第七末那识为意根云。**或许从境立名，即眼识亦名色识，唯了别色故。**唯者，止此而不及其他之谓，后准知。色有多义，或通目质碍法，则为物质之异名；今专言眼识所了，则为颜色之色，如青黄赤白等是也。**耳识亦名声识，唯了别声故。鼻识亦名香识，唯了别香故。**香与臭，通名香。**舌识亦名味识，唯了别味故；身识亦名触识，唯了别触故；**于前四识所了，直举色声香味四境，而于身识所了，乃虚言触而不直举何等境者，则以身识所了境最为宽广，列举不尽，故以触言之。**意识亦名法识，了别一切法故。**有形无形的一切事物、一切义理，通名之为法。**如上六识，大小乘师，共所建立。**

然大乘于前六外，又建立第七、第八识者。彼计五识，眼识乃至身识。唯外门转，转者起义。五识皆以向外追取境界故起。**必有依故；第六意识内外门转，**意识一方面追取外境，一方面内自缘虑。虽无外境，亦自起故。**行相粗动，**行相者，心于境起解之相。**此非根本，**意识粗动，故非根本。**亦必有依故；**意识自

155

身既非根本，故必有其所依，例同五识。由斯建立第八阿赖耶识，含藏万有，为根本依。依字注意。彼计前七识各自有种子，不从赖耶亲生，只是依托赖耶而生，故说赖耶为根本依。赖耶深细，藏密而不显。前六眼识乃至意识，则粗显极矣。疑于表里隔绝，赖耶是里，前六是表。故应建立第七末那，以介于其间。第七介于第八与前六识之间。《大论》五十一说"由有本识，赖耶亦名本识。故有末那"，其义可玩已。寻彼所立八识，约分三重。初重为六识，眼识乃至意识。通缘内外，粗动而有为作。次重为末那识，第七。恒内缘赖耶，执为自我，恒字吃紧，无间断故。第七本缘第八见分为我，此中浑言缘赖耶者，不及详四分故。似静而不静。一类内缘而不外驰，故似静也。然恒思量我相，此乃嚣动之极，实不静也。三重为赖耶，第八。受熏持种，持种者，赖耶自家的本有及新熏种子，并前七识的本有及新熏种子，均由赖耶摄持，所以为万有基。受熏者，谓前七识各有习气熏发，以投入赖耶自体，而赖耶则一切受而藏之，遂成新熏种子也。设赖耶不受熏，则前七识熏发习气，不将飘散矣乎？动而无为。恒转如流，是动也。唯受唯持，何为乎？大乘建立八识，大乘建立八个识，而不止于六。大旨如此。

又复应知，大乘以一心而分之为八，此心本是浑一之全体，故曰一心，而大乘乃分之为八个。即此八识，将为各各独立之体欤？然每一识，又非单纯，乃为心、心所组合而成。心亦名王，是主故。心所者，具云心所有法，以其为心上所有之法故。心所亦名助伴，是心之眷属故。心则唯一，而心所乃多云。如眼识，似独立也，实则为心与多数心所之复合体，绝不单纯，特对耳识等等说为独立而已。眼识如是，乃至第八赖耶，复莫不然。每一识皆为心与多数心所之复合体故。故知八识云者，但据八聚而谈，聚者，类聚。非谓八识便是八个单纯体故。尚考大乘建立种子为识因缘，种子为能生识之因缘，识即是种子所生之果。无著造《摄论》授世亲，明种子有六义，第四曰决定，第六曰引自果。世亲释云"言决定者，谓此种子各别决定：不从一切，一切得生；意云：非一切种子各各能遍生一切法也。从此物种，还生此物。此物种子还生此物而不生彼物，所以成决定。引自果者，谓自种子但引自果，引者引生。如阿赖耶识种子唯能引生阿赖耶识"，余识种子，均可类推。又凡言识，亦摄心所，学者宜知。云云。据此，则八聚心、心所，各各从自种而生。种子亦省言种。如眼识一聚，其心从自种生，其多数心所亦各从自种生。眼识如是，耳识乃

156

至赖耶，亦复如是。故知八聚心、心所为各各独立之体，各各二字注意。如眼识一聚中，其心自有种故，故是独立之体。其多数心所亦各自有种故，即各是独立之体。眼识一聚如是，耳识乃至赖耶，均可类推。而实非以八个单纯体说为八识。此自无著、世亲迄于护法、奘、基诸师，皆同此主张，而莫之或易者。是诚为极端多元论，抑可谓集聚论或机械论。多数独立的分子互相组合，故可谓集聚，而亦即是机械。较以印土外道，殆与胜论思想类近者欤。

迹旧师树义，盖本诸分析之术。故其分析心识，备极零碎，以归之众多种子，一如分析物质为极微或分子、原子以至电子者然。此其为术，以心拟物，谓之戏论，良不为过。夫分析术者，科学固恃为利器；即在玄学，其所为明伦察物，亦何尝不有资于是。物则之幽隐繁赜，人伦之常理变故，精以察之，明以辨之，亦是分析。然玄学务得其总持，万有统体曰总持，实体之代语。期于易简而理得，则分析毕竟非玄学所首务。何则？凡为学者操术而无谬，必其本是术以往，而果足以得其所穷究之事实而无差失也；否者，其术不可依据，差以毫厘，谬以千里矣。今玄学所穷究之事实，即所谓宇宙实体是已。夫宇宙实体一词，特从俗而称之耳。实则只将自家本分事推出言之，而名以宇宙实体。禅家语及本心，每云本分事。此心即实体，义已见前。此本分事，放之则弥六合，卷之则退藏于密。放者，遍现义。卷者，收敛义。收敛，即刚健在中而不靡散之谓也。随处遍现，其大无外，故曰弥纶六合。恒时收敛，其应恒寂，故曰退藏于密。退藏者，沉隐而迹象俱无，渊深而力用不测，此密之至也。虽本来至无，无者无形，无形故藏密而非睹闻所涉也。而不属于无；此言无者，空无之无，谓本无形而实不是空无。虽肇始群有，弥六合者，谓遍为万物实体也。而不属于有。凡已成乎有者，则非复如其实体之本然矣。执有之相以求实体，而体不可见。以此体毕竟不落于有，故云不属有。故乃有无双遣，绝名相于常寂之津；证体归寂，名相俱亡。卷放自如，息诠辨于筌蹄之外。得其卷放之体矣，则诠辨自息。譬之鱼兔已获，自忘筌蹄，非真有得于筌蹄之外者而能尔乎？要唯鞭辟近里、切己体认，始得相应耳。

分析者，起于辨物，将欲以辨物之术而求得先物之理，名实体者，言所以凝成万物者也，故云先物。夫先物者，非物也，奈何以辨物之术求之乎？是犹戴着色眼镜而求睹大明之白光也，至愚亦知其不可。故必由体认以得其理之一，此言理者，谓实体。一者，绝待义。**方乃凭分析以得其分之殊**。分者分理，兼含法则等义。吾人日用宇宙中所谓物理人事，盖莫不有其分理法则，所谓至赜而不可乱也。俗每言混乱无理，此缘境事变更，违其情智所素习故耳。实则腐草委地，未无秩序；狂风拔木，亦有由渐。至于处士横议、妇姑勃豀，各有是非，又不待言矣。**盖法有总别**，本《华严经》。**学有统类**。本《荀子》书。**统者务于总持，道在一贯，故会归有极**，统之事也。**类者观其偏曲，义在散殊，故辨物知方**，类之事也。**分析之能事，虽或有见于散殊，然致曲之过，其弊为计**。抟量卜度谓之计。**体认之极功，乃能冥契于一贯，此思诚之效，其得为证**。实地亲切谓之证。**彼体认不及**，不及者，谓其不曾用过体认功夫耳，非谓曾去体认而不及证体也。**遂计体无**，哲学家不知有体认之功，故终不能得着本体，而或反谓之无。**宇宙人生，奚其泡幻**，治哲学者或计体不可得，退而研讨知识，此亦好转机也。但终不知跳出知识窠臼而别寻体认之路，乃遂止于研讨知识而竟以求体为戒，纵其辨析精微，著书立说足成系统，终是王阳明所呵为"无头的学问"。旧戒诸生语，附注于此。**或乃任意构画，戏论狂驰**，哲学家谈体者，大抵逞其意想，构画万端。虽条理茂密足以成说，而其去真理也则愈远。徒以戏论度其生涯，而中藏贫乏，无可救药。绍兴马一浮曰："哲学家不自证体，而揣摩想象，滞著名言，有如《淮南》所谓遗腹子上垄，以礼哭泣，而无所归心。"此言深中其病。**若斯之伦，亦可哀已**。

夫体认者，栖神虚静，神亦谓心也。邪欲不干，故虚静。**深心反观，赫斯在中，充实光明**。当反观时，便自见得有个充实而光明的体段在。充实者，至真无亏。光明者，纯净无染。赫斯者，盛大貌。在中者，形容其存在之谓耳，而非以对外名中。此体无内外可分，无方所可指故。只可言其存在而非空无，但不能指定其在身体中之何部，更不能谓身体以外即心之所不在也。然而人之梏亡其本心者，则又无从自见此充实光明的体段。此所以不自信而不克承当也。**是为实体显发，自了自证**。自了自证者，即自己认识自己之谓，而无能所可分。**于时无意言分别**，意中起想，即是言说。名为意言，不必出口方为言故。分别者，意言即是分别也，当自了自证时，便无有此。**直是物我双亡，离一切相**。我相、物相、时相、空相、名相、义相，乃至一切相，无不尽离云。**古之所谓"悬解"者，其谓是耶**？"悬解"用庄语，犹云大解脱也。体认至此，向后更有涵养日新及在事上磨炼的功夫，此姑不详。

上来因举唯识旧师分析心识之过，而论及分析术于玄学不为首务，终乃归功体认。其词似蔓，而实非蔓也。乃若其详，当俟《量论》矣。

夫佛家量论，要归内证，所谓证量。吾言体认，岂其有异？然唯识旧师如护法等，乃唯分析是务者何哉？须知学术演变，理论愈进而加密，真意累传而渐乖，此不独佛家为然也。

唯识论之兴也，导源无著而成自世亲，迄护法乃益盛，至此土基师又定护法为一尊，此其传授大略也。原夫八识之谈，大乘初兴便已首唱，本不始于无著。但其为说，以识与诸法平列，如说五蕴，则识蕴与色蕴等平列。说十八界，则六识界与六根、六尘诸界平列。语幻相即均不无，语自性毕竟皆空。识与诸法虽复条然幻现其相，然都无实自性，故云皆空。是其立言善巧，随说随扫，本无建立，斯所以远离戏论。虽复说有八识，要是依妄识相貌，假析以八，依向外追取及内自构画相貌，假说前六识。依我执坚固相貌，假说第七识。依无始来染污习气深藏不断相貌，假说第八识。藉便对治，故名善巧。逮于无著，始成第八识，引世亲舍小入大，此为接引初机，固犹未堪深议。及世亲造《百法》等论，并《三十颂》，遂乃建立识唯，由建立识以统摄诸法故，即识名唯，乃云识唯。而以一切法皆不离识为宗。唯之为言，显其殊特。是既成立识法非空，世亲以前诸大乘师，将识与诸法一例认为无自性，即是看作皆空。到世亲成立唯识，始以识统摄诸法，则将识之一法看得较实。且据彼种子义而推之，识既从种生，则识为有自性之实法矣。而析为八聚则如故，当非前师本旨也。前师无建立，故因对治妄识而假析乃无过。世亲既有建立，尊为能变，缘起宇宙，彼尊识为能变，以明宇宙缘起。析成各聚，析为八聚。宛如机械。以此言宇宙，实不应理。机械论者，妄计宇宙为由许多分子集聚而构成，此乃世俗执物之见，岂窥宇宙之真乎？矧复言心，义通染净，神固无方，析则有过。以机械观言宇宙既已不可，况复以之言心乎？且彼之析识为八聚也，若但据染位妄识假析固亦无妨，然彼实通净位而言之矣。夫净位则本心呈露，是所谓至神而无方相者也，今亦析成断断片片，则根本不曾识得此心，过莫大于斯矣。爰至护法谈种子义，并建本新，护法立本有种及新熏种。其本有种与吾所谓功能截然异义，其新熏种即是习气，亦不当名为功能。参考《功能》章。则由其本有种义而推之，似直认妄识以为本心，本心即谓本体。彼本有种现起之识，应即是本心。何以故？是本有故。岂可谓本有者非本心耶？岂本有之外更有夫本有以为之体耶？护法本谈染位

159

妄识，今乃于妄识中立本有种，故是认妄识为本心矣。而说为染净混，彼说本有种，有是染性，有是净性云。其邪谬不堪究诘。若乃析识为八聚，仍承世亲而蹈其过。故由护法立论考之，知其素乏证解，证解，即吾所谓体认。未曾自识本心，而唯恃分析法在妄识中作活计，遂迷罔至此。千数百年来无辨之者，不亦异乎？

如实义者，心乃浑然不可分之全体，然不妨从各方面以形容之，则将随其分殊取义，方面不同，即是分殊。而名亦滋多矣。

夫心即性也。性者，本体之代语耳。以其为吾一身之主宰，则对身而名心焉。《大学》言正心者，以心受蔽障而不得为身之主，是谓不正。故正心者，所以去心之障而反之于正也。然心体万物而无不在，体万物者，犹言遍为万物实体。本不限于一身也。不限于一身者，谓在我者亦即在天地万物也。今反求其在我者，乃渊然恒有定向，于此言之，则谓之意矣。渊然者，深隐貌，有实貌。恒字吃紧。这个定向是恒时如此，而无有一时或不如此的。定向云何？谓恒顺其生生不息之本性以发展，而不肯物化者是也。生生不息之本性者，约言之，纯健纯净是其本性也。健则不坠退，净则无滞碍。物化者，人若殉物而失其性，即绝其生理，乃名物化。故此有定向者，即生命也，即独体也。刘蕺山所谓"独体"，只是这个有定向的意。《大学》言"慎独"者，必慎乎此而勿瞒昧之耳。依此而立自我，我者，主宰义；此非妄情所执之我也。虽万变而贞于一，有主宰之谓也。此云"意"①者，即《大学》"诚意"之"意"。阳明以"心之所发"释"意"，此大误也。已发之意，求诚何及？或又以志言之，亦非也。这个有定向的意，即是实体，正是志之根据处。然《大学》于意言诚，何耶？则以无始染污习气，常足以蒙蔽此意而另有所向。吾人恒乐于习气之顺其私，则常听役于习心，而对固具定向之意为诡辩，以便移其所向，此即自欺之谓也。自欺即违反其意之实。故言诚意，②诚者，实也，盖谓求其意之实而已。若其感而遂通，资乎官能以趣境者，是名

---

① 此处的"意"，指前面小字"只是这个有定向的意"中的"意"。

② 崇文书局出版之《新唯识论（批评本）》将此处断句为"自欺即违反其意之实，故言诚意。"，前为逗号，后为句号。如此断句，正好完全违背了熊十力原意，其自相矛盾。今改正：前为句号，后为逗号。

感识。亦可依官能而分别名之以眼识、耳识乃至身识云。**动而愈出，愈出者，不穷貌。不倚官能，独起筹度者，是名意识。**眼所不见，耳所不闻，乃至身所不触，而意识得独起思维筹度。即云思维筹度，亦依据过去感识经验的材料。然过去感识既已灭，而意识所再现起者，便非过去材料之旧，只是似前而续起，故名再现耳。当再现时，意识固不必有藉于官能也。且不止再现而已，意识固常有广远幽深玄妙之创发，如逻辑之精严，及凡科学上之发明，哲学上之创见等等。虽未始不有资于感识所赆之材料，然其所创发者，较之感识的材料，其广狭相去，岂算数、譬喻所能及耶？故意识有独起之能，诚不可知之秘也。**故心、意、识三名，**感识、意识同名为识，与前所云意及心，共有三名也。**各有取义。心之一名，统体义胜。**言心者，以其为吾与万有所共同的实体，故曰统体义胜。然非谓后二名不具此义，特心之一名，乃偏约此义而立，故说为胜。**意之一名，各具义胜。**言意者，就此心之在乎个人者而言也，故曰各具义胜。然非识上无此义，特意名偏约此义而立，故独胜。**识之一名，了境故立。**感、意二识，同以了别境相而得识名。感识唯了外境，意识了内外境。内境者，思构所成境。**本无异体，而名差别，**差别者，不一义。**则以此心之蕴奥难穷，无可执一隅以究其义也。如彼旧师，析为各体，心其如散沙聚耶？是亦戏论极矣。**

【附识】

心、意二名，皆斥体而名之也。必分别表之，而后其义不紊。识之一名（识，赅感识、意识而言），则作用之异语。设复问言："何谓作用？"应答彼言：作用者，乃以言乎体之流行，状夫体之发现，而假说作用。故谈作用即所以显体矣。若谓体上另起一种势用，其既起即别于体而为实有，如此始名作用者，是将体用看作两片，斯倒见也。又此中"心""意""识"三名，各有涵义，自是一种特殊规定。若在常途，则三名可以互代（如"心"亦得云"识"或"意"），或复合成词（如"意识"亦得云"心意"或"心识"也），而无所谓异义。（《二十唯识论》曰："心、意、识、了，名之差别。"此中"了"者，具云了别。"差别"，即不一之谓。盖言"心"，亦名"意"，亦名"识"，亦名"了别"，只是名字的不一，却非此等名字各不同义也。）是在随文

161

领取。

感识缘境，缘者，缘虑。唯是现量。亲得境相，名现量故。能缘识亲得所缘境之体相，名亲得境相。如眼识缘青色时，识于青色确尔证知如是境相，绝不蒙昧，但虽证知而无分别。无分别者，以不同意识作解，谓此是青非非青等故，"非青等"三字作名词用，即谓"红白等"。但冥冥证故。知而无分别故。此时能缘入所缘，毫无间隔，即是能所不分，浑然一体而转，是名亲得境相。眼识缘色如是，耳识缘声，乃至身识缘所触，皆应准知。现量亲证，离诸虚妄。凡夫虽有，不自任持。感识现量，凡夫所有，但恒为散乱意识所眩，而于现量不能保任持守也。僧肇有言："夫人情之惑也久矣，目对真而莫觉。"

感识缘实境不缘假法，如青色，是为实境。至于色上有长短等相，则名假法。如眼识缘色时，其色上长短等相，则由意识分别安立，长短等相，对待方显。意识分别力胜，而遍缘一切法，故乃观其对待，而分别此是长或短。本非眼识所缘。但意识继起迅疾，又习相应故，不待计度，如眼识缘。意识继眼识起，本甚迅疾。又过去曾缘长短等相，有习气故，乃复现起，而与现在意识相应。故现在意识于现所缘长短等相，不待计度而知之，有如眼识一览便了也。

意识缘一切法，《摄论》所谓"无边行相而转"是也。然意识发展，由应境故，恒假感识以为资具，直趣前境。前境者，以境界现前显现故名。观境共相，明辨而审处之，此其胜用也。①

然意识亦以恒应境故，遂有不守自性，即识起时便带境相故。如缘外色等境时，识上必现似外色等影像，虽复所缘本非外境，而识上亦现似所缘影像。此等影像亦如外境，同作所缘缘故。所缘缘，参考《唯识》章。即于无法而起无解，识亦现似无之影像，是法本无而在识成境矣。故知意识常带境相，刚陷乎险中之象也。心本至刚，然发而为意识，则有物化之惧，故云陷险之象。然意识作用，不唯外缘，而亦返缘。外缘者，缘外境界或筹度一切义

---

① 此处原不分段，现分开，便于读者于下段中集中体察"外缘"。

理故。① 筹度义理时，识上变似所缘影像，此影像亦如外境。②

返缘略说以二：一者于外缘时，自知知故，如方缘色而识自知知色之知故。缘者，缘知。知色之知，是识上外缘之用。同时又知此知色之知，则此知乃识上返缘之用。二者全泯外缘，亲冥自性故。自性谓体。冥者冥证。亲冥者，返观自体而自了自见，所谓内证离言是也。盖此能证，即是所证，而实无有能所可分。或谓察识，或言观照，皆此返缘作用。以返缘力深故，了境唯心，斯不逐于境；会物为己，斯不累于物。于是照体独立，迥脱诸尘，虽在险而能出矣。根本既得，则差别无碍。知一切法而不留一法，泯一切相而不拒诸相。如是慧者，名为正慧，以全体即智，妙用流行，智、慧分别，见《明宗》章。识虽现起而不为患。盖有取则妄，离取则真；所缘既遣，能缘亦空；能缘空故，空相亦空；境相不生，洒落自在。斯名意识化，亦名意识解脱也。

识起缘境，作用繁复。但以疾转之势，摄多念于一念，浑沦锐往，莫测其几。略说五心，粗征厥状。

五心者，初率尔心，次寻求心，三决定心，四染净心，五等流心。率尔心者，初堕于境，故名率尔，识初接境，名之为堕。此唯一刹那顷。次刹那即起寻求故。寻求心者，率尔初缘，未知何境，为了知故，次起寻求，欲与念俱。欲者，希望；希望于境得决定故。念者，记忆；忆念曾经，比度现境。犹复难知，寻求更起，故寻求心，经通多念。通多念者，前念是一寻求心，后念似前心而起，却另是一寻求心也，非谓多念总是前心。次起决定，印解境故。决定心，次寻求而起。染净心者，决定既已，了知境界差别，或生乐受，或生苦受，是成染净。乐受，无嗔即净；苦受，起嗔便染。等流心者，成染净已，次念似前而起，故名等流。等流者，谓相似而流。即此等流，容多念起。多念起义，见寻求注。容者不定，盖有次念不起等流而另有创缘者，故置容言。

---

① 崇文书局《新唯识论（批评本）》此处"外缘者，缘外境界或筹度一切义理故。"用大字而不用小字，现改为小字排版，因其为前文中"外缘"做注。此种修订不少，不一一说明。

② 此处原不分段，现予分段，以便读者集中察识"返缘"的作用。

上述五心，试以例明。如闻"诸行无常"四声。四字各为一声。意、耳二识，于"诸"声至而适创缘，是名率尔。率尔心已，必有寻求，续初心起。寻求未了，数数寻求，未决定知"诸"所目故。不如"诸"字所指目者为何。缘"诸"字至寻求已，忽"行"声至。于"行"字上，复起率尔，以及寻求，爰至决定。决定知"诸"目一切"行"故。当缘"行"字时，"诸"字已灭，然有熏习连带解生。熏习者，习气之异语。缘"诸"字的心虽灭，而有余势续起不绝，是名习气或熏习。故后心因前心缘"诸"字的熏习与现所缘"行"字连带而得生解。缘"行"字至决定已，忽"无"声至。于"无"字上，更起率尔，亦起寻求，寻求"诸行"所"无"为何。为言无我，为言无常？虽缘"无"字时，"诸"字、"行"字并灭，而有熏习连带，复如前说。缘"无"字至寻求已，忽"常"声至。于"常"字上，复起率尔、寻求、决定，乃至等流。创起缘"常"，是为率尔。方在缘"常"，其前"诸"字、"行"字、"无"字，虽复并灭，以皆有熏习故，逮此缘"常"心起，由忆念力，即过去多字熏习，多字，谓"诸""行""无"等字。连带现在字，现缘"常"字，为现在字。于一刹那，集聚显现。故率尔后，即起寻求，诸行所无，果为无其常耶？旋起决定，印是无常。决定起已，染净、等流，方以次转。是故缘"常"字时，五心完具。即所缘四声，从"诸"至"常"，经历多念，事绪究竟，总成一念。前所谓摄多念于一念者，事实如此。夫始自缘"诸"，终至缘"常"，率尔等心，于一一字上，新新而起。其所历刹那之多，若纪以干支，奚止历亿、兆、京、垓年岁？然心以疾转神速，长劫摄入一念。即在工绘事者，以万里悠长缩为方寸之图，可谓摄极长于极短，而犹不足以喻此心之妙也。

　　或疑心力冲进，于一一字不待析观。例如读文，实非字字而拟之，只任浑沦一气读去，便自成诵无讹。不知读出诸口，实根于心。声气之发若机括，似未字字经心，实则尔时意、眼二识，于所缘文字，必一一字经率尔等心，等者，谓寻求、决定乃至等流。他仿此。多念缘虑，绝无有一字可以疏略而得之者。但识转时，势用迅疾，不可思议。又因熏习与后念所缘连带，集聚起解，虽作用复杂，而行所无事，故若不曾字字经心也。斯已

164

奇耳。

或复难言："审如此说，不亦专以动言心欤？"曰：此中假诠动相，理实此心即动即静，即发即敛，即变即常，即行即止。行而不驰此心流行，当下全真，而无杂妄纷驰。故止，变而有则故常，发而不散不散漫也。故敛，动而不乱故静。夫唯滞于名言，则疑动而无静；若使会其玄极，斯悟静非屏动。

上来所说，心要略尽。此中"心"字，不作心、意、识三种分别，而但浑沦言之。意识、感识，亦均名心。他处皆准知。然言心而不及心所，则犹未究其变也。

夫心所法者，本旧师所已成。见前。"所"之为言，心所，亦省云"所"①。非即是心。而"心"所②有，心所法者，不即是心，而是心上所有之法。系属心故，恒时系属于心而不相离。得"心所"③名。此叙法者，不即是心，而是心上所有之法。系属心故，恒时系属于心而不相离。得心所名。此叙得名之由。唯所于心，助成、相应，具斯二义，势用殊胜。云何助成？心不孤起，必得所助，方成事故。成事者，谓心现起，了别境相。如事成就，此必待所为之助也。旧说心所亦名助伴者，以此。云何相应？所依心起，叶合如一，俱缘一境故。然所与心，行相有别。行相者，心、心所于境起解之相。《三十论》言："心于所缘，唯取总相。心所于彼，所缘。亦取别相。"置亦言者，伏取总故。《瑜伽》等论，为说皆同。唯取总者，如缘青时，即唯了青，青即总相。不于青上更起差别解故。差别解者，即下所谓顺违等相是也。亦取别者，不唯了

---

① 此处原为"心所亦省云所"，容易忽略过去或为文字纠缠而费时费解，今加两个标点符号为："心所，亦省云'所'。"翻译为现代汉语即是："心所，也略写为'所'字。"《新唯识论》中有些费解处，略作处理。这种修订在此版本中也多，不一一说明。

② 此处的"所"，非前面省略的那个"所"的意思，而是"所有"的意思。故而，将前一字"心"加引号，以便理解。

③ 此处的"所"，与前一字"心"，合而为"心所"一词。故将这两个字连在一起加上引号。但文中"所"字甚多，如果全部用符号加以区别，不仅繁多，容易出乱；而且稍一不慎，便容易错误，或将反增读者误解。故不一一加符号区别，只是提醒读者在这些容易混同的字上多加体证，渐入佳境。如果辨识精微，则不仅对理解全文大有裨益，且容易提高审慎、辨别等能力，增加智慧。

青，而于青上更着顺、违等相故。如了青时，有可意相生，名之为顺。有不可意相生，是之谓违。此顺违相，即受心所之相也。顺即乐受，违即苦受故。等者，谓其他心所。如了青时，或生爱染相，即是贪心所之相也。或生警觉相，即是作意心所之相也。或生希求相，即是欲心所之相也。自余心所，皆应准知。旧说心唯取总，如画师作模，所取总别，犹弟子于模填彩，如缘青时，心则唯了青的总相，是为模。而心所则于了青的总相上更着顺违等相，便是于模填彩。可谓能近取譬已。

然二法，心及心所。根本区别云何？此在旧师，未尝是究。虽云种别，彼言心及心所，各有自种。种义齐故。如彼所计，心有自种，心所亦有自种，种虽不共，而种义自相齐，即无根本区别可得。矧复析心至种，如析色至微，是谓戏论，如前破讫。据实言之，心既即性，义亦详前，性者体义。心即本体。前已说故。故知此心发用壹本固有，感通莫匪天明。若心所者，则乃习气现行，现者，显现；行者，流行。斯属后起人伪。心所即是习气。而习气者，则形生神发而后有，故云后起。人伪者，以此习气为吾人有生以来一切经验之所积累，本非天性固有，唯是一团幻妄势力，① 厚结而不散失，故言人伪。覆征前例：了青总相，不取顺违，纯白不杂，故是天明。虽复了青而更着顺违等相，串习所成故，足征人伪。据实而谈，心乃即性，所唯是习，根本区别，斠然若兹。心即性故，隐而唯微。人之生也，形气限之，其天性常难表现，故曰隐而微。所即习故，粗而乘势。习与形气俱始，故粗显。习成为机括，故云乘势。心得所助而同行有力，心本微也，得所助同行而微者显矣。所应其心而毋或夺主，心本是主，所本是伴，但伴易夺主，不可不慎也。则心固即性而所亦莫非性也。反是而一任染数纵横，以役于形，溺于物，染数者，即诸烦恼心所，详见下章。数者，心所之别名。心所头数多故，亦以数名，而心乃受其障蔽而不得显发，是即习之伐其性也。习伐其性，即心不可见而唯以心所为心，所谓妄心者此也。妄心，亦云妄识。

---

① 编者在这方面与熊十力观念不同。"后起"者不能都视为"幻妄势力"。就如不经繁华，如何返朴。经过繁华之后而返"本性"，虽与原初"本性"同为"本性"，实际上是返璞归真，已是不同。就个人而言，此"本性"已非当初"本性"所能比。当然，如果放在最根本处看，则后返的"本性""心"，等同于原初的"本性""心"。此须分层辨析。编者原不拟在此书中辨析这些，此处偶然提到，希望为读者提供一种思路。

夫习气千条万绪，储积而不散，繁赜而不乱。其现起，则名之心所；其潜藏，亦可谓之种子。旧以种子为功能之异名，吾所弗许。详《功能》章。然习气潜伏而为吾人所恒不自觉者，则亦不妨假说为种子也。即此无量种子各有恒性，不遇对治即不断绝，故有恒性。各有缘用，缘者，思量义。种子就是个有思量的东西，不同无思虑的物质，但思量的相貌极微细耳。又各以气类相从，如染净异类故。以功用相需，而形成许多不同之联系。即此许多不同之联系更相互依持，自不期而具有统一之形式。既具有统一之形式，便知是全体的。古大乘师所谓赖耶、末那，或即缘此假立。小乘有所谓细识者，细者，深细。亦与此相当。今心理学有所谓下意识者，傥亦略窥种子之深渊而遂以云尔耶。习气潜伏，是名种子，及其现起，便为心所。潜之与现，只分位殊，无能所异。旧说心所从种子生，即是潜伏之种子为能生因，而现起之心所为所生果。因果二法条然别异，如谷粒生禾。真倒见也。故知种子非无缘虑，但行相暧昧耳。前所谓各有缘用者是也。旧说种子为赖耶相分即无缘虑，必其所生识方有缘虑，此大谬误。然欲明其谬误之故，则非取其学说之全系统而论列之不可。此不暇详。然种子现起而为心所之部分，与其未现起而仍潜伏为种之部分，只有隐显之殊，自无层级之隔。或计种子潜伏，宜若与彼现起为心所者，当有上下层级之分，此甚误也。无量习心行相，此云习心者，习气之代语。恒自平铺，一切行相互无隔碍，故云平铺。其现起之部分，心所。则因实际生活需要与偏于或种趋向之故，而此部分特别增盛，与识俱转，俱转，谓与意识及感识相应故。自余部分种子。则沉隐而不显发。故非察识精严，罕有能自知其生活内容果为何等也。若染污种子增长，则本心日以梏亡，即生活内容日以枯竭，剥其固有之生理以殉物而终不自觉故也。

明心（下）

上来以习气言心所，但明总相。前云心所即是习气，却只说明心所总相。今当一一彰示别相。

原夫无量种界，势用诡异，习气潜伏，即名为种；已如前说。种无量故，名无量界。诡者谲怪。异者殊异。诸种势用至不齐故，说为诡异。隐现倏忽，其变多

167

端。每一念心起，俱时必有多数种之同一联系者从潜伏中倏尔现起，而与心相应，以显发其种种势用。同一联系云者，以诸种元有许多不同的联系故，见上章。种种势用者，以不一故云种种。即依如是种种势用，析其名状，说为一一心所法。诸数别相，数者，心所之异名。后准知。旧师护法略析五十一法，盖亦承用大乘古说，取其足为观行之引导而止。"观行"二字，为佛家方法论中名词。行者，进修，略当宋明儒所谓功夫之意。观者，反躬察识。观即行故，名以观行。然颇病繁复，今仍其旧名，而稍事省并为若干数，理董之如次。吾人理会这五十一心所时，须把他当作自家生活的内容的描写，反观愈力，愈觉真切。若徒从文字上粗率了解过去，便不觉得有意义。或问："心所之六分法，若以今日心理学的眼光衡之，果有当否?"余曰：此中大体是描写生活的内容，虽对于心理学多所贡献，却不是讲心理学。须辨之。

诸数，旧汇以六分，元名六位。今约为四：性通善染，恒与心俱，曰遍行数。性通善染者，此中性字，乃德性之性，非体性之性。此中染者，即恶之代语。旧说于善恶外更有无记，以非善非恶名无记故。此说非理。诸心数法，其性非善即恶，非恶即善，无有善恶两非者。此义当别论。遍行数者，其性有善有染，故置通言。若与善数俱起者，必是善性。若与染数俱起者，必是染性。恒与心俱者，恒与意识、感识相应故。未有识起时而无此六数相应者，故名遍行。性通善染，缘别别境而得起故，曰别境数。善染准上。所缘义境多不同故，曰别别境。既是缘别境方起，故非恒与心俱。性唯是染，违碍善数，令不并起，曰染数。性唯是善，对治染法，能令伏断，曰善数。善数对治诸染，能令染法伏而不起，以至断灭。如是四分，以次略述。旧本六分，今以不定并入别境。以烦恼、随烦恼并合名染。故只四分。

【附识】

本章谈心所法，虽其名目种类大体沿用旧说，然解释不必尽符。但为文字简省计，凡删改旧义处，多不及叙明。异时当别出语录，以资参考。

遍行数，旧说唯五，今并入别境中欲，即为六数：曰触、作意、受、欲、想、思。

触数者，于境趣逐故，故名为触。趣者，趣取。逐者，追求。境义有二：一尘境，如感识所取色等境是；二义境，如意识独起思构时，即以所缘义理名境故。如眼识方取青等境，感识亦得分言之而云眼识、耳识乃至身识，详上章。同时即有追求于境之势用与识俱起故。乃至意识独行思构时，亦有相应势用奔取所缘故。意识思量义理时，却有一种势用对于所缘义境，而专趣奔逐以赴之者。如是趣逐势用，是名触数，而非即心。这个趣逐的势用，正是习气现起而与心相应者，故名触数。元非即是心。心者任运而转。心者，识之异名。任运者，任自然而动，非有所为作也。转者，起义。心数则有为作，心数，即是习气现起而与心相挟附以俱行者。其起也如机括，而心亦资之以为工具，故心数必有为作。如此中触数，依趣逐势用得名，趣逐便是一种为作。此其大较也。首叙触数，便将心数与心大端异处揭明。后述诸数，即可准知。

作意数者，警觉于心及余数故，故名作意。余数者，作意以外之诸心数而与作意同起者。心于所缘任运转故，元无筹度。由作意力与心同行而警于心，令增明故。心既受警，则虽无筹度而于所缘亦必增其明了故。又于余数同转者，转义见前。警令有力，同助成心，了所缘故。如远见汽车，预知避路，即由作意警觉念数，忆念此物曾伤人故。又如缘虑或种义理时，设有待推求伺察而后得者，而作意力即于寻、伺二数特别警觉。盖推求伺察之际，恒有作动兴奋之感相伴，此即作意是也。夫心数者，虽动如机括，而由作意力故，得有自由。如惑炽时，瞿然警觉，明解即生。经云"如理作意"，正谓此耳。故此心毕竟染污不得者，赖有作意也。提醒之功，依作意故。

受数者，于境领纳顺违相故，故名为受。领顺益相，即是乐受。领违损相，即是苦受。顺益相，即是可意相。违损相，即是不可意相。旧虽辨其浅深，要亦强解耳。旧说于苦乐二受外，更立舍受，谓于境取俱非相故。舍受者，非苦非乐故。俱非者，非顺非违故。此不应理。夫所谓非顺非违者，实即顺相降至低度，取顺较久，便不觉顺。然既无违相，即当名顺，不得说为俱非。故彼舍受，义非能立。

欲数者，于所乐境怀希望故，故说为欲。所乐云云，旧有三义：一于可欣事，欲见欲闻欲觉欲知，故有希望。此说于可厌事即无欲故。二随境欣厌，而起希求。于可欣事上，未得希合，已得愿不离；于可厌事上，未得希不合，已得愿离。故皆有欲。三于一切事，欲观察者便有欲生，若不欲观，随因境势任运缘者，即全无欲。综上三义，第一第三欲皆不遍，据第二义则随缘何境，皆有欲生。然第二义为正，陈义广故，故应说欲为遍行。旧说于中容境，一向无欲，故非遍行。此不应理。彼云中容境者，谓非欣非厌故，彼立舍受，故有此境。不知单就境言，无所谓可欣可厌。受领于境，欣厌乃生。领欣境久，欣相渐低，疑于非欣。然既无厌，仍属可欣，不得说为俱非。彼云中容，即是欣厌俱非之境。夫领欣境久，则欣相低微而欲归平淡，要非全无欲者，故不应说欲非遍行。或复有难："人情于可厌事经历长时，求离不得，其希望以渐减而之于绝。由此言之，欲亦非遍。"不知历可厌事，欲离不得，如是久之，则求离之欲渐即消沮，终不全无。且其欲必别有所寄。人心一念中固不必止缘唯一事境。如郑子尹避难农家，与牛同厩而居，读书甚乐。现前牛粪为可厌境，求离不得，毋复望离。然同时读书，别有义理之境为其欲之所寄，非一切无希望也。人生与希望长俱，若有一息，①绝望则不生矣。故欲非遍，义不容成。旧说欲为勤之所依，此中不复及之者，因此应辨欲之种类。今只略明欲相属遍行，不及详也。

想数者，于境取像故，施设种种名言故，故名为想。云何取像？想极明利，能于境取分齐相故，如计此是青非非青等。云何施设名言？由取分齐相故，得起种种名言。若不取分齐相，即于境无分别，名言亦不得起。想形于内，必依声气之动以达于外，故想者实即未出诸口之名言。《广五蕴论》说："云何想？谓能增胜取诸境相。增胜取者，谓胜力能取，如大力者说名胜力。"详此，即以想能取境之分齐相故，故称胜力。

思数者，令心造作故，役心于善恶故，故名为思。云何令心造作？心者任运而转，妙于应感，而无造作之迹。由思造作力胜，牵引其心令相随顺故。心只是受了思的势力的牵引而不得自主，随顺着思，听他去造作，因此说思是能令心同他一起来造作的。云何役心于善恶？心者，纯净而无染，故亦不以善名。善之名，待染而立，既无染则亦不名乎善。由善性思力驱役心故，心亦资彼造作而显其净，遂共成乎善矣。资者，藉义。彼者，善思。善思与心气类相似故，心得藉之以显发其净。由染性思力驱役心故，心亦听彼造作，而不得显其净，

---

① 此处原无逗号，肯定是有问题的，今加之。

遂共成乎恶矣。听者，听从。彼者，染思。染思与心气类异故，故心受其驱役，即不得自显。如主制于仆，而任仆之所为，即是共成乎恶。**故说思能驱役其心以循乎善恶之辙也。**此中思者，造作义，非思维义。宜辨之。

如上六数，恒与心俱，参考前注。**故名遍行。**叙此六数，触先作意者，趣逐势用特胜，故先说也。然此六既曰遍行，则非次第起，斯不可不知也。又若以此六配属于心理学上之知、情、意，则想属知的方面，受属情的方面，触、作意、欲、思，乃皆属意的方面。至于别境等数，亦均可依知、情、意三方面分属之。然曾见人作一文，谓触数即感觉，想数即意象或概念者，此则未尽符。容当别论。

别境数，旧说唯五，今有移并，定为六法。曰：慧、寻、伺、疑、解，具云胜解。**念。**移欲入遍行，移定入善，而并入不定中寻伺二数及本惑中疑数云。

慧数者，于所观境有简择故，故名为慧。慧者，由分别境事故起，境事，犹云事物。**然必与想俱，**想属遍行，故慧起则必与想俱。**以于境取分齐相故。**若不取分齐相者，即不能作共相观，简择如何得起？**亦必俱寻伺，以于境浅深推度故。**浅推度，名寻。深推度，名伺。后详。**由推度已，方得决定。如决定知声是无常，**乍缘声境，未知是常无常，必起推度。瓶等所作，皆是无常；虚空非所作，而唯是常。于是决知声亦所作，故是无常。爰自推度，迄于决定，总名简择。故一念心中，简择完成，实资比量之术，但在心则不须排列三支法式耳。此云一念者，实摄多念而云一念。简择初起与心相应，只是推度。又必经若干念续起推度，始得决定。及至决定，方号完成，乃依完成而总前后以名一念。比量，详因明。然以其术操之至熟，故日常缘境，常若当机立决不由比度者，而实乃不尔。又慧唯分别境事，故恃慧者恒执物而迷失其固有之智，即无由证知真理。"真理"一词就常途言，凡研穷事物而得其公则、定律等等与夫适于吾人应用者，皆云真理。但此言真理，则涵义特殊，盖隐目实体之词。**若能反求诸自性智而勿失之，**此云自性智者，与《明宗》章言自性觉义同。**则贞明遍照，不由拟议。虽复顺俗差别，而封畛不存；称性玄同，而万物咸序。此真智之境，非小慧之所行矣。**此义当于《量论》详之。

慧非遍行，何耶？旧说愚昧心中无有简择，慧虽乖智，然明理辨物足以利用，故慧之发展甚难。如世凶顽者即缺乏简择力，今人贪残卑贱，安其危，利其

171

菑，乐其所以亡者，皆如微虫小兽，无简择故。**故慧非遍行也。**

寻数者，慧之分故，寻数，即就慧初位浅推度相，检出别说，故云慧之分。**于意言境粗转故，故说为寻。**意言境者，意即意识，意能起言故名意言。意所取境名意言境。粗转者，浅推度，故云。

伺数者，亦慧之分故，准寻可知。**于意言境细转故，故说为伺。**细转者，深推度，故云。

寻、伺通相，唯是推度。推度必由浅入深。浅者，粗具全体计划，犹如作模。深者，于全体计划中又复探赜索隐，亲切有味，如依模填彩，令媚好出。盖后念慧续前念慧而起。历位异故，浅深遂分。浅推度位，目之为寻。深推度位，名之以伺。世俗以为推度之用，先观于分，后综其全，此未审也。实则慧数与心相应取境，才起推度，即具全体计划。然推度创起，此全计划固在模糊与变动之中，实有渐趋分畛之势。分畛者，谓作部分的详察。**及夫继续前展，则分畛以渐而至明确。即全计划亦由分畛明确而始得决定。**继续前展者，非前念不灭而守其故常以前展也，乃前念慧灭，后念慧即继前而起，相续不断而前展故。**然当求详于分畛之际，固仍不离于全计划。唯因全计划待分畛明确而后可定，故疑于先观其分，后综其全耳。又乃由寻入伺，从浅之深，即由全计划降为分畛伺察时，则慧之为用益以猛利，常资触势令心匆遽，如猎人之有所追逐者然。**常资触势者，触谓触数，寻伺亦资长触之势故。**旧说寻、伺能令身心不安住者，亦有以也。**

寻、伺并依慧立，故非遍行。慧非遍行，前已说故。

疑数者，于境犹豫故，故说为疑。旧说以疑属本惑之一，本惑，后详。此亦稍过。夫疑者，善用之则悟之几也，不善用之则愚之始也。理道无穷，行而不著，习焉不察，则不知其无穷也。行习者，举凡五官所接触，身心所服膺者，皆是所行所习，而无从条举者也。著者知之明，察者识之精，此本《孟子》书。然著察之用，往往资疑以导其先。盖必于其所常行、所串习者，初时漫不加意，冥冥然遇事不求解，即不著不察故。又或狃于传说，以传说为据而不务实事求是，亦是不著不察。安于浅见，浅见者，谓不能博求之以会其通，不能深体之以造其微，故是不著不察。故于所行所习之当然与所以然者，未尝明知而精识也。忽焉而疑虑于其所行所习之为何？向所不经意者，至此盛费筹度；疑问起时，必作种种筹度。向所信之传说，至此根本摇动；向所执之浅见，至此顿觉一无所知。于是自视欿（kǎn）然，思求其故；疑端既起，欲罢不能。思虑以浚而日通，结滞将涣而自释，然后群疑可亡，著察可期矣。故曰：善疑则悟之机也！夫疑之可贵者，谓可由此而启悟耳。若徒以怀疑为能事，一切不肯审决，则终自绝于真理之门。须知疑虑滋多，百端推度，只增迷惘。而穷理所困，即事求征则难以语上，上者，谓理之极至。若以物质宇宙中有限的经验求之，则不相应也。刻意游玄则虑将蹈空。但使知此过患，勿轻置断。疑情既久，思力转精，不陷葛藤，则胶执自化。真理元自昭著，患不能虚怀体之耳。"虚怀"二字吃紧。情识上许多僻执懂扰都廓落得净，方是虚怀。若怀疑太过者，便时时有一碍膺之物，触途成滞，何由得入正理？周子曰："明不至则疑生，明无疑也。谓能疑为能明，何啻千里！"此为过疑者言，则诚为良药。故曰：不善疑则愚之始也。夫疑虽有其太过，而人生日用，不必念念生疑，故疑非遍行摄。疑之过者，可说为惑，然善疑亦所以启悟。旧说疑属本惑，亦所未安，故今以疑入别境。别境通善染故。

胜解数者，于决定境深印持故，印者，印可。持者，执持。不可引转故，故名胜解。由胜解数相应心故，言胜解相应于心而取境。于所缘境审择决定，遂起印持：此事如是，非不如是。虽云于决定境才有印持，然印持与决定却是同时。即此正印持顷，更有异缘不能引转令此念中别生疑惑。异缘不可引转云云，系约当念说，非约前后念相望而言。尽有前念于境审决而印持之，于此念顷固是异缘不可引转，及至后念乃忽觉前非，而更起审决印持之矣。故胜解者，唯于决定境乃得有此。决定境者，从能量而名决定，不唯现、比量所得是决定境，即非量所得亦名决定境。如见绳谓蛇，此乃似现即非量所得之境。此境本不称实，然尔时能量方面确于境决定为蛇。非于境不审决故，非有疑故，故此境应从能量而名决定。又如由浊流而比知上流雨，实则浊流亦有他因，上流未尝有雨。是所谓雨者，乃似比即非量所得之境，元不称实。但尔时能量方面确于境决定为雨，非于境不审决故，非有疑故，故此境亦从能量而名决定。犹预心中，全无解起；疑心起时，便全无胜解与俱也。非审决心，胜解亦无。非审决心者，谓心于境不起审决，故名。此心亦即非量。世言非量，或唯举似现、似比。实则似现比者，非于境不起量度。但不称实，乃

173

云非量耳。更有纯为非量者，即散心于泛所缘，实不曾量度者，即此所名非审决心。以故，胜解非遍行摄。

念数者，于曾习境令心明记不忘故，故名为念。念资于前念想，想者，想数。见前。由想相应于心而于境取像故，虽复当念迁灭，而有习气潜伏等流。等流者，等言相似，想之余势，名为习气。这个习气的本身元是刹那生灭，以其前后相似而相续流转，故说名等流。即所缘境像赖想习故，方得潜存，想既于境取像，而想虽灭已，尚有习气残留，则境像亦赖想的习气而潜存也。今时忆念，遂乃再现。若非想习潜存者，则过去已灭之境像何能再现于忆念中耶？然念起亦由警觉力，警觉者，作意数。见前。于所曾更警令不失故，故有忆持。由念能忆曾更，故能数往知来而无蒙昧之患也。若无忆念，则不能据已知以推其所未知，人生直是蒙蒙昧昧焉耳。

念何故非遍行耶？于非曾更事不起念故；又虽曾更而不能明记者，即念不生；故念非遍行摄。或有难言："若于曾更不明记时，但于曾更某事忘失，说名无念，而此时心非无余念。余者，犹言其他。如我忆念旧读《汉书》，苦不得忆，此于《汉书》名为失念，然此时心于现前几席等等任运了知，不起异觉，即由几席等等曾所更故。今此任运生念，故不觉其异也，是于曾更虽有不忆，如于《汉书》。而此时心仍非无念。"如于几席等等。详此所难，实由不了念义，故乃妄相责诘。须知念者本依明记得名，于曾更事警令不失，遂有念起，分明记忆。即此明记，非任运生，必由警觉特别与力，始得分明记取故。与力，犹言助力。汝所云任运生念者，实非是念，乃过去想习适应日常生活需要之部分。想习见上。任运潜行，不俱意识同取境故。任运者，因任自然而起，不由警觉故。潜行者，以此想习尚属潜伏的部分故。虽云于现前几席等等任运了知，然既云任运，则无计度分别可知，而所谓了知，亦甚暧昧。前章说习气潜伏即名种子，而现起方名心所。此等想习亦属种子状态，或亦可说为种子的半现，要不得说为心所也。大抵吾人日常生活中，其应境多由种子潜伏的力用，即所谓不自觉的力用。此等力用，本不与明了的意识相俱取境，故不名心所也。此与明记截然异相，何可并为一谈？故汝所云于几席等等任运了知者，此犹属种相。言是种子相也，过去想的习气潜行，名为种故。必忆《汉书》而果得分明记取者，方是念故。然则方忆《汉书》不得，即此心中实无有念。此

174

言心者，即克指明了的意识而言。故念非遍行，彰彰明矣。

如上六法，缘别别境而得起故，故名别境。

染数，旧分根本烦恼、随烦恼。《述记》一云：烦是扰义，恼是乱义。扰乱心故，故名烦恼。随烦恼者，依根本烦恼起故，故名随。亦云本惑、随惑。一切烦恼数，通名为惑。此处正须反勘。庄生有言："人之生也，固若是芒乎？"芒，亦惑也。伏曼容释《易》之"蛊"曰："万事起于惑。"皆深观有得之言。今并为一类，而名染数。旧分本、随为二位，即是二类。实欠精检，故并之。

本惑，旧说有六法。今以疑入别境，存其五法。曰：贪、嗔、痴、慢、恶见。

贪数者，于境起爱故，深染着故。深染着于境也。故名为贪。贪相不可胜穷。随在发现，故难穷也。略谈其要，别以八种：

一、曰自体贪。此言自体者，相当于身的意义。谓于自体亲昵藏护故。此贪极难形容，强状其情曰亲昵藏护。人情唯于自体亲昵至极，无可自解。亦唯于自体藏护周密，莫肯稍疏。不独人也，下等动物于兹尤甚。吾昔在北京万寿山园中见大树上有长约二寸许之厚皮，移动甚疾。余猝尔惊曰：树皮既脱，胡能附树以走而不坠耶？徐取观之，明明一粗块之树皮，及剖视之，则其中固一虫也。此虫不知何名，乃深叹此虫于自体亲昵藏护之切也。此等事，生物学上所发见不少。

二、后有贪。谓求续生不断故。此从自体贪中别出言之。或有问曰："世人持断见者，自知死后即便断灭，宜若无后有贪可言。"曰：不，不。爱力非断见可移。爱润生故，故有生。人之有生，由爱力滋润之故生。《楞严》谈此义极精透。如汝明知当来断灭而犹厚爱其生，则爱力非断见所移，审矣。汝后有贪不随断见亡故，故汝昨日之生已逝，今日之生已有，今日之生方尽，明日之生方有。故后有贪为有生类所与生俱有者，何足疑耶？

三、嗣续贪。谓求传种不绝故。自植物至人类，随在可征。

四、男女贪。谓乐着淫欲故。征之小说、诗歌，几无往而不表现男女之欲。忧国情深，亦托美人芳草。即寄怀世外，犹复侈言仙女。

五、资具贪。谓乐着一切资具故。凡日用饮食、田宅、财货、仆隶、党与、权势、名誉，乃至一切便利己私事，通称资具。人类之资具贪，亦从兽性传来，每见禽兽巢穴多集聚刍粮等资具。

175

六、贪贪。谓若所贪未及得者，贪心自现境相而贪故。如好色者，心中或悬想一美人。

七、盖贪。谓于前所乐受事已过去者，犹生恋着，即有盖藏义故。盖藏者，言其不肯放舍故。

八、见贪。谓于所知所见，虽浅陋邪谬，亦乐着不故舍。见贪重者，便难与语。

如上八种贪相略明。《大论》五十五说有十贪，但列名目而无解说。《缘起经》说有四种爱，以明贪相。今并有采撮，说为八种。学者以是而反验身心间，毋自蔽焉可也。

嗔数者，于诸有情起憎恚（huì）故，故名为嗔。《伦记》五十九说，嗔略有三：

一、有情嗔。于有情而起嗔故。有情者，众生皆有情识故名。注见前。有情嗔者，以于有情起嗔故名。

二、境界嗔。于不可意境即生嗔故。

三、见嗔。于他见生嗔故。

有情嗔者，由有我见故，有人见生。人见与我见同时生。由有人见故，有嗔生，嗔与上二见同时生。嗔相无量，略分粗细。粗者因利害毁誉等等引发，其相粗动，或转为忿等故。细者其相深微，虽无利害毁誉等等引发，亦常有与人落落难合意故。吾国士人托于清高，以孤傲为美德，不知正出于嗔惑。尼父曰："吾非斯人之徒与而谁与。"此等气象便已截断嗔种也。后儒唯濂溪洒脱得开。夫群生怀嗔而好杀。世间历史，大抵为相斫书。前世小说、诗歌，亦多以雄武敢斗为上德，皆嗔之著也。或曰："嗔为后起，固也。征以达尔文生存竞争之论，则嗔者当亦出于生存之需，而不必訾之以惑欤。"余曰：互助论者所发见之事实，明与达氏反。伊川释《易》之"比"，亦云万物莫不相比助而后得生。其言皆有证验。故知生存所需者，乃比助而非竞争。然则谓嗔非惑而为应于生存之需，可乎？

境界嗔者，亦有情嗔之变态。由于有情怀嗔故，境界随之而转。遂觉丘陵坎窞（dàn）并是险巇，暑雨祈寒俱成嗟怨。怼人则器物皆罪，伐国则宫室为潴。忮心每及于飘瓦，诛锄亦逮于草木。此皆有情嗔盛，故无涉而非乖戾之境也。

见嗔者，复于有情嗔中别出言之。此与前贪数中所举见贪实相因。夫唯贪着己见，故不能容纳他见，遂乃恶直而丑正，是丹而非素。从来朋党之祸、门户之争，皆由此起。凡人不能舍其见贪、见嗔，故一任己见以为是非，可说为感情的逻辑。而不暇求理道之真。此物论之所以难齐也。

嗔相略如上说。《识论》盖言：嗔必令身心热恼，起诸恶业。

痴数者，于诸理事迷暗故，故说为痴。旧分迷理、迷事，今此不取。迷事亦只是不明那事的理而已，非可于迷理外别说个迷事也。故此言理事者，取复词便称。实只一个理字的意义。然理赅真俗。俗谛中，理假施设故，有诸异执；真谛中，理一道齐平，唯证相应。迷者，于俗妄计，于真不求证故。

夫痴相无量，或总名之，或专言之。总名之者，一切染法皆属痴故。全部染数，通名为惑。惑，亦痴之异名。专言之者，贪等染数起时，必有迷暗势用与之同转，即此势用，说为痴故。人之生也，无端而有一团迷暗与生俱来。"无端"二字注意。这个元不是本性上固有的，只是此生时便有这迷暗与生相俱。相俱云者，只是俱有，无先后故。触处设问，总归无答。反问诸己，生于何来，死于何往，莫能解答。即在宗教哲学多有作答者，然彼一答案，此一答案，已难刊定。矧复任取一家答案，寻其究竟，终于无答。远观诸物，疑问万端。随举一案，问此云何，即有科学家以分子、原子乃至电子种种作答，复问电子何因而有，仍归无答。更有哲学家出而作答者，终亦等于不答，又无待言。以此类推，何在不如是耶？而仍不已于问，不已于答。岂知俗谛问答都是假名，胜义谛中问答泊尔俱寂。岂知二字，一气贯至此读之。胜义谛者，真谛之代语，真谛义胜故名。若使循俗假诠，问答随宜如量，固亦无过。如量者，称境而知，名如量故。盖在俗谛，本假设一切境事为有而推求其理。故得其理者，即为称境而知，谓之如量。然所谓如量，亦假定如是而已。寻其究竟，便非真解，故以随宜言之。尔乃任情作解，逞臆卜度，既已非量，而不知虚中以契理。此不如量，即迷俗谛理者。矧复于答问不行之境，此谓真谛。犹且嚣嚣驰问，昏昏恣答。如渴鹿趁焰，演若迷头；遗贫子之衣珠，攫空潭之月影；迷真谛理者譬于是。此非至愚而何？总结迷俗、迷真。至若颠倒冥行，冥者，昏也；亦颠倒义，是复词故。无知故作。故作者，故作恶业也。虽或自为诡释，适乃长迷不反。如今愚夫行亡国灭种之行，又何尝不自己对于自己为诡谲之解释，以为所行亦有理道耶，然而其愚不可救矣！

177

夫痴之异名，是曰无明。无明者，非谓明无，实有此迷暗习气无始传来，若言由明无，故名无明者，则无明但是虚词，而非显有此习也。导诸惑而居首，十二支中，无明居首。负有情以长驱，其势用之猛，虽转岳旋岚恐犹未足喻也。

慢数者，依于我见而高举故，故名为慢。旧说慢有七种，今述其略，而稍易次。改我慢居首故。

一者，私其形躯而计为我，自恃高举，名为我慢。高举，即慢相。须澄心体究。

二者，于劣谓胜，于才智劣于己者，即谓我胜彼。于等谓等，于才智等于己者，即谓我与彼相等。令心高举，总说为慢。设有难言："方劣言胜，方者，比方。方等言等，称量而知，何失名慢？"应答彼言：此慢于境转时非但称量，而实令心高举，不同明鉴照物壹任澄明。以故过重，为锡慢名。

三者，于等谓胜，于才智等于我者，而谓我胜彼。于胜谓等。于才智胜于我者，而谓我与彼相等。妄进一阶，斯名过慢。

四者，于彼胜己，反计己胜，高前过慢，名慢过慢。

五者，于所未证，谓已证得；于少证得，谓已证多。心生高举，名增上慢。

六者，于他多分胜己，谓己少劣；于他无劣，谓我极劣，并名卑慢。虽自知卑劣而犹起慢故，故名卑慢。颇有难言："如于他人多分胜者，我顾自谓少分不及，心有高处，卑慢诚然。若自居极劣，谓他无劣，心无高处，岂成卑慢？"不知彼于胜者之前，反顾己身虽知极劣，其心还复深自尊重，慢相隐微，非是全无，故成卑慢。

七者，己实不德，而顾自谓有德。恃恶高举，名为邪慢。夫慢多者，不敬有德，造诸恶行。咎始于居满，心怀高举，即是满故。其流极于无惭无愧，至不比于人，心高，则无虚怀受善之机，故曰究乎污下。故学者宜先伏慢。

恶见数者，于境颠倒推度故，慧与痴俱故，别境中，慧数与本惑中痴数，相俱而成恶见也。故名恶见。见不正，故名恶。恶见相状复杂，不可究诘，抉其重者，略谈三见。曰：我见，边见，邪见。

我见者，一云身见，梵言萨迦耶。由不了自性故，自性见《明宗》章。

私其形躯，而计我、我所，是名我见。言我见者，亦摄我所。由计我故，同时即计我所。云何我所？我所有法，名我所故。如于形躯计为自我，同时亦计为我所，云是我之身故。若身外诸法，则但计为我所，如妻子、田宅、财货、权位、名誉乃至一切为我所有者，皆是我所故。故有我见，即有我所。此是自私根源，万恶都由此起。或有问云："心理学家言自我观念，大概以为意识作用间统一之形式。古时外道亦立神我，然则计我者不必是计形躯为我也。"余曰：心理学家以心作用间统一之形式说明自我观念，实无所谓计我之见。但谓心作用非零散的，非分裂的，而为人格的已耳。此固别是一义，不须牵入此间相比较。至外道言神我者，此由意识虚妄分别而构画一个神我以为形躯之主宰，即所谓分别我执是也。今此所云计形躯为我者，此相极深细。盖人心隐微中念念执形躯为自我，无有一息而舍此执者，是乃与生俱生而不自觉其如是者。此所谓俱生我执。不独在人为然，动物亦执形躯为自体，即是我执。植物亦拘其自体，而隐有此我见，但甚暧昧耳。大抵有生之类限于形气而昧其本来，不了自性上元无物我种种差别，乃计其形躯为独立的自体而执之为我，其实非我，特妄计耳。犹如病目见空中华，空实无华，由目病故。

边见者，亦云边执见。执一边故，名边执见。略说有二，曰常边、断边。常边者，由我见增上力故，增上，犹云加上，言常边见之起，亦由我见加上之力。计有现前诸物攀缘不舍，谓当常住，不了诸物元是刹那生灭，曾无实法，但假说为物。变化密移，今已非昔，而迷者视之若旧，计此相续之相，谓是常恒。此则堕常边过。断边者，由我见增上力故，于物怙常不得，转计为断。由见世间风动云飞，山崩川竭，倏乎无迹，根身器界悉从变灭，如经言"劫火洞然，大千俱坏"，遂谓诸法昔有今无，今有后无。此则堕断边过。若悟物本无实，依何云断？故知断见亦缘取物。然常、断二边元是迭堕，又复当知。迭堕者，有时离常即便堕断，有时离断还复堕常故。

邪见者，亦云不正见。略说以二，曰增益见、损减见。

增益见者，于本无事妄构为有。如于色等法上增益瓶等相，眼识所取唯色，乃至身识所取唯坚，本无瓶等，故瓶等相纯是增益于色等之上的。转增益瓶等无常相，只是重重增益。乃至于形躯不如实知故，妄增益我相；不如实知故者，形躯元属幻化，非独立的，非实在的，非有主宰用的，故析色至微，微相复空，便无形躯可得。今于此不能称实而知之，云不如实知妄增益我相者，计形躯为自我，即是无端增益我相于形躯之上也。于自性不返证故，妄增益外在实体相。哲学

179

家谈本体者都是看作离自心而外在的东西。此由不了自性，故向外杜撰一重实体，即是增益也。故增益见幻构宇宙，犹如幻师，谓幻术家。幻现象马种种形物。

损减见者，于本有事妄计为无。治故籍者任情取舍，将于古人确实之纪事不肯置信。故籍诚有可疑者，然亦不可谓全是作伪。如益烈山泽，禹治水，古时当有此事实，而今或不肯信有禹其人者，非损减见而何？生长僻陋者，涉历既狭，闻殊方异物则拟之齐谐志怪。浅见者流，不悟深远，则诋玄言为空诞。大抵凭有限之经验以推测事实，则不得事实之真而自陷于损减见者，此不善学者之通患也。乃若沦溺物欲，不见自性，宇宙人生等同机械，是于自家本分事损减之而不惜，愚益甚矣。

凡增益见，以无为有；凡损减见，以有为无。然增与损，必恒相依，无孤起故。如昔人说地静者，于地上增益静相，同时即于动相为损减故。增益见，无孤起之理，既增妄相必损真相故。然而人生知识无往不是增益妄相，则睹真者其谁耶？或言综事辨物务得其理，即不为增益者，不知约真谛言，则一切事物皆假设故有，元非实在，云何非增益欤？

综上三见，邪见最宽，一切谬解，皆邪见摄。旧于边见、邪见，但列举外道诸计。详在《述记》三十六，亦堪参考。

本惑五数，各分粗细。粗者猛利，动损自他。粗者，发动，必扰乱于心以损自；又必不利于物，即损他也。细者微劣，任运随心，于他无损。随心者，言其受节制于心而不自恣。然粗者必严对治，令不现起；细者恒共遍行，而与心俱，共遍行云云者，与遍行数同行，而与感识、意识相俱以取境也。当严对治，令其伏断，具在善数中。或有说言："贪、嗔、痴、慢、恶见，此五本惑都是保持个体的生命的必需之具。若有生之类果断尽此诸惑者，亦决定不能生活下去了。如贪数中自体贪，这个若全断了，如何能生？其余诸贪，亦可准知。嗔数也是保持个体最需要的。生物没有这个，他如何分化而滋生呢？痴数亦然。植物至人类，都是芒然而生存着。慢数亦尔。他如没有高胜之心，又如何保持自己？下等生物亦有自胜心发见。像吾国人今日对外这般卑贱，不问长短地模仿，愿供鱼肉地屈服，也失掉了生物的通性。恶见又何得全无？他不计我，即失其个体了。不起边见及增益见，又如何进展于实际生活方面。所以，此五本惑，是保持个体的生命的必需之具。经说'八地菩萨犹留惑润生'，可知生必与惑俱。其粗者可令伏断，其细者不可断尽也。"其说如此。此谓众生由惑故生，在世俗谛中则尔，然非胜义谛中所许。吾友马一浮曰："留惑润生之

180

义，至为深隐。"经言："菩萨不住无为，不尽有为。"盖以安住寂泊，则不能繁兴大用，譬如死水不藏蛟龙。然虽回真入俗，而智用精纯，亦如猛火不巢蚊蚋。如《维摩诘》言："示行贪欲，而离诸染着。示持嗔恚，于诸众生无有恚碍。示行愚痴，而以智慧调伏其心。"此为摄受众生故，权现惑相，非实有惑，在《易》谓之"用晦而明"，禅宗谓之"异类中行"，是乃吉凶同患，忧喜在人；虽复寄迹尘劳，而实宅心无上；出淤泥而不染，履虎尾而不咥，岂谓圣心尚余惑种乎？若就众生分上说，则唯其在惑，斯有对治法起。若无烦恼，亦无般若，故一切尘劳是如来种。孔子曰："天下有道，某不与易也。"若能深观惑相，知惑本空，毕竟当断，安得以无明为生命所系而有此保持个体之法耶？孔子曰："人之生也直，罔之生也幸而免。"此生本无惑之说，与生与惑俱之说异。其理甚长，今不具说，亦学者所当知也。

随惑数，旧说有二十法，今省略为十四。曰：忿、恨、恼、害、嫉、覆、悭（qiān）、诳、谄、无惭、无愧、掉举、昏沉、放逸。

忿数者，嗔之分故，嗔相最粗之一分也。于现前不顺益境而愤发故。愤发者，愤怒盛发故。不顺益境者，如他人于己为不饶益事，或他见与己见违反者，皆名不顺益境。愤发极盛者，必有身、语二不善业从中达外，如莫之惩，必损自他。忿动必令自心毒恼，且将祸身，是损自也；又必伤人，是损他也。禽虫爪牙格斗，人群兴师杀伐，皆忿故也。

恨数者，由忿为先，怀恶不舍故，深结怨故，故名为恨。恨亦嗔之一分，有如蛇蝎，又过于忿。

恼数者，忿恨为先，追触暴热，极狠戾故，故名为恼。追触者，于凤所忿恨者，追怀毒怨故。暴热者，谓凶暴之毒，若烈火内煎也。狠戾者，凶毒至极，断尽柔慈故。恼亦嗔之一分，其毒过恨，故全失人性。

害数者，于诸有情损害逼恼，无悲愍故，故名为害。禽兽相吞噬，人猎禽兽而食，又残同类，皆由害故。害多者，恒发而不觉。常与人泛舟明湖，清波荡漾，巨鳞腾跃，美感移人，忽乎丧我。然而俗子于斯，方欲得鱼而烹之，是其害心窃发于俄顷而且不自觉。人性沦亡至是，亦可哀已。害亦嗔之一分，然必与贪痴俱。

嫉数者，徇自名利故，于他妒嫉故，故名为嫉。旧说嫉与喜违，怀嫉妒者，闻见他荣，深结忧戚，恒不安隐，故无喜悦。嫉亦嗔之一分，其恶隐慝（tè），君子耻之。

覆数者，于所作罪隐藏故，故名为覆。覆亦贪分，诸覆罪者，多由恐失财利名誉等故。贪分者，犹言贪之一分也。覆亦痴分，覆罪则陷溺益深而不知惧，此即痴故。

悭数者，耽着财法，秘吝不舍故，故名为悭。财者，货利及诸饶益于己之事，皆得名财。法者，学术技能，亦通名法。悭亦贪分，心怀猥鄙，吝涩蓄积。悭于财者，于非所需亦恒积聚。悭于法者，秘其知能不肯授人，亦悭财之变相。故悭之恶为卑私，是徇物以丧其生理者，故可哀也。

诳数者，为遂己私矫现不实故，务诡诈故，故名为诳。诳亦由贪，诸矫诳者必挟私染故。诳亦由痴，明不至则内歉，乃矫诈于外故。内歉者，内力不足故。诳之恶，大于覆。覆者犹恐人知，诳则一切无复忌惮，悍然播其恶于众而犹自谓得计。诳习既久，则所行唯是罔人自欺，故恶至于诳而极。研社会心理者，必知衰亡之代，其人皆习于诳。怀诳之人，如秽腐中微菌，无复生理，故速亡也。

谄数者，为罔他故。罔者，欺罔。矫设方便，行险曲故，故名为谄。凡谄者，必无真知正见，难自树立，故由痴起。耽着利誉，患得患失，亦由贪起。谄必习为揣摩，多设罗网。或侦一人好恶，恣为诡遇；或伺群众风尚，巧与迎合。此所以名险曲也。

无惭数者，轻拒贤善故，故名无惭。此由痴故，不知自贵，甘居污下，故见贤不敬而轻忽之，闻善不乐而抵拒之。羞耻不生于其心，昏迷傲逸，人理亡灭。

无愧数者，崇重暴恶故，故名无愧。此视无惭，痴恶又进。轻贤不足而乃崇暴，拒善不足而更重恶。历史所载暴人之雄，恶行之极，常为民群之所仿效。此于衰世，尤可征也。无惭、无愧，通名无耻。

掉举数者，令心嚣纷故，嚣者，嚣动；纷者，纷驰。故名掉举。此依不正寻求，闲杂思虑。或复由念引令曾时爱憎等习勃然现起，爱憎即是贪嗔。故有嚣纷相生。旧以嚣动名掉举，而别说纷驰名散乱，不知嚣则未有不纷者，纷亦未有非嚣者。故今以散乱摄入掉举，不别立之。

昏沉数者，令心懵懂故，故名昏沉。此由痴增，遂成懵懂。懵懂初位，即是懈怠。故懈怠数，今不别说。旧以懈怠别为一数。懵懂深者完全物

182

化，而疑于无心与动植比，故可惧也。下等动物与植物，只是懵懂过深故。

放逸数者，令心纵荡故，故名放逸。放逸即是不敬，为掉举、昏沉所依。

随惑略如上说。此视本惑中粗，本惑五数，各各又分粗细，如前已说。抑又过之，随惑较本惑之粗者，又乃更粗。如随中悭较本中贪的粗相必更猛，随中忿较本中嗔的粗相必更猛。他准知。故动损自他，注见上文。必严对治，令其断尽，犹如拔毒必须拔骨，毋或及肤而止。

昔明道少好田猎，既而自谓已无此好。濂溪曰："何言之易也！但此心潜隐未发，一日萌动，复如初矣。"后十二年，因见猎者不觉心喜，果知未也。故知断染良难。然凛其难而勿失之放逸。十目十手严指视于幽独之地，一瞬一息善存养于宥密之中。善本既立，则诸惑自尽。先难后获，始识人生。从困难中战胜而有获，才识人生意义的丰富。因任无功，亦物而已。物谓鸟兽之类，乃因任其与形俱始的染污习气，而不知用对治之功故。

本随惑数，是染污性故，违碍善故，故名染数。

善数，旧说有十一法，今省并为七法，曰：定、信、无贪、无嗔、无痴、精进、不放逸。省去惭等五法，并入别境中定。

定数者，令心收摄凝聚故，正对治沉掉故，沉掉，谓随惑中昏沉、掉举二数。故名为定。

由如理作意力故，有定数生。作意数见前。如理者，作意若与惑俱者，即是染性法。今此作意，乃背惑而顺正理，深自警策，以引发其本心。此即善性法，故名如理作意。定数必由如理作意引生。定者，收摄凝聚，并力内注，助心反缘。注者，专注。助者，是相应义。此定以其收摄凝聚的力，应合叶助于心，而深自反观故。不循诸惑滑熟路故。诸惑从无始来，与生俱有，与形相昵，未曾断舍，故其现起如率循他滑熟的路子走一般，所以惑起如机械而不自觉。今此收摄凝聚力者，即是自己新创造的一种定力，却要背惑而行，不肯率循他的滑熟路子走了。是能引发内自本心，使诸惑染无可乘故。内者，谓此本心不由外铄故。自者，即此本心是自性故，不从他得故。诸惑无可乘者，本心既藉定显发，得为主宰，故惑不容生。夫本心者，元是寂静圆明，毫无欠缺，寂静者，澄湛之极，其应恒止。圆明者，虚灵之极，其照恒遍。但惑起障之，则心不得自显，而等于亡失。此昔人所以有放心之说也。然心虽受障，毕竟未尝不在，即惑染流行而此心法尔自运，

183

亦未堪全蔽。如浮云蔽日而言无日，实则日亦未尝不在。虽复积阴重闭，要非绝无微阳呈露其间者，但势用微劣而说为无阳耳。无阳，犹云无日。定数者，即以其收摄凝聚势用，乘乎本心之运不容全蔽如所谓微阳者，乃令其保聚益大，而无亡失之忧。使本心浸显而极盛，则诸惑亦渐伏而终尽。故定力者，实能对治诸惑。诸惑者，即综全部染数而言之。而云正对治沉掉者，则以定相与沉掉相正相翻故，故乃举胜而谈。然既置正言，即显不独对治沉掉可知。定数如是，余对治力。余云云者，犹言其他善数的对治力。可例观也。

信数者，令心清净故，正对治无惭、无愧故，故名为信。世所言信者，大抵属胜解而非即信。胜解数见前。如现见青色而信其为青。测验气象，度明日将雨，因信明日有雨。此皆常途所谓信，实则是胜解的印持相，而非信也。又如宗教家信有上帝，此云信者亦是印持而实非即信。

云何信？由如理作意力故，引生清净势用，即此净势叶合于心而共趣所缘者，是名信故。清净势用，省言净势。此与如理作意乃同时而起者。叶合，即相应义。此信所缘义境，略说以二：一者，于真理有愿欲故，此中假说真理为信之所缘义境。真理者，隐目自性而言之。吾人为惑所蔽，不见自性，而又不甘同于草木鸟兽之无知，必欲洞明宇宙人生之蕴。易言之，即欲自识本来，此即求真理之愿欲。能见真故，故起信。见自性故。名见真理，见真而起信者，是唯反求实证者乃能尔。二者，于自力起信，即依自性发起胜行，深信自力能得能成故。行者，造作义。自思虑之微至身语之著，所有创造所有作为，总说名行。胜行者，以此行是依自性而起纯善无染故，故名胜行。此行既顺性而发，故可深信自力能得而无失，能成而无亏也。如印度哲人甘地抵抗强暴侵略之行，绝无己私惑染，乃顺循乎其自性所不容已，故深信其自力于所行能得能成也。孔子曰："我欲仁，斯仁至矣。"亦此旨也。故信之为义极严格。世言迷信者，误以胜解为信，故有迷，胜解于迷悟心中通有之。而信实无迷。《论语》故贵笃信。信者清净相，与无惭、无愧浑浊相正相翻故，浑浊至于无惭、无愧而极。故说信于无惭、无愧为正对治。于决定境印持而不疑者，世之所谓信也，实则但是印持而非即信。盖所谓信者，唯是自明自识而起自信。《易》所谓"默而成之，不言而信，存乎德行"是也。吾友马一浮曰："此云自信，即宗门所云自肯。"妙哉斯言！自肯之言深矣远矣，必须自明自识才有自肯。到此境地便已壁立万仞，一切扰他不得，一切夺他不得，大雄无畏者以此。

然而世人都是自暴自弃，如何识得自肯二字。

无贪数者，正对治贪故，无染着故，故名无贪。由定及信相应心故，有无贪势用俱转。无贪者，谓于贪习察识精严而深禁绝之，是名无贪。无者，禁绝之词。

身非私有，元与天地万物通为一体，即置身于天地万物公共之地而同焉皆得。各得其所。何为拘碍形体、妄生贪着、梏亡自性？形虽分物我，而性上元无差别。人若私其形而拘之，则必梏亡其性，自丧其本真，故深可哀愍。故自体贪，应如是绝。非绝自体，只是绝自体贪。盖私其自体为己而染着不舍，此即是贪，故须绝也。

万物诱焉皆生，而实无生相可得，生生者不住故。刹那灭故。不住，故无物。无自体，故名无物。《易》曰"生生之谓易"，而又曰"易无体"。此明生者未尝有独存的自体可得，其旨实通《般若》。无物矣，则生者实未尝有生也。既生即无生，则寄之无生而寓诸无竟，奚其不乐！何不悟生之幻化而欲怙之，妄执有一己之生，冀其后有耶？"何不"至此为句。"幻化"一词，不含劣义。所谓生者，元来是顿起顿灭，没有暂住的东西。故谓幻化也。义详《转变》章。妄执云云者，生者大化周流，本无所谓一己，而人之后有贪则妄执有一己之生，故惑也。故后有贪，应如是绝。非绝后有，只是绝后有贪。盖于其生而妄计自体，即私为一己之生而怙留不舍者，此即是贪，故应绝也。

嗣续者，大生之流。大生者，万物同体而生故名。如吾有嗣续，亦大生之流行不息故也。物则拘形，私其种息。动植传种，各私其类。人乃率性，胡容私怙我嗣我续。《列子》曰："汝身非汝有，是天地之委和也。孙子非汝有，是天地之委蜕也。"以嗣续为我之私有者，执形气而昧于性体，故是大惑。故嗣续贪，应如是绝。非绝嗣续，只是绝嗣续贪。私嗣续为己有，此即是贪，故应绝也。

匹偶之合，用遂其生。爱而有敬，所以率性。敬爱之爱，非贪。徇于形者，爱变成溺，则同人道于禽兽。中土礼教于夫妇之伦，义主相敬，故燕私之情不形于动静，此相合以天也。西人则言恋爱。爱而曰恋，正是染着，则溺于形而失其性矣。故男女贪，应如是绝。非绝男女，只是绝男女贪。男女合不以礼，交不由义，居室恒渎亵而无敬，此即贪之表现，故应绝也。

本性具足，无待外求。人的本性上哪有缺憾？只因向外追求才起了缺憾。养

185

形之需，元属有限。随分自适，不亏吾性。狂贪无餍，本实先拨。逐物而失其性，是本拨也。**故资具贪，应如是绝。**非资具可绝，只是绝资具贪耳。并心外驰，殉物丧己，此贪过重，故应绝也。庄生《逍遥》所谓"窅（yǎo）然丧其天下"，《论语》曰"巍巍乎，舜禹之有天下也而不与焉"，是能绝资具贪者。

贪贪，盖贪，参看贪数。作茧自缚，心与物化，生机泯灭。故此二贪，应如是绝。

真见性者，无己见可执，己本不立，何执己见？**其有若无，其实若虚，循物无违之谓智，匪用其私。**循物云云者，谓率循乎物理之实然，而非以己见臆度与之相违也。庄生曰："道未始有封，言未始有常。"唯自私用知，读智。分畛始立，"是非之涂，樊然淆乱"。**故见贪者，应如是绝。**

如上粗析八种对治。说无贪略竟。

无嗔数者，正对治嗔故，无憎恚故，故名无嗔。由定及信相应心故，有无嗔势用俱转。

无嗔者，谓于嗔习察识精严而深禁绝之，是名无嗔。于诸有情、利害等因引生憎恶。此念萌时，反诸本心，恻然如伤，不忍复校。校者，计较。**心体物而无不在，其视天下无一物非我故也。**本心即性。性者物我之同体，故云心体物而无不在。**然嗔势盛者，犹欲瞒心而逞其惑。**此在常途，故云理欲交战。**当此项间，必赖无嗔势用助叶于心方能胜惑。**心者，天明，即性也。性难自显，必藉净习以行。无嗔数者则是净习，乃顺性而起者，故心得藉之以显。**人能率性，不因利害嗔物而失慈柔。体物所以立诚，**此言体物者，视万物与吾为一体故，故无嗔而尽其诚也。**备物所以存仁，**无嗔故备物。嗔则损害乎物而不能备之，故伤吾仁。**故人极立而远于禽兽也。**禽兽非是无性。但因气昏或重，故天性全汩没，本心全障蔽了。所以只知利害而不知其他。如其善于逐食及厉爪牙以防患，皆动于利害之私，寻不出他有超脱利害的优点来。至人则不然，却能发展他的天性本心而有无嗔、无贪、无痴等善心数之著见。此其所以异于禽兽。

设有难言："于暴恶者，亦起嗔否？"应答彼言：于彼暴恶随顺起嗔而实非嗔。**嗔因于彼而不以私，**嗔因于彼云云者，彼为暴恶不利群生，公理所不容，因而嗔之，非以私利私害而起嗔故。**廓然顺应，未常有嗔之一念累于中也。故虽诛杀暴恶而不为嗔，**因彼故也。因彼之当诛而诛之耳。吾无私也，故不为嗔。

186

世儒或云嫉恶不可太严者，则是乡愿语。恶既可嫉，焉得不严？不严则必自家好善恶恶之诚未至，而姑容宽假之私。须知严嫉者，亦因乎彼之恶耳，非可以私意宽严于其间也。自乡愿之说行，而暴恶者每逞志，此可戒也。

然嗔之为私与否，此最难辨。非私与无私之难辨也，人情恒以其私托于无私而自诡，故难辨也。如矫托革命者，当其在野则嗔在位之暴恶而为群众呼吁，固俨然不为私嗔也，然其实绝无矜全群众之心，特欲肆一己之贪残而苦于不得逞，故托于群众以诡示革命之谋不为私嗔已耳。彼既自诡如是，浸久亦不自觉为私，及一旦取而代之，其暴恶益厉于前，而后群众乃察见其前此之隐衷，而彼犹不自承为私也。果其嗔不以私，则当憎恚因物而起时，其中必有哀痛惨切之隐。曾子所谓"听讼得情，哀矜勿喜"者，称心之谈也，是其发于本心体物之诚而不容已也。若嗔发于私，则惑起而本心已失，心为惑所障故。即物我隔绝，乃唯见有物之可憎，而何有于哀痛惨切耶？此段吃紧。于物暴恶，以嗔相报，便已随转而弗自知，可惧孰甚！故有情嗔，毕竟应断。

安土敦仁，本《易传》，土者，境界，言随境能安，乃所以敦笃吾之仁。无入不得。《中庸》云："君子无入而不自得焉。"心为境缚，则天地虽大，诗人犹嗟靡骋；境随心转，则陋巷不堪，贤者自有乐在。故境界嗔，毕竟应断。

是非之执，每囿于情识。守其一曲，斯不能观其会通；取舍两端，必有偏倚。彼其明之所立，正其蔽之所成，庄子曰："是非之彰也，道之所以亏也。道之所以亏，爱之所以成。"此云爱者属所知障，当此文所谓蔽。明与蔽相因。斯执碍横生，净论竞起，诋諆瑕衅，互为主敌。故天竺外道，至以斩首相要；此土异家，亦有操戈之喻。此见嗔之害也。唯见性者，不为情识所封，故能因是因非，玄同彼我，息言忘照，休乎天钧。知辨者之劳，犹蚊虻之于天地，虽不得已而有言，始乎无取，终乎无得。故智与理冥，而喜怒不用，岂复有断断之患乎？故见嗔者，毕竟应断。

无痴数者，正对治痴故，于诸理事明解不迷故，故名无痴。

无痴依何而起？由定力故，于本心微明，保聚增长。本心微明者，心为惑所障蔽而不得显发，但于障蔽中微有呈露耳，故说微明。参看定数。由信力故，引发本净，本净者，谓本心本来清净，但为惑所障，故赖信的势用引发之。于是有自性智生。自性智者，即谓本心。本心元是圆明遍照，故以智名。其在人则为人所以生之理，故以自性言之。参看《明宗》章注。**依自性智故，遂起明解。**明解，即是无痴异名。**盖明解元属后得，**明解依自性智起而非即自性智，但是净习故，故云后得。**多于境转，而积渐扩充。**多于境转者，明解本是缘虑境事的，然亦能反缘自性，故于缘境而置多言。积渐扩充者，明解于种种境事上练磨益深，则其势用随练磨的推广而扩充不已故。**然其势用初兆，亦非无因突现，必自性智为根本依，方得起故。如火之燃，如泉之达，皆有依故。**

《集论》说明解即慧，《识论》不许，权衡得失，宜从《识论》。盖尝言之：**明与慧，迹有稍似而实乃绝异。**明解，亦省称明。迹稍似者，慧分别境事，犹言事物。明亦分别境事故。稍似者一。又慧精者，其分别境事，明征定保必止于符，言其分别事物，必举征验而符于理。先难后获必戒于偷；其得理不由偷幸也。而明于境起分别时，亦复如是故。稍似者二。实异者，慧一向逐境而与境化，与境化者，慧起必现似境相，虽极抽象的概念，还是现似一种境相。故迷失其本有自性智而不知求之；慧是分别境事的，易言之，是向外去看东西的，所以不能反缘自性。若任慧去推求自性，他扑着不得一物，便要大炫惑了，所以古德每斥知识为此理之障。明则廓尔旷观，能不缚于境故，故云旷观。能得总相，总相，即谓自性。以其在人而言曰自性，以其遍为万物实体而言曰总相。**虽不亲证自性而疏缘故。**不亲证自性者，若是自性智直接呈露，他便自己证知自己，即是亲证。今此明解，只是依自性智而起者，他已不是自性智的本身，虽能回顾自家的自性，只是筹度之而作共相观耳，所以谓之疏缘。非自亲证，故云尔也。然虽疏缘，比于全迷而不知求之者，其相去甚悬远矣。此实异者一。又慧于事物简择，纵言如量而犹着相故，还复是痴，非真能如量者。何以故？一切事物于俗谛中假设故有，推入真谛即皆亡实。如慧比知，比者，比度。地动非静，在任慧者固云如量，实则慧取境时，非不着于地相动相。须于当念察识。着相即痴，以乖真故，云何可言如量？乖真故者，着相则与真谛理不相应。明乃异慧，虽于俗中事物亦假设为有而析其理，但不着相。此处吃紧。如起地动解时，实不曾执着地相动相。宗门诸大德，尝有此境地。故此非痴，是真如量。实异者二。

综前所说，明非即慧，是义决定。然明者非一般人所得有，非谓其本来无有此也。人人固具此大宝藏而不自发展，故云不得有耳。夫明依自性智而起，若智不得显者，明即不生。自性智，亦省称曰智。然智虽不显，要

188

非无智，但为惑障而不显耳。唯夫一向任慧而又富于探求真理之愿欲者，真理，同信数中说，参看信数注。久之自感慧用有限，而悟宇宙人生之蕴不可以物推观，必更为鞭辟近里之功，以求其在己。于是而自明自识，而本有自性智卒显发焉。宋人小词所谓众里寻他千百度，回头蓦见，那人正在灯火阑珊处，喻此最似。及夫自性智起，则体立而用自行。其推致此智之妙用于事事物物而莫不得其理者，是即为明。具云明解。明者智之用，其行于事物也，恒以练磨之多而明相增盛。故明者亦缘分别事物而起，所以说为后得。明者，是分别事物的，是待练磨而增盛的，所以说，①明是后得。后得云者，即习之谓也。或有难者，以为若主后得，应全站在经验上说，不应说个智之用又掺入固有的东西来了。不知说到经验，便须有个能经验的。这个能经验的在此则谓之明。而所谓明者，自然不无根据，所以说是智之用。因他是智之用，所以说是依智而起。而他所以不同于慧者，元来只此。但又须知，才说到用，便是感物而动，应事而发，即已是后起而不是固有的自性之本然了。若非应感事物，亦没有这个用可见。所以又说：明者，缘分别事物而起。如此说来，明为智之用而却是后得，于理无疑。旧师言明，亦称正慧，正慧者，以别于常途所谓慧故。犹嫌稍滥。理实明依智起，是智之用故，亦得名智，或对自性名后得智。即明与慧，称名不滥。

或复问言："明依智起，既得闻矣，然慧亦有依否？"今答彼言：慧亦非不依自性智。有言慧全由经验得来者，此说亦是。但慧虽资经验而起，要自有个能经验的一种作用。这个作用才是慧的本身。此自不由外铄者。既不由外铄，则亦依自性智而起矣。试思吾人若非具有自性智者，便是无心灵的死物，又哪得有慧生而能为经验者耶？然又不可言慧依智起者，此何故耶？智虽人所本有，然人自有生以后则常拘于形气以造诸染习，遂使固有性智，自性智，亦省称性智。恒受障蔽而不得显发。故其作用流行于障蔽中者，既杂夫形气与染习之私，而其缘境，遂成乎物交物之势。此慧所以不得名为智之用，即不得言依智而起也。此段道理煞难说，今人更不曾注意及此。

故必待性智显发而后依智所起之明，乃纯为智之妙用而非慧之所及也。智如何显发？即在造净习以引发之耳。本节首举定与信，即是净习中端绪也。唯明能破暗，故说无痴是痴对治。若性智未得恒时为主于中者，即明犹未

---

① 此处加一逗号，将"说"与"明"二字分开。

189

盛，而慧犹时与痴俱，以扰于心。此复性之功，所以不容已耳。复性，即是自性智得恒为主于中也。又阳明良知则是通性智与后得智而浑沦言之，示人亦亲切。《易》曰："明出地上，晋，顺而丽乎大明。"是无痴之象也。

精进数者，对治诸惑故，令心勇悍故，故名精进。由如理作意力故，有勇悍势用俱起而叶合于心，同所行转。凡人不精进者，即役于形、锢于惑而无所堪任，是放其心以亡其生者也。无所堪任者，无所堪能，无所任受，如草木鸟兽然也。放者，放失，不自存养其心，故放失也；心者，生理；放心，即亡其生理故。

精进者，自强不息，体至刚而涵万有，此言体者，合也。人性本来刚大，而役于形、锢于惑者，则失其性。故必发起精进，以体合乎本来刚大之性。夫性唯刚大，故为万化之原。唯率性者能尽其知能，故云涵万有。立至诚以宰百为，诚者，真实无妄，亦言乎性也。立诚，即尽性也。百为一主乎诚，即所为无不顺性，一切真实而无虚伪，故是精进。日新而不用其故，《易》曰："日新之谓盛德。"唯其刚健诚实，故恒创新而不守故。进进而无所于止，进进，本横渠语。故在心为勇悍之相焉。精进起而叶合于心，即成为心上之一种势用，故言在心。

旧说精进为五种：一、被甲精进。最初发起猛利乐欲，如著甲入阵有大威势故。二、加行精进。继起坚固策勤方便故。即以坚固策勤为方便，乃得精进不已也。"坚固"二字吃紧。三、无下精进。有所证得，不自轻蔑，益勤上达故。四、无退精进。忍受诸苦，猛利而前，虽逢生死苦亦不退转故。虽云无下，逢苦或休，故应次以无退。五、无足精进。规模广远，不为少得，便生餍足故。孔子曰"我学不厌，而诲不倦也"，又曰"发愤忘食，乐以忘忧，不知老之将至云尔"，又曰"忘身之老也，不知年数之不足也。俛焉日有孳孳，毙而后已"，此皆自道其精进之概。

总之，人生唯于精进见生命，一息不精进即成乎死物，故精进终无足也。精进即身心调畅。古师别立轻安，今故不立。精进与常途言勤者异义。如勤作诸恶者，常途亦谓之勤，此实堕没，非是精进。

不放逸数者，对治诸惑故，恒持戒故，"恒"字吃紧。名不放逸。由如理作意力故，有戒惧势用俱起，叶合于心，同所行转，令心常惺，惑不得起，为定所依。佛氏三学，以戒为本。由戒生定，故戒是定依。不放逸即摄戒。儒家旧有主静、主敬之说，学者或疑有二，不知敬而无失，始能息诸憧扰；主一无适，内欲不萌，即是静也。此中说定，即该主静，说不放逸是定依，即该主敬。

夫微妙而难见者，心也；猛利而乘权者，惑也。心无主宰则惑乘之，陵夺其位，心即放失。喻如寇盗相侵，主人被逐。《记》曰："斯须不庄不敬，则暴慢之心入之；斯须不和不乐，则鄙诈之心入之。"敬则自然虚静，敬则自然和乐，故不和乐即是不敬。故必斋明俨恪，收摄止畜，卦名有取于畜者。畜止即存在之义，与放失相翻。人心不止畜则流荡。凡虚妄攀缘，皆流荡也。然后此心微妙不可睹闻之体，始得显发于隐微幽独之地，而力用常昭，默存于变化云为之间，而不随物靡。《易》谓"显诸仁，藏诸用"者，即此义。识得此体，须勤保任。故朝乾夕惕唯恐或失，见宾承祭同其严畏，造次颠沛亦莫之违；防检不忽于微渐，涵养无间于瞬息；绝悔吝于未萌，慎枢机于将发。斯能正位居体，不为诸惑之所侵矣。故儒者言"闲邪则诚自存"，又言"不敬则肆"。禅家谓"暂时不在，即同死人"。此皆不放逸之教，其言至为精切。《诗》谓文王"无然畔援，无然歆羡"，此即不放逸相。学者当知始自凡夫至于大觉，戒惧之功不容或已。故曰：惧以终始，无可纵任。纵任，有作自在解者，即是胜义；有作放肆解者，即是劣义。此中是劣义也。安不忘危，治不忘乱，有不断惑之众生，即如来无可忘其戒惧。自本心言之，众生与如来本是一体。众生惑相，即是佛自心中疵累，何得不戒惧耶？经云："有一众生未成佛，终不于此取泥洹。"亦此义也。唯知机其神，斯自强不息。故敬也者，所以成始而成终也。今以不放逸为诸善心数之殿，此义甚深，学者其善思之。或疑常存戒惧，有似拘迫而碍于心，不知拘迫由惑起，戒惧则惑不得乘，而不失此心坦荡之本然，即当下受用。故戒惧恒与和乐相依，何有拘迫之患耶？又戒惧之保任此心，犹如舵工持舵，不敢稍疏。初时似劳照应，久之功力纯熟，则亦即身即舵。如庖丁解牛，游刃有余。象山有言："得力处即省力。"故以戒惧为拘迫者，无有是处。

如上七法，是清净性故，对治染故，故名善数。旧言心所，但具名数，无甚说明。又以染净一一相翻，似如头痛医头，脚痛医脚，全无立本之道，如何对治得去？大抵世亲以来言唯识者全走入辨析名相一途，颇少深造自得之功。奘、基介绍此学于中土，虽盛行一时而终不可久，宗门迅起代之，亦有以耳。

综前所说，心者即性，是本来故；心即所习，是后起故。本来任运，任，自然而运行。后起有为。本来纯净无染，后起便通善染。本来是主，只此本来的性，是人的生命，故对于后起的习而说为主。后起染法障之，则主反为客。无据曰客。本心障而不显，虽存若亡，故说为客。后起是客，染胜而障其本来，则客反为主。吾人生命，只此本来者是。然吾人不见自性故，常以染习为生命，一切所思所学所为所作，莫非滋长染习而恃之以为其生命，而真生命乃日戕贼于无形，此亦愚之至也。如斯义趣，上来略明。今更申言：欲了本心，当重修学。盖人生本来之性，必资后起净法始得显现，虽处染中，以此自性力故，常起净法不断。起者，创义。依据自性力故而得创起净习不断，即自性常显现而不至物化故。依此净法，说名为学。创起净习，即是认识了自家的生命而创新不已。这个自识自创的功用，总说名觉，只此觉才是真学问。若向外驰求，取著于物，只成染法，不了自性，非此所谓学。此语料简世间一切俗学。故学之为言，觉也。学以穷理为本，尽性为归。彻法源底之谓穷，无欠无余之谓尽。性即本来清净之心，理即自心具足之理，不由外铄，不假他求。此在学者深体明辨。今略举二义，以明修学之要。

一者，从微至显，形不碍性故，性之所以全也。

本心唯微，必藉引发而后显。微有二义：一者微隐义，以不可睹闻言之。二者微少义，以所存者几希言之。此兼具二义。既凝成形气则化于物者多，而其守自性而不物化者遂为至少。如《易》消息，从《姤》至《剥》，仅存在上之一阳。此段道理极难说。参看《转变》章、《成色》章、《明心（上）》章首段，须深心体究翕辟之故才得。本来者，性之代语，已见上文。性者，言其为吾人所以生之理也。若赅万有而言之，则亦假名恒转。形气者，谓身躯，此即恒转之动而翕所凝成者。易言之，即此形气亦是本来的性的发现，但形气既起，则幻成顽钝的物事，忽与本来的性不相似。所以，性至此几乎完全物质化了，而尚能守其自性而不至全化为物者，实只至少的一点，如《易·剥》卦中所剩下的一阳而已，这点真阳，是生命的本身，宗门所谓本来面目，他确是形气的主宰。王弼《易例》所谓"寡能制众"者此也。然此只就原理上说，未可执一曲以衡之。盖此点真阳若不得显发，即未能主宰形气而为物役者，又随在可征。故不可持一曲之见，以疑此原理为妄立也。此仅存之真阳，即性。虽遍乎形气之内而隐为主宰，然其运而不息者，固法尔自然，未有为作。法尔，犹言自然。不直言自然者，以法尔义深故。下言自然者，显无作意，与常途言自然者，义亦稍别。而形气既生，即自有权能，形气的权能，本是随顺乎性的，而亦可以不顺乎性。则性之运于形气中者，既因任无为，因任者，因而任之故。形乃可役性以从己，而宛尔成乎形气之动，形气，简言形。乃可者，未尽之词。形之役性，非其固然也，故云乃可。己者，设为形气之自谓。故性若失其主宰力矣。所谓本来唯微者，此也。言若失者，非真失也。形气之动者，即性也。但动而从乎形，而不能主乎形，故谓之失。然性实非从形者，故非真失也。然则形为性之害乎？曰：否否。若无形气，则性亦不可见。且形者性之凝，即形莫非性也。故孟子曰："形色，天性也。"形何碍于性乎？形之役夫性者，本非其固然，特变态耳。如水不就下而使之过颡或在山者，此岂水之固然哉？染习与形俱始，随逐增长，以与形相守而益障其本来，染习与形相守，故学者难于变化气质也。遂使固有之性无所引发而不得显，如金在矿不见光彩。反之，性之主乎形者，则以善习力用增长，与性相应，引发不穷，故全体顿现。如《易》消息，从《复》之一阳，渐而至于纯《乾》。如炼矿成金，不重为矿。然性之为主，亦行乎形气之中，故先儒有"践形尽性"之说，使视极其明，听极其聪，斯无往而非全体之昭著矣。横渠云："德胜其气，则性命于德。德不胜其气，则性命于气。"此言性主乎形者，即性命于德之义。言形役乎性者，即性命于气之义。但横渠之言简要，学者或有未喻。今虽词费，欲使人易晓耳。又《易》象之消息，实善状此心之隐显。人心以锢于形气之私，遂令本性汩没，不得透露，然无论如何物化，此本性实消不尽。如古言"人穷则反本"，劳苦倦极未尝不呼天，疾痛惨怛未尝不呼父母。又如"人之将死，其言也善"，乃是形气以消索而退听，即此性于中发露。《易》所谓"《剥》穷于上，《复》生于下"，即此象也。佛氏言五阴壮盛是苦，以其盖覆如来藏心，若转众生五阴成法性五阴，则六根门头皆成清净功德。此与"践形尽性"之旨同。

二者，天人合德，性修不二故，学之所以成也。

《易》曰："继之者善，成之者性。"全性起修，名继；性是全体流行不息的，是万善具足的，故依之起修而万善无不成办，是谓全性起修即继义。全修在性，名成。修之全功依性而起，只以扩充其性故，非是增益本性所无，故云全修在性即成义。本来性净为天，后起净习为人。故曰：人不天不因，性者，天也。人若不有其天然具足之性，则将何所因而为善乎？天不人不成。后起净习，则人力也。

虽有天性而不尽人力，则天性不得显发，而何以成其为天耶？此上二语，本扬子云《法言》。故吾人以精进力创起净习，以随顺乎固有之性，而引令显发。在《易》，乾为天道，坤为人道。坤以顺承天，故为善继乾健之德。坤卦表示后起的物事。吾人自创净习，以引发天性，即坤法天之象。是故学者继善之事，及其成也，性焉。《论语》曰："人能弘道，非道弘人。"《论语》言道，当此所谓性。人能自创净习以显发天性，是人能弘大其道也。人不知尽性，即化于物，而性有不存者矣，故云"非道弘人"。弘道之目，约言之，在儒家为率循五德，在佛氏为勤行六度。五德本性具之德，其用必待充而始完。六度乃顺性而修，其事亦遇缘而方显。佛氏言六度多明事相，不及儒家言五德克指本体，于义为精。故曰："无不从此法界流，无不还归此法界。"法界，即性之异名耳。此谓天人合德，性修不二。学者于此知所持循，则精义入神以致用，利用安身以崇德，皆在其中矣。

或曰："染缚重者恶乎学？"曰：染净相资，变染成净，只在一念转移间耳，何谓不能学耶？夫染虽障本，本者，具云本来。染法障，蔽本来。而亦是引发本来之因。由有染故，觉不自在。不自在故，希欲改造，自己改造自己。遂有净习创生。由净力故，得以引发本来而克成性。性虽固有，若障蔽不显即不成乎性矣。故人能自创净力以复性者，即此固有之性无异自人新成之也。古德云："一念回机，便同本得。"明夫自心净用，未尝有间，诸惑元妄，照之即空。苟不安于昏愚，夫何忧乎弱丧！

故学者首贵立志，终于成能，《易》曰："圣人成能。"人能自创净习以显发其性，即是成能也。皆此智用为主。智体本净，不受诸惑。辨惑断惑，皆是此智。净习之生，即此本体之明流行不息者是。引而不竭，用而弥出，自是明强之力，绝彼柔道之牵。《中庸》云："虽愚必明，虽柔必强。"此言其力用也。《易》曰："困于金柅，柔道牵也。"柔道，即指惑染，以诸染法皆以柔暗为相。阳德刚明，自不入于柔暗，故智者不惑。如杲日当空，全消阴翳，乃知惑染毕竟可断，自性毕竟能成。斯称性之诚言，学术之宗极也。故曰：欲了本心，当重修学。

《新唯识论》（语体文本）纲要①

此书排版方竣，颇欲补作一序，适患头晕，不可支，饮杜仲汤渐好转。未得写长篇文字，兹略揭纲要如下。

一曰：体用本不二，体者，具云宇宙本体。用者，本体之流行至健无息、新新而起，其变万殊，是名为用。世所见宇宙万象，其实皆在冥冥中变化密移，都无暂住。而亦有分，譬如大海水是一，而其显为众沤乃条然、宛然成分殊相。条然者，无量沤相现似各别也；宛然者，沤相本非离海水有别自体而乃现似一一沤相，故不可谓一一沤相与浑全的大海水无分也。体用有分，其义难穷，可由此譬喻而深参之。虽分，而体为用源，究不二。譬如众沤以大海水为其源，大海水与众沤岂可二之乎？体用可分而实不二，由此譬可悟。

二曰：心物本不二，而亦有分；虽分，而心为物主，究不二。

三曰：能质本不二，而亦有分；虽分，而能为质始，究不二。质始于能，而质既形成即与能恒相俱，亦复互变。或问："由何义故，说质始于能？"答曰："质无固定性，故知其为能之所凝，即能之别一形式也。"此非余一人之创说，由《大易》坤元统于乾元之原理而推之，自是质本于能。

四曰：吾人生命与宇宙大生命本来不二。孟轲曰"上下与天地同流"，言吾之心，上极乎天，下澈乎地，互相流通为一体，非可以一己与天地分裂为二也。曰"万物皆备于我矣"，玩上语可解。庄生言"人乃官天地府万物"，官者，

---

① 此文标题原为"赞语"，其实主要就是揭示纲要，今设以新标题。熊十力的《新唯识论》出版过文言文、语体文两种版本。文言文本为原本，即是熊十力影响最大的代表作。故选其原本。而这一语体文本的纲要，则能概括介绍《新唯识论》（无论文言文本，还是语体文本）的精华，特录于此，以供读者参考。

主义；府者，与孟云"皆备"同。此皆证真之谈。故真治哲学者，必知宇宙论与人生论不可判而为二，非深解人生真相，决不能悟大自然之真性。尽己性以尽物性，此圣学血脉，本论所承也。

五曰：本论谈体用，实推演《易》义。或谓："本论骨子里似是生命论。"余曰：不妨如是说。夫本体无对，而其显为大用，大者，赞辞。却陷于相对，生命有矛盾在是。唯性统治形，公统治私。张横渠曰："性者，万物之一原。"人能率性，即克治小己之私，公道所由行也。私者，由执形骸为小己，故自私而无民胞物与之感。**净统治染**。以生命论上之问题而观佛法，则彼所说众生无始以来有阿赖耶与如来藏相依而住，如来藏本净，赖耶杂染，染净对立，自是矛盾。佛之道，要在以净统治染。余尝欲释《楞伽经》，畅斯幽旨，终鲜暇也。而生命始得正常发展。拟别为一小册，详本论未尽之意。

余平生之学，颇涉诸宗，卒归本《大易》，七十年来所悟、所见、所信、所守在兹。今衰矣，无复进境，聊存此书，为将来批判旧学者供一参考资料，其诸大雅晒而存之，毋遽弃之，是老迂之愿也。

　　　　　　　　夏历癸巳中秋　熊十力识于北京什刹海隅漆园

《新唯识论》与佛家思想的根本不同处①

《新论》与佛家元来意思根本异处，其略可言。

佛家思想毕竟是趣寂的，是超生的，"超生"二字见《慈恩传》。是出世的。如《阿含经》专以不受后有为归趣。不受后有，即是不受后生。此为本师释迦氏之思想。后来小乘大乘各派诸师，始终不离此宗极。大乘以无住涅槃为言，即谓生死涅槃两无住著，然此确不是达观派的人生态度，却是他理想中一种神圣的境地。盖以众生未度尽，则菩萨必不舍众生，故虽不住生死而亦不住涅槃，如是得随类现化。故其愿力，终以度脱一切众生为蕲向，即以出世为蕲向。佛家哲学思想无论若何深广，要之，始终不稍变其宗教的根本观念，即为生死发心而归趣出世的观念，此是佛家宗旨，万不可不认明者。

《新论》则为纯粹的人生主义，而姑置宗教的出世观念于不议不论之列，此其根本不同者一。佛家本师释迦，其思想最精者莫如十二缘生之说，此在《阿含》可见。是其为说，固属人生论之范围。及后来大小乘诸师，则始进而参究宇宙论，尤其本体论。旧著《破〈破论〉》，《破〈破新唯识论〉》之省称。述此变迁概略，颇为扼要。至于大乘空宗，直下明空，妙显本体。有宗至《唯识》之论出，虽主即用显体，然其谈用，则八识种现，是谓能变，现行八识，各各种子皆为能变。现行八识，各各自体分亦皆为能变。是谓生灭。其谈本体，即所谓真如，则是不变，是不生不灭。颇有体用截成二片之嫌。即其为说，似于变动与生灭的宇宙之背后，别有不变不动不

① 此文选自《十力语要》，原标题为"讲词"，现标题为编者所加。

生不灭的实法叫作本体。吾夙致疑乎此，潜思十余年，而后悟即体即用，即流行即主宰，即现象即真实，即变即不变，即动即不动，即生灭即不生灭。是故即体而言，用在体；即用而言，体在用，此其根本不同者二。

《转变》章，以翕辟与生灭两义曲尽玄微。一方面，随顺俗谛，成立心物万象，即所谓宇宙；一方面，明翕辟与生灭都无暂住的实法，即无实宇宙，只是本体之流行幻现宇宙万象而已。然复须知，流行者，用之异名。用者，体之用，无体即无用，离用亦不可得体。故乃于流行无住之用，识此即是如如不动之体，而万象又莫非真实。《功能》章末段方承《转变》章，而结归真谛义趣。

《新论》以翕辟义，破旧师聚集名心之说，而于西洋哲学家唯心唯物之论，皆不蹈其蹊径。心、物本相对得名，顺俗则心、物两皆成立；证真则境空而心亦俱空。其所以顺俗而两皆可成者，则依翕辟而假说为心、物云耳。翕辟便是本体之流行，这个流行的作用不是孤独的，所以一翕一辟。

第四辑

开示读书、治学之门径

《佛家名相通释》^① 撰叙大意

略明撰述意思^②

本书略分二卷。卷上，依据《五蕴论》，综述法相体系。卷下，依据《百法》等论，综述唯识体系。

疏释名相，只取唯识、法相，何耶？佛家宗派虽多，总其大别，不外空有两轮。诸小宗谈空者纷然矣，至龙树、提婆，谈空究竟，是为大乘空宗。诸小宗谈有者纷然矣，至无着、世亲，谈有善巧，是为大乘有宗。大乘有宗，虽亦未尽善巧，然比较小乘，则不能不谓之善巧。如以赖耶代替外道神我说，又破实极微，而仍不妨假说极微，皆较小乘为善巧，此例不胜举也。若严核之，法相是无着学，唯识是世亲学。疏释名相，何故取此二师学耶？二师成立大有，对小宗执有者而曰大有。资于小有，小乘诸部执有者曰小有。鉴于小空。小乘诸部执空者曰小空。又对大空，龙树谈空，超过小师，始称大乘，是谓大空。而成大有。破人法二我故，不同小有；人法二我，解见下卷。遮恶取空故，即救大空末流之弊。恶取空者，谓执一切皆空，于俗谛中，不施设有，于真谛中，真理亦无，如此沉空，便为恶取。故唯识、法相，渊源广远，资藉博厚。而其为书也，又条件分明，如法相书。统系严整，如唯识书。佛家哲学方面名词，盖亦大备于唯识、法相诸要典，撮要而释之，则可以读其书而通其学。大

---

① 《佛家名相通释》，撰写于 1936 年，次年由北京大学出版部出版。
② 原文正文没有小标题。此标题及后面标题为编者所加。

有之学既通，而诸小有小空，爰及大空，一切经论，无不可读。筑室有基，操舟有楫，治斯学者，讵可无依？

大乘有宗学，为佛学发展至最后阶段之产物。今疏释名相，不先小宗，而遽首大乘，是将令研究佛学者不循次第，其故何欤？余向主张由小入大，《十力语要》卷一，第四十八至五十四页《答薛生书》，言之备矣。但今日学子，于科学、哲学若有相当素养，其思考力曾受训练，则径治法相、唯识诸书，自无不可。若已见得法相、唯识意思，而欲详其渊源所自与演变之序，则溯洄释迦本旨，迄小乘、大乘诸派，顺序切实理会一番，便见端的。如治儒学者，先读阳明或朱子书，然后上追孔孟，中逮群儒，以次分别研究，自然有得。大抵学者用功，只从某一大派精心结撰之著作苦心探索，由此养出自家见地，再进而寻求此派来源，与其他各种有关的思想，则不至茫然无所抉择矣。余今昔主张，未尝抵牾也。

坊间故有《唯识开蒙》与《相宗纲要》一类书籍，皆为初学津梁而出。然尝闻学者持此等书，反复览观，卒无一径可通。甚矣，其劳而无功也。缘此等书，全无意匠经营，只是粗列若干条目，而鲁莽灭裂，杂取经论疏记等陈语分缀之。夫经论本文，自有条贯，而学者犹不能通。况割裂其词，缀为单条，既非释辞之编，又异成章之论。将欲始学之徒阶此而究圣言，是何异教孺子学步，而务縻其足耶！

然则佛学自昔已无门径书欤？是事不然，如《五蕴论》，则法相门径书也；如《百法论》，具云《百法明门》，则唯识门径书也。既有门径，应由之而得矣。然虽综举众名，根极理要，顾其名相辞义，略无训释，绝不可通。初学开卷，茫然面墙，其将奈何？教学以来，极感此困。顷乃就《五蕴》《百法》等论，抉择旨归，搜寻义蕴，分条析理，而为叙述。名相为经，众义为纬，纯本哲学之观点，力避空想之浮辞，佛家自释迦《阿含》以后，大小乘师皆好为悬空与烦琐的分析，而有宗尤甚。即如《唯识述记》一书，本佛家哲学方面之巨典，然每闻治西洋哲学者读之，总觉满纸是废话。盖其玄微深远之旨，辄为烦琐浮词所掩，非精鉴者则莫能有得。**根柢无易其故**，治古学，不可变乱其本旨。**裁断必出于己**。治古学者，贵其能得古人之精神与其思想脉络，而于其持说可加以裁断。故于稽古之中，而自成其学。否则记诵而已，抄胥而已，无关学问。

202

品节既详，统系斯整，虽尔释辞之书，何殊专著之绩。规矩固踵乎《五蕴》《百法》，义旨实通于群经诸论。后有达者，览而鉴诸。

上来略明撰述意思，更有诚言，为读者告。

佛学不可废

吾尝言，今日治哲学者，于中国、印度、西洋三方面，必不可偏废，《十力语要》卷一《答薛生书》已言及此。此意容当别论。佛家于内心之照察，与人生之体验，宇宙之解析，真理之证会，此云真理，即谓实体。皆有其特殊独到处。即其注重逻辑之精神，于中土所偏，尤堪匡救。中国学问，何故不尚逻辑？《语要》卷一，时有所明。但言简意赅，恐读者忽而不察。

自大法东来，什、肇、奘、基，既尽吸收之能，后详。华、台、宗门，皆成创造之业。华严、天台、禅家，各立宗派，虽义本大乘，而实皆中土创造。魏、晋融佛于三玄，虽失则纵，非佛之过，曹魏流荡之余毒也。光武惩新莽之变，以名教束士人。其后，士相党附而饰节义，固已外强中干。曹氏父子怀篡夺之志，务反名教。操求不仁不孝而有术略者，丕、植兄弟以文学宏奖风流。士薄防检，而中无实质，以空文相煽，而中夏始为胡。又自此而有所谓名士一流，其风迄今未已，华胄之不竞，有以也哉！宋、明融佛于四子，虽失则迂，非佛之过，东汉名教之流弊也。宋承五代之昏乱，故孙、石、程、张、司马、文、范诸公，复兴东汉名教，南渡诸儒继之，明儒尚守其风。若陆子静兄弟，及邓牧、王船山、黄梨洲诸儒，皆有民治思想，则其说亦不足行于世。揆之往事，中人融会印度佛家思想，常因缘会多违，而未善其用。

今自西洋文化东来，而我科学未兴，物质未启，顾乃猖狂从欲，自取覆亡。使吾果怀自存，而且为全人类幸福计者，则导欲从理，而情莫不畅；人皆发展其占有冲动，终古黑暗，而无合理的生活，如何勿悲？本心宰物，而用无不利。现代人之生活，只努力物质的追求，而忽略自心之修养，贪嗔痴发展，占有冲动发展，心为物役，而成人相食之局。直不知有自心，不曾于自心作过照察的工夫。异生皆适于性海，异生，犹言众生。性者，万物之一原，故喻如海，见《华严》。人皆见性，即皆相得于一体，而各泯为己之私，世乃大同。人类各足于分愿，

203

大同之世，人人以善道相与，而无相攘夺，故分愿各足也。**其必有待中、印、西洋三方思想之调和，而为未来世界新文化植其根。然则佛学顾可废而不讲欤？**此意容当别为专论。

"今欲求佛学之真，必于中国"

印度佛学，亡绝已久，今欲求佛学之真，必于中国。东土多大乘根器，佛有悬记，征验不爽。奈何今之人，一切自鄙夷其所固有，辄疑中土佛书，犹不足据。不知吾国佛书，虽浩如烟海，但从大体言之，仍以性、相两宗典籍为主要，其数量亦最多。性宗典籍，则由什师主译；相宗典籍，则由奘师主译。

奘师留印年久，又值佛法正盛，而乃博访师资，遍治群学，精通三藏，印度人尊之为大乘天。史实具在，岂堪诬蔑。不信奘师，而将谁信？奘师译书，选择甚精。不唯大乘也，小宗谈有者，其巨典已备译，即胜论之《十句论》亦译出。唯小空传译较少，然小空最胜者，莫如《成实论》，什师已译，故奘师于此方面可省也。

什师产于天竺，博学多通，深穷大乘，神智幽远，靡得而称。弘化东来，于皇汉语文，无不精谙深造。本传云："自大法东来，始汉历晋，经论渐多。而支、竺所出，多滞文格义。什既至止，姚兴请译众经。什既率多谙诵，无不究尽；转能汉言，音译流便。既览旧经，义多纰缪，皆由先译失旨，不与梵本相应。姚兴使僧肇等八百余人，谘受什旨，凡所出经论三百余卷。临终自云：'今于众前，发诚实誓，若所传无谬者，当使焚身之后。舌不焦烂。'及焚尸已，薪灭形碎，唯舌不灰。"详此所云，什师既能汉语，又于译事，备极忠实，观其临终之词，可谓信誓旦旦。又《远法师传》，称什师见所著《法性论》，叹曰："边国人未有经，什以印度为中，故称中夏为边。便暗与理合，岂不妙哉。"又《肇法师传》云：著《般若无知论》，什览之曰："吾解不谢子，文当相揖耳！"夫远、肇二师之文，古今能读者无几，而什师能欣赏焉，其于汉文深造可知。又什师自作汉文偈颂，皆以藻蔚之词，达渊妙之旨。如赠法和云："心山育明德，流薰万由

204

延。哀鸾孤桐上，清音彻九天。"其他皆类此。什师道业既崇，汉文工妙，若彼传译群籍，谓不足信，其将谁信？

今之学子，言佛学，亦轻其所固有，而必以梵语为足征。不悟佛学自是佛学，梵语自是梵语。吾国人于《论语·学而》章，皆能读诵训诂。然试问"学"是何等义？"时习"是何等功夫？"悦"是何等境界？自康成以迄清儒，果谁解此？而况其凡乎！以此类推，通梵语者，虽能诵梵本佛书，要于学理，不必能通。学者诚有志佛学，当以中国译籍为本。中译虽多，必考信于玄奘、罗什。即中人自著之书，或自创之说，若持与佛家本旨相较，亦唯什、奘二师学可为质正之准则。容当别论。舍此不图，而欲以博习梵语为能，则业梵语可也，毋言佛学。虽然，吾非谓读中国佛书者，不当博攻梵语，但须于中国书中，精求义解，学有其基，则梵本颇堪参较。近人治内籍者，亦多注意藏文。藏地固中国之一部分，其文字亦中国文字之别枝也，诚当研习。然晚世藏学，乃显密杂糅，非印度大乘真面目。无著之学，盛传于玄奘；龙树之学，宏敷于罗什。故性相二宗之真，尽在中国，非求之奘、什二师译籍不可。

读佛书的四个要点

读佛书，有四要：分析与综会，踏实与凌空。

名相纷繁，必分析求之，而不惮烦琐。又必于千条万绪中，综会而寻其统系，得其通理。然分析必由踏实。于烦琐名相，欲一一而析穷其差别义，则必将论主之经验与思路，在自家脑盖演过一番，始能一一得其实解，论主，犹言著者。纵由悬空想象而施设之名相，但此等想象，在其思路中，必非无故而然，况其有据而非空想者乎！此谓踏实。若只随文生解，不曾切实理会其来历，是则浮泛不实，为学大忌。凌空者，掷下书，无佛说，无世间种种说，亦无己意可说，其唯于一切相，都无取著，取著意义极难言，学者须反观始得。脱尔神解，机应自然，心无所得，而真理昭然现前。此心才有所得，便是取著境相，即与真理相违。此种境地，吾无以名之，强曰凌空。

如上四要，读佛书者，缺一不得。吾常求此于人，杳然无遇。慨此甘露，知饮者希，孤怀寥寂，谁与为论！什师颂云："哀鸾孤桐上，清音彻九天。"

佛家哲学的精神和面目

佛家哲学，以今哲学上术语言之，不妨说为心理主义。所谓心理主义者，非谓是心理学，乃谓其哲学从心理学出发故。

今案其说，在宇宙论方面，则摄物归心，所谓三界唯心、万法唯识是也。非不承认有物，只是物不离心而外在故。然心物互为缘生，刹那刹那，新新顿起，都不暂住，都无定实。

在人生论方面，则于染净，察识分明。而以此心舍染得净，转识成智，离苦得乐，为人生最高蕲向。识者，虚妄分别名识。

在本体论方面，则即心是涅槃。涅槃者，以具常乐我净四德，故名涅槃，即真如之别名，亦即本体之别名。

在认识论方面，则由解析而归趣证会。初假寻思，而终于心行路绝。心行者，心之所游履曰行。人心思维一切义境，如有所游履然，故曰心行。心行路绝者，谓真理不可以知解推度，才起推度与想象，便与真理乖离。故知就真理言，则心行之路，至此而绝也。其所以然者，则于自心起执相貌，"起执"二字，宜深味。心知才起，便计有如是如是义相，此相即是自心所执，故云"起执"。由慧解析，慧即俗云理智。知其无实；心知所计为如彼如此等等义境，此决不与真理相应，俱妄识所构之相，故云无实。渐入观行，即观即行，说名观行，此即正智。冥契真理，契者，证会。即超过寻思与知解境地，所谓证会是已。吾以为言哲学者，果欲离戏论而得真理，则佛家在认识论上，尽有特别贡献，应当留心参学。

今西洋哲学，理智与反理智二派，互不相容，而佛学则可一炉而冶。向欲作《量论》时，备明此旨。惜年来扰攘，又迫病患，惮为深思，竟未知何时能执笔。然西学于此，所以无缘融会者，以无佛家观心与治心一段功夫故耳。西学只作知解功夫，其心尚沦于有取，更何望其空能取之执，亡知而冥应乎？此意难言。《新论·明心》章，于此颇具苦心。《明心》章下，谈染心所处，广明惑相。谈善心所处，于进修功夫次第，指示精严。须与本书上卷受、想、行三蕴参看。要

206

之，佛家哲学，持较西洋，别有一种精神，别是一种面目。其于中国，在修证上尚有相通之处；其于西洋，在理论上亦自有可通，而根本精神，俱不相似也。此意容当别论。读佛书者，必须知此，而后有所抉择。

如何读佛家书

凡佛家书，皆文如钩琐，义若连环。初学读之，必循环往复，至再至三。每读一次，于所未详，必谨缺疑，而无放失。此最吃紧。缺疑者，其疑问常在心头，故乃触处求解。若所不知，即便放失，则终其身为盲人矣。学问之事，成于缺疑，废于放失，寄语来学，其慎于斯。

凡佛家书，有宗论籍，只是铺陈名相；空宗论籍，如宗经之作，若《中论》等，宗经而作。只是三支法式。读其书者，切宜言外得意，若滞在言中，便觉毫无义趣。须知中国、印度哲家笔著，皆意在言外，意余于言。所贵好学深思，心知其意。科学书籍，叙述事理，无言外意。而哲学思想之作，则不当如此。以其所谈之理，极普遍、玄微、深妙，而难以言宣也。若哲学书，而亦义尽言中，则其无深解可知。

读佛书，必先读论。读论，必先唯识、法相，而次以空宗。然只读空有诸论，犹不足见佛学之广大渊微，渊者渊深，微者微妙。必也，博习群经，始觉豁人神智；及其讽味涵茹之久，则神智日益而不自知。然非广研论籍、精熟条理者，又断断不可读经。使混沌未凿者读之，不唯不喻经旨，反益增其混乱。论以析义，而经之说理也，极为深浑。深者深妙，浑者浑全。

凡读书，不可求快。而读佛家书，尤须沉潜往复，从容含玩，否则必难悟入。吾常言，学人所以少深造者，即由读书喜为涉猎，不务精探之故。如历史上名人传记，所载目数行下或一目十行与过目不忘等等者，不可胜数。秉笔者本称美其人阅览明快，而实则此等人在当时不过一名士，绝少有在学术界得成为学问家者。宣圣曰："仁者先难后获。"天下事无幸成之功。学问是何等功夫，奚容以轻浮心，辄为浅尝耶！日本学人治中国学术，勤于搜集材料，考据较精，然于哲学思想方面，殊乏穷大致精、极深研几之功。观其著述，如叙述某家学说，往往粗立若干条目，而任意割裂其书中文句，以编缀之，至为浮乱。其于先哲思想系统及广大渊深微妙之旨，全没理会。吾国学人自清末以来，亦被其风，此甚可惧。

"至言不止于俚耳。"《庄子》。卑陋之心于大道必无堪任。无所堪能任受。故儒者言为学之要，必曰立志；佛氏言为学之本，必曰发心。未有心志不正大，不清明，不真切，而可与于穷理尽性之学也。玄奘大师译《大般若经》既成，每窃叹此经义境太高，恐此土众生智量狭小，难于领受，辄不胜其嗟愧！向也不究此旨，今乃知其言之悲也。愿读佛书者，时取奘师此等话头参对，庶有以自激其愤悱之几欤！

补充说明

吾所欲言，略如前说。复次关于本书，尚有略及者二事。

一、本书所由作，实因授《新论》时，诸生以参读旧籍为难。而友人汤锡予适主哲系，亦谓佛学无门径书，不可无作，兼有他缘，如序中说。率尔起草。但因《新论》参稽之便，故书中于要领所在，时下批评，并举《新论》以相对照。虽着笔不多，而吾思想所由变迁，亦大略可见。

二、本书引用书名，多从省称。如《成唯识论》省称《三十论》，亦省称《识论》。《成唯识论述记》省称《述记》。他论亦有述记，则加二字以别之。如《杂集论述记》则云《杂集述记》，《二十论述记》则云《二十述记》之类。《瑜伽师地论》省云《大论》，亦云《瑜伽》。《遁伦记》省云《伦记》。诸如此类，读者宜知。

又拙著《新唯识论》省云《新论》，《破〈破新唯识论〉》省称《破〈破论〉》，《十力语要》省称《语要》。

复性书院开讲示诸生①

略说复性书院之旨趣

吾以主讲马先生之约，承乏特设讲座，得与诸生相聚于一堂，不胜欣幸。今开讲伊始，吾与诸生不能无一言。唯所欲言者，决非高远新奇之论，更不忍为空泛顺俗之词，只求切近于诸生日用功夫而已。朱子《伊川像赞》曰："布帛之言，菽粟之味，知德者希，孰知其贵？"愿诸生勿忽视切近而不加察也。

书院名称，虽仍往昔。然今之为此，既不隶属现行学制系统之内，亦决不沿袭前世遗规。论其性质，自是研究高深学术的团体。易言之，即扼重在哲学思想与文史等方面之研究。

吾国年来谈教育者，多注重科学与技术，而轻视文哲。此实未免偏见。就学术与知识言，科学无论发展至若何程度，要是分观宇宙，而得到许多部分的知识。至于推显至隐，穷万物之本，澈万化之原、综贯散殊而冥极大全者，则非科学所能及。世有尊科学万能而意哲学可废者，此亦肤浅之见耳。哲学毕竟是一切学问之归墟，评判一切知识而复为一切知识之总汇。佛家所谓一切智智，吾可借其语以称哲学。若无哲学，则知不冥其

---

① 此文原载《十力语要》。这一万多字的文章，原本没有分任何章节，读起来自然费力。今依其意分为十三节，以分别概括其义理或用意，凸显其关键所在，并帮助读者厘清思路。

极，理不究其至，学不由其统，奚其可哉？故就学术言，不容轻视哲学，此事甚明。

次就吾人生活言，哲学者，所以研穷宇宙人生根本问题，能启发吾人高深的理想。须知高深的理想即是道德。从澈悟方面言之，则曰理想；从其冥契真理、在现实生活中而无所沦溺言之，则曰道德。阳明所谓"知之真切笃实处即是行，行之明觉精察处即是知"，亦此意也。吾人必真有哲学的陶养，注意一"真"字。有高远深微的理想。会万有而识其原，穷万变而得其则；极天下之至繁至杂，而不惮于求通也；极天下之至幽至玄，不厌于研几也；极天下之至常至变，而不倦于审量也。智深以沉，思睿曰圣。不囿于肤浅，<small>学之蔽，真理之不明，皆由人自安于肤浅故也。肤浅者不能穷大，不能通微。其智力既浮薄，即生活力不充实。智短者，于真是真非缺乏判断。生活力贫乏者，必徇欲而无以自持。则一切之恶自此生矣。故，人之恶出于肤浅；易言之，即出于无真知。</small>不堕于卑近。<small>沉溺于现实生活中，从欲殉物而人理绝，卑近者如是。</small>以知养恬，<small>恬者，胸情淡泊，无物为累。此必有真知而后足以涵养此恬淡之德也。无知者，则盲以逐物，而胸次无旷远之致，是物化也。此与《庄子》"以恬养知"义别。</small>其神凝而不乱。<small>恬，故精神凝聚而不散乱也。</small>故其生活力日益充实而不自知。孟子所谓"养浩然之气"者是也。哲学不是空想的学问，不是徒逞理论的学问，而是生活的学问。其为切要而不容轻视，何待论耶！

又次就社会政治言，哲学者非不切人事之学也。孔子曰："道不远人。人之为道而远人，不可以为道。"孰有哲学而远于人事可谓之学哉？人者，不能离社会而存，不能离政治而生。从来哲学家无不于社会政治有其卓越的眼光、深远的理想。每一时代的大哲学家，其精神与思想恒足以感发其同时与异世之群众，使之变动光明。此在中外史实皆可征也。或谓：自科学脱离哲学以后，关于社会与政治方面的发见，亦是科学家所有事，何必归之哲学？此说似是而实非。哲学、科学，本息息相关，而要自各有其领域。如形而上学，则科学所不及过问是也。即在所研究之对象无所不同者，易言之，即无领域之异者，如对于社会政治诸问题，而哲学与科学于此仍自各有其面目。夫综事察变，固科学所擅长也。哲学则不唯有综事察变之长，而常富于改造的理想。故科学的理论，恒是根据测验的；哲学的理论，往往出于其一种特别的眼光。哲学与科学相需为用，不当于二者间有入主出奴之见，更属显然。上来略说三义，可见哲学思想不容忽视。

至于文学与历史诸学，在今日各大学属诸文科之范围，而为究心文化者所必探讨。今兹书院之设，本为研究哲学与文史诸学之机关。但研究的旨趣，自当以本国学术思想为基本，而尤贵吸收西洋学术思想，以为自己改造与发挥之资。

主讲草定书院简章，以六艺为宗主，其于印度及西洋诸学，亦任学者自由参究。大通而不虞其瞀，至约而必资于博，辨异而必归诸同，知类而必由其统。道之所以行，学之所以成，德之所由立也。诸生来学于此，可不勉乎！综前所说，则书院为何种研究机关既已言之甚明，来学者当知所负之使命也。

至书院地位，则相当于各大学研究院。而其不隶属于现行学制系统之内者，此有二意。一欲保存过去民间自由研学之风，二则鉴于现行学校制度之弊，如师生关系之不良与学生身心陶养之缺乏，及分系与设立课目并所用教材之庞杂。其弊多端，难以详举。至于教育宗旨之不一，学风之未能养成，思想界之不能造成中心思想，尤为吾国现时严重问题。颇欲依古准今而为一种新制度之试验。书院虽袭用旧称，而其组织与规制实非有所泥守于古。书院地位，虽准各大学研究院，而亦不必采用时制。

总之，书院开创伊始，在主讲与吾等意思，亦有欲专凭理想以制定一切规章。唯欲随时酌度事宜，以为之制。如佛家制戒，初非任一己一时理想以创立戒条，强人就范也。唯因群弟子聚处，而随其事实、因机立戒，久之乃成为有系统的条文。故其戒条颇适群机，行之可久也。书院创制立法，亦当如是。今后教者通指主讲与诸教职员学者肄业生及参学人俱各留心于学业及事务各方面之得失利弊等等情形，随时建议，毋或疏虞，庶几吾人理想之新制度将有善美可期矣。外间于书院肇创之际，多不明了，或疑此制终不可行。主讲与吾等时存兢业，亦望诸生厚自爱，期有所树立。岂唯书院新制得以完成，不负创议与筹备诸公之盛心；而发扬学术、作育人才、保固吾国家民族、以化被全人类者，皆于是乎造端矣。诸生勉旃！

211

略明器识之义

昔人有言，士先器识而后文艺。古者"文"字、"艺"字，并谓一切学术。如六籍，乃备明天道、治法、物理之书，而号曰六艺。又曰六艺之文是也。汉以后，始以词章名文艺。其意义始狭，非古也。今谓宜从古义。今学校教育，但令学子讲习一切学术，易言之，即唯重知识技能而已。"知识技能"一词，以下省称知能。至于知能所从出与知能所以善其用者，则存乎其人之器识。器识不具，则虽命之求知能，其知能终不得尽量发展。必有其器与识，而后知能日进。如本固而枝叶茂也。抑必器识甚优，始能善用其知能，不至以知能为济私之具也。苟轻器识而唯知能是务，欲学者尽其知能以效于世，此必不可得也。今之弊在是。奈何其不察耶。

夫器识者何？能受而不匮之谓器，知本而不蔽之谓识。器识非二也，特分两方面以形容之耳。以受，则谓之器；以知，则谓之识也。器识之义，最为难言，今略明之。

先难后获者，器也、识也；欲不劳而获者，非器也、无识也。可大受而不可小知者，器也、识也；可小知而不可大受者，非器也、无识也。毋欲速，毋见小利者，器也、识也；欲速不达，见小利则大事不成者，非器也、无识也。颜子以能问于不能，以多问于寡，有若无、实若虚、犯而不校者，器也、识也；反是者，非器也、无识也。虚己以容物，故犯而不校。此言君子宅心之广、蓄德之宏，乃就私德言，非就国家思想言也。或有误解此者，以谓国土受侵，不与敌校，便逾论轨。敏而好学、不耻下问者，器也、识也；反是者，非器也、无识也。志于道、据于德、依于仁、游于艺者，器也、识也；艺，谓一切知识技能之学。亡其道德与仁而唯艺之务者，非器也、无识也。行有余力则以学文者，器也、识也；此中"文"字，同上"艺"字解。驰逞于文而不务力行者，非器也、无识也。过则勿惮改，人告之以有过则喜、闻善言则拜者，器也、识也；文过遂非、拒谏而绝善道者，非器也、无识也。尊德性而道问学者，器也、识也；只知问学，而不务全其德性，则失其所以为人，非器也、无识也。见贤思齐焉，见不贤而内自省也，器也、识也；妒贤忌能，见恶人而不知自反，或攻人之恶而不内省己之同其恶否，此为下流之归，非器也、无识也。人一己十，人十己百，人百己千，器也、识也；自暴自弃者，非器也、无识也。或生而知之，或学而知之，或困而知之，及其知之一也，或安而行之，或利而行之，或勉强而行之，及其成功一也，器也、识也；甘于不知而不肯困以求通，怠于行而不务勉强以修业，非器也、无识也。任重道远，器也、识也；无所堪任，非器也、无识也。己立立人、己达达人，器也、识也；独善而无以及物，非器也、无识也。士志于道而耻恶衣恶食者，未足与议也。此有器识与无器识之辨也。

夫器识有无，其征万端，不可胜穷也。然即前所述者一字一句，反而验之身心之间、日用之际，则将发见自己一无器识可言，而愧怍惶惧，自知不比于人类矣。昔王船山先生内省而惭曰："吾之一发，天所不覆，地所不载。"其忏悔而无以自容，至于若此之迫且切也。我辈堕落而不自知罪，岂非全无器识之故耶？

夫器识，禀之自天而充之于学。人不学，则虽有天禀而习染害之。故夫人之无器识者，非本无也，直蔽于后起之污习耳。扩充器识，必资义理之学，涵养德性而始能。主讲以义理为宗，吾凤同符。诸生必真志乎此学，始有以充其器识。器识充而大，则一切知识技能皆从德性发用。器识如模，知能如填彩。模不具，则彩不堪施。诸生顾可逐末而亡本乎？

学者进德修业，自宜留意亲师敬长

学者进德修业，莫要于亲师。师严而后道尊。师道立，则善人多。旧训不可易也。学校兴而师生义废。教授与诸生，精神不相通贯，意念不相融洽，其上下讲台，如涂之人相遇而已。夫学者之于理道，非可从他受也，唯在自得之耳。其自得之者，亦非可持以授人，理道不是一件物事故也。然则为学者，何贵于有师耶？师之所益于弟子者，则本于其所自得者而随机引发弟子，使之有以自得焉。弟子所赖于其师者，方其未至于自得，则必待师之有所引发焉。唯然，故师与弟子，必精神、意念相融通，而后有引发之可能。若夫神不相属、意不相注，则如两石相击，欲其引发智虑而悟入理道，天下宁有是事耶？故弟子必知亲师而后可为学。且人之所以为人也，亲生之而师成之。成之之恩，与生均矣。在三之义，古有明训，而忍不相亲耶？虽然，语乎"成"，又当有辨。非寻常知识技能之相益，便足谓之成也。必其开我以至道，使吾得之而成为人焉。不得，则吾弗成为人也。有师如是，其成我之恩，均于生我矣。在三之义，正谓此也。其次，则如章实斋氏所云，专门名家之学，虽不足语至道，要亦有得于道之散殊。吾从而受其学，亦不敢不尊之亲之，而严其分、尽其情。严其分者，己之于师，退居子弟行，不敢抗也。否则于情未协，于义为悖也。自此而下，若传授课本、口耳之资益，学无与于专家，人未闻乎至道，但既为吾所从受课之师，有裨于闻见，则亦以长者事之，以先进礼之，不得漠然无情谊也。亲师之义，虽有差等，毕竟不失其亲爱。古之学者，未有不求师也。弟子之名位、年事，过于其师者，往往有之。而退然以下其师者，道之所在故也。学之不可无所就正故也。

今之学者，耻于求师，不以其所未得为可耻，而耻其所不当耻，直无器识故耳。古之人，有先从师游，不必有得，而后乃自得，反以其道喻师，而自展其事师之诚者，释迦牟尼是也。鸠摩罗什于其戒师，亦尝行之也。有弟子先从师说，而后与之异者，后之所见诚异，非私心立异也。亚里士多德曰："吾爱吾师，吾尤爱真理。"有如是弟子，非师门之幸哉？亲师者，非私爱之谓也。然非有真知真见而轻背师说焉，则其罪不在小，学者所当戒也。

次于亲师而谈敬长。凡年辈长于我者，必以长者礼之。年辈长于我，而又有学行可尊者，吾礼敬之不尽其诚，又何忍乎？

清末以来，学风激变。青年学子，习于嚣暴，而长幼失其序矣。有一老辈，平日与少年言议，皆非毁礼教者也；退而与人言，则又忿后生遇己之无礼。吾性褊狭，不欲轻接少年。偶遇之，勿多与言，亦无饰貌周旋之事，孤冷自持而已。夫所以敬长者，约有二义：少不凌长，后生不与先进抗，存厚道也。长者经验多于少年，少年勇于改造，而辨物析理不必精审。使其无轻侮前辈之心习，则将依据前辈之经验，以为观摩考核之资者，必日益而不自知矣。西洋各国皆有年老教授居上庠，与吾国古时太学尊礼老师之意适合。明季有一儒者，自言其少时遇长德，辄以兄事；中年而后，自知无礼，于昔所称为兄者，今改称以先生，而自称晚生或后学焉。昔之视在等夷者，今知其德之可尊、学之可贵也，则不复等夷视之，而对之自名焉。此人可谓善补过矣。诸生来学于此，于亲师敬长，自宜留意，不可染时俗也。此亦培养器识之一端也。

穷理功夫，非"深心、大心、耐心"不办

学者以穷理为事。然其胸怀，一向为名利声色种种惑染之所缠缚，其根株甚深细隐微，恒不自觉，本心全被障碍，如何而得穷理？"本心"一词，原于《孟子》，宋明儒者亦言之。"本"字宜深玩，但非可徒以训诂为得其解也。必切体之于己，而认识其孰为吾本具之良知能而不杂夫后起染污之习者。穷理功夫，非深心不办。真理虽昭著目前，而昏扰粗浮之心终不得见。必智虑深沉冲湛，而后万理齐彰。深湛则神全，神全故明无不烛，而天下之理得矣。

又非大心不办。大，故不滞于一隅。观其散著，抑可以游其玄也；析其繁赜，抑可以会其通也；辨其粗显，抑可以穷其幽也；知其常行，抑可以尽其变也；见其烦琐，抑可以握其简也。故唯大心，可以穷理。狭碍之心，触途成滞。泥偏曲而不悟大全，堕支离而难言通理，习肤浅而不堪究实。明者所以致慨于横通也。狭碍之心，非本心也。乃以染习为心故耳。

又非耐心不办。人心恒为染习所乘，安于偷惰而一切无所用心，惯于悠忽而凡百都不经意。苹果堕地与壶水热则涨澎，古今人谁不习见之，却鲜能于此发见极大道理者，必待奈端、瓦特而后能之，则以常人不耐深思故耳。夫事理无穷，要在随处体察，于其所未曾明了者，不惮强探力索，四字吃紧。毋忽其所习闻习见而不加察也；毋略其所不及见、不及闻而以为无复有物、无理可求也；毋狃于传说，必加评判；亦毋轻议旧闻，必多加考索：其果是耶，无可立异；其果非耶，自当废弃。毋病夫琐碎而不肯穷也，毋厌其艰阻而不肯究也。时时有一副耐心，真积力久，自然物格知至，而无疑于理之难穷矣。

综前所说三心：曰耐、曰大、曰深，皆依本心而别为之名耳。耐之反为忽，忽者，疏忽或忽略。大之反为碍，碍者，狭隘或滞碍。深之反为浅，浅者，浅陋或浮浅。有一于此，皆不足与于穷理之事。其所以成乎忽与碍且浅者，则以无量惑染根株盘结于中，而本心障蔽故也。学者有克己功夫，己者，谓一切惑染，亦云私欲或私意。常令胸怀洒脱、神明炯然，则能耐、能大、能深，"耐"字意义甚深，即健也，切宜深玩。而可以穷理尽性矣。

王阳明先生云："学问须是识得头脑。"存心、养心、操心之学，于一切学问，实为头脑。今之学子，顾皆舍其心而不知求，岂不蔽哉？

就学术言，华梵哲学与西洋科学，原自分途。东学，赅华梵哲学言。必待反求内证，舍此，无他术矣。科学纯恃客观的方法，又何消说得。西洋哲学与其科学，大概同其路向，明儒所谓"向外求理"是也。西洋思想与东方接近者恐甚少。学者识其类别，内外交修，庶几体用赅存，本末具备，东西可一炉而冶矣。昔朱子言学，以居敬穷理并言。穷尽事物之理，合用客观方法。居敬，即反求内证下手功夫也。敬是功夫，亦即于此识得内在的本体。明代治朱学者，诟王学遗物理而不求。王学之徒，则又病朱学支离破碎。近世中西之争，亦复类是。曷若同于大通之为愈耶！吾与主讲，俱无所偏倚。诸生来学于此，须识得此间宗旨，无拘曲见，务入通途。

由古到今，谈儒生经世之业

昔吾夫子之学，内圣外王。老氏崇无，亦修南面之术。老氏之无，非空无也。本性虚寂，故说为无。儒者亦非不言无，《中庸》言天性，曰无声无臭至矣。但儒者不偏着在无上，与老氏又有别。此姑不详。颜子在孔门，拟以后世宗门大德气象，颇相类似。然有为邦之问，则孟子所谓禹、稷、颜回同道，诚不诬也。吾尝言：佛家原主出世，使世而果可出也，吾亦何所留系？其如不可出何。如欲逃出虚空，宁有逃所？世之言佛者，或谓佛氏非出世主义，此但欲顺俗而恐人以此诟病佛法耳。实则佛家思想，元来自是出世。彼直以众生一向惑染，沦溺生死海中，为可怖畏，而求度脱。经论具在，可曲解耶？但佛家后来派别甚繁，思想又极繁杂。如大乘学说渐有不舍世间的意思。华严最为显著。《金光明经》亦归于王者治国之道云。是故智者哀隐人伦，要在随顺世间，弥缝其缺，匡救其恶。所谓裁成天地之道，辅相天地之宜，本中和而赞化育，建皇极而立烝民。古诗云："立我烝民，莫匪尔极。"此吾夫子之道，所以配乾坤而同覆载也。庄子曰："春秋经世，先王之志。"可谓知圣心矣。

汉世经儒，并主通经致用，不失宗风，故汉治尚可观。魏晋以后，佛家思想浸淫社会。曹氏父子又以浮文靡辞导士夫为浮虚无用。儒生经世之业，不可复睹。遂使五胡肇乱，惨毒生民。延及李唐。太宗雄伟，仅振国威于一时。继体衰乱，迄无宁日。唐世士人，下者溺诗辞，上者入浮屠。儒业亡绝，犹魏晋以来之流风也，世道敝而无与持，有以也哉。唐世仅一陆宣公，以儒术扶衰乱。祸极于五代。宋兴，而周、程诸老先生绍述孔孟，儒学复兴。然特崇义理之学，而视事功为末。其精神意念所注，终在克己工夫；而经国济民之术，或未遑深究。虽述王道，谈治平，要亦循守圣文，非深观群变，有所创发也。至其出处进退大节，自守甚严，诚可尊尚。然变俗创制，一往无前之勇气，则又非所望于诸老先生矣。然而宋儒在形而上学方面，实有甚多发见。当别为论。晚世为考据之业与托浮屠者，并狂诋宋儒，彼何所知于宋儒哉！唯宋儒于致用方面，实嫌欠缺。当时贤儒甚众而莫救危亡，非无故也。及至明季，船山、亭林诸公崛起，皆绍述程朱而力求实用。诸公俱有民治思想，又深达治本，有立政之规模与条理，且皆出万死一生以图光复大业，志不遂而后著书。要之，皆能实行其思想者也。此足为宋儒干蛊矣。颜习斋名为反对程朱，实则其骨子里仍是程朱。所攻伐者，但是程朱派之流弊耳。胜清道咸间，罗罗山、曾涤生、胡林翼诸氏，又皆宗主宋学，而足宁一时之乱。诸公扶持清廷，殆非本志，直是现实主义耳。洪杨既不足辅，又惧同类莫能相下，故仍拥清以息一时之乱耳。曾氏刊布《船山遗书》，虽昌言民族革命之《黄书》，而布之无忌，其意念深哉。故由宋学演变观之，浸浸上追孔氏，而求内圣外王之全体大用，不复孤穷性道矣。明季大儒与咸同诸公，所造高下浅深，为别一问题。然其内外交修，不欲成为有体而无用，则犹孔氏之遗规也。

今世变愈亟，社会政治问题日益复杂，日益迫切。人类之忧方大，而吾国家民族亦膺巨难而濒于危。承学之士，本实既不可拨，本实，谓内圣之

217

学。作用尤不可无。作用，谓外王或致用之学。与俗以机智名作用者异旨。实事求是，勿以空疏为可安。深知人生责任所在，必以独善自私为可耻。释迦牟尼为一大事因缘出世。王船山先生自题其座右曰："吾生有事。"此是何等胸怀，吾人可不猛省！置身群众之外而不与合作，乃过去之恶习。因任事势所趋，而不尽己责，尤致败之原因。西洋社会与政治等等方面，许多重大改革，而中国几皆无之。因中国人每顺事势之自然演进，而不以人力改造故也。此等任运自然的观念，未尝绝无好处，但弊多于利，当别为文论之。

专才与通才互相为用，而通才实关重要

诸生研求实用，尤贵于旧日积习得失，察识极精，而迁善必勇。否则虽有技能，不堪致用，况缺乏技能者乎？

或曰：今世言致用，必须专门技术。此等人才，必出自各学校之为专科研究者。书院系养育通才，恐徒流为理论家，而不必可以致用也。此说只知其一，未知其二。

夫专才与通才，专门技术，省言专才。互相为用，而不可缺其一也。

专才恒是部分之长，虽其间不无卓越之士，然终不能不囿于所习，其通识终有限也。通才者，测远而见于几先，穷大而不滞于一曲，能综全局而明了于各部分之关系，能洞幽隐而精识夫事变之离奇。专才的知识是呆板的，通才的知识是灵活的。专才的知识是由积聚而得的，通才的知识多由超悟而得的。超悟本自天才。然天才短者，积学亦可致。专才的知识是显而易见的，通才的知识是运于无形的。专才与通才之辨，略如上说。

而通才实关重要。能用专才者，通才也。若无通才，则专才亦无所依附以尽其用。选任各种专才而位之各当其所，此则通才所有事也。凡理论家，固可谓之通才，而通才不必悉为理论家。通才者，恒是知行合一之人物也。

通才与专才，时或无定称。如一个工厂的领袖，比于厂中技师等等则为通才，比于实业界中更大的领袖，则又成专才矣。实业界中大领袖，虽号通才，而对于主持国柄之大领袖，则又成专才矣。

凡求为通才者，必有宽广的胸量，远大的眼光，深沉的思考，实践的勇气，谦虚的怀抱。若不具此素质，而求为通才，未之有闻也。

查本院简章，分通治、别治二门。通治门，以《孝经》《论语》为一类，孟、荀、董、郑、周、程、张、朱、陆、王诸子附之。别治门，《尚书》、"三礼"为一类，名、法、墨三家之学附之；《易》《春秋》为一类，道家附之。凡此，皆所以养通才也。

【附识】

或问：本文有云，中国人每顺事势之自然演变，而不以人力改造，此意未了。答曰：吾举一例明之。如数千年来君主政治，时或遇着极昏暗，天下自然生变。到变乱起时，也只任互相杀伐，俟其间有能者出来，才得平定，仍然做君主。此便是顺事势自然，不加人力改造。若是肯用人力改造局面时，他受了君主政治许多昏暗之祸，自然会想到民治制度，同来大改造一番。西洋人便是这样。中国人却不如此。即此一例，余可类推。

国家设学校以养人才。人才虽出于其中，而就学者固不能皆才也。书院虽欲养通才，又何敢过存奢望耶？然在诸生，则不可妄自菲薄，必努力以求为通才，而后不负自己，不负所学。诸生纵不得胜国家栋梁之任，吾亦望其行修而学博，足以居庠序而育群才。今各大学，于本国学术方面缺乏师资。此足见吾国人之不力学，不求认识自己。昔拿破仑自谓其失败，根本不由于外力与刀枪，而在于德国理想家的抵抗力。诸生三复此言，当知所奋发矣。

治学二义与修学办法

本院简章，举一切学术，该摄于六艺。故学者选修课程，应各择一艺为主，而必兼治其相类通者。如所主在《易》，则余艺如《春秋》等，等者，谓《诗》《书》、"三礼"及四子书等。诸子学，如道家等，等者，谓自汉迄宋明诸师。及印度佛学与外道，皆所必治。即西洋哲学与科学，尤其所宜取资。如所主在《春秋》诸艺，则其所应兼治之诸学，亦各视其所相与类通者以为衡。

夫学术分而著述众。一人之力，何可穷搜？故治学者，有二义宜知。

每一种学问皆有甚多著述，唯择专家名著而详加玩索，其余可略。此一义也。博学者，非无书不读之谓，乃于不可不读之书，必须熟读耳。

依据自家思想根荄（gāi），因取其与吾相近者，特别研寻，以资发挥，此二义也。如吾治《易》而好象数，则于数理逻辑，必加详究。如吾治《易》而主明变，则凡哲学家之精于语变者，必加详究。如吾治《易》而于生生不息真机特有神悟，则凡依据生物学而出发之哲学，必加详究。如吾治《易》而注重明体及生活与实践方面，则于佛家及宋明诸师，必加详究。如吾治《周礼》而欲张均产与均财之义，则于吾先儒井田、限田诸说及西洋许多社会主义者关于经济的思想，必加详究。如吾治《春秋》而欲张《公羊》三世义，则于吾六经、诸子及西洋哲学许多政治理想，必加详究。如上所说，略示方隅。学者触类旁通，妙用无穷。

本院主张自由研究，不取学校教师登台强聒、学生呆坐厌听之方式。亦无一定讲义。主讲及讲座、教授都讲，简章尚未立教授。以开创伊始。规模尚狭故也。实则教授为正常负责之师，决不可无。至简章有讲友，相当各大学名誉教授。但马先生不欲仍时俗教授之名，俟将来酌定。时或聚诸生共语，得为语录而已。

分系办法，虽本院所无。但简章一宗六艺而分通治、别治二门。诸生入院修学，自应先通后别。其别治门各专一艺而兼治其相与类通之诸学，则分系之意存焉。

必读书与博览之书

至各门所应研习之书目，拟分必读与博览二类，容缓酌定。

必读一类，贵精不贵多。如孔门之于六艺，魏晋学者之于三玄，两宋诸师之于四子书。又如佛家空宗主《大般若经》与《四论》《大智度》及《中》《百》《十二门》。相宗亦有六经十一论，详基师《唯识述记》等。凡此诸家，其所专精之书并不多。唯有所专主，而聚精会神于其间，久之而神明变化，受用无穷矣。

220

至博览一类，则不嫌其多。然学者资性有利钝，精力有衰旺。要在各人随分尽力，选择其万不容不涉及者，而目治心营焉。求免于孤陋寡闻之患，而有以收取精用弘与引申触类之益，斯为得之。若夫不量自力而一意涉猎求多，其弊也，或则神昏目眩而一无所得，或则杂毒攻心而灵台长蔽、思想长陷于混乱。此为人生至苦之境。

吾意将来规定各门应行博览之书，虽名目不妨多列，而学子于其间尽可留心选择。务令游刃有余，毋以贪多自害。唯必读之书，则非终身潜玩不可。

学子当努力探求西洋科学

学问之道，由浅入深，由博返约。初学必勤求普通知识，将基础打叠宽博稳固，而后可云深造。其基不宽，则狭陋而不堪上进；其基不固，则浮虚而难望有成。

初学若未受科学知识的训练而欲侈谈哲理与群化治术等等高深的学问，便如筑室不曾拓基，从何建立？登梯不曾循级，必患颠蹶矣。吾国学术虽未曾发展为科学，然吾先圣贤于哲学思想方面所以有伟大的成功者，非独天才卓越、直超顿悟、冥会真理而已，亦因其穷玄而不遗事物。如所谓"仰观于天，俯察于地""近取吾身，远观诸物"。又如孟子称舜"明于庶物，察于人伦"，后儒亦屡言须体验物理人事。又曰：从人情事变上磨炼，其精于综事辨物，可见矣。吾固有之学术不曾发展为科学，此是别一问题。然吾古之学者，自有许多许多的科学知识，则不容忽视。《易》之为书，名数为经，质力为纬，非有丰富幽深的科学思想则莫能为也。而其书，导于羲皇，成于孔氏。创作之早，至可惊叹。后生偷惰，知识日益固陋。今西洋科学发达，学子诚当努力探求。

诸生若自大学卒业而来者，于科学有相当素养，今进而研华梵高深学术，不患无基。

至其未受学校教育者，本院征选肄业生细则，不限定大学卒业一途者，原欲广造就耳。但其人若非具有天才而缺乏科学训练，恐终为进学之碍。今次征选生徒办法，只可作一种试验耳。务望于科学方法及各科常识，尤其于生物学、心理学、名学及西洋哲学与社会政治诸学，必博采译述册子详加研索。

今之译述，大抵出于稗贩而不详条贯，鲜有旨要。其于所介绍之学说，实未有精研故也。又复模仿西文文法，而未能神明变化，故其辞甚难通。加之白话文于素读旧书者气味最不合。以上诸因，译述册子每为人所不喜阅。然诸生未受学校教育者，要当于译述册子勉强玩索，勿病其肤杂，勿畏夫艰阻。须知，学者涉猎群书，譬之入山采宝。初入深山，所历几尽属荆棘，及遇一宝，则获益无穷矣。读杂书，亦复如是，往往有意外之获。

孟子谓舜好问而好察迩言，理道无穷，随在足资解发故也。译述虽劣，讵不足比于迩言耶。

作文、读书、写诗之辨

吾国学术，夙尚体认而轻辩智。其所长在是，而短亦伏焉。诸生处今之世，为学务求慎思明辨，毋愧宏通。其于逻辑，宜备根基，不可忽而不究也。然学问之极诣，毕竟超越寻思，归诸体认，则又不可不知。

《论语》有言："工欲善其事，必先利其器。"文字者，发表思想之器也。凡理论的文字，以语体文为最适宜。条理详明，委曲尽致，辞畅达而无所隐，义精确而无所淆。此语体文所擅长也。但有时须杂用文言文。谈理至幽玄之境，凌虚着笔，妙达神理，则或赖文言，以济白话之穷。如程子语录中所谓"冲漠无朕""万象森然"，以整练之辞，善敷玄旨，含蓄无尽。此等处若用白话，便无义味。此语体参用文言之妙也。学子如欲求工语体文，必须多读古书，能作文言文，始无不达之患。今学子为白话文，多有不通者，此可戒耳。

读书须有三到，曰：手到、圈点。目到、心到。手之所至，而目注焉，而心凝焉，则字字句句无有忽略过去者。读书不求甚解，在天才家眼光锐利，于所读书入目便能抉择，足资一己创发之用。若在一般人，则虽苦思力索，犹惧不尽其条理，不识其旨要，而可不求甚解乎？读书切忌忽略过去。学之蔽，理之难明，只缘自心随处忽略故耳。忽略者，万恶之源也。

222

所谓"不诚无物"是也。吾写至此，吾意甚苦，愿诸生自反而力戒此病。细玩《论语》，则知圣贤日用间，只是一直流行，一切无有忽略。

今之少年，习为白话诗，以新文学自标榜。其得失，则当世有识者多能言之，毋俟余喋喋也。余生平不能诗，间讽诵古之名作，略识其趣。以为声音节奏终不可忽而不讲，若不求协韵，只为白话而已，其可谓之诗乎？诸生于六艺中倘有专诗者，将欲创作新体，亦必沉潜于旧文学，谓由《三百篇》、楚汉迄近世诗骚赋词等作品。遗其貌而得其神，或能融会众体，别创一格，未可知也。如于旧文学未有深厚涵茹，而以浅躁之衷急谋更张，终必无成。子曰："仍旧贯，如之何？何必改作。"更张而不及其旧，勿轻更焉可也。

每闻少年能读西人诗，惊服其长篇巨制，辄谓中国诗不足观。此真肤论也。余未读西人诗，但闻人言，想见其气象雄放，情思畅茂。然中国诗妙在辞寡而情思悠然，含蓄不尽。清幽之美，如大化默运，不可以形象求也。中西诗但当各取其长，勿妄分优劣也。

人类如终不自毁，其必率由吾六艺之教

间闻人言，通经致用之说，在今日为迂谈。今之政事，当有专门技术，岂得求之六艺而已乎？此其说甚误。有见于末，无见于本也。如欲辨正此等谬见，自非可以简单言之。虽著书累帙，犹难达意。吾于此不暇深论，但虑诸生移于时俗，终不能不略明吾旨也。

夫缮群致治，必有经常之道，历万变而不可易也；亦必有张弛之具，随时而制其宜也。专门技术只为张弛之具，而所以为张弛者，要不可离经常之道。姑举一义言之。《大易》"革"卦，著改革之象，必归之诚信。"革"，变易也。诚信，则通万变而不可易之常道也。改制易度，而果以诚信行之，毋假新法之名而阴违之，以逞其私欲；毋藉新兴之事而私便之，以恣其淫贪。以诚信宰万变而不渝，则任何改革，无不顺天应人，行之尽利矣。嗟尔诸生，更历世变，亦已不浅，其犹无悟于此耶！即今国际纠纷，至于人类自毁而不知祸之所的。诸霸者莫不声称正义，而所为适得其

反。不诚不信，戾于常道。生人之祸，何时已乎！自古皆有死，民无信不立。

圣言深远。人类如终不自毁，其必率由吾六艺之教焉无疑也。夫六艺之旨，广大悉备，所谓"范围天地之化而不过，曲成万物而不遗"。唯智者真有得于六艺，则见其字字句句皆切于人生实用，而不可须臾离也。无识者视为陈言，所谓"至言不止于里耳"也。谓通经致用为迂谈，此乃细人之见耳。且学者诚能服膺经训而反之自心，将于万化之本、万事之纲无不洞达，则其于人群事变之繁复奇诡，自可秉枢要以御纷杂，握天钧而涉离奇。阳明所谓"规矩诚设，而天下无数之方圆，皆有以裁之矣；尺度诚立，而天下无数之长短，皆有以裁之矣"。然则运用专门技术者，必待湛深经术之醇儒。世有善知识，必无疑于吾言也。

又凡治六艺者，非但习本经而已，如治《尚书》、"三礼"者，于吾诸子、历史及诸文集，并西洋社会、政治诸学，皆博览而取材焉。余艺可类推。

夫学术者，古人诣其大，而后人造其精；古人穷其原，而后人竟其委。委者，委曲。事理之散殊，至纤至悉，难于穷了者，谓之委曲。古人以包含胜，后人以解析胜。学者求知，若但习于细碎，则智苦于不周，而应用必多所滞。六艺者，吾国远古之大典，一切学术之渊源。学子欲求致用而不习六艺，是拘于偏曲而不求通识也。恶可致用乎？

今各大学法科，只习外人社会及政治诸书而已。故剿袭外人法制，以行之吾国，终不适用也。故夫研究西洋社会及政治法律诸学者，必上宗六艺，而参稽历朝史志与诸文集，博而有要，杂而有本，庶几通古今之变，而可权时致用矣。

尤复须知，吾国著述，不肯敷陈理论，恒以散殊而简单之辞，寓其冲旨。所谓引而不发是也。善读者，于单词奥义悟得无穷道理。如《周礼》言经国理民之规，一以均平为原则。《大学》言理财，归之平天下，本之絜矩。絜矩者，恕道也。今列强不知有恕，故互相残。《论语》言"不患寡而患不均"。《孟子》言民治，端在制产。曰"民有恒产，斯有恒心"。《书》曰："正德、利用、厚生"。尽大地古今万国谈群化究治道之学者，著书千

224

万，要不过发挥上述诸义而已。治今日之中国，道必由是。为人类开万世太平之基，道必由是。

又如《论语》"道千乘之国"一章，尤为今日救时圣药。时时存敬事之一念，无实之议案与夫徒供官吏假借济私而有害民生之政令，必不忍行、不肯行。至其敬慎以出之事，自然实行收实效，而可信于群众。非有实益于公家，即一毫不浪费。如此节用，何虑艰危？当饮食，而思天下饥饿者众；处安全，而思天下惨死者众。有此爱人一念，自必达之事业。程子曰："一命之士，苟存心于爱物，于人必有所济。"况乘权处要者乎？征役出于不得已，而于人民生事所关必加顾惜审处，则所全者多矣。当今上下一心，果能实体"敬事而信""节用而爱人"诸义，而力行之，又何忧乎国难？

圣训洋洋，无一语不切实用，奈何以迂谈视之。夫六艺之旨，广大渊微。欲有称举，终嫌挂一漏万。吾揭示一二，以便诸生读经时知所留意而已。经术诚足致用，诸生到深造自得时，方信得及耳。此与前谈通才与专才一段可参看。

立志发心，唯尚躬行

儒家教学者，必先立志；佛家教学者，首重发心。所发何心？所立何志？即不私一己之心之志。易言之，即公一己于天地万物之心之志而已。

罗念庵先生有云："近来见得吾之一身，当以天下为己任。不论出与处，莫不皆然。真以天下为己任者，即分毫躲闪不得，亦分毫牵系不得。躲闪与牵系，皆私意私欲之为。古人立志之初，便分蹊径。入此蹊径，乃是圣学；不入此蹊径，乃是异端。阳明公万物一体之论，亦是此胚胎。此方是天地同流，此方是为天地立心、生民立命，此方是天下皆吾度内，此方是仁体。孔门开口教人，从此立脚跟。力案：此须善读《论语》，能于言外会意，方得之耳。孔子随事示人，无不使之率由常德。如孝弟忠信笃敬等等，皆常德也。率由常德，即是通人己为一体处。失其常德，即成自私自便，而不能与物同体矣。学者于此，宜深切察识。后儒失之，只作得必信、必果，硁硁小人之事，而圣学

225

亡矣。力案：此是念庵大眼孔处。《西铭》一篇，稍尽此体段。所谓大丈夫事，小根器不足以当之。识得此理，更觉目前别长一格。"又曰："今人言学，不免疏漏。虽极力向进，终无成就。是不达此理。以此与他人言，绝不见有一人承当。即不承当，亦不见有一人闻之生叹羡者，不知何也？"力案：众生可悲以此。又曰："区区不足法，只此一蹊径，似出于天之诱衷，却非有沿袭处。吾身纵不能至，愿诸君出身承当。承当处，非属意气兴致，只是理合如此。力案：此处吃紧。此方是做人的道理，此方是配天地的道理。能有诸己，何事不了？真不系今与后、己与人也。"念庵此一段话，至为警切。吾故举以示诸生。诸生能发心立志，而公一己于天地万物，与为一体，如此方是尽人道也。亦必如此，而后见得天下事皆己分内事，而任事之勇自生。

孔门教学者唯尚躬行。子路有闻，未之能行，唯恐有闻。其刻励如是。后来学人便侈谈空理而轻视事为。学风所由替，民族所由衰也。诸生其念之哉。勿以空谈了一生也。天下事，无大无小，量己才力所胜任者，以真实心担任做去。才做事，便是学。否则只是浮泛见闻或空想，不足言学也。

与诸生共勉

写至此，便欲止，然犹若不能已于言者。

学问之事，唯大天才或可以不信天、不信地，而唯自信、自成。中人之资，未有不笃信善知识而可以有成者也。超悟之明不足，则推度易滋疑眩。而古今偏至与浮浅之言，亦皆足乱其神明。故必有善知识为之师，而己又能笃信其师之说。由笃信而求深解，了然于其师之所见。一义如是，众义皆然。久之，养成自家识力，便可纵横自在矣。今之学子，才识不逾中人，或且不及中人，而果于自信，不知择师。任其肤乱浮嚣之见衡量一切，无所取准，惑以终身，不亦悲乎！《论语》曰："笃信好学，守死善道。"诸生来学于此，愿办一个信心，毋轻自用也。

前月十九日，寇机来袭嘉。吾寓舍全毁于火，吾几不免，幸所伤仅在

226

左膝稍上。一仆拥持，得脱于难。然痛楚缠绵，已历多日。兹值开课，念天未丧予，益不得不与诸生共勉。

以上所言，本无伦次，然要皆切于诸生日用。譬之医家治病，每下毒药，然其出于救人之真心，则无可疑也。诸生幸谅余之心焉。

中华民国二十八年九月十七日熊十力

【附记】

复性书院创建于（民国）二十八年夏，院址在四川嘉定乌尤寺。余应聘不多日，以病辞职。然存此讲词，以备来者参考。十力记。

第五辑

自述与自序

略述平生①

余先世士族，中衰。先父其相公，学宗程朱。一生困厄，年亦不永。

余年十岁，先父已患肺病，衣食不给。余为人牧牛，先父常叹曰："此儿眼神特异，吾不能教之识字。奈何？"乃强起授馆，带之就学。

初授《三字经》，吾一日读背讫。授"四书"。吾求多授，先父每不肯，曰："多含蓄为佳也。"求侍讲席，许之。

时先父门下颇有茂才，余自负所领会出其上。父有问，即肃对，父喜，而复有戚色。是年秋，吾即学作八股文一篇。八股文有法度，不易驰逞，先父颇异之。

逾年，先父病深，竟不起。临终，抚不肖之首而泣曰："汝终当废学，命也夫！然汝体弱多病，农事非所堪，其学缝衣之业以自活可也！"余立誓曰："儿无论如何，当敬承大人志事，不敢废学。"父默然而逝。余小子终不敢怠于学，盖终身不忍忘此誓也。

先长兄仲甫先生，读书至十五岁，以贫，改业农。农作，则带书田畔，抽暇便读。余亦效之。曾从游何先生半年，见《示要》二讲。此外绝无师。

年方弱冠，邻县有某孝廉上公车，每购新书回里，如《格致启蒙》之类，余借读，深感兴趣。旋阅当时维新派论文与章奏，知世变日剧，遂以

---

① 此文选自《十力语要》，原标题为"黎涤玄记语"，标明由黎涤玄记录整理，现标题为编者所加。原文正文前有介绍："先生杖履余闲，玄随侍，请其略述平生。师随便谈说，而即记之如次。"今将这两句话移此。

范文正"先天下之忧而忧"一语书置座右。

余少喜简脱，不习礼仪，慕子桑伯子不衣冠而处之风，夏居野寺，辄裸体，时出户外，遇人无所避。又喜打菩萨。人或言之长兄，长兄亦不戒也。有余先生者，先父门下士，呼余痛责曰："尔此等行为，先师有知，其以为然否?"余悚然惧，自是不敢复尔。

时国事日非。余稍读船山、亭林诸老先生书，已有革命之志。遂不事科举，而投武昌凯字营当一小兵，谋运动军队。旋考入陆军特别学堂。渐为统帅张彪所侦悉，将捕余，闻讯得遁走。张彪犹悬赏以购，余逃回乡里。

时兄弟六人，食指众，饔飧每不继。冬寒，衣不足蔽体。虽皆安之，而意兴俱索。闻南浔铁路开工，德安多荒田，兄弟同赴德安垦荒。然流民麇集，艰险又多出意外，日益忧惧。

及民六七，桂军北伐，余曾参预民军。旋与友人天门白逾桓先生同赴粤。居半年，所感万端，深觉吾党人绝无在身心上作功夫者，如何拨乱反正? 吾亦内省三十余年来皆在悠悠忽忽中过活，实未发真心，未有真志，私欲潜伏，多不堪问。赖天之诱，忽尔发觉，无限惭惶。又自察非事功之材，不足领人，又何可妄随人转? 于是始决志学术一途，时年已三十五矣。此为余一生之大转变，直是再生时期。他日当为文，一述当时心事。

未几，兄弟丧亡略尽，余怆然有人世之悲，始赴南京，问佛法于欧阳竟无先生。留宁一年余，深究内典，而与佛家思想终有所不能苟同者。读吾《新论》当自知之。佛教中人每不满于吾，是当付诸天下后世有识者之明辨。流俗僧徒与居士于佛法本无所知，吾总觉佛教思想之在吾国，流弊殊不浅。学者阅《读经示要》第二讲，当自思之。吾并非反对佛法，唯当取其长，汰其短耳。

余自卅五以后，日日在强探力索之中。四十左右，此功夫最紧，而神经衰弱之病亦由此致。五十后，病虽渐愈，然遇天气热闷，作文用思过紧，则脑中如针刺然，吾之性情即乱，或易骂人，不知者或觉吾举动奇怪。其实，神经衰即自失控制力，偶遇不顺意之感触，即言动皆乱也。

余平生不肯作讲演，若说话多则损气甚，而神经亦伤，言语将乱发。

不知者闻之，又若莫名其妙也。余每日作文、用思，必在天气好及无人交接时行之，盖神经舒适，头脑清宁，而吾之神思悠然，义理来集，若不召而至矣。

余四十后，大病几死。余誓愿尽力于先圣哲之学，日以此自警，而精神得不坠退。余非无嗜欲者，余唯以强制之力克服之。到难伏时，则自提醒平生誓愿所在，而又向所学去找问题，于是而欲念渐伏。余自问非能自强者，唯在末俗中，差可自慰耳。

余感今之人皆漠视先圣贤之学，将反身克己功夫完全抛却，徒恃意气与浅薄知见作主张。此风不变，天下无勘定之理。余视讲学之急，在今日更无急于此者。今人只知向外，看得一切不是，却不肯反求自家不是处，此世乱所以无已也。先圣贤之学，广大悉备，而一点血脉，只是"反求诸己"四字。圣学被人蔑弃已久，此点血脉早已断绝。

余年逾六十，值兹衰乱，唯念反己功夫切要。汝曹识之。

吾识量不欲隘①

六日来函，吾当以为座右之铭。吾对于思想本主自由，但于立本一着，颇有引归一是之意。《孟子》云："夫道，一而已矣。"实发孔门一贯之旨。佛家大乘，亦有一乘之说。归源不二，非强众生以同己也。若夫从入异路，则不可执一径，以纳群机。至于世智千差万别，又不容执一以废百也。吾于思想主自由者在此耳。

吾识量不欲隘，而性情过褊急。先公生我时，困厄万端。吾自幼长于穷苦逼迫中。弱冠从事革命，已深感觉当时之人，无足倚者。既而自顾非才，遂绝意事功而凝神学术。鼎革以还，默察士习学风，江河日下，天下无生人之气。吾益思与后生有志者，讲明斯学斯道。上追先圣哲之精神，冀吾族类，庶几免于危亡。

佛言救众生，吾觉族类且未能救，遑言众生乎？吾识量不欲隘，而德度实未弘。忧世之思深，愤世之情急。忧愤激而亦不忍离世，故求人也殷，责人也切。而原人、容人，因势顺诱之权，全无所有。求之殷而人愈不相喻，责之切而人益复相疏。吾之情且激而无以自安，有时甚失慈祥意思。此则余之所以智及，而不能仁守，是余所长负疚于先圣贤者也。

吾清夜自省，常自痛恨，而习气难移，信乎变化气质之不易也。宽以居之，仁以行之，此境真不易。吾欲从事于斯，冀收桑榆之效。吾子可直言阙失，使老境不至日趋乖戾耳。

---

① 此文选自《十力语要》，为"答牟宗三"的部分内容，内有熊十力自述生平、志向以及学术态度，现标题为编者所加。

吾少年读《诗经》之一故事①

　　我在少年，读《诗经》之先，已经读过"四书"，当然不甚了解。但是当读《诗经》时，便晓得把孔子论《诗》的话来印证。《论语》记孔子曰："《关雎》乐而不淫，哀而不伤。"我在《关雎》章中，仔细玩索这个义味，却是玩不出来。《论语》又记夫子说："《诗》三百，一言以蔽之，曰思无邪。"我那时似是用《诗义折中》作读本，虽把朱子《诗传》中许多以为淫奔的说法多改正了，然而还有硬是淫奔之诗，不能变改朱子的说法的。除淫奔以外，还有许多发抒忿恨心情的诗。变雅中许多讥刺政治社会昏乱之诗，其怨恨至深，如《巷伯》之愆谮人曰"投畀豺虎，豺虎不食"云云。昔人言恶恶如《巷伯》，谓其恨之深也。夫谮贼之徒，固可恨，然恨之情过深，恐亦失中和而近于邪。《论语》又记子谓伯鱼："汝为《周南》《召南》矣乎？人而不为《周南》《召南》，其犹正墙面而立也欤？"朱注："正墙面而立者，谓一物无所见，一步不能行。"易言之，即是不能生活下去的样子。人而不为"二南"，何故便至如此？我苦思这个道理，总不知夫子是怎生见地，朱注也不足以开我胸次，我又闷极了。总之，我当时除遵注疏，通其可通的训诂而外，于《诗经》得不到何种意境，就想借助孔子的话来印证，无奈又不能了解孔子的意思。

　　到后来，自己稍有长进，仿佛自己胸际有一点物事的时候，又常把上述孔子的话来深深体会，乃若有契悟。我才体会到孔子是有如大造生意一般的丰富生活，所以读《关雎》便感得乐不淫、哀不伤的意味。生活力不

_____

① 此文选自《十力语要》，为"与某报"的部分内容，现标题为编者所加。

235

充实的人，其中失守，而情易荡，何缘领略得诗人乐不淫、哀不伤的情怀？凡了解人家，无形中还是依据自家所有的以为推故。

至于"思无邪"的说法，缘他见到宇宙本来是真实的，人生本来是至善的，虽然人生有很多不善的行为，却须知不善是无根的，是无损于善的本性的。如浮云无根，毕竟无碍于太虚。吾夫子从他天理烂熟的理蕴去读诗，所以不论他是"二南"之和、《商颂》之肃，以及《雅》之怨、《郑》之淫、《唐》之啬、《秦》之悍等等，夫子却一概见无邪思。元来三百篇都是人生的自然表现。贞淫美刺的各方面，称情流露，不参一毫矫揉造作。合而观之，毕竟见得人生本来清净。夫子这等理境，真令我欲赞叹而无从。宋儒似不在大处理会，反说什么善的诗可以劝，恶的诗可以惩。这种意思，已不免狭隘。朽腐即是神奇，贪嗔痴即是菩提。识此理趣，许你读《三百篇》去。

再说人而不为《周南》《召南》，何故便成面墙？我三十以后，渐渐识得这个意思，却也无从说明。这个意思的丰富与渊微，在我是无法形容的。向秀《庄子注》所谓"彰声而声遗，不彰声而声全"就是我这般滋味。如果要我强说一句，我只好还引夫子的话，"道不远人，人之为道而远人，不可以为道"。这话意义广大精微。孔子哲学的根本主张，就可如此探索得来。他确是受过"二南"的影响。话虽如此，但非对孔子的整个思想有甚深了解的人，毕竟不堪识此意味。我又可引陶诗一句，略示一点意思，就是"即事多所欣"。试读《葛覃》《苤苢（fú yǐ）》《兔罝（jū）》诸诗，潜心玩味，便见他在日常生活里，自有一种欣悦、和适、勤勉、温柔、敦厚、庄敬、日强等等的意趣。这便是"即事多所欣"。缘此，他现前具足，用不着起什么恐怖，也不须幻想什么天国。我们读"二南"，可以识得人生的意义与价值，大步走上人生的坦途。直前努力，再不至面墙了，这是孔子所启示于我的。

236

船山学自记^①

余少失怙，贫不能问学。年十三岁，登高而伤秋毫，时喟然叹曰：此秋毫始为茂草。春夏时，吸收水土空气诸成分，而油然滋荣者也。未几，零落为秋毫，刹那刹那，将秋毫且不可得，求其原质，亦复无有。三界诸有为相，皆可作如是观。顿悟万有皆幻。由是放浪形骸，妄骋淫佚，久之觉其烦恼，更进求安心立命之道。

因悟幻不自有，必依于真。如无真者，觉幻是谁？泯此觉相，幻复何有？以有能觉，幻相斯起。此能觉者，是名真我。时则以情器为泡影，索真宰于寂灭，一念不生，虚空粉碎，以此为至道之归矣。既而猛然有省曰：果幻相为多事者，云何依真起幻？既依真起幻，云何断幻求真？幻如可断者，即不应起；起已可断者，断必复起。又舍幻有真者，是真幻不相干，云何求真？种种疑虑，莫获正解，以是身心无主，不得安稳。

乃忽读《王船山遗书》，得悟道器一元，幽明一物。全道全器，原一诚而无幻；即幽即明，本一贯而何断？天在人，不遗人以同天；道在我，赖有我以凝道。斯乃衡阳之宝筏、洙泗之薪传也。

《船山书》凡三百二十卷，学者或苦其浩瀚，未达旨归。余以暗昧，幸值斯文，嘉其启予，爰为纂辑，岁星一周，始告录成，遂名《船山学》，故记其因缘如此。

余曩治船山学，颇好之，近读余杭章先生《建立宗教论》，闻三性三无性义，益进讨竺坟，始知船山甚浅。然考《船山遗书》目录，有《相宗

络索》《八识规矩颂赞》二书。自邓显鹤、曾国藩之伦，皆莫为刊行。诸为船山作传者，亦置弗道。吾臆船山晚年，或于佛学有所窥，陋儒或讳其书不传，未可知也。

丙辰夏　子真识

与蔡元培先生的"经学"往事[①]

昔养疴杭州，尝与蔡孑民先生言："培养人才，须令含茹经义。今上庠无经学课目，毋乃不可欤？"孑翁曰："此有二难。一、六籍浩繁，势当选授。选之未善，将类《经史百家杂抄》，徒为文具而已。二、师资难得。如注重义理，今日安得数十晦翁、阳明，散布南北各上庠耶？"余曰："此二难者，师资为最。上庠诸生，识解已启。若得良师，先指定一经，令其自习。并时面授大义，以次及群经。至卒业时，虽未读竟，可以继续用功矣。且读经非为博闻也，要在涵养德慧，发扬人格。此则全赖大师以身教之，故师资难也。何不设一哲学研究所，遴选各大学哲学系卒业有志行者，令其寻玩经义，纵一时未得英才，积以年岁，必有成德之士出乎其间。"孑翁曰："此事容缓图之。"

昨者中央大学成立，吾主添设哲学院，卒以学生过少，未一年而罢。谈次若怅惘。

及余以久病，淹留湖上。颇有少数从游者。孑翁笑曰："君可自由讲学矣。"欲为余觅讲舍，而其事卒不成。诸子累于生事，不久亦星散去。余谓孑翁曰："今之生活情形，不同前世。非以公家之力，筹足的款，成立永久学术机关，慎勿轻言讲学也。"孑翁曰："诚然。"

---

① 选自《读经示要》，标题为编者所加。

与林宰平先生相交莫逆①

余与林宰平先生，同在哲系，为日良久。宰平行谊，居夷惠之间，和不流，清不隘，夷惠未之逮也。宰平学问，方面极宽，博闻而尊疑，精思而喜攻难。

二十年前，余与宰平及梁漱溟，同寓旧京，无有暌违三日不相晤者。每晤，宰平辄诘难横生，余亦纵横酬对，时或啸声出户外。漱溟默然寡言，间解纷难，片言扼要。余尝衡论古今述作，得失之判，确乎其严。宰平戏谓曰："老熊眼在天上。"余亦戏曰："我有法眼，一切如量。"

宰平为学，首重分析。其术，盖得之印度唯识法相，而亦浸染西洋逻辑。唯识之论，自唐以来，号为难究。宰平析其名相，详其条贯，辨其思想脉络，如大禹治水，千流万派，穷源究委，疏壅解滞。余劝其述作，宰平谦让未遑。盖其中年后思想渐由佛以归于儒。自汉太史谈，已言儒者劳而无功，博而寡要。六经浩博，史谈在汉初，尚作是说，况后儒杂以二氏，推演益纷。儒学难究，后生所苦。宰平尝欲为一书，阐明儒学。大概以问题为主，列举诸重要概念，释其涵义，究其根依，谓其立义所根据。析以类别，综以统纪。庶几宗庙之美，百官之富，粲然可观。余曰："是将以法相家论籍之组织，达儒宗之冲旨。是书若出，后生其有赖乎？"闻积稿已不少，不久当可公之于世。

宰平少年好为诗。诗人富神趣，其于物也，遇之以神，而遗其迹。中年，尚西洋实测之术。其穷理，务明征定保，远于虚妄。五十以后，践履

---

① 此文为《纪念北京大学五十年并为林宰平祝嘏》的部分文字，标题为编者所加。

日纯。晚而穷神知化，庶几尽性。

余与宰平交最笃。知宰平者，宜无过于余；知余者，宜无过于宰平。世或疑余为浮屠氏之徒，唯宰平知余究心佛法，而实迥异趣寂之学也。或疑余为理学家，唯宰平知余敬事宋明诸老先生而实不取其拘碍也。或疑余简脱似老庄，唯宰平知余平生未有变化气质之功，而心之所存，实以动止一由乎礼，为此心自然之则，要不可乱也。宰平常戒余混乱，谓余每习气横发，而不自检也。见吾《语要》卷四。世或目我以儒家，唯宰平知余宗主在儒，而所以资者博也。世或疑余《新论》外释而内儒，唯宰平知《新论》自成体系，入乎众家，出乎众家，圆融无碍也。

241

漆 园 记①

国立浙江大学文学院近辟一园，筑室如斗大，吾抱膝其间。

郑石君教授曰：先生何以名斯园？

余曰：名以漆园。

石君曰：先生之为学，先生之用心，皆异乎庄生，此天下有识所共知也，何取于漆园？其以隐于庠序、托蒙吏之迹耶？

余曰：非此之谓也，吾有痛也，吾有警也。人类方趋于自毁，无可纳之正觉；而吾族勇于自亡，甘于鄙贱，使余所深痛也。痛而无以自持，因思庄生之言曰"知其无可奈何而安之若命"，吾时念此以自遣，故有契于庄生。然吾以是缓吾痛则可，若姑安乎是，则将负吾平生之心与所学而不免为庄生之徒，是又吾之所以自警也。"知其无可奈何而安之若命"，此其知与其安之之情，则已由厌而至玩，是庄生所以委心任化，为鼠肝、为虫臂，而一切无自力可致，直自视其生为造化之玩具耳！人能不修，人道且废，此承老氏天地不仁、刍狗万物之说而演之，以极成玩世之思。二千余年来，文人名士颇中其毒，族类衰微，岂曰无故？圣人之学，体人道而立人极，成人能而赞天化，《易》曰"圣人成能"，又曰"赞天地之化育"。明于天下之险阻，详玩《大易》之《坎》《否》《困》《明夷》《剥》诸卦。健动以建鼎革之功，《易·说卦》云"革，去故也，鼎，取新也"。《无妄》卦曰动而健。非有健动之力，何以革故取新欤？虽陷险中而不失其刚，履虎尾而无畏于咥，极知未

---

① 此文选自《十力语要初续》，写于 1948 年，为熊十力自述其心态与志向。原文不分段，今略作分段。

济而不舍倾否之宏愿与强力，《易》六十四卦以《未济》终，此义深微，详吾《新论》。《否》卦之上九曰倾否，否运已极，必倾覆此局而更新之。人间世不得常泰而无否，即终古是未济；而人类终古努力于倾否之大业。生命元是行健无息，唯其未济而生命乃健进不已也。恶容付之无可奈何而安之若命？以生为玩、甘自颓废而不恤哉？

《易》曰"安土，敦乎仁"，故能爱。安土者，安于所遇。如当否运，行健以济，不震不沮，是谓安土。仁者，己欲立而立人，己欲达而达人。"立达"二字，意义深广，详吾《语要》卷三。君子自敦乎仁，以此化天下，使人皆敦乎仁，则人皆有以强立而不靡、上达而不迷，世运自泰而否倾矣。夫能安所遇而敦乎仁，则情思俱畅。其视大宇为众理灿著，知万物本互相维而成一体，如百骸五脏之在一身，故民胞物与之爱油然不容已。其有以异乎在生无可奈何之知、将启其厌且玩之偷心，亦明矣。振斯人之沉冥，扶乾坤于将熄，不亦隆哉！

余平生之学，冥符《大易》。老当世乱，而托庄生无可奈何之云以自遣，是犹养之未至、学之未充，而未能自践其所知所信也。今以漆园名吾居，明吾所据之实地犹未越庄生之域，将于世道不足为有无。是余之所恐惧而不容不自警者也。余之息焉游焉于斯园也，非敢安之也，直以是触目而警心焉！世事已如斯矣，士君子不怀庄生无可奈何之见以偷安者，其谁乎？浙大为东南学府，所负之责綦重。教于斯学于斯者，其远见高怀足以益老夫者不少。倘有独抱漆园之警者，则余有德邻之庆矣！

余言未竟，而石君已惕然若有省。余遂毕其说，而书之为《漆园记》。

民国三十七年七月望日

243

《心书》自序①

我生不辰，遘（gòu）兹多难。殷忧切于苕华，惨痛兴于常棣。形骸半槁，待尽何年？耿耿孤心，谁堪告语？

自唯先学，笔札极稀，又随手抛置，偶尔检存，得如乾首，实我生卅年心行所存，故曰《心书》。

船山有言，唯此心常在天壤间，或有谅者。

七年九月朔

熊继智

---

① 此文写于1918年9月，署名为"熊继智"。《心书》首次印制于1918年。

《唯识学概论》揭旨[①]

此书区为二部。

部甲，《境论》。法相，相者，相用。法性，性者，体性。目之为境，是所知故。

部乙，《量论》。量者，量度，知之异名。虽谈所知，知义未详，故《量论》次焉。量论者，犹云认识论。以其名从东译，又本自哲学家，此不合用，故创立斯名。

又，《境论》虽自所知以言，据实而云，乃为《量论》发端，则此书通作《量论》观可也。

---

① 此文为《唯识学概论》"绪言"前的文字。原没有标题，现标题为编者所加。《唯识学概论》是熊十力在北京大学讲授唯识学的第一部讲义，首次印制于1923年。

《破〈破新唯识论〉》揭旨①

　　近由友人见示某君《破新唯识论》一册，署《内学》第六辑之一。其目曰："征宗""破计""释难"；"破计"又分甲至辛八子目。偶为检视，觉其于吾书完全不求了解，横施斥破。病榻无聊，因取彼文，略为酬正，名曰《破〈破新唯识论〉》。仍准彼目，曰："破征宗""破破计""破释难"。

　　客曰："宇宙至大，狂蜂有息，微蚁有声，何况于人，焉得一一喻以吾意？"余曰："子之言达己，而疑于玩世。孟氏有言：'予岂好辩哉？予不得已也。'此不得已之心，是何心欤？此不得已之辩，是何辩欤？以不得已之心，行不得已之辩，不容加上一毫作意，是则吾之所以自省。虽然，不得已之心无穷也，不得已之辩则亦有时而穷。挟胜心而不反，无知而难以理喻者，又恶从辩之哉？故如来有所不记，犹言不答。尼父亦曰'吾末如何'。"

---

① 此为《破〈破新唯识论〉》正文开头的文字，原没有标题，现标题为编者所加。《新唯识论》（原本）于1932年出版后，南京支那内学院刘定权于同年12月发表《破新唯识论》，予以驳难；熊十力随后出版《破〈破新唯识论〉》加以辩驳。

《十力语要·卷一》印行记①

病后返北庠，文昌云生颂天、邵阳谢生石麟间来共处。吾每当笔札与人，值两生在座，辄简有关论学者录副存之，积久盈帙。请付印，曰："布帛之言，菽粟之味，此其庶几。"余复视之曰："何敢云尔，但不妄语而已。"然当今之时，吾与同好所游意者果为何事，即此亦可略见。是不可弃也。遂如其请，命名《十力语要》，为第一卷。他日如有续辑，当以次分卷云。

中华民国二十四年乙亥九月熊十力记于旧京菉苍室

---

① 此文为 1935 年《十力语要》首次印制前所写。

《佛家名相通释》序①

　　汾城刘生锡嘏、朝邑阎生悌徐，并有志研究佛学，而苦名词难解。余既久病且老矣，口讲殊困，欲以时召二子笔谈，因循未果。然眷怀两生好学之意，辄愧无以副之也。今次，北庠授课，实用《新论》。《新唯识论》，顾学子参稽旧籍，仍以名词为苦。番禺黄生艮庸，凤耽法乐，常殷请曰："俗有《佛学大辞典》，卷帙甚巨，其所集释名词，已不少矣。然读佛书者，欲乞灵于其中，卒无甚益处。盍为一书，疏释名相，提挈纲纪，使玄关有钥，而智炬增明，宁非急务？"余嘉黄生用意，却久置而未有以答也。迄今乃无可复置，爰以夏末，起草是书，及秋获成，题曰《佛家名相通释》，故志其缘起云尔。

一九三六年季秋，黄冈逸翁记于旧京

---

① 此文写于 1936 年，简单介绍了撰写《佛家名相通释》的缘由和经过。

《读经示要》自序①

　　读经问题，民初以来，常起伏于一般人之脑际，而纷无定论。余虽念此问题之重要，而无暇及此。且世既如斯，言之无益，不如其已。去年责及门诸子读经，诸子兴难。余为笔语答之，惧口说易忘也。初提笔时，只欲作一短文，不意写来感触渐多，遂成一书。

　　六经究万有之原，而言天道。天道真常，在人为性，此克就人言之耳。在物为命。此言命者有二义：一、流行曰命。言天道流行，至健而无息也；二、物所受曰命。物禀天道而生，即一一物皆天道呈显。不可说天道超脱万有而独在也。此中言物，亦摄人。言命，亦即性。命以所受言，性谓人物所以生之理。言异而其实一也。性命之理明，而人生不陷于虚妄矣。第一讲首释道。顺常道而起治化，则群变万端，毕竟不失贞常。通万变而不可易者，仁也。知变而不知常，人类无宁日也。今世列强，社会与政治上之改革，与机械之发明，可谓变动不居矣。然人类日习于凶残狡诈，强者吞弱，智者侵愚，杀机日炽，将有人类自毁之忧。而昏乱之群，复不思自存自立之道，且以其私图，而自伤同气，尤为可悯。盖今之人，皆习于不仁，即失其所以为人之常道，宜其相残无已也。第一讲以九义明治化，通万变而贞于大常，实六经之撮要。《大学》三纲八目，总括群经。三纲八目，范围天地之化而不过，曲成万物而不遗。此为常道不可易。《儒行》十有五儒，归本仁道。行不一，而同于仁。仁，常道也。凡此，皆为第一讲所提揭。

　　经为常道，庶几无疑。夫常道者，万变所自出也。本书"道"字，略有二义：一、谓宇宙本体，乃万化之原也；二、谓凡事理之当然，通古今中外而无可或

　　① 《读经示要》，重庆南方印书馆于 1945 年 12 月出版第一版。该自序写于 1945年 6 月。

易者。亦名常道。如《大学》三纲八目，立内圣外王之极则，由此而体道，由此而修学，由此而致治，由此而位天地，育万物，赞化育，此便是当然。不可异此而别有道。天下言道者，或有从事明明德，而不务新民与止至善，是佛家小乘也。大乘誓度众生，而以人间世为生死海，只求度脱，而无齐治平之盛业，吾儒之外道也。致知而疏于格物，宋、明学有遗憾也。格物而不务致良知，即难言诚正，西学未立大本也。《大学》为常道无可疑。又如《儒行》十五，总不外己立立人，己达达人，此亦是当然。若不务立达，便自暴自弃，而不可为人矣。又如革故创新，必行之以至公至明至诚至信，是变动之必本常道也。不能公明诚信，而言革新，则失常道，自取乱亡而已。略举三例，余可推知。然"道"字之义虽有二，而第二义实依第一义以立，究竟无二也。**天地密移矣**，天地大物也，世俗见为恒存。其实，诸天与员舆，刻刻移其故而新生。参看《新唯识论》。**而所以成其清宁者，未有改移也**。老子云："天得一以清，地得一以宁。"一者，绝对义，谓常道也。天曰清，地曰宁，皆以其德性言也。天地由道而成，道则真常而无可改移也。**人事屡迁矣**，群变万端，不可胜穷。**而干济必本公诚焉，无可苟渝也**。当变革之任，而不公不诚，未有能立事而不乱亡者。公诚，常道也。事势万变，而事之成，必由常道。一国之事如此，国际尤然。**死生诚大变矣，而存顺殁宁之理，谁云可变**。人皆裹道而为性命。其存也，必顺保性命之正，而无或罔。其殁也，乃全其性命，而无余憾。故张子云："存顺殁宁。"**是故学术千途万辙，必会归常道，而后为至**。

知不极乎知常，知常亦云见道。只是知识，而不足言一切智智。一切智智，借用佛典名词。若泛释之，亦可云最高的智慧。老氏曰："不知常，妄作凶。"不见道者，徇私欲而灭天理，所作皆迷妄，故凶。斯笃论也。夫不悟常道，则万物何由始？人极何由立？万事何由贞？皆其智之所不及也。学不究其原，理不穷其至，知不会其通，则未能立大本以宰百为、体大常而御万变。"则未能"三字，一气贯下。欲免于妄作之凶，其可得乎？第一讲，直明经为常道，以经明示常道故，遂言经为常道。无时可离，无地可离，无人可离。奈何吾国后生，自弃宝物，不肯是究。嗟尔违常，云胡不思？

第二讲，言治经态度。

必远流俗，必戒孤陋；尚志以立基，砥名以固志；持以三畏，然后志定而足以希圣。圣者道全德备，而大通无碍。故读经希圣，非可专固自封也。今当融贯中西，平章汉、宋。上下数千年学术源流得失，略加论定。由是寻晚周之遗轨，辟当代之弘基，定将来之趋向，庶几经术可明，而大道其昌矣。

第三讲，略说六经大义。

仲尼祖述尧、舜，宪章文、武，其发明内圣外王之道，莫妙于《大易》《春秋》。《诗》《书》《礼》《乐》，皆与二经相羽翼。此讲特详二经。二经通，而余经亦可通也。

议者或谓余实以《新论》说经。《新论》，具云《新唯识论》。是固然矣。夫《易》《春秋》虽并称，而汉人相传，《易》为五经之源，比《春秋》尤尊矣。惜乎汉师乱以术数，宋儒略于思辨。宋学注重体认，于人生日用践履间、修养功夫最紧切。修养深，而私欲尽，真体现，即真理不待外索而炯然自识。孔子谓之默识，宋儒说为体认，佛氏亦云自证。余尝谓先哲尚体认，而西哲精思辨。体认自是哲学之极诣，然若忽略思辨，则不得无病。宋学终不免拘滞偏枯等病，由于忽略思辨功夫，而其道未宏也。《易》道晦塞二千余年。余造《新论》，自信于羲皇神悟之画，尼山幽赞之文，冥搜密察，远承玄旨。真理昭然天地间。悟者同悟，迷者自迷。余非敢以己意说经，实以所悟，证之于经而无不合。岂忍自陷诬经谤圣之罪哉？

如上三讲，结集成书。肇始于六十揽揆之辰，毕事于寇迫桂、黔之日。甲申正初起草，迄秋冬之际而毕。念罔极而哀凄，痛生人之迷乱。空山夜雨，悲来辄不可抑。斗室晨风，兴至恒有所悟。上天以斯文属余，遭时屯难，余忍无述？

呜呼，做人不易，为学实难。吾衰矣，有志三代之英，恨未登乎大道。言未能登斯世于大道也。用顾宁人语。不忘百姓之病，徒自托于空言。天下后世读是书者，其有怜余之志，而补吾不逮者乎？

中华民国三十四年乙酉六月望日黄冈熊十力
识于陪都北碚火焰山麓中国哲学研究所筹备处

《尊闻录》揭旨[①]

　　录中轮回问题，所记甚粗略。此事在吾心理上经过极曲折，极繁复。吾近来意思，只是存而不论。佛家净信之士，见此录必大詈我。然吾终望有善根人，能发心努力现世，努力做个人，便是菩萨道。

　　立民以此语揭之卷首可也。

十力

---

　　① 此文选自 1946 年首次印制的《尊闻录》，标题为编者所加。《尊闻录》由高赞非记录整理，张立民编校。文中"立民"，即指张立民。

增订《十力语要》缘起^①

　　《十力语要》始于乙亥在北庠时，云、谢二子录吾笔语成帙，锡以斯名，为第一卷。

　　丙子至丁丑，旧京沦陷前，此类集稿又盈帙。避寇携入川，旅居璧山。钟生芳铭集诸同志为讲习会，诸子随时记录及余手答者又不少。并入北来稿，已辑成《语要》卷二至卷四。己卯夏，携赴嘉州，毁于寇弹。余亦几不免。是秋返璧，旋定居北碚金刚碑勉仁书院。世事日益艰危，问学者渐少，余手札亦稀。昨春由川返汉，复略有酬答。友人孙颖川学悟拟于黄海化学社附设哲学研究部，请主讲席。黄海旧在津沽，战时移川之五通桥，尚未北迁。余重入川，栖迟桥上，乃取积年旧稿复阅一过。多为番禺黄艮庸所选存。因属威海王星贤汇成两卷，次一卷之后。又以昔时高生所记《尊闻录》编入《语要》，为卷之四。

　　此四卷之书，虽信手写来、信口道出，而其中自有关于哲学思想上许多问题及做人与为学精神之砥砺者，似未容抛弃。今当返教北庠，友人桐庐袁道冲怂恿付印。余亦不忍遽藏吾拙。呜呼！吾老矣，唯此孤心长悬天壤间，谁与授者？

　　　　　　　　　中华民国三十六年三月十五日黄冈熊十力

---

　　① 此次增订后的《十力语要》，首次出版于 1947 年。

《十力语要初续》卷头语①

及门诸子旧辑有《十力语要》四卷，三十六年鄂省印一千部。昨年栖止杭州，次女仲光又辑《语要初续》一卷。余已衰年，而际明夷之运，怀老聃绝学之忧，有罗什哀鸾之感，间不得已而有语，其谁肯闻之而不拒？奚以存为？客曰：先生语语自真实心中流出，不俟解于人而人其能亡失此心乎？姑存之以有待可也。余笑颔之。

己丑一月十五日漆园老人识

---

① 此文选自1949年12月首次出版的《十力语要初续》。

《韩非子评论》揭旨[①]

　　自《汉书·艺文志》列《韩子》五十五篇于法家，后之谈晚周法家者，必首韩非。清季迄于民国，知识之伦诵言远西法治者，辄缅想韩非，妄臆其道与宪政有合也，此殆未尝读《韩非》书。

　　秦火以后，二三千年间，号为祖述法家者，其上稍知综核，下者则苛察而已，顾未有真通韩非之旨，亦无与韩非思想全相类者。余故举其要略，以备治韩学者参证焉。

---

　　① 此文选自1949年底首次出版的《韩非子评论》，是其正文开头的文字，原没有标题，现标题为编者所加。

《摧惑显宗记》卷端小识[①]

丙戌冬，及门诸子欲募资印十力丛书，未竟厥志。黄君所述《摧惑显宗记》，不失予意，诸生谓宜收入十力丛书，为将来评判旧学者，供参考之用。旋由张君云川商大众书店郭大中、万鸿年两君，印二百部。又赖赵君介眉雅意赞助。故此书得印存焉。

庚寅仲冬熊十力识于北京西城大觉胡同空不空斋

---

① 此文选自 1950 年首次出版的《摧惑显宗记》。印顺法师于 1948 年发表《评熊十力的〈新唯识论〉》一文，《摧惑显宗记》是针对印顺文章发表的反批评著作，以熊十力学生黄艮庸（即文中的黄君）的名义发表。

《与友人论张江陵》卷头增语①

此小册子本是与友人傅治芗岳棻谭张江陵之一封信。初无意求多，而写来不觉曼衍，遂题曰《与友人论张江陵》。

治芗尝恨《明史》不为江陵立专传，而附见于华亭、新郑间，又集谤语以诬之，缺史识，败史德，莫甚于斯矣。余故与治芗同此恨，但于江陵之学术与政策向无意考辨。明代以来，皆谓江陵为法家思想。其治尚武健严酷，禁理学，毁书院，令天下郡国学宫减诸生名额，毋得聚游谈不根之士。世儒皆诋其诵法商鞅、秦孝、申不害、韩非、吕政辈，群恶而贱之。明季王顾诸大儒亦耻之而莫肯道。其见绝于当时后世者，若斯之甚也。治芗以江陵在明世扶倾危，救亡灭，有非常功，顾久掩而弗彰，欲为作传。邦人亦多怂恿之。余今夏在京市见鬻残书者，中有《江陵集》，购归一读，窃叹江陵湮没五百年，非江陵之不幸，实中国之不幸也。

今当考辨者：

一、江陵学术宗本在儒，而深于佛，资于道与法，以成一家之学。虽有采于法，而根底与法家迥异。向来称为法家者，大误。

二、以佛家大雄无畏粉碎虚空，荡灭众生无始时来一切迷妄、拔出生死海，如斯出世精神转成儒家经世精神。自佛法东来，传宣之业莫大于玄奘，而吸受佛氏精神，见诸实用，则江陵为盛。

三、中国自吕政以来二三千年帝制之局，社会上显分为上下两阶层。下层即贫苦小民，古亦谓之下民。全国最大多数农民及工人、小商业者皆

---

① 此文选自 1950 年首次出版的《与友人论张江陵》。

是。向所谓四民中之士，亦属于此。"士大夫"一词为官僚之称，四民中之士则小民也。上层者，皇帝专政之一种制度固定不摇，虽居帝位者可以易姓，而帝制则恒不易，故皇帝与其大臣之地位为统治阶层。而凡依托于统治层之权力以侵削小民而坐享富利、称豪宗巨室者，亦当属之统治层。豪宗巨室，即贪污官吏或大地主、大商人之类，同依藉统治层之政治力量以侵渔小民而致富盛者是也。豪宗巨室虽有时衰落，难划为一定阶级，然当其盛时要皆依藉统治层之势力，故当属于统治层。吕政以后二三千年之政治，常拥护统治层利益而侵苦小民。虽四代盛时，四代，汉唐宋明。朝局较清明，以吏治为急，以扰民为戒，然豪强兼并自若，官吏之陋规未尝绝也。独江陵当国，以庇佑贫苦小民为政本，而一切法令皆以裁抑统治层，使之不敢肆。天下郡国豪强兼并之患与官吏贪侈者，固其所严厉锄治，即皇帝之一举一动亦不许逾于法外。修一宫殿，必经查考，如无甚损坏，必令停工。皇太后无名之赏赐均须禁绝，甚至后宫铺垫费亦须严核。国家财用一点一滴不容浪费，倘有侵渔，便处极刑。自皇帝至于百执事，同受治于法，无敢淫侈贪横，肆于民上者。二三千年间政治家，真有社会主义之精神而以法令裁抑统治层、庇佑天下贫民者，江陵一人而已。

四、汉以来之政风，不外贿赂与姑息。江陵谓贿政犹可以严法治之，姑息最难治。姑息之政，唯利于统治层之贪人败类，而小民常受其毒，无可自振拔。此事说来似平常，实则非有宏识深虑、精研《二十五史》而真知中夏式微之故者，即不解"姑息"一词有若何严重意义也。综事析理，谈何容易乎？肤解之病，甚于不解。焉得深心人共喻斯意？江陵力矫姑息。如此大国，政务殷繁，何止一日二日万几。江陵躬自整肃，而持法以严绳天下臣民，使之趋事赴功，不敢一息偷惰。边区种树事，在江陵未专政前，边帅皆以空文蒙混。及任元辅，乃不惜为此细务杖钺巡边。细者如此严核，大者何容延误？至其整饬吏治，则以治军之法治吏，使贪人绝迹，而柔猾者毋敢不以功效自见。盖非武健严酷，即无以断绝二千余年姑息之敝习。江陵筹之已熟也。姑息之风徇私而害公，江陵矫之以急公而去私。任事不辞劳怨，惩恶不避亲贵。令下如惊雷迅电，发聋振聩。趋事者如三军应敌，凛然恐后。所以当国九年，遂收四海清晏、四夷归附之效，岂偶然哉？

余于江陵政绩多未详究，兹与治芗论者，举大要而已。唯孤怀有未惬于江陵者，彼恶理学家空疏，遂禁讲学，毁书院，甚至赞同吕政、元人毁灭文化，矫枉不嫌过直。虽理学家有以激之，要是江陵见地上根本错误。学术思想，政府可以提倡一种主流，而不可阻遏学术界自由研究、独立创造之风气。否则学术思想锢蔽，而政治社会制度何由发展日新？江陵身没法毁，可见政改而不兴学校之教，新政终无基也。毛公恢弘旧学，主张评判接受，足纠江陵之失矣。虽然，江陵丁否塞之运，得政日浅，蓄怨者众。江陵体力早衰，年五十八而卒。而当时宇内学人实无可为助者，虽欲导扬学术，其势固已不遑。是当论其世也。

治芗精《史记》，诗、古文辞追古作者。少襄南皮张公幕，雅负时望。入民国，曾赞中枢，长教部。五四运动，维护北庠，用心深远。今之能言其事者已鲜矣。唯幸耆年夙学，抱膝穷庐，抗怀上哲，固穷遗俗虑，晏坐多奇怀，料终必成《江陵传》，了其夙愿。

余此册不足流传，而二三君子顾谓于江陵之精神，与学与政，俱有阐明，不容失坠。相与节省日用，集资印二百部，以便保存，非敢公之于世。故记其颠末于卷首，题以增语。此词借用佛典，而不必符其本义云。

庚寅仲秋熊十力识于北京西城大觉胡同空不空斋

《论六经》赘语①

春初晤友人，欲谭六经。彼适烦冗，吾弗获言，退而修函，知其鲜暇，亦不欲以繁辞相渎。及写至《周官》，念向来疑此经者最多，故今抉择之较详。全文约七万余言，遂名之曰《与友人论六经》。

余唯六经遭秦火后，七十子传授真本毁灭殆尽矣。汉兴，偶有出山岩屋壁者，诸儒畏得罪，又窜乱之以媚帝者。

如纬书言孔子成《春秋》时，天下血，书鲁端门曰：疾作法。言速作王者之法也。秦政起，秦始皇名政。书记散，孔不绝。此言书籍尽皆散亡，唯有孔氏春秋，公羊氏世世口相传者，独存而不绝。子夏明日往视之，血书飞为赤鸟，化为白书，曰《演孔图》，中有作图制法之状。孔子仰推天命，俯察时变，却观未来，知汉当继大乱之后，故作拨乱之法以授之云云。按汉儒言孔子作《春秋》为汉制法，即本纬书此文。盖汉初《公羊》家以吕政之祸为戒，因造纬书，诡称孔子为汉制法，冀以免害。据此可见公羊寿与弟子胡母生当汉景帝时所写出之《春秋》，必非其先世口传《春秋》真相，而寿与弟子改写之伪本，凡所为变易以求合于为汉制法之意者，不外拥护统治阶层而已。然有万不可忽者，寿等伪本并未将孔子本义完全毁绝，只是于伪本中略寓微言。微言后详。譬如以少许金屑杂入沙砾中，非极精检，不易于其中发见金屑也。识此意者始可读《公羊春秋》。

《大易》一经，古说以卜筮故，独未焚。然孔子《十翼》，似不无术数家增窜之文，兹不及检出。汉《易》皆术数之余裔，不演孔义。顾亭林、戴

---

① 此文选自 1951 年首次出版的《论六经》。

东原皆不称汉《易》，可谓有识。

《诗》三百篇，古说以民间讽诵故得全，然《诗》为孔子所雅言，游、夏之徒擅长文学，必于《诗经》之人生观及社会问题多所发挥，别为《诗传》，今俱无存。

《乐经》唯《小戴记》有《乐记》一篇，亦稍有增窜，宜简别。

《礼经》有《大小戴记》，其间多鸿篇奥义，明天人之际，通古今之变，可谓广大悉备，为尼山遗教无疑，然杂入封建思想亦不少，必两戴所增也。

《周官》之社会主义与民主思想，本与《春秋》同一体系，而汉以来今古文家并是考据之技，不能究此经义蕴，或信为周公手订，或诋为刘歆伪造，而不悟此经与《春秋》同是孔子为万世开太平之书，则两家迷谬相等，无长幼可分也。清季治经者，廖平、康有为为一派，孙诒让、章炳麟为一派，虽两相对峙，要皆不通六经，不识《周官》。孙氏欲以《周官》提倡维新变法，而其所为《正义》，不过杂引古书以供释诂而已，繁抄而炫博闻，徒耗读者目力，是宜简节。张《广雅》旌诒让，以抗有为，卒无所发明。炳麟尊孙学，而于《周官》实毫无省发。章学诚方志之业，妄言六经皆史，炳麟袭其唾余，至夷孔子为史家，可哂也。廖、康之流，更无讥焉。向曾与友人张东荪言及此，彼亦以余言为然。

《尚书》一经，毁灭几尽，其受祸视《春秋》尤烈矣。《春秋》遥瞩万世，理想高远，今人或不信有理想独高之圣人，其实圣人只是不为一身作计，其眼光不拘于近，故能通万世之变。《尚书》立义必与《春秋》有相关联处，秦火后不可考，惜哉！

总之，汉人所传六经，确非孔门真本。然求孔子之道，要不能舍汉儒窜易之伪本而别有所考，此余无妄之言。

近人严复以孔子为封建之圣人，六经为封建思想。余弟子牟宗三尝言："严复中英人功利之说，于经旨固弗会。"斯言良不诬。然复之言，非全无见。汉儒窜易之伪本，如从表面看去，自是封建思想；然慧眼人于伪本中深心抉择，则孔子本义尚不难寻究阐发。佛说有五眼，而慧眼居一焉，治经学者，其可无慧眼乎？

汉人言孔子六经有大义、有微言。按微言有二：一者，理究其极，所谓无上甚深微妙之蕴。无上者，如穷究道体或性命处，是理之极至，更无有上。甚深微妙者，非测度所及故，毕竟离思议相故。六经时引而不发，是微言也。不发，谓不肯广演理论，欲人求自得也。二者，于群化、政制不主故常，示人以立本造时通变之宜。立本者，如《大易》《春秋》皆首明元。元者，仁也，是万物之原，亦治化之本。《礼运》言"天下为公"。公者，治本也。《易·革卦》言信，信亦治本也。失其本，不可为治。造时者，《易·乾卦》言"先天而天弗违"是也，秦以后之儒因循不振，久失此义。通变者，民群之思想与制度过时而弊生，必革故取新，是谓通变。如《春秋》为万世致太平之道，必为据乱世专制之主所不能容，故孔子曰"罪我者唯《春秋》"，其与弟子口相传者，亦微言也。大义者，随顺时主，明尊卑贵贱之等，张名分以定民志，如今云封建思想是也。

余以为，孔子所修之六经无非微言，及吕政焚坑惨祸，汉儒怀戒心，始改窜孔经，而以伪本行世，护持帝制，然仍隐寓孔子微言于其中，以待后之能读者，此汉儒苦心也。

然伪经表面上几皆大义，微言隐而难知，故严复以封建思想诋六经，亦非无故，独惜其未能抉择耳。

余尝欲为《六经索隐》《大易广传》二书，以发明孔子本义，而迄今未下笔者，因二十年来每思为《量论》，因明云量者知之异名，量论犹云知识论。将取西洋知识论与佛氏《大般若》、儒家《大易》参研并究，而会归通衢。此业极艰巨，未可粗疏着手。从前大病十余年，继以国难十年，民劳国瘁之感，《诗》云"民亦劳止"，又云"邦国殄瘁"。碍吾昭旷深密之思，《量论》竟不获作，何能别有所事？今兹年力已衰，意兴萧索，传经之愿难忘，著书之趣久短。斯文未坠，后当有悟此者，吾何忧乎？

然春初与友人论经一函，于圣人之微言本义确有所发，故商诸大众书局郭大中、万鸿年两君，为余印二百余部姑存之。赵君介眉谓此书可为将来评判经学者作一参考，遂由大众付印。刘生公纯安贫好学，酷暑助余校对，用志其劳。王船山诗曰"六经责我开生面"，余得无同感欤？

辛卯五月熊十力识于北京西城大觉胡同空不空斋

【附记】

民国以来治哲学者，言知识论只求之西洋，其实中国儒家与印度佛家大乘，于知识论虽不必有专著，而二家在东方哲学界知识论方面确是神解超脱能于西洋谈知识论者所自封自缚而不见为有问题处乃皆见为极大问题所在。（"而二家"三字，至此为长句。）此是儒佛二家第一奇迹，惜乎今时中、印、西洋三方治哲学者都不可与语此事。

或问：中国哲学何故独举儒家？儒家经籍何故独举《大易》？印度哲学何故独举佛家大乘？大乘经籍何故独举《般若》？

答曰：《大易》含藏万有，亦是量论之宗。晚周迄宋明诸子之论，各有偏至，要当折中于《易》。佛家至于大乘，其《大般若经》，空观之极诣也。（"空观"一词之意义深广无边，难以简单之词为注释。）古今治哲学者，以意想构画之境当作宇宙实相，易言之，即妄持种种戏论而自计为理实如是，如蚕作茧自缚，如蛛造网自封，迷妄之苦无由解脱，唯《大般若》直将凡夫所有推度虚见与戏论习气扫荡尽净。（"虚见"二字须注意，推度终不与真理相应故。）般若境地，高极！大极！深远微妙至极！印度诸外道何能有此诣乎？《易·系辞传》曰"知周万物"，此言知性本自周通万物，非纯由经验而始有知也。而《说卦篇》又云"小辨于物"，则不忽视经验亦可知。然《大易》不以虚见为贵，而贵以其周物辨物之知实现之于人生日用上下与天地同流及万物皆备于我之践履中。（"而贵"二字，一气贯至此。）所谓"裁成天地，辅相万物"，方是知行合一究竟境界。总之，《般若》《大易》在量论（即知识论。）方面，皆能真切探悉问题所在，而不至陷于迷谬。若其穷大极深，诚有非徒逞思辨之哲学家所能喻者。（儒佛并于思辨功夫外，更有修证功夫，西洋哲学家便徒逞思辨，但"修证"一词，此不及释。）

西洋知识论，吾未能直阅外籍，然佛氏有言"于一毫端见三千大千世界"，吾就译本而穷其所据，察其所持，推其论之所必至，亦可以控其要而知其抵之域矣。

吾欲出入华梵西洋而为《量论》，胸中已有一规模，然非精神饱满、兴会时发，断不能提笔。人或劝余急写一纲要，其实"纲要"二字谈何容易。真正著述确是不堪苟且，老而愈不敢苟也。纲要如能作，亦决不同于西洋知识论之内容与体式，自别是一种作意，然暮年意兴消沮，恐终不能作也。

《原儒》序①

　　本书分上下卷。上卷《原学统》《原外王》，下卷《原内圣》。

　　《原学统》篇，约分三段：一、上推孔子所承乎泰古以来圣明之绪而集大成，开内圣外王一贯之鸿宗。二、论定晚周诸子百家以逮宋、明诸师与佛氏之旨归，而折中于至圣。《史记·孔子世家》赞称孔子为至圣。后世因之。三、审定六经真伪。悉举西汉以来二千余年间，家法之墨守，今古文之聚讼，汉、宋之嚣争，一概屏除弗顾。独从汉人所传来之六经，穷治其审乱，严核其流变，求复孔子真面目，而儒学之统始定。

　　《原外王》篇，以《大易》《春秋》《礼运》《周官》四经，融会贯穿，犹见圣人数往知来，为万世开太平之大道。格物之学所以究治化之具，仁义礼乐所以端治化之原。天地万物同体之爱，仁也。博爱有所不能通，则必因物随事而制其宜，宜之谓义。义者，仁之权也，权而得宜，方是义。义不违于仁也。老子曰"失仁而后义"，此不仁之言耳。失仁焉得有义乎？其流为申、韩非偶然也。乐本和，仁也；礼主序，义也。《春秋》崇仁义以通三世之变，《周官经》以礼乐为法制之原，《易大传》以知物、备物、成物、化裁变通乎万物，为大道所由济。《大传》曰"知周乎万物"，曰"备物致用"，曰"曲成万物"及化裁变通云云，《原外王》篇释之已详。夫物理不明，则无由开物成务。《礼运》演《春秋》大道之旨，与《易大传》知周乎万物诸义，须合参始得。圣学，道器一贯，大本大用具备，诚哉万世永赖，无可弃也！本书言仁义礼乐，其辞皆散见。欲作《周官疏辨》更详之。

―――――――――――

　　① 《原儒》，写于1954年到1955年，1956年首次出版。

《原内圣》篇，约分三段，从开端至谈天人为第一段，谈心物为第二段，总论孔子之人生思想与宇宙论而特详于《大易》是为第三段，《原儒》以此终焉。《原内圣》篇，皆是发《大易》之缊，不独第三段文也，乃至《原外王》篇亦莫非根据《易》道，故第三段只云特详。

"大哉圣人之道！洋洋乎发育万物，峻极于天。"此《中庸》赞圣之辞，非真于圣学洞彻渊奥者，莫能言也。内圣外王大备之鸿规。本体现象不二，遗现象而求本体，是宗教之迷也。道器不二，道者本体之目，器谓物质宇宙。准上可知。天人不二，天者，道之异名，是人生之大原也。人生与其所由生之大原不二，正如众沤与其所由生之大海水，不可析为二也。心物不二，心物，本实体流行之两方面。理欲不二，后儒严于天理、人欲之分。朱子"人欲尽净，天理流行"之说，乃理学诸儒所共宗也，然非孔子之旨。动静不二，动而不乱，是动亦静也；静而不滞，是静亦动也，大化流行之妙如是。人生不可屏动而求静，亦未可嚣动而失静。知行不二，《中庸》言修学之方，曰"博学""审问""慎思""明辨""笃行"，此阳明子"知行合一"之论所祖也。《春秋》曰："我欲载之空言，不如见之于行事之深切著明也。"理论不践之于行事，则其理论空浮而无实，佛云戏论是也。德慧知识不二，正智无迷妄，与道德合一，故云德慧。通常所云知识，未足语此，而圣学则启导人深造乎知识即德慧之地。成己成物不二。治心、养心之道，是成己之实基也；裁成天地，辅相万物，乃至位天地，育万物，是成物之极致也。人心与天地万物，本通为一体。故圣学非是遗天地万物而徒返求诸心，遂谓之学也。治心者，治其僻执小己之私，去迷妄之根也；养心者，充养其本心天然之明，而不遗物以沦于虚。不遗物以沦于虚，故穷物理，尽物性，极乎裁成辅相位育之盛。故成己成物是一事，非可遗天地万物而徒为明心之学也。成己成物，是人人所应自勉之本分事。三篇之文，其要旨可略言者，提控如上。余所不能详者，学者自求之六经可也。

上卷以甲午春，起草于北京什刹海寓庐，中秋脱稿。约十五万余字。余始来海上，依吾儿居止。寓上海闸北青云路。乙未，以上卷稿印存百部。是年秋季，始起草下卷，今岁夏初脱稿。约十五万字。印存如前。

从来治国学者，唯考核之业，少招浮议；至于义理之言，不遭覆瓿，即是非纷至。余造《原儒》，宗经申义，言所欲言，上酬先圣，他非所计。

老子不云乎："道大，似不肖。夫唯大，故似不肖；若肖，久矣其细也夫！"

夏历丙申，立秋日。公历一九五六年八月七日

漆园老人序于沪西寓舍

上卷初出，因评及孝治论，颇有议者。殊不知，纲常之教本君主所利用以自护之具，与孔子《论语》言孝，纯就至性至情不容已处以导人者，本迥乎不同。中国皇帝专制之悠长，实赖纲常教义深入人心。此为论汉以后文化学术者所万不可忽也。纲常为帝者利用，正是戕伤孝弟，今犹不悟可乎？余谈历史事实，与毁孝何关？人类一日存在，即孝德自然不容毁也。十力附记。

《体用论》赘语①

　　此书之作，专以解决宇宙论中之体用问题。宇宙实体，简称体。实体变动，遂成宇宙万象，是为实体之功用，简称用。此中"宇宙万象"一词，为物质和精神种种现象之通称。

　　体用之义，创发于《变经》。参看《原儒·原内圣》篇。《易经》古称《变经》，以其阐明变化之道故。晚周群儒及诸子，无不继承《大易》，深究体用。《易经》亦称《大易》。大概儒家未甚离孔子本旨。亦未能不离也，此不及详。诸子百家著作当甚宏富，其于体用问题有无专论，今无从考。司马谈言"六艺经传以千万数"。据此而推，诸子皆大学派，其书决不少，而皆亡灭。王船山痛恨秦人毁学。唯道家有老庄残篇可寻。

　　老庄言道，道，即实体之名。犹未有真见。略举其谬。

　　老言混成，归本虚无。其大谬一也。参看《原儒·原内圣》篇。

　　老庄皆以为，道是超越乎万物之上。"万物"一词，包含天地与人在内。《天下》篇称老子与关尹皆主之以太一。太一者，绝对义，即指道而称之也。老子虽反对天帝，而以道为绝对、为万物之主，则近于变相的天帝。庄子曰："若有真宰而特不得其朕耳。""若有"二字虽故作疑词，而其实意与老氏不殊。倘真知体用不二，则道即是万物之自身，何至有太一、真宰在万物之上乎？此其大谬二也。明乎体用不二，则一粒沙子的自身便是大道昭著。沙子乃至大无外，而况人乎？庄子叹人之小，良不悟此。

　　道家偏向虚静中去领会道。此与《大易》从刚健与变动的功用上指

---

　　① 《体用论》，写于1956年秋到1957年冬。首次出版于1958年。

点、令人于此悟实体者，便极端相反。故老氏以柔弱为用，虽忿嫉统治阶层而不敢为天下先，不肯革命。此其大谬三也。

道家之宇宙论，于体用确未彻了。庄子散见之精微语殊不少，而其持论之大体确未妥。庄子才大，于道犹不无少许隔在。

晚周诸子略可考者，唯道家。墨子书虽大半亡失，而由《天志》之论窥之，可知其于宇宙论不相干也。唯惠子书全亡，可惜耳。

有问余者曰："公之书，以体用不二立宗。然只说实体变动而成功用，却未说明实体是何等性质。"余答之曰：实体变动而成功用，只有就功用上领会实体的性质，此即是实体的性质。何以故？实体是功用的自身故。譬如众沤有湿润与流动等性质，此即是大海水的性质，以大海水是众沤的自身故。汝若欲离开功用而别求实体的性质，此种迷误，便如欲离开众沤而别求大海水的性质。将无所得。功用以外，无有实体。向何处求实体的性质？譬如众沤以外，无有大海水。向何处问大海水的性质？不获已，而任想象，则将如般若家说实相寂灭，大有诸师说真如无生、无造、如如不动而已。汝若彻悟体用不二，当信离用便无体可说。倘复狐疑，当给汝三十棒。禅师激发人，辄以棒击之。

此书实依据旧撰《新唯识论》而改作。《新唯识论》简称《新论》。《新论》有两本。一、文言本，写于病中，极简略。二、语体文本，值国难，写于流亡中。此书既成，《新论》两本俱毁弃，无保存之必要。余年将见恶，始向学。（《论语》曰："年四十而见恶焉，其终也已。"）读书与用思，久坐不起以为常。夜少睡眠，遂至神经衰弱过度，遗精病甚厉。四十至五十二岁长期中，每日禁说话。话至十句左右即遗精。后乃屏书册、省思虑。五十三四，遗精之患渐减轻，直至六十五，始全无此患。平生不敢著书。偶有小册皆随便为之。《新论》语体本草于流亡中，太不精检。前所以印存者，则以体用不二之根本义存于其间耳。今得成此小册，故《新论》宜废。余之学宗主《易经》，以体用不二立宗。就用上而言，心主动以开物，此乾坤大义也。与佛氏唯识之论，根本无相近处。《新论》不须存。

此书《佛法》上下两章，衡论大乘学，于空宗尤详。余平生之学，本从大乘入手。清季，义和团事变后，中国文化崩溃之几兆已至。余深有感。少时参加革命，自度非事功才，遂欲专研中国哲学思想。汉学、宋学两途，余皆不契。求之六经，则当时弗能辨窜乱，屏传注，竟妄诋六经为拥护帝制之书。余乃趋向佛法一路，直从大乘有宗唯识论入手，未几舍有宗，深研大乘空宗，投契甚深。久之，又不敢以观空之学为归宿。后乃返求诸己，忽有悟于《大易》。而体用之义，上考之《变经》益无疑。余自是知所归矣。归宗孔子。然余之思想确受空有二宗启发之益。倘不由二宗入手，将不知自用思，何从悟入《变经》乎？此书于佛法较详，所以自明来历耳。吾学之所从来与经历，曰来历。

《大般若》观空，《大般若经》，空宗所宗之根本经典也。甚深复甚深，空得彻底。《大易》观有，甚深复甚深，有极其妙。《易》有《观卦》及《大有卦》。《观卦》言观生，生生不竭，所以为大有。空有二种观，乃是人类智慧发展到最高度，能综观、深观宇宙人生，才有空或有之两种认识耳。人生殉没于小己的种种私欲中，如蚕作茧自缚，如蛛造网自锢，欲其认识到宇宙人生本来空，此事谈何容易。世有小知，闻空而谤佛，多见其不知量也。不自知其分量。空，并非由主观幻想。陶诗云："人生本幻化，毕竟归空无。"余相信个别的物，至大如天地终当坏灭耳。就个体上说空，佛氏一毫不妄语。

或有问言："承认宇宙人生是实有，此乃世间常识所同然。哲学家之宇宙观亦皆根据常识。然则《大易》观有，固与哲学不异乎？"答曰：否，否，不然。汝若于此不辨，不独侮圣言，正恐断绝慧眼。圣人所观之有，乃宇宙人生天然本有之真际。圣人直亲合于全体大用，全体，谓宇宙实体。大用，谓实体变成大用。万物本来皆与宇宙同体同用，唯圣人能与体用亲合耳。视天地万物为一己，忧患与同，而无小己之迷执。坦荡荡，与大化周流。坦荡荡，见《论语》。哲学所明之有，鲜不为世间颠倒所执之有，可与圣学并论乎？

此书自注，似嫌过繁。然与其失之简，宁可失之繁。《姚江学案》中有"即体即用、即用即体"二语。向见聪明人皆自以为易解，吾知其必不解。因诘之曰："体用二名，随处通用。此处说体用，以何名体？以何名用？上语两'即'，下语两'即'，是重叠言之欤？抑上下各有意义欤？"其人哑然不能答。北大昔有一高才生，曾见余谈禅家作用见性，称引禅语甚多。余诘之曰："何谓作用？何谓性？云何于作用见性？"此子惶然。余教学年久，深知学子习气。余承先圣之业而演之，不敢不尽心。世不乏好学深思之士，当不怪老夫好烦琐也。

有谓长注宜置正文以外，毋隔断文气。余未采纳者，读书不求义解，只玩文气，则与不读等耳。

夏历丁酉初冬，公元一九五七年十一月二十日
熊十力识于申江观海楼

丙申秋，起草《体用论》一书。旧患血管硬化、心脏病皆触发，又感脑空，中医云血亏之故。友人劝停止写作。余感其意，答以《万物》之一首：

万物皆舍故，吾生何久住。志业半不就，天地留亏虚。
亏虚复何为？岂不待后人。后顾亦茫茫，嗟尔独自伤。
待之以无待，悠悠任天常。噫予犹御风，伊芒我亦芒。

【附注】

志业半不就（早年有志乎仁为己任，忽忽遂衰。心所欲述作者，皆不获执笔。），天地留亏虚。（古志云："天不满西北，地不满东南。"按吾国西北多高山蔽天，天失其高明，即亏虚也。东南濒海，患卑湿，是地之亏虚也。）天常（天者，自然义。常，谓理则。）噫予犹御风。（庄子称列子御风而行，言其待风，即未能无待也。庄子云："人之生也，固若是芒乎？"芒，惑也。）予衰矣，未能演《易》，期待来贤。如列子之御风，是伊芒而我亦芒也。人生固有不容已于芒者乎？

270

《乾坤衍》自序①

　　吾书以《乾坤衍》名，何耶？昔者孔子托于伏羲氏六十四卦而作《周易》，尝曰："乾、坤，其《易》之缊耶？"此言乾、坤二卦，于六十四卦中特居其首。以其发明至道（至者，至极。），弘博深远（弘，大也。博，广也。），无所不包通。（一切皆包含之，一切皆贯通之。）《易经》全部实以乾坤为其缊。缊，犹云宝藏也。言乾坤二卦是《易经》中之大宝藏也。又曰："乾、坤，其《易》之门耶？"《论语》曰"谁能出不由户"云云。户，谓门也。此言乾坤二卦乃其余诸卦诸爻之所从出也。孔子自明其述作之本怀如此。可见《易》道在乾坤。

　　学《易》者必通乾坤，而后《易经》全部可通也。衍者，推演开扩之谓。引伸而长之，治学如抽丝。丝之端，最微小如无物，引而伸之则愈伸愈长，将无穷也。学亦如是。触类而通之，万变万化，万物万事，何由而成？曰成于理。事物万殊，变化万殊，以是而知理本万殊。理万殊故，析之必有其类。类不紊乱，会之乃得其元。（会者，综合以观其大通。元，犹源也。）故理者，一元而万殊，万殊而仍一也。故学问之事，知类其要矣。知类之术，始乎分析，终乎会通，而始之事重矣。知类犹亏（亏，犹云欠缺。），难言会通也。夫分析者，触类而通也。观物析理，有见乎此，复由此而求通于彼，又由彼而求通于彼彼（彼彼者，以极繁赜故，彼而又有彼也。），至于极万有之至赜，而后可同于大通矣。是为衍。余学《易》而识乾、坤，用功在于衍也，故以名吾书。

　　书共二分。二分，犹二篇也。第一分，辨伪；孔子"六经"皆为小儒所改

---

① 《乾坤衍》，作于 1961 年春，曾由熊十力自费、中国科学院印刷厂影印印存。

窜、变乱，汉儒传至今日之"五经"，皆非孔子原本。"六经"本一贯，欲辨正《易经》之伪，不得不通"六经"而总辨之。**第二分，广义。**推演、扩充，以弘广《大易》之义也。《易经》称"大"，尊之之辞也。二分始于前年，适在病苦中，今始毕业。封君用拙来漆园写定影印，志其劳。

夏历辛丑年立春节前公元一九六一年一月二十一日
漆园老人熊十力识于上海寓舍

272

《存斋随笔》自序[①]

存斋者何？诸葛公曰"使庶几之志，揭然有所存，恻然有所感"云云。余平生以此自勖，名吾坐卧之室曰存斋。感者何？吾人与万物痛痒相关之几，动乎不容已者，是为感。存者何？吾人内部生活，含藏固有生生不已、健健不息之源，涵养之而加深远，扩大之而益充盛，是为存。唯存也，故能感万物之痛痒。不存，则其源涸，而泯然亡感矣。（泯然，灭绝之貌。亡，无也。）余以存斋名吾室，不敢不有所存也。

随笔者何？平居，观物返己，人心非如木石之无知，日常接触大自然，决不能梦梦然度过，必于万物万事，时有所观察。人皆如是，我亦如是。己者，自己。返者，返而向内，求诸自己身心之间，体会吾人生生之源与日常生活内容之为光明、为黑暗、为丰富、为贫乏。此必不可不自明自辨，不可下坠以同乎禽虫之不自觉也。《易》之《观卦》曰"观我生"云云，大哉言乎！富哉言乎！有时兴怀，兴，犹起也，动也。怀者，胸怀，谓意中起想。则信手写出。信者，纵任之谓。任手之提笔挥去，而未尝以意匠经营于其间也。（意匠者，如为弘廓深密之论文，则其用意于千条万绪之分析，与贯穿于散殊繁赜之中，以会其大通者，必刻意经营，犹如工匠运用其技术之巧，故云意匠。刻意者，言其用意极深沉与严刻，大处无不究，细处无不入也。）今信手挥笔，不同于有意持论，故非意匠经营之作。初无预立之题目，写成后，亦可立题目。写来不论长言与简说，而都无体系、无组织，随时随机所写，或不甚爱惜而毁去，或偶尔觉得颇有意思，甚至对于学术思想之研究

---

① 《存斋随笔》完成于 1963 年，首次由台北鹅湖出版社出版于 1993 年。

273

不无可供参考处，于是汇集而名之曰《存斋随笔》。

夏历癸卯年正月元日，公元一九六三年一月二
十五日。熊十力识于上海寓舍

右序是本书初起草时所写。原拟为语录体，今第一卷写成，阅者皆谓
当为专书，不应纳入随笔中。余仍列于随笔中，为正篇。向后或多有短
文，可汇集为杂篇，以次分卷。杂文及语录，有可存者，不妨以外篇名
之，亦纳于随笔中，不必为单行本也。癸卯仲冬漆园老人补记。

第六辑

致梁漱溟、马一浮书信

致梁漱溟信件

第 一 封①

漱冥兄：

三月廿五日手书收到。以前一切话，都置之，过去事已过去，唯当从新振作耳。

我昨冬来感触太多，世事、家事、朋友事、自己行止事，加以一春凄风黄尘，种种苦人，把我弄得几乎要死。又回忆年来不长进，自悔自恨，又时怆然泪下。吾恨足下，吾恨竟翁，使竟翁坦白公平待我，又无其他夹杂，我一心在南京讲学，岂不好哉？北上偶足下，而足下软弱反过于我，令我振作不起来。呜呼！天下大矣，吾将谁与？念一身穷无所之。江西虽有几亩田，而兄弟牵掣，毕竟难令我静心为学，我所以想拉扯几位朋友相挟持也。

自昨秋冬以来，头脑常闷，腰常胀，心中常易起悲思，有时自惧或是不良现象。然我一向易悲，此话有几次与平叔说过。却不始于今日，所以惧者为腰胀等象耳。然我亦尝与你言，以我之肉躯而论，宜早死，然终不死，则今之腰胀亦不足惧耳。

---

① 此信写于 1925 年 3 月 29 日，寄自武昌大学。《熊十力论学书札》《梁漱溟往来书信集》均收录此信。信中"漱冥"，即梁漱溟。"竟翁"，指欧阳竟无。蕲兄，指石瑛（字蘅青）。赞非，指高赞非（《尊闻录》的记录者）。奘师，指唐朝玄奘法师。

277

省吾兄尝云"凡愿力大者，常恐其生之促"，或者然乎？昔奘师将译《般若》六百卷，常恐不成而死，而卒乃成焉。吾所欲发抒者，至大至要，天不丧斯文，必将有以庇我矣。常作此想，而壮心生也。

总之，昨冬以来，算是变态心理时多，此后安居已定，收拾精神，当一往向前也。

吾已来武大矣，德安之议取消。私心欲俟蘅兄回校，与之商量，欲请足下来鄂，共居三五年再说耳。天予聪明才力，悉疲于讨饭之钟点，呜呼痛哉！蘅兄归期，尚未得知也。弟住校内东楼上第二层，临蛇山，绿木蓊然围绕，赞非与我同居一室，此子文学今年有进矣，其费用，我酌助之，不难也。

阴历三月初五日　弟子真白

不须南来，空劳何益。

第 二 封①

胸中时若有千言万语急欲迸发，才把笔则已呼唤不出，灵机鼓动，气力不足以申引畅发之也。贱体太亏，如何如何！

真正人生之感，不是凡夫所有。其感是悲情，不是凡情。如来当初出家之感与其后来成佛时情感，仍是一般，所谓彻始彻终也。如当初一感未真，哪会几年工夫便尔成佛？我往者之感，兄向者之感，颂天近者之感，都是凡情。不过此等凡情，大不易得。盖由外缘有所引发，回向真处。但是向真不是真机勃尔自露，犹如浮云里透露日光耳。此等情机发动，若得着路，便一直向上，生机不绝。不遇着路，则宛转间不激而狂，必流于

① 此信与下一封信，均选自《十力语要》。《熊十力论学书札》《梁漱溟往来书信集》均未收。没有写信时间。文中"孑老"，指蔡元培。颂天，指云颂天。任潮，指李济深。真如，指陈铭枢。李济深、陈铭枢于1933年发动福建事变，后失败。根据这些信息，此信应写于1933年，寄信地址是杭州。

萎。颂天昨秋已来，愤郁不解，如尚听其自然，必萎败矣。

连年病废，心情昏乱，昨与子老及某辈缄，偶述近况及以前所经，颇露窘苦难堪之状。已发而悔，继思之，此又何足深悔？平生心事皎如白日，只堪自信，何须求谅于不相干之人？然子老自足知我，未堪一例抹煞也。

世事至此，已如船山所云，害已成而不可挽，挽则横流。在此恶势周流六虚之会，于此于彼，形式虽殊，恶流则一。即有善良，加入一方，恒随流转，势不自由。唯有超然静立乎恶流之外而隐有所持，虽哀矜而不容骤挽，藏之于慎密而持之以悠久，则造化在我而默运于无形矣。此力之所志，而实未能逮，终必颠连倒跌而强起以疾赴之者也。吾兄今日自居局外，但尽友谊，可谓得宜。任潮、真如与吾侪夙抱原自不同。即其经过以言，亦只好努力始终撑拄其间，结果只是做一日和尚撞一日钟，成败利钝，不能计尔。

第 三 封①

手示敬悉。"公开"二字，是我生来之良能。然我慢之重，亦积习太深。黄河万里，拖泥带水而行，本素所自喻。然今且将老矣，又病矣，病益为拖带之缘。今欲自行克治，尤以养好此病为先着，否则一切修养说不上。黄梅前身见四祖，四祖以其年老乏精力，嘱再来。此虽神话，然修养须精力好才办得，自可于此故事中会意也。颂天得力处当有之，但恐易缘时又复故态。此事大不易言，须此心从事上磨炼得勿忘勿助，方是到家。若现在养病期间，屏除一切外诱，借典册警惕，引发静气，才得一段清明，此未足据。吾年来病因，兼以时事刺激，引起心绪恶劣。然屏弃书籍已久，静观万事万物之变，亦时有所得，仓猝不能言也。

昨讯有欲言未言，终觉不合。承示颂天函，似有念念不迁之说，真自

---

① 此信与上一封信连在一起，标以"与梁漱溟"，收入《十力语要》中。时间应与上封信相差不远。文中颂天，指云颂天，是熊十力、梁漱溟的学生。

欺语也。尼父七十不逾矩，方是不迁之实，后生谈何容易！又引先儒收放心之谈，而云只不放，便收。不知吾侪有生以来，此心便尝放失而不觉，对治已放，故说收。终古是收字功夫，岂容掉以轻心，高谈妙悟。吾所努力，唯欲先做到不自欺一段工夫，以图复我久放之心。凛然求孟氏所谓视民如伤、望道未见之念，看吾心真实有此痛痒否？不此之务而高言禅悦，猥以浮明，托于窃似，居以不疑，此晚世狂禅与陆王末流，所以获罪而不自逭也。此片务转颂天。

第四封①

漱兄：

顷阅与艮函，谓我有饿死之说。诚然。如将来无可教书，又或辱不堪，有一于此，即如是以了结之耳。此主意须先拿定，然后临时不惊惶。但时未至时，吾还为武侯苟全性命之计。年已至此，死不足悔。总有此一遭故也。生物皆怀生，何况于人？义可强生，犹不求死，此常情也。吾自犹人。

若以世道论，谓吾侪如可守义而不饿死，吾敢曰："上帝不能保证，孔子、释迦或不肯作如是看法。"不说一千年，至少百年，人类无宁日。而况衰敝不堪之炎黄遗类乎？言之痛也！后汉以来二三千年，族类常在夷、狄、盗、贼迭相宰割之中。民德之偷、民性之卑、民智之陋，自私以图苟存，不知大计，不知公义，其来久矣。其养成之，非一日矣。西化之来，只荡固有好处，而借新花样以发展固有恶习。在此世界狂潮中将不知所底也。吾哀也，固拿定"饿死"二字也。

---

① 此信写于 1949 年 9 月 5 日。《熊十力论学书札》《梁漱溟往来书信集》均有收录。在梁培宽先生编注的《梁漱溟往来书信集》中，对此信注：此件录自《熊十力全集》第八卷（湖北教育出版社，2001 年）。此信开头，熊十力先生写有一句话："此纸附川大叶先生信中，转北碚温泉勉仁文学院梁先生。"信中，"艮"即黄艮庸，"通旦"即周通旦，"罗君"即罗家伦，"牟子"即牟宗三，"雨僧"即吴宓，"颂天"即云颂天。

通旦云赴印，无译人，一难也；人家不肯多请译人，二难也。有说罗君放空炮，只云印政府介绍其各大学。可见尚托空言。牟子在台，何肯从吾作译人乎？老老实实不舍学、不离师，今日何可谈如是□。

雨僧先生致念。

颂天告通旦。

九月五日

第 五 封[①]

漱兄：

关于大著《文化》书，弟前已屡函，兹不赘。大者且勿论，如必以西洋人著书成一套理论，而遂谓中国无哲学，此乃吾绝不肯苟同。时俗说先圣之学皆用艺术眼光看去，吾尤痛心。艺术是情味的，野蛮人皆有之。曾谓先圣穷神知化与穷理尽性至命之学，只是艺术之谓耶？世人方无知自毁，吾侪何忍同俗调乎？

如只有宗教与艺术而绝不足言学术，文化足言乎？兄既否认古代科学，其实古代只可说为初步的科学，而不可谓其非科学。古代药物、医术、机械、地理、工程、物理、博物等等知识，亦不可谓其非科学的。必以现代科学之进步而否认古代科学，是如见成人而谓小孩非人类也，可乎？

科学且置，必谓中国不足言哲学，何必如此乎？主义与思想，诸此，吾前信已说过，不有学术而言主义，可乎？真足为一派思想而谓其非学术，可乎？吾前信可复看。胡适之云我们的老祖宗只有杂七乱八的一些零碎思想，而不足言哲学。二十三四年北大哲学系一学生亲闻胡言而告我者。此等胡说，兄可适与之合乎？

---

① 此信写于 1950 年。原收入《熊十力全集》第八卷，今依《梁漱溟往来书信集》《熊十力论学书札》核校。后面熊十力写给梁漱溟的信，均依此二书核校（有些文字的断句分段，也有与二书不同处），不再一一注明。此信中的"《文化》"，是指梁漱溟 1949 年首次出版的《中国文化要义》一书。

哲学定义非是爱智，后来还有许多家。而且任何学术的定义都是你所非衷愿。哲学固不遗理智思辨，要不当限于理智思辨之域，此如要讨论，殊麻烦。中国的学问思想虽久绝，而儒道诸家侥存者，不可谓其非哲学。以其非宗教、非艺术故，以其不遗理智思辨故，但其造诣却不限于理智思辨，此当为哲学正宗。兄如将中国哲学也勾销，中国当有何物事？无乃自毁太甚乎！自弃太甚乎！

邓子琴累函言兄有意约彼来京，此子于古书涉猎较多，实可约来。但兄究定若干人，用费需若干，似当有一计划，从速决定。……

第 六 封[①]

漱兄：

前与渊庭带一小条，当收阅。

尊书谈中国方面吾多不赞同者。

一、中国确是退化，唯太古代，至战国时期，光彩万丈。兄于古代太忽略，直等于置之不论。此吾不赞同者一。

二、中国文化虽开得太早而确未成熟，尤不当谓秦以后二千年为成熟期。秦后二三千年，只有夷化、盗化、奴化三化，何足言文化？此宜替历史揭发，永为来者之戒。

三、尊书谈到根源处，只揭周孔礼教一语。孟子在战国叙学统、道统，从尧、舜、三王直到孔子。吾以此为定论。唐人始尊周公，原是莫名其妙，并未明其所以然。尊意既提出周孔礼教，便当分别说明周公之思想与主张及孔子之思想与主张。然后略明孔子之承于周公者何在。孔子本人

---

① 此信写于1950年5月22日。其主要内容仍是对梁漱溟的《中国文化要义》提出自己的看法。由此可见，二人见解主张多有不同处，但彼此讨论时毫不避讳。文中提到的"渊庭"，指李渊庭，熊、梁二人的高足。"东荪"，指张东荪。"宰平"，指林宰平。此次断句标点时，主要将几处句号改为问号。例如"尊书巧避家庭本位之丑，而曰伦理本位做好文章，何价为者？此好文章只是你个人的德行表现与人格表现，而何预于中国社会？"这两处的问号，原即为句号。

之思想，其体系如何，其宗主为何。秦以后衰微之运，是否尚存孔子精神。今后发挥孔子精神，宜如何舍短取长。孔子思想自当求六经。六经以《易》《春秋》为主，《周官》次之。三经纲要提得起，余经皆易讲。周公之思想难推考。吾意三礼中，唯《仪礼》是周代典制之遗，非孔子所修。此书虽非周公本人所作，而周代典制必承周公开国之精神与规模，殆无疑义。今欲究周公之礼教，似当由《仪礼》之章条而推出其理论或义蕴。二三千年来治《仪礼》者，只是训诂名物，不知其义。周公之影响于两周之世运者为何如。其影响于孔子集大成之儒学者又何如。此皆谈文化者所不宜略。

尊书谈义务权利诸处，甚善。然须于本原处有发挥，而后言及此等处，自更好。本原处，尊书固曾及之，即所谓礼是。然吾犹嫌于礼之义，犹欠发挥。

六经之道含宏万有，提其宗要，则仁与礼而已。仁者，礼之本；礼者，仁之用。徒言礼教，而不谈仁，则无本，是亦尊书遗漏处。虽云谈文化与专讲哲学者不同，然文化根源处总须提及才好。

伦理，在古圣倡说，只是教条。亦可云德目垂此教条，使人率由之。久之，多数人习而成化，固有可能，然不必人人能如是也。若云社会制度或结构，中国人之家庭组织，却是属于制度或结构者。

尊书似欲讳此弊，而必以伦理本位为言。其实，家庭为万恶之源，衰微之本。此事稍有头脑者皆能知之，能言之，而且无量言说也说不尽。无国家观念，无民族观念，无公共观念，皆由此。甚至无一切学术思想，亦由此。一个人生下来，父母兄弟姊妹族戚，大家紧相缠缚，能力弱者悉责望其中之稍有能力者，或能力较大者，必以众口累之，其人遂以身殉家庭而无可解脱。说甚思想？说甚学问？有私而无公，见近而不知远，一切恶德说不尽。百忍以为家，养成大家麻木，养成掩饰，无量罪恶由此起。有家庭则偏私儿女，为儿女积财富，……尊书巧避家庭本位之丑，而曰伦理本位做好文章，果何为者？此好文章只是你个人的德行表现与人格表现，而何预于中国社会？我最不高兴者此。

我说中国文化开得早，而未成熟者。

283

一、《大易》明明言"裁成天地、曲成万物"等等。此比西洋人言征服自然、利用自然尤伟大，尤宏富。荀卿《天论》，言"制天而用之"一段，即本于《易》。假使此等广大义趣，不绝于汉世象数之易家，则吾古代百家之科学思想，必大发达无疑。又如"制器尚象""备物至用""立成器以为天下利"等等精义，亦皆科学精神。由此精神发展去，则生产技术与工具必早有发明。而吾之社会，因仁与礼之本原，异乎西洋，或者不至演资本主义社会之毒而别有一种创造。易言之，则《礼运》大同之盛得早现。

二、《公羊春秋》已不许……

三、尊书言中国只有民有、民享而无民治。真奇哉！信若斯言，人民不参预国政，而享谁？而有谁乎？譬如，某家子弟，不治家事而专倚赖父兄管家者，此等子弟犹得享其家而有其家乎？《周礼》之地方政制严密至极，此非民治乎？各职业团体，皆得以其职而与内外百职事并列，此不谓之民治而何谓？《大易·比卦》之义，即人民互相比辅为治，此得曰吾之臆解乎？

吾略举三证，中国文化分明未成熟。先圣启其思想，后嗣不肖未能析明与实践，何谓成熟？吾所欲言者甚多，细节处亦多可商。但一个多月以来饱闻粪气，吾与仲女均无精神。觅易住，又觅不好，无法达意。望兄垂察。

东荪兄书，时引出问题，有极好处，时亦有病。惜吾今精力短促，难以细语商量。昔居觉生兄言，人生六十五以后，便觉衰，力量不行。吾六十生日彼常言此。艮庸昨犹忆其语。今六十六乃深觉精力差。东兄前言候你回，吾三人当聚谈一会。宰平犹未至，□□将不来耶。

五月廿二日午后

第七封①

前天一信，殊未尽意，兹略申者。

兄言中西文化之发展，似归本于感情理性与理智各有偏胜。吾以为，如本体透露者，则本体流行，触处是全体大用显发，感情、理智，决无偏胜。故《乾卦》言仁，而大明在。孟子、阳明言良知而万物一体之仁在。此真实义也，不可忽也。吾古圣以此为学，以此立教，以此立政，以此化民成俗。

本体未澈，即在虚妄妄识分别中作活计。虽云妄识为主公，而本体未尝或熄。但妄识毕竟乘权，本体终难呈露。妄识流注，有势用而无恒德，有偏胜而非圆满。以上二语，千万吃紧。余确是自家体认得来。佛于圆成言圆满，《易》于乾体言圆神，皆不可以分别心去索解。故其行于物也，则猛以逐物与析物、辨物，而理智胜。其希求寄托也，则投依与执着之情胜。其与人之交也，则对峙与争衡之情亦胜。争衡，谓由斗争而求得平衡。兄谓西洋人只是理智的，其实西洋亦是感情的。但其情为妄情，不自本体流露耳。所以西洋文化，一方面是理智，一方面又是最不理智。兄似于西洋文化根荄尚未穷尽真相。西洋文化本自二希。一希腊的理智。一耶教的感情。二者皆不识本体，即不澈心源。此中有千万言语难说。吾年五十五以后日日究一大事，渐有所悟。六十而后，益亲切无疑。

中国何尝只是情胜？古代百家之科学思想虽已失传，而天文数学之造诣，似已不浅。指南针作者，一云黄帝，一云周公，或黄帝首创，周公继述也。此非明于电磁者不能为，则物理知识古有之矣。李冰，战国时秦人，其水利工程当在，今人犹惊叹莫及，则工程学盛于古代可知。木鸢则墨翟、公输并有制作。是亦飞机之始。舟舵发明，当亦甚古，西赖之以航海。此与造纸及印刷术，贡献于世界者甚伟大。《易·系传》言"裁成天

---

① 此信写于 1950 年 5 月 24 日，原信缺上下款。仍是与梁漱溟讨论《中国文化要义》。

地"，"曲成万物"。又曰"备物致用"，"立成器以为天下利"。荀卿本之作《天论》。此皆科学精神之表现。周初或有奇技淫巧之禁，而孔门《易》学已力反其说。汉人象数实为术数之《易》，非七十子所传孔氏之《易》。孟轲称孔子集大成，是为中国学术思想界之正统派，万世不祧之宗也。惜乎汉人迎合皇帝，妄以封建思想释说而经遂亡。今不注意圣人微言大义之仅存者，而断定中国决不能有科学，余实未能印可。科学思想发生于古代而斩绝于秦汉，此其故，自当于秦汉以后二千数百年之局考察情实，自不难见。吾《读经示要》曾言之。

民主政治，兄谓中国人只有民有、民享诸义，而所谓民治，即人民议政，或直接参政等法制与机构，中国古籍中似无有。吾谓不然。先说圣言治道，其本在仁，其用在礼。仁者礼之本，礼者仁之用。而政法皆礼之辅。《春秋》与《周官》之法制可谓广大悉备矣。兹不及详，略就兄所云民治者征之。《春秋》书卫人立晋，便有由人民公意共选行政首长之法。《周官》于国危或立君等大事，亦有遍询民众之文。又于各种职业团体，皆列其职。即各业团，直接参预国政。至于地方制度之详密，尤可见民治基础坚实。余尝以《周官》一经为由升平导进太平之治，灼然不诬。程、朱与方正学并尊此经，皆有卓见。

西洋议会少数服从多数之规，吾先哲似不尽赞同，兄已见及此。然先哲未尝不征取多数意见。《孟子》盖《公羊春秋》家也。其言国人皆曰贤，未可也。见贤焉，然后用，此即明政长必遍征人民公意，而仍不以众议为足，必本其所自见者裁决之，始付诸实施。《孟子》虽就用贤一事为言，推之百政，殆莫不然。余谓《孟子》此等主张，最有深义。凡民主国家遇有大事，咨于群众，往往有昧于远识者，恣其群而合于庸众偷堕之情，或逞其偏见，易得大众赞同。或险默之徒，阴挟野心，而饰辞以欺骗群众。一夫倡说，众人不察而妄和。此弊不可胜举。是故《孟子》言用贤，必遍征国人公意而卒归于政长之本其所见，以为裁决。如此则政长有前识与大计，议会不得挠之。此为政长留自决之余地，实议会政治之所当取法也。

春秋战国间法家谈民主者，必与儒家相为羽翼，惜其书已失传，《读经示要》曾言之。孔门之儒，大抵依据《春秋》《周官》，注重法制。如

286

《孟子》伤当时之民无法守，又曰"徒善不足以为政"，其留意法制可知。今传孟氏之书，或其弟子所记，不可窥子舆思想之全也。《管子》书，似亦大体近于民主思想，而惜其不纯，似多杂糅之文，七十子后学尚法者所托。六国昏乱，一切学术频于废绝。秦政更毁之务尽。汉儒征焚坑之祸，《春秋》许多非常可怪之论，都不敢著竹帛。史公、何休当时尚闻口义，汉以后遂不可复闻矣。今若遽谓古籍中无民治制度，吾就《春秋》《周官》《孟》《管》诸书推之，犹不敢作是武断。

中国学术，兄又谓其非哲学或不妨说为主义与思想及艺术。吾亦未敢苟同。

夫哲学者，即指其有根据及有体系之思想而言，非空想，非幻想，故曰有根据，实事求是分析以穷之。由一问题，复引生种种问题，千条万绪，杂而不越，会之有元，故云体系。思想之宏博精密如是，故称哲学。子贡称孔子曰"宗庙之美，百官之富"，可谓能了悟孔子之思想者。孰谓如是美富之思想，不可名哲学乎？主义者，综其思想之全体系，而标其宗主之义，以昭示于人，故言主义。孰有不成学术而可言主义乎？

艺术毕竟是情趣之境，非由能诠深达所诠。能诠，谓智；所诠，谓理。今俗以中土之学归之艺术，是自毁也，而兄何忍出此乎？

斯文行坠，吾偷存一日，犹当维护。朋友之义，存乎直谅。愿察苦怀，勿以为迂人有成见也。

第八封①

漱兄：

此来为我所不愿，匆匆一别，又未卜何时得一面。海隅旧宅，如不见函允，吾决不北游。

社会问题，吾前年亦稍涉新籍二三种，虽非大部，而马列之精义已可

略窥。所谓尝一脔肉而知一鼎之味，睹梧桐一叶落而知天下之秋，是在善领会耳。社会、政治方面之理论，吾于马列不能不殷重赞美，独惜年力已衰，未堪致力于此耳。至于哲学，穷至宇宙根源，毕竟不容作物质想。若谓彼云物质并不是作为可摸可触的固定物事想，如古代唯物论者之见，而其所谓物，实亦是生动活跃、变化无竭之真，则与古上哲不同者，只是名词之异，穷其实相，无所异也。兄昨所云却是如此，吾决不曾误会，而吾实不能赞同此见，此话要说便太长。

当知体用不二，毕竟有分，而所谓心与物要皆依用上立名。若不辨体用，而克就用上目之，以为真源，是犹执众沤相而不辨其本出于浑全的大海水也。

若以体言，自是备万德、含万理、肇万化。古哲以真常言本体者，并非谓本体是恒常不变的东西。果如此，则体用将分成二片。佛氏便有此谬。因为用是动跃的，体是恒常不变的，固明明将体用截作二片也。唯体是动跃的，现作心物万象，譬如大海水是动跃的，现作无量众沤。《新论》故说体用本不二，而亦有分；虽分，而仍不二也。曰真曰常，皆就本体所具有之德或理言，不可把本体看作常恒不变的定体也。《新论》于此辩之甚明。

古哲证体之学究不可忽而不究。不见体，则万化无源，人生昧其真性。此中有千言万语难说得，高明如吾兄，慎无以此为迂谈也。

证体之学，吾意此只是为学入手功夫，不可以此为究竟。古哲失处，大都以此为究竟。佛氏出世法，自必以此为究竟；道家曰主一，曰抱一，曰致虚极、守静笃，皆以此为究竟。是以遗物、反知、厌世、离群，其弊不胜穷也。宋明理学之含养性地，皆有以证体为究竟之失。

吾谓学者须先见体，既了大本，却须透悟现实世界，即是一诚。孟子曰："诚者，天之道也。"诚为本体之名，其义甚深。自有成己成物与裁成天地、曲成万物、化育参赞、富有日新等等盛德大业，以完成其本体之发展。若不如是，只期默然内证，以此超脱万物之表，却是独善自私，何曾有天地万物同体之实乎？昨未眠好，未能道意，希兄察之。

兄昨言名无定，殊甚误。《春秋繁露》曰：《春秋》辩物之理，以正其名，名必如其真。注意。《尹文子》曰：形以定名，形者，意象或概念也。名

288

以定事，事者，事物。名本声音，而声音所由发，则出于人心之意象或概念。名之散殊，名本于意象或概念之差别。差别者，不一义。有桌子之意象，而桌子之名以定；有杯子之意象，而杯子之名以定。故曰形以定名也。然须复问：意象何自出？意象固缘事物而生也。缘者，攀缘思虑义，非无事物存在而得凭空现起意象或概念也。由人心缘虑一切事物而起意象，以是定种种名；即由如是种种名，以定万殊的事物。此知识所由成，学术所由起也。事物定之以名，名定于缘虑事物而生的意象，一切不容淆乱，亦本来不相淆乱。如梵方声音与中华人声音虽不同，即立名虽不同，然梵人杯子之名定于其缘虑杯子时之意象，则与华人不异。故吾人用华文翻梵语，如对于杯子其物之名。自不会翻杯子以桌子或其他物名。若不然者，则一切物或义理之名，悉淆乱而无本，吾人不独不可读梵书，又何可与梵人通语乎？又何可与人辩物析理乎？唯物论谈到宇宙根源处，与华、梵古哲谈到宇宙根源处，谓不过名词之异，无义指之殊，则吾所伤怀而不愿闻也。吾衰而兄亦老矣，平生道义亲交，不绝迹之交，宜以全神注意于此。

农村情状，大概免不了一"饿"字，《老》云"不出户，知天下"，吾颇怀斯感。与其作不必要之奔波，何若潜心素业？吾侪今日生存意义，亦只在此。否则偷活若干岁月，亦何所谓？

方今学校，毫无向学之几，令人苦闷欲绝。仲揆过此两度，前一次值吾赴乡人吃鸡汤之约，未相见；后一次乃晤谈。彼意兴甚佳，劝吾勿悲观。欲与论文教，彼确甚忙，不及深说。吾确未免悲观，颇思候江西土改，或回德安，领一点土，了此残年。

渊庭、仲颜、云川、艮庸同一看。

蒙文通于晚周故籍搜阅多本，当致之科院，但无回音。

七月二十七日

289

第九封[①]

漱溟兄：

闻赴大连，此地气候甚好。不知兄病已好否？

我于五月底才完成下卷，但不知何时可出书。六月十四日移住淮海路二〇六八号附屋二楼。此房是假三楼，即第三层不高，可住少数人，不能住多数人。二楼最佳。楼下亦住二家，皆人口甚少。二楼全部归我，面前花园颇大，树木长大。西边窗前纯是绿化。来此才三日，吐痰再无黑灰，此乃最喜之事。日夜有清凉风，才尝海风味道，此旧处所不能有也。

刘公纯生事窘，听其来同住，为我查书之工作。向公家求予月四十元。他已来了。然他若不知节俭，便恐难久也。

淮海路即昔日霞飞路，距善钟路甚近。

令夫人问好。

六月十七日午后

第十封[②]

七月十日片，顷收到。静坐可使体气转强。吾信此理，而未之能行。如欲行之，非决心息思虑，恐无多效力也。息思虑极不易，非从佛家十信之功入手，虽制止思虑，亦无大补也。晚世治哲学人，信根全伤，难言守静笃也。此意难言。

余四弟于老五月廿三日病故于德安家中，年七十才过。吾未尽兄道，思之只堪一痛，哀哉！人生何处不是缺憾。

吾今年甚多衰象，恐向后无多年日也，时有戚戚心怀。一生思虑工夫多，涵养全乏。唯到腊月卅日，自信谒先贤尚无亏损大节之恶耳。

①　此信写于 1956 年 6 月 17 日。
②　此信写于 1956 年 7 月 16 日。

住宅唯电与汽车声不静。

七月十六日

第十一封①

漱兄：

来信六月二十一日顷到，即复。你说明了我的误会，即不再谈。今午后二时多，曾答宰平兄一片，嘱转你。邮后，你信才到。

今首要答你的，我喜用西洋旧学宇宙论、本体论等论调来谈东方古人身心性命切实受用之学，你自声明不赞成。这不止你不赞成，欧阳师、一浮向来也不赞成。我所以独喜用者，你们都不了解我的深心。在古哲现有的书中，确实没有宇宙论的理论。孔门亡失了千万数的经传，是否有宇宙论，今无从考，也许有而亡掉。

今日著书不是有所为，我现身未获名，这句话我还要声明，当初不无求名之意，三十五岁以后，专克治此一念，才得切实为学，确去了名心，此不自欺欺天之言。我在三十五以前，虽有聪明，而俗念未去。死后之名用不着且不说，我们这种学问与著作根本难传。你始终以为道在天地，书可传者必传。我相信非道弘人，愈见道的书愈难传。但知识技能之书则不在难传之列。若古时，如惠子、墨子之书犹不传了，何止孔门千万数乎？

我的作书，确是要以哲学的方式建立一套宇宙论。这个建立起来，然后好谈身心性命切实功夫。我这个意思，我想你一定认为不必要，一浮从前也认为不必要，但也不反对我之所为。你有好多主观太重之病，不察一切事情。我一向感觉中国学校的占势力者，都不承认国学是学问。身心性命这些名词他讨厌，再无可引他作此功夫。我确是病心在此，所以专心闭户，想建立一套理论，这衰的苦况无可求旁人了解。

---

① 此信写于 1958 年 6 月 25 日。熊十力写给梁漱溟的信，可以参看《为人类文化开前途——梁漱溟文选》中梁漱溟写给熊十力的信。彼此比较，更容易理解，也会获取更多重要的信息。

西洋人从小起就受科学教育，科学基础有了，各派的哲学理论多得很。我相信，我如生在西洋，或少时喝了洋水，我有科学上的许多材料，哲学上有许多问题和理论，我敢断言，我出入百家，一定要本诸优厚的凭藉，而发出万丈的光芒。可惜我一无所藉，又当科学发展到今日，空论不可持，宇宙论当然难建立。我的脑瓜子用得太苦，太耗亏，人有些病态，显然明著。结果我在宇宙论上发挥体用不二，自信可以俟百世而不惑，惜不能运用科学的材料。《体用论》后面已说过，希望来贤有继此业者。这个成立了，方可讲身心性命。

古人早提出"天人"两字，须知"天"字的义蕴就是宇宙论所要发挥的。人道继天。天不讲明，人道也无从说。今日与宰平片中提到心断其源，智慧道德，一切一切皆无根。习斋《四存》，吾注重一存，曰存此心。这个不存，古学全崩矣。你或者不同此看法，一浮却也注意及此。义理有分际，本体论、宇宙论，这些名词我认为分得好。但西人的讲法，往往把宇宙人生划分了，那就不对。然如柏格森的讲生命，并未划分，可惜他未识得真的生命。

《大易》乾坤之义，确是宇宙人生融成一体而谈，我是拿这些来讲宇宙论。你忽视成物事是错误。成物后面成立乾为精一，统御乎物，层层是为存此而说，煞费苦心，你完全忽视，我所以动气。

佛法确实要改造，我们只可把它还一个地位，完不是人道之贞常。我还他一个抗造化的地位，其源出于大悲心，你要大着眼孔来看。从宇宙体用上说，本无不善，然而翕方成物，确有固闭与下坠之势，人生罪过于此起。圣人说天道鼓万物而不与圣人同忧，老氏天地之叹，义深远矣。《坤》卦曰：先迷失道，后得主而有常。坤，物化的方面也，物不受阳<small>即心。</small>的统御，即迷而失贞正之道。物从心，即为后，则得阳刚之大明与仁的心，<small>乾称大明，又曰健为仁。</small>为其主宰，故有以全其贞常之性也。这样谈心物，从宇宙论的观点说是如此。

言《易》者，动辄说相反相成，如何相形？须是阳主于阴，宇宙即是始于大明。从人生论的观点来说，更不待言。所以我说《大易》是以宇宙人生融成一体而谈，此不同西学者也。

你把《体用论》看成无用物，所以我忍不住气。此与宰平兄一看，亚三、艮庸、渊庭同看。

渊庭信写明六月十三日，而昨天中午六月二十四后才收到，何以如是迟？

译稿事，昨傍晚即以一片寄华东师大教务处，问各出版社或其他组织，须要渊庭所愿译的稿子否。我想他总会找一下，看他如何答。

我现在拼命写稿子，少暇。前各旧稿好好保存，待此书成，再函你寄来。

六月二十五日快要傍晚

第十二封[①]

  ……人之相知，贵相知心，唯古哲人，心之精微，常历亿劫，不可得一相通。船山王子有云："前百岁而后千春，谁知我者？抱丹心而临午夜，自用照然。"余每三复其言，聊以自壮。汝若有灵，勿以老夫为念。呜呼！往而不返者，化之无滞；来而莫穷者，道之至足。汝与古圣贤、与天地万物，皆乘化以逍遥，体道而无尽。余形骸从变久矣，守小体而失大体，余虽寡昧，未至于斯。心事万千，欲言不得……

漱、宰兄：

详吾点圈处，方了悟人生哲学。

末段加圈点处，体用不二之蕴与死生之理尽于此矣。渊明"从浪大化中，不喜亦不惧"云云，未免流浪而不见体。龙叔归依实相，犹是体用为二。无著亦然。

化无滞原是道之至足，道之至足，故乃化而无滞。即用识体，即体见

[①] 此信写于 1958 年 6 月，是写给梁漱溟、林宰平二人的。熊十力写信，有时候在格式上并不拘泥。譬如此信，一开始不是写收信人的称呼，而是先来一段话。

用，体道无尽，乘化逍遥，本来无二。老氏乘化而不能体道，则流浪生命而已，岂真得乘化奚？从来文人，好言乘化，是可哀也。

今日答宰平兄片中，曾说佛经说真性在缠，是生死关者。有一杂记，称龙树说见性人虽误犯大过，不坠恶道。后学或反对之，有说不可反对，是在乎其见性了。若真性在缠，即无见性之几，命终使不知漂流何所。见性，朱子重涵养，然若缺乏省察，恐诸多染种更不好也。故省察要并重。

第十三封①

宰、漱两兄：

今天来客谈及五行家言。五行家之术行于晚周时代，荀卿有非命之论。我向遇人好试之，不甚信，而信相法。然解放前三年，遇一罗易为吾作批，向未相知，而几乎都合得上。他批我丙申、戊戌两年都险，戊戌难过去。所黏者即其桌子中之文也，我剪这篓字下来，我要留其单子。丙申即前年，这年秋后，忽然全身骨松散，大动脉突出寸多，脑空，心胸痛，腰树不起，不能吃，冬腊甚危。

今年戊戌，发愿写作，如作成，虽过不去也心安。热天我常五更起写，尚可支，不知秋后如何。此即《体用论》未作之章，《明心》。今不便合订，只好另立名，作单行的小册。现立名《心学要略》。宰哥看此名目可揣其内容，此书名可否？或叫《心论》，或叫《心学》，或叫《心学要略》，三名孰妥？宰哥可为另取一名否？望快以片告。拟为三章，第一章已成五十页，尚未完，每页字数同《体用论》。

我不想多写，于人太苦。年已到衰，耗脑血殊苦人。且起来买东西吃，很难得。鸡已从去年起戒杀生，决不开禁。牛肉吃不得，羊肉太不好，鸭也太不好，皆皮骨也。所说鸭是宰了的，活的也不买。白耳之类均不可用，太不好也，直无滋养可言。鸡蛋尚可买，而血管硬化，每天只可吃一个，两个便不宜。牛奶不好，未定购。用起心来，甚苦，拼命干。

---

① 此信写于 1958 年 7 月 22 日，是写给林宰平、梁漱溟二人的。

我欲存心、存孔。颜习斋《四存》，我且管二存。远西哲家根据科学知识而用分析之术弄出一套理论，各有所长，但终不能穷高极深，不能穷神知化。我所以常恨少年时未得出洋，我所差的是科学。若得出洋，我自信要开一道光明。漱兄讨厌西方旧哲的理论，我觉得不应这般见地。理论如果是应理的，应，犹合也。万古常新。如佛典的老话"不应道理"，这种理论是可厌。要注意理论的内容。

我虽老，犹时或忽然来一个快语。但是这个快，还要根据它再向各方面去证实，才得演成一个可靠的理论。如果自矜快语，而不多方面去证考事实，那一点快语不独没有证实，而且不能六通四辟去。做哲学的人，要时时有快语才行，否则陈陈相因，不会见理道。更可恶者，乱七糟八扯话头来。古人也多用旧说，章实斋于此多所考。但旧说经他用来，却成为他的新物事。

渊庭译稿，我替刘君与此人要履历，或有一点接洽。他不轻诺寡信，渊庭久不答，今已罢论。

七月二十二日午后

复马一浮函

第 一 封[①]

手教敬悉。北大之聘，兄自当赴。前已函陈，奈何不察时乎。失学，故讲学。人方失教，故须教。世已如此，所赖者墨翟、苏格拉底其人也。匪我求童蒙，童蒙求我，此何可望于今日者？

弟始终愿教学，名义崇卑非所计。呼牛牛应，呼马马应，甚至不呼而亦赴之。兄之所举，大可不必也。然成事不说，亦无足计。所不乐者，吾兄自私其学耳。

《尊闻录》，兄特举"成能""明智"二义，深获我心，而明智尤为根本。弟于此土玄学，尝欲寻百家殊途同归之宗极，为此土所以异乎西方者。盖久之又久，积劳累功而后豁然握明智之玄符，非偶尔弋获。《录》中谈此义处，其词虽约，实则冒天下之道如斯而已者也。俗学未之能察耳。

贱恙日来稍好，冬间恐不得理《唯识》稿，姑待开春再说也。

弟力顿首
庚午十一月十四日

---

① 此信写于 1930 年 11 月 14 日。

第 二 封①

序文妙在写得不诬，能实指我现在的行位。我还是察识胜也，所以于流行处见得恰好。而流即凝、行即止，尚未实到此阶位也。"乾道变化，各正性命"，吾全部只是发明此旨。兄拈此作骨子以序此书，再无第二人能序得。漱溟真能契否，尚是问题也。

---

① 此信写于 1932 年。是熊十力读马一浮为《新唯识论》（文言文本）所作序文后的回信。马一浮序文，可参看《负起民族复兴之使命——马一浮文选》。

熊十力先生年谱简编

1885 年（光绪十一年）1 岁

2 月 18 日（农历正月初四），出生于湖北省黄冈县上巴河张家湾一个贫苦家庭。

原名继智，号子真（亦作子贞），中年更名为十力，晚年自号逸翁，又号漆园老人。

先世士族，中衰，曾祖、祖父、父亲，三世皆为单丁。其父为秀才，学宗程朱，不以科举为意，授徒于乡校，常教学生读书要明道理，以读史为先，而后治"五经"。其母陈氏。家中六个男孩，四个女孩，熊十力排行老三。

1892 年（光绪十八年）8 岁

为邻家牧牛，"岁得谷若干"。父亲多在乡校，偶回家，教其识字，并为其讲历史故事。

1893 年（光绪十九年）9 岁

父亲回家后仍教其识字，讲历史故事。有一天，父亲讲到后汉混乱以及晋代、南朝胡人祸国之事，词极凄怆，将熊十力感动得号啕哭泣，"少时革命思想，由此而动"。父亲说："儿不必泣，向后读史书，宜用心探求祸乱从何处起，探求既久，方知胡祸是内乱所招致，而皇帝制度乃是内乱之根也。古今史学家，都不与天下众庶同忧患，其读史只玩故事及以博雅成名，谋利禄耳。儿其戒之。"

1894 年（光绪二十年）10 岁

仍为放牛娃。父亲患肺病，衣食不给，看到熊十力是个读书种子，常叹气说："此儿眼神特异，吾不能教之识字，奈何？"于是强打精神，继续到乡校授课，并将熊十力带去就学。初授《三字经》，熊十力一日便将其背完；紧接着，读"四书"，每求父亲多授，父亲每不肯，称："多含蓄为佳也。"熊十力后来称："此为入校之第一年，乃幼年期最畅快之境。不肖常日夜手不释卷，睡时甚少。"又称："先父门下颇有茂才，余自负所领会出其上。父有问，即肃对，父喜，而复有戚色。是年秋，吾即学作八股文一篇。八股文有法度，不易驰逞，先父颇异之。"

1895 年（光绪二十一年）11 岁

父亲患咯血，虽勉强为门人说经史，已渐不可支。熊十力深忧惧，亦不忍废学。

1896 年（光绪二十二年）12 岁

父亲病重成肺癌，春季仍在乡校，秋冬之际病逝；临终前说："汝终当废学，命也夫！然汝体弱多病，农事非所堪，其学缝衣之业以自活可也！"熊十力立誓："儿无论如何，当敬承大人志事，不敢废学。"后，其父默然而逝。熊十力后来称："余小子终不敢怠于学，盖终身不忍忘此誓也。"

父亲去世不久，母亲陈氏去世。

长兄熊仲甫挑起家庭重担。熊仲甫读书到十五岁，便因家贫改业农，农作时将书带上，抽空便读。熊十力也不能再读书，仿效兄长，边放牛边读书，勤学不辍。

1897 年（光绪二十三年）13 岁

长兄找到父亲生前老友何圣木，恳求其收留熊十力在其塾馆中读书。熊十力遂跟随何先生读书，但只读半年，便不耐塾馆管束而离开。此后一边劳动一边自学。

1898 年（光绪二十四年）14 岁

因羡慕古代隐士子桑伯子"不衣冠而处之风"，夏天居住在野寺，裸体，时出户外，遇到人也不避。又喜欢打菩萨雕像。有人将此事告诉长兄，长兄不戒。有位余先生曾是其父门下学生，痛责："尔此等行为，先师有知，其以为然否？"从此再不敢这样。

向临县何炳藜借阅书报，读到当时维新派论文与奏章，知世变日剧，以范仲淹"先天下之忧而忧"作为自己的座右铭。曾有"举头天外望，无我这般人"这样的惊世之语。

1899 年（光绪二十五年）15 岁

读《诗经》前，已读过"四书"，晓得把孔子论诗的话拿来印证。

1900 年（光绪二十六年）16 岁

十六七岁时，读陈白沙书；感受最大最深者，首在《禽兽说》，读后忽起无限兴奋，"顿悟血气之躯非我也，只此心此理方是真我"，又"顿悟吾生之真，而深惜无始时来，一切众生都不自觉"。

1901 年（光绪二十七年）17 岁

国是日非，家中穷困。稍读王船山、顾亭林等人图书，有反清的革命志向，不打算走科考道路。

1902 年（光绪二十八年）18 岁

与何炳藜的学生何自新、王汉等人共游江汉，"欲物色四方豪俊，而与之图天下事"。

入武昌凯字营第三十一标当兵。与何自新、王汉一起，与宋教仁、吕大森、刘敬庵、张难先、胡瑛等人结交，并通过胡瑛与其老师黄兴互通音信，创立武汉最早的革命团体科学补习所。

有人怀疑武昌不易革命，熊十力、何自新"并辟其谬，谓武昌据长江上游，南北关键，天下安危所系。张彪以庸竖握兵柄，吾曹默运行伍，不数年可行大事矣"。未几，黄兴规取长沙事泄露，湖南巡抚电湖北都督查封闭科学补习所，大家稍微分散开来。

1903 年（光绪二十九年）19 岁

在湖北新军中。

1904 年（光绪三十年）20 岁

仍在湖北新军中。

1905 年（光绪三十一年）21 岁

夏，与何自新一道，参与了刘敬庵创设日知会的活动。

冬，由行伍考入湖北新军特别学堂仁字斋。积极从事革命活动，曾在学堂揭示板上张贴讥讽鄂军统制张彪的署名短文。

是年春，王汉刺杀清亲贵铁良未果，自杀。

1906 年（光绪三十二年）22 岁

与诸同志成立黄冈军学界讲习社，联络各军营兵士及各学堂学生。张彪侦悉，密令逮捕熊十力。营务处有人告知熊，令其逃走。张彪悬赏五百金要其人头。熊十力在何自新的藏匿下逃过此劫，事发十日后，化装成病妇，租小木船秘密回到黄冈。

是年秋，张彪派军警围武昌日知会，捕刘敬庵等九人下狱。何自新亡走江南。

1907 年（光绪三十三年）23 岁

回家乡后，兄弟六人连吃饭问题都难解决。

冬寒，衣不足蔽体。兄弟同赴江西德安垦荒。

1908 年（光绪三十四年）24 岁

继续在德安易名隐居，授课读书。

1909 年（宣统元年）25 岁

流民麇集，艰险又多出意外，日益忧惧。

1910 年（宣统二年）26 岁

好友何自新回到黄冈，因病而死，卒年二十九岁。何自新自负能够识人，曾对熊十力说："君弱冠能文，奋起投笔，可谓有英雄之气。然解捷搜玄，智穷应物，神解深者机智短也。学长集义，才愧经邦，学问与才猷不必合也。夫振绝学者，存乎孤往，君所堪也。领群伦者，资乎权变，君何有焉？继往开来，唯君是望。事业之途，其可已矣。"熊十力不高兴地回答："天下第一等人，自是学问事功合辙。兄何薄吾之甚耶！"

1911 年（宣统三年）27 岁

10 月，参加黄冈光复。光复后担任秘书，旋赴武昌担任都督府参谋。

腊月的一天，与吴寿田、刘子通、李四光聚会于武昌雄楚楼。三人在纸上题字，各明心志。熊十力书"天上地下　唯我独尊"八字。

是年，刘敬庵死于狱中，年三十岁。

1912 年（民国元年）28 岁

担任日知会调查记录所编辑，参加编纂日知会志，因形势逆转，未能成书。

将王汉、刘敬庵、何自新之事上于黎元洪副总统，三人事迹乃得彰显。

1913 年（民国二年）29 岁

二次革命失败，日知会编纂工作不了了之。

熊十力以遣散费为兄弟置田，自己在积庆寺读书一年半之久。

在梁启超主编的《庸言》杂志上发表《证人学会启》《熊升恒答何自新》《健庵随笔》《健庵随笔续》《翊经录绪言》等文。

1914 年（民国三年）30 岁

与傅既光在武昌结婚。

1915 年（民国四年）31 岁

长女熊又光出生。

1916 年（民国五年）32 岁

夏，作《船山学自记》，内文称："忽读《王船山遗书》，得悟道器一元，幽明一物。全道全器，原一诚而无幻；即幽即明，本一贯而何断？天在人，不遗人以同天；道在我，赖有我以凝道。斯乃衡阳之宝筏、洙泗之薪传也。"

1917 年（民国六年）33 岁

秋，护法运动爆发，参加民军，支持桂军抗击北洋军阀的进攻。不久赴粤，佐孙中山幕。

年底，蔡元培在北京大学创设进德会，熊十力以书赞助，二人遂有文字之交。

1918 年（民国七年）34 岁

在广州居住半年，"所感万端，深觉吾党人绝无在身心上作功夫者"，又"内省三十余年来皆在悠悠忽忽中过活""无限惭惶""自察非事功之材"，开始决志学术一途。

拒绝陈铭枢高级幕僚的建议，在某先生介绍下前往江苏某中学任教。途经上海时，为好友张仲如的《谈道书》作序。

《熊子真心书》一书自印行世，蔡元培作序，丁去病作跋。

1919 年（民国八年）35 岁

在天津南开中学教国文。寄梁漱溟明信片，回应其《究元决疑论》中对自己"诋毁"佛道的指责，大意为：你在《东方杂志》上发表的《究元决疑论》一文，我见到了，其中骂我的话确不错；希望有机会晤面仔细谈谈。

暑假到北平广济寺，与梁漱溟首次见面，一见如故，结为至交。梁漱溟劝其研究佛学。

《熊子贞来信》发表于《新潮》第 2 卷第 4 期。

1920 年（民国九年）36 岁

前半年任教于南开中学。

后半年，在梁漱溟的推荐下，前往南京支那内学院，拜欧阳竟无为师，学佛学。

是年，儿子熊世菩出生。

1921 年（民国十年）37 岁

继续在支那内学院学习。吕澂、陈铭枢等人均在内学院。

1922 年（民国十一年）38 岁

冬，在梁漱溟的推荐下，赴北京大学哲学系任教，以特约讲师名义，讲授选修课《唯识学概论》。

除梁漱溟外，与林宰平、汤用彤、钱穆等常相往来。

1923 年（民国十二年）39 岁

10 月，所写《唯识学概论》讲义由北大出版部印制。此讲义忠实于支那内学院所学，九万字。

不久，对旧学产生很大怀疑，极不自安，举前稿尽毁之，开始创《新唯识论》。

1924 年（民国十三年）40 岁

夏，与梁漱溟到山东曹州，在重华书院讲学。

是年，为自己更名为"十力"。"十力"出自佛典《大智度论》，赞颂佛祖具有超群之智慧、无边之力量。

熊十力后来写生平回顾时，称："余自卅五以后，日日在强探力索之中。四十左右，此功夫最紧，而神经衰弱之病亦由此致。"又称："余四十后，大病几死。余誓愿尽力于先圣哲之学，日以此自警，而精神得不坠退。余非无嗜欲者，余唯以强制之力克服之。"

后在《〈体用论〉赘语》中，也称："四十至五十二岁长期中，每日禁说话。话至十句左右即遗精。后乃屏书册、省思虑。"

1925 年（民国十四年）41 岁

1 月，在北京大学《现代评论》发表《废督裁兵的第一步》。

春，应武昌大学之邀，在武大短期讲学。

秋，返回北大任教。与梁漱溟及十几名学生共住什刹海东煤厂胡同，斋名"广大坚固瑜伽精舍"。

12 月，在南京支那内学院《内学》杂志发表《境相章》（附"带质境说"）一文。

1926 年（民国十五年）42 岁

所著《因明大疏删注》一书由北大印成讲义，后由上海商务印书馆出版。

北大印制其第二种《唯识学概论》讲义，与旧义绝异。

是年，开始怀疑轮回说。小女儿熊再光出生。

与梁漱溟等人住大有庄勉仁斋。

1927 年（民国十六年）43 岁

前往杭州，住法相寺养病。

在西湖南高峰，与梁漱溟、陈铭枢、严立三、张难先等聚谈。

应汤用彤邀请，赴南京中央大学作短期讲学，唐君毅得列门墙。

1928 年（民国十七年）44 岁

居杭州西湖广化寺。

与蔡元培谈讲学事。

1929 年（民国十八年）45 岁

开始与马一浮往来。

1930 年（民国十九年）46 岁

1 月 17 日，中央大学刊载汤用彤讲演，称："熊十力先生昔著《新唯识论》，初稿主众生多元，至最近四稿，易为同源。"

由公孚印刷所印制第三种《唯识学概论》，导言末称："此书前卷，初稿、次稿以壬戌（1922）、丙寅（1926）先后授于北京大学，今此视初稿则主张根本变异，视次稿亦易十之三四云。"此稿比较接近《新唯识论》文言文本。

弟子高赞非记录的熊十力 1924 年到 1928 年论学语及信札，经高足张立民编定为《尊闻录》，印行 150 部，分赠蔡元培、梁漱溟、胡适等人。

1931 年（民国二十年）47 岁

与主政浙江的张难先时有往来。

对梁漱溟在邹平成立的乡村建设研究院不感兴趣。

九一八事变后，赴上海劝陈铭枢率十九路军抗日。

1932 年（民国二十一年）48 岁

一·二八事变发生后，致函国民政府主席林森，主张与日寇不宣而战。

10 月，《新唯识论》文言本由浙江省立图书馆出版发行，马一浮作序题签。全书九万字，分明宗、唯识、转变、功能、成色上下、明心上下八章，正式确立了营造十年的哲学体系，并引发了学术界一场大辩论。

冬季，北返，仍任教于北京大学，住梁漱溟家崇文门外缨子胡同十六号。

牟宗三成为其门生。牟宗三后来在《我与熊十力先生》中称："我之得遇熊先生，是我生命中一件大事。"

12 月，《内学》第六期发表刘定权针对熊著的《破新唯识论》，欧阳竟无为之序。

1933 年（民国二十二年）49 岁

2 月，《破〈破新唯识论〉》一书在北大出版部出版。

5 月，在《独立评论》上发表《要在根本处注意》。

8 月，在《大公报》发表《循环与进化》。

暑假前往邹平，见梁漱溟。

与梁漱溟率门生前往杭州访马一浮，欢聚讲学，在灵隐寺前合影留念。此次欢聚，被称为现代三大儒的"鹅湖之会"。

1934 年（民国二十三年）50 岁

《与张东荪论学书》发表在《中心评论》第 9 期。

《无吃无教》《英雄造时势》发表在《独立评论》。

《易佛儒》《答谢石麟》发表在《大公报》。

后来回顾生平时，称："五十后，病虽渐愈，然遇天气热闷，作文用思过紧，则脑中如针刺然，吾之性情即乱，或易骂人，不知者或觉吾举动奇怪。其实,神经衰即自失控制力,偶遇不顺意之感触,即言动皆乱也。"

1935 年（民国二十四年）51 岁

《十力论学语辑略》一书,由北京出版社出版。该书汇集了其从 1932 年到 1935 年所写的短文、札记、语录、信函。

《为哲学年会进一言》在《大公报》发表。

《答伍庸伯》《中国哲学是如何一回事》等文在《文哲月刊》发表。

《请诰授奉直归州学正傅雨卿先生传》在北京大学《史学》发表。

《读经》一文在《安雅学刊》发表。

1936 年（民国二十五年）52 岁

撰写《佛家名相通释》,在《北平晨报》发表该书序言,在《哲学评论》发表该书 28 条词释。

与张东荪合写《关于宋明理学之性质》一文,发表在《文哲月刊》。

所写《科学真理与玄学真理》发表在《文哲月刊》。

《答满莘畬先生》《答唐君毅》两文,发表在《北平晨报》。

《论不朽书》《与张东荪论学书:宋明儒学取佛家修养方法问题》《答唐君毅书》发表于《中心评论》。

是年夏季,牟离中在《北平晨报》发表《最近年来之中国哲学界》,介绍熊十力、张东荪、金岳霖等人的哲学。

1937 年（民国二十六年）53 岁

《佛家名相通释》一书,由北京大学出版部出版。该书出版,由居正等人资助,马一浮题签。

七七事变爆发,乘坐运煤的货车逃离北平,北大学生刘公纯随行照顾,先到武汉,再到原籍黄冈暂住。

后在《〈体用论〉赘语》中自称:"五十三四,遗精之患渐减轻。直至六十五,始全无此患。"

1938 年（民国二十七年）54 岁

到达四川，在璧山县中学校长钟芳铭的欢迎下，与几位学生住在该校；为学生讲民族精神、中国历史、五族同源等。

所著《中国历史讲话》约六万字，由中央陆军军官学校石印。

撰写《中国历史纲要》，与居正、方东美交往、讨论。

指导学生钱学熙将《新唯识论》文言本译为语体文，至"转变"章首段。

支持马一浮等人筹办复性书院，并受请为创议人。

1939 年（民国二十八年）55 岁

夏，应马一浮多次力邀，有嘉州（乐山）之行，任复性书院主讲。

8 月 19 日，在乐山遭遇日寇飞机轰炸，寓所毁于火，左膝受伤，已辑成的《语要》卷二至卷四稿亦毁于寇弹。

9 月 17 日，写完《复性书院开讲示诸生》长文。

在乐山期间，曾应邀到已迁乐山的武汉大学作短期讲学。

10 月中下旬，因与马一浮在办学思想、书院规制等方面有分歧，发生了一些不愉快，离开复性书院，返回璧山，与梁漱溟等人住来凤驿古庙西寿寺。

冬，指导学生韩裕文将《新唯识论》翻译为语体文，译完"转变"章。

1940 年（民国二十九年）56 岁

夏，在学生吕汉财的资助下，印行 200 本《新唯识论》语体本上卷。

应梁漱溟之邀，前往北碚勉仁书院执教，继续自己的学术研究。

1941 年（民国三十年）57 岁

4 月，《十力语要》卷二成书，在周封岐的资助下印行。

仍在勉仁书院讲学，做研究。继续写《新唯识论》语体本。

1942 年（民国三十一年）58 岁

由居正募资赞助、以勉仁书院哲学组的名义，出版《新唯识论》语体上卷、中卷。该书序言发表于《志学》杂志。

在《思想与时代》杂志发表《论体相》《论玄学方法》《儒家与墨法》《谈生灭》《答谢先生（幼伟）论玄学方法》等文章。

撰写《王汉传》《傅以平墓志》等文。

1943 年（民国三十二年）59 岁

2 月 23 日，前往江津吊唁欧阳竟无。

春，《新唯识论》下卷改写成语体文。

《哲学与史学：悼张荫麟先生》一文在《思想与时代》杂志发表。

夏，应北京大学校长蒋梦麟之续聘，仍担任北大哲学系教授，并受特许可以不到学校上课，每月由西南联大发给薪水或代用品。仍在北碚勉仁书院。

国民党陆军少将徐复观到北碚请教，受到了"起死回生的一骂"，得列门墙。

1944 年（民国三十三年）60 岁

3 月，《新唯识论》语体文全本被中国哲学会纳入"中国哲学丛书甲集之一"，由重庆商务印书馆正式出版。该书在抗战后又再版。

从正月至秋冬，撰写《读经示要》。

《新唯识论问答》《说易》《论性》《论文》《答友人书》《情感与理智》《谈郭象注》等文章发表在《哲学评论》杂志上。

《与人论执中》发表在《三民主义半月刊》。

为居正所著《辛亥札记》作序，为李西屏所著《武昌首义纪事》作序，为谢幼伟所著《现代哲学名著述评》作序。

1945 年（民国三十四年）61 岁

为张难先所编《湖北革命知之录》撰写《吴崑传》《何自新传》。

《读经示要》一书纳入"中国哲学丛书甲集之三"，由重庆南方印书馆印行出版。

1946 年（民国三十五年）62 岁

春，离开四川到武汉暂住。

夏，接受化学家孙颖川邀请，在其创办的黄海化学工业研究社主持哲学部之事；于是二次入川，到重庆五通桥黄海化学工业研究社所在地。讲词《中国哲学与西洋哲学》刊发于《黄海化学工业研究社附设哲学研究部特辑》。

徐复观将熊著《读经示要》呈送蒋介石，蒋介石通过徐复观赠熊十力二百万元法币。熊十力拒绝，并叱骂。后在徐复观等人的反复劝说下，将此款转赠支那内学院。

《与陶闿士书》《示菩儿》发表于《中国文化》。

当选为辛亥首义同志会名誉监事。

1947 年（民国三十六年）63 岁

3 月，撰《增订十力语要缘起》。《新唯识论》语体本（全册）在上海商务印书馆重印。

4 月，因黄海化学工业研究社附设哲学研究部停办，北返北京大学，与冯文炳同住并经常讨论学术问题，意见不合时曾互相殴打，打完后仍是朋友。曾向北大校长胡先骕建议设哲学研究所。接受美国康奈尔大学柏特教授的访问。《与柏特教授论哲学之综合书》在《哲学评论》发表。

暑假期间，读《大智度论》，并撰《读智论抄》，发表在《东方与西方》杂志，并在《世间解》连载。

秋，撰《纪念北京大学五十年并为林宰平祝暇》一文。

增订后的《十力语要》出版。

年底，湖北友人门生筹印《十力丛书》。

是年，《读汪大绅绳荀》《论湖湘诸老之学书》《论治学不当囿于一孔书》《论关老之学书》等文发表在《龙门杂志》。

《论关尹与老子（与陈君书）》刊登在《东方与西方》；《为青年申两大义：公诚与自由》等文刊登在《三民主义半月刊》；《与友论〈新唯识论〉》《论学三书》《答牟宗三问格物致知书》《略说中西文化》等文发表在《学原》杂志。

1948 年（民国三十七年）64 岁

2 月，应浙江大学文学院院长张其昀、哲学系主任谢幼伟之聘到浙大。在浙大讲学半年，名其住所为"漆园"，自号漆园老人。作《漆园记》，自述心态与志向，发表于《学原》杂志。

春，与马一浮及复性书院同人小聚并留影。

收池际安为嗣女，为其改名为熊池生，字仲光；作《命仲女承二姓记》，并发表于《学原》杂志。

秋末赴粤，住广州郊外弟子黄艮庸家。口述《申述新论旨要平章儒佛摧惑显宗记》（简称《摧惑显宗记》），由黄艮庸记录整理，是针对印顺法师在 1948 年发表的《评熊十力的〈新唯识论〉》一文所发。

1949 年（中华人民共和国成立）65 岁

2 月，《读经示要》由上海正中书局印成三卷三册线装大字本出版发行。

年底，《十力语要初续》《韩非子评论》在香港出版。

10 月 1 日，中华人民共和国成立；14 日，广州宣告解放。10 月 25 日，接到郭沫若、董必武邀请其北上入京的联名电报。

1950 年　66 岁

1 月底 2 月初，收到董必武发来的亲笔信。随后北上，在武汉盘桓数日。

3月，收到郭沫若发来的亲笔信，继续北上到北京，政务院秘书长齐燕铭到车站迎接。向新政府坦陈心迹：只讲学，不做官，仍回北大。得到准许，仍任北大哲学系教授，每周两钟点课，在家里上课，工资为每月800斤小米，系当时最高标准。

到北京后，先住董必武为其所租的安定门内车辇店胡同51号，6月移居护国寺大觉胡同12号，取斋名为"空不空"。

由黄艮庸整理的《摧惑显宗记》出版。

写出四万字的《与友人论张江陵》，印200部。

熊十力口述、弟子胡拙甫记录整理的长文《韩非子评论》，在香港《学原》杂志刊登；香港人文出版社出版单行本。

1951 年　67 岁

写出《与友人论六经》一书，六万多字，由大众书店印行。

1952 年　68 岁

删削《新唯识论》（语体本）。秋，移居什刹海后海大金丝套十三号小四合院内。

1953 年　69 岁

《新唯识论》（壬辰删定本）在董必武、林伯渠帮助下印出。陈荣捷英文著作《现代中国宗教之趋势》出版，首次将熊十力学术思想介绍到西方。

1954 年　70 岁

开始写《原儒》一书。10月29日离京赴沪，住在儿子熊世菩家——青云路169弄91号。从此定居上海。

1955 年　71 岁

继续写《原儒》。

1956 年　72 岁

《原儒》一书首次出版。秋，开始写《体用论》。

2 月，出席全国政协会议，此后被增选为全国政协委员。6 月 14 日，迁居淮海中路 2068 号洋房的第二层。

1957 年　73 岁

冬，《体用论》一书完稿。

1958 年　74 岁

《体用论》一书首次出版。

1961 年　77 岁

著《乾坤衍》，中国科学院印刷厂影印。

1963 年　79 岁

完成《存斋随笔》一书。

1964 年　80 岁

12 月，赴北京出席全国政协四届一次会议。

1966 年　82 岁

1 月 5 日，写《自述》短文，再次提及父亲对自己的影响："余平生受先父之教，勤治儒学及孔子易学。"

"文革"爆发后，返回青云路与儿子一家居住。

1968 年　84 岁

5 月 23 日上午 9 时逝世。

（张建安编写于 2022 年）

后　记

以前，我曾编辑过梁漱溟先生的《忆往谈旧录》，曾与梁培宽先生一起合编过《阅读梁漱溟》，那些都已成为美好的记忆。此次接受中国文史出版社的邀约，不仅要选编一本梁漱溟先生的文选，还要同时选编熊十力先生、马一浮先生的文选，对我而言，既是幸运的，也着实感受到巨大的挑战。

两年前，首先向我提出这一邀约的是唐柳成先生，他当时正担任中国文史出版社的副社长。本来我们并不认识，只是因为唐社长见到我写梁漱溟的文章，便通过韩淑芳老师加上我的微信，彼此间建立了联系。见面交谈时，才知他很重视梁漱溟等文化大家的思想，当年在北京大学读书时便购买过一套《梁漱溟全集》。这样，我们虽然没有说太多的话，但在心底产生一种较深的认同感。我很佩服他的识见，他也约我为他主管的《纵横》杂志撰写文章。

对于《纵横》杂志，我有着很深的感情。因为我曾经在那儿长期工作，担任过《纵横》编辑、记者，乃至担任过一段时间的主编。后来离开那儿后，还是一直关注着。不过，我再没有给《纵横》写过一篇稿子，总觉得离开就离开了，不必"藕断丝连"。直到唐社长向我约稿，我才重新重视起这个问题。之后，我陆续写了数篇文稿，发给我以前的同事于洋女士，经过她的精心编辑，再经过唐社长等人的审核，都一一刊登出来。其中一篇是写马一浮的，还有一篇是为纪念梁漱溟发表《东西文化及其哲学》一百年而撰写的，发表后均产生较好的反响。也许，就是在这么一个过程中，唐社长对我有了更多的了解。承蒙他看得起，最终提出由我同时选编梁漱溟、熊十力、马一浮文选的想法。

说实话，我当时是有些吃惊的。虽然阅读、研究三人著作很多年了，但究竟对他们的思想有多全面多深入的理解，自己都有些吃不准。而且，这么一项艰巨的任务，国内学术界似乎还没有哪位学者单独完成过，我能完成吗？但我还是很快决定啃这块硬骨头。因为它对我的诱惑实在太大了——我大可以借着这个机会，逼着自己全面深入地梳理三人的著作，进而选编出三本独具特色并能让读者广为受益的图书。然后，我便一头扎入三人的著作以及与著作相关的其他资料当中。

为了加深理解，很多重要文章，我都一个字一个字地录入到电脑，然后再对比着图书进行核校，并在旁边加上批注，随时记下自己的心得。对于那些特别不好理解的文字，比如熊十力《新唯识论》文言文本的部分文字，我已经不知道阅读、琢磨过多少次了。在不断的阅读与思考中，在多次与其他文章做比较之后，我的头脑渐渐露出亮光，真正地深入地理解了其中的含义与价值。而在这个过程中，我也切实感受到普通读者对熊十力、马一浮的代表作既想理解又很难深入的原因——不只是因为他们的文字奥义深刻，而且因为很多文章都是文言文，比文言文版的《史记》《资治通鉴》都要难懂很多。这怎么能普及呢？于是我决定在自己选编的文选中尽力解决如何普及的问题。至于如何解决，我在三本书的"导言"中予以了说明。这三本书的其他特点，也在"导言"中做了阐述。总之，选编这三本书可谓费力费时，但受益也是巨大，非常感谢唐柳成先生！

还想说明的是，由于版权缘故，如要出版梁漱溟先生的文选，需要他的家属同意。为此，2020年冬季的一天，我特地给梁培宽先生（梁漱溟先生的长子）写了一封信，并附上梁漱溟文选的基本目录，希望得到他的授权。大约一个星期后，我给梁先生打电话，接电话的是张颂华老师（梁培宽先生的夫人）。她告诉我，由于身体状况不好，梁先生没有精力处理这些事了，但是已经将我的信转给了他的弟弟梁培恕先生，由梁培恕先生处理。接着，张颂华老师还热情地将梁培恕先生的电话告诉我。过了两三天，我第一次给梁培恕先生打电话，他说已经给我写了一封信，刚刚寄出。一天后，我收到梁培恕先生的来信。梁培恕先生的来信很是客气，不干涉我选哪些文章，但表示自己很重视《中国民族自救运动之最后觉悟》。这样，选编《为人类文化开前途——梁漱溟文选》的这个事就基本定了下来。

因为疫情等缘故，相关事宜被拖了一段时间。2021 年 7 月 10 日上午 12 时 30 分，享年 96 岁的梁培宽先生辞世。在不胜惋惜之余，我希望加快推动这三本书的出版。2022 年 3 月 14 日下午，我与责任编辑一起到梁培恕先生家中，与他签订了《为人类文化开前途——梁漱溟文选》的出版合同。与此同时，我与中国文史出版社签订了另外两本书的出版合同。这样，这件事便完全确定下来。

此后，我继续投入到三本书的选编当中，经过反复比较、取舍之后，终于在 2022 年 5 月 13 日，将齐清定的三本电子书稿发给出版社。再过三个月，将三本书的导言也发了过去。

本来，写完导言之后，觉得编这三本书费时太多，而且书稿也算很完整了，就不再想写"后记"，也不再想增加三个人的年谱了。只是最近收到责任编辑的微信，问我"后记"与"年谱"完成了没有。我颇有点脸红，想到人家那么辛苦地编辑书稿，自己竟然想偷懒，真是岂有此理！于是赶紧回复："这几天完成。"然后再次回到电脑桌旁……

可以说，之所以能顺利完成书稿并出版这三本书，与很多人的支持和信任是分不开的。感谢梁培宽、梁培恕两位先生以及张颂华老师的信任！感谢中国文史出版社！

张建安写于 2022 年 9 月 3 日